徳 間 文 庫

警視庁公安J

鈴 峯 紅 也

目次

第一章　事件の始まり

一

濃い霧に包まれた夜明けだった。関東は三日前に梅雨明けしたが、じっとりとして肌にまつわりつく霧の朝だ。

「なんだか朝陽《あさひ》が遠いな」

若い巡査は目を細めた。乳色の霧の向こうに生まれたての太陽が滲《にじ》んで見えた。巡査の背には長く黄色いバリケードテープが張られ、ブルーシートを張った仮囲いが広く立て込まれていた。

――品川区東八潮、潮風公園北駐車場内において車両爆発。ならびに公園内広場、太陽の広場に女性の変死体ありとの通報。

一斉無線が入ったのが午前一時三十二分。夜勤の交番から巡査が現場に到着したのが一時五十五分。すでに現着していた湾岸署捜査一課の警部補に立ち番を命じられてから、かれこれ三時間近く過ぎていた。

周辺は一時報道陣と野次馬で騒然としたが、その喧騒《けんそう》も今はない。朝の生中継に備える各局テレビクルーが、離れた舗道のあちこちで霧に薄い染みを作るばかりだ。消防車両はすでに全て引き上げている。駐車場を賑《にぎ》わすのは陸続《りくぞく》と集まってきた警察車両の回転灯と、前夜の残飯を狙うカラスだけだった。

所轄が入り機捜が入り、他殺が濃厚となってすでに本庁から鑑識も捜一も臨場していた。巡査のつぶやきは緩みというより、あとは全ての立ち入りを拒めばよいのだという気楽さからくるものだったろう。警視庁捜査一課が出張ってくるとは、そういうことなのだ。と、巡査は出掛かるあくびを嚙《か》み殺した。フォグランプの光と低い排気音が車道にあったからだ。

「なんだ」

進入車両は巡査から十五メートルほどのところでエンジンを止めた。ぼんやりと判別できる青いシルエットからするに、車はＢＭＷのようだった。それがわかるくらいには、どうやら霧が薄れ始めていた。

ドアの開閉と滲むような影はあったが、アスファルトを踏む足音はなかった。

巡査は傲然と胸を張った。部外者に対し、一切の拒否を示すためである。

霧の中から現れたのは男だった。歳《とし》の頃は三十くらいだろう。身長は百八十センチに届くかどうか。体格はスーツに隠れてよくわからないが、決して細すぎるということはない。足の運びは軽やかにしてリズムがよかった。

「やあ」

男は片手を上げ、巡査にはにかんだような笑みを見せた。黒髪黒瞳《こくどう》でいて彫りが深く、眉が濃く、どこか中東の匂いがする男だった。恐ろしく見栄えのよい男だ。

「あ、え」

外国の匂いのする男のいきなりの出現に、間の抜けた声とは自身でもわかった。

「ええと、あ、ノウノウ」

巡査は男に向け、慌てて両手を突き出し振った。島国根性というのも情けないが、まだまだ多くの日本人の反応はそんなものだろう。

男は巡査の制止に頭を掻きながらも足を止めることはなかった。制止を続けながら、なぜか巡査は最近借りた古い日本映画を思い出した。男は映画の主演女優に強烈に似ていた。

今は亡きその女優がトルコ人男性と日本人女性の間に生まれたハーフにして、現内閣総理大臣小日向和臣《こひなたかずおみ》の妻だったとはたいがいの国民が知る。そして当時外交官だった和臣がカタール駐在の際、テロに巻き込まれて死亡した悲劇の女性とも知る。これが小日向和臣が政界に転身するきっかけであったとは去年、彼が内閣総理大臣に選出された折りの報道番組などで何度となく流された話だ。女優の名は、芦名《あしな》ヒュリア香織《かおり》といった。

「ああっと、何言ったらわかるんだろっか。ストップストップ、ダメダメ」

男の足は一向に止まらなかった。そればかりか、

「ご苦労様」

「えっ」

流暢《りゅうちょう》な日本語を聞いて、逆に巡査の手や口の方が止まった。

「被害者はまだ浜辺だね。検視の最中かい」

「え、あの」

「おっと、失礼。気が急《せ》いてね」

巡査の戸惑いに男は笑いかけ、おもむろにスーツの内ポケットから何かを取り出した。

警察手帳だった。

巡査は一瞬間の抜けたような顔になり、だが次の瞬間にはばね仕掛けのように背筋を伸ばし敬礼した。

「け、警視っ」

男の証票には警視、小日向純也《じゅんや》とあった。

「ああ、気にしない気にしない」

そうは言われても言葉通りに受け取るわけにはいかない。

「し、失礼しましたっ」

ただの警視ではない。三十そこそこで警視なら、間違いなく小日向はキャリアだった。

「ば、爆発の第一報は夜釣りの男性から消防へ。被害者の発見は臨場した深川消防署有明分署の隊員。午前一時二十分に通報。被害者は鋭利な刃物で――」

仰天と興奮のままに現況を羅列すれば、小日向は巡査の肩に手を置いてバリケードテープをまたいだ。

「大丈夫。たいがいのことはもう知ってる」

巡査の言葉を待つことなく、小日向は仮囲いの中に身を滑り込ませた。

「えっ。あの。はぁ」

巡査の前には一切を遮蔽《しゃへい》し、隔絶するブルーシートだけが残った。釈然としないまま、巡査は外に向き直った。

「警視、小日向純也。えっ、小日向って」

中東の匂いがする面差しで、小日向の姓を持つ男。なら、あの警視は小日向総理大臣の息子なのか。そういえば、香織が死亡したカタールのテロで彼らの子供が行方不明となり、数年後に東南アジアで発見されて帰国したとかのニュースがあったことを思い出す。ただ、その子供が警視庁にいたことはまったく知らなかった。

「もしかしたらあの人が。へえ」

巡査は制帽を被《かぶ》り直した。

「あの芦名香織の息子か。道理で、いい男だと思った。それにしても親父《おやじ》さんの面差しは、残念なくらい見る影もないな」

もう一度あの映画を借りるかと、小日向純也の姿を思い浮かべながら巡査はつぶやいた。


ブルーシートの内側にはひそやかな賑わいがあった。鑑識が夕佳《ゆうか》の愛車だったボルボV40を中心に広く駐車場を埋めていた。ボルボには往時の艶《つや》やかな赤は見られなかった。辺りに外装を撒《ま》き散らし、焦げて黒く、濡《ぬ》れた臓物をさらけ出すようにして残骸に成り果てていた。ほかに爆発に巻き込まれた車両が二台あった。夜釣りに来た一般人の物だろう。一瞥《いちべつ》だけで、純也は足を止めることなく進んだ。広場に出、ただ真っ直《ます》ぐ夕佳の遺体に向かう。

霧が薄れ始めたのはちょうどよかった。新緑の芝生を切り取るように立ち上げられたブルーシートがはっきりと見えた。本庁捜一に邪魔者扱いでもされたか、浜辺で所轄の刑事達が手持ち無沙汰にしていた。外で忙《せわ》しげにしているのは鑑識だけだった。

純也は警察手帳を胸ポケットに挿して旭日章を前に垂らした。ラテックスの手袋をする。

「ここから先大丈夫ですか。下足痕は終わってますよね」

純也は手近に立つ男に声をかけた。他の若い刑事に警部補と呼ばれた所轄の男だ。

「ああ？」

警部補は肩越しに振り返り、一瞬ぎょっとしたように目を見開いた。普通に考えれば初対面の相手に対して失礼な態度だが、純也は気にしなかった。

胡散臭《うさんくさ》げに純也の全身を眺めた警部補は、胸の旭日章で目を止めた。止めても胡散臭げな表情はそのままだ。四万数千人も所属する組織ともなれば、確かに知らない人間は赤の他人、ときには敵にも等しい。

「誰だ、あんた」

警察手帳を晒《さら》していて誰だとは、どこの所属かということだろう。

「本庁」

純也はそれだけを答えた。他には何も言う気はなかった。ふんと鼻を鳴らして警部補はその場を離れた。「終わってらぁ」とは、その背に聞いた答えだ。

ブルーシートに手を掛けようとすると、ほぼ同時に中からシートを取っ払えと命じる濁声《だみごえ》が聞こえた。誰のものであるかはすぐわかった。純也はかまわずブルーシートの中に入った。声の主、固太りの角刈りが保護シートのかけられた遺体のすぐ脇に立っていた。本庁捜一、第二強行犯捜査第一係長の真部利通《まなべとしみち》警部だ。捜査に対するプロ中のプロと言えば聞こえはいいが、叩《たた》き上げの中の叩き上げにして融通の利かない男だと純也は認識していた。ほかにブルーシートの中には捜一バッジが四人、検視・鑑識の青いジャンパーが三人いた。

「おや？　これはまた珍しい人が」

遺体を挟んで真部の正面に立ち、遺体収納袋を課員に指示していた検視官が純也に目を向け、意外そうな顔をした。歳は確か真部と同じで今年四十六になる、大久保隆也《おおくぼたかや》警視だった。常に穏やかな男だと純也は知る。

大久保の声とほぼ同時に、ブルーシートの結束を解きながら密《ひそ》かに手を上げる若い短髪の男がいた。捜一の斉藤誠《さいとうまこと》警部補だ。階級は違うが警察学校の同期で、庁内における純也の、いわゆるエスともスジとも言う協力者のひとりだった。純也が現場について把握していたのは、この斉藤の連絡があったからに他ならない。

さらに遺体の方に歩を進めようとすると、

「おっと。殺しの現場になんの用ですね」

真部が立ちふさがった。警視である純也に対し言葉遣いは最低限の礼節を守るが、同じ本庁であっても所轄以上に捜一と純也の属する部署は相容《あいい》れない。

「なんの関わりかは知りませんが、死んじまったら完全にうちの案件でしょう。それともなんですか、死んで仏になった人でも何かに使えるとか。ま、そちらならそれもありそうですがね」

「はっはっ。まさか。たまたまですよ。たまたま通りかかっただけ」

「ほう。たまたまね。つまり何も話す気はないと」

純也はそれ以上を答えなかった。

「まったくな」

真部は顔を伏せて頭を乱暴に掻き、そうして下向いたまま、

「これだから公安はよ」

と聞こえよがしに吐き捨てた。

公安。警視庁公安部公安総務課、いわゆる〈公総〉の庶務係分室、それが純也の所属先だった。分室長にして、純也の役職は理事官だ。

動こうとしない真部の脇から回り込み、純也は遺体収納袋の脇に立った。

「おら、撤収だ撤収。お前《め》えら、早くしねぇと人がどんどん出てきちまうぞっ」

声を荒らげながら真部がシートの外に出てゆく。居並ぶ一課の面々は斉藤警部補を含め、みな係長である真部の後を追った。

「検視官、いいですか」

純也は遺体のそばの大久保に声をかけた。何も聞かず警視は収納袋を開いてくれた。

長い睫毛《まつげ》、細く高い鼻筋。本人は嫌いだと言っていた真っ直ぐな眉。夕佳の顔は口紅を引いただけの、純也のよく知るいつもの顔だった。少し青白いだけでまるで眠っているか

のようだ。淡いピンクの口紅が艶やかに死を排除して、まったくそう思わせない。いや、それこそが本来の死に化粧の意味か。全体に黒髪が濡れているのは、立ち込めていた夜霧のせいだろう。昨晩、また会いましょと別れたときのワンピースは、モイスチャグリーンの原色を留《とど》めない。胸部の中心から外に、死の色が広がっている。その死をコサージュも吸うか、胸に一輪の白バラは、黒いバラとして咲き誇っていた。

「きれいに鋭利な刃物でひと突きだ。苦しむことはなかっただろう。今のところ凶器は見つかっていない。分室長、他にこの段階での詳細な説明はいるかい」

「いえ」

純也は軽く頭を振った。詳細は、いらないとは言わないが喫緊《きっきん》に必要なものでもない。純也は公安だ。真部らのような、さしせまった事件を追う刑事部ではない。

純也は片膝をつき、夕佳の亡骸《なきがら》に手を合わせて瞑目《めいもく》した。撤収のざわつきの中にそのままでいると、結果は後で回すよと検視官の声が少し離れたところから聞こえた。

やがて、乱雑な音と同時に瞑目する純也の目蓋裏に光がはじけた。目を開ければ、ブルーシートの一部が取り払われた現場に朝陽があふれていた。

純也は手を伸ばし、遺体収納袋のジッパを閉めた。

──夕《ゆう》べに佳《か》なり。夕佳。ふふ、夜にふさわしい、私らしい名前。

夕佳がホテルの窓辺に立ち、自嘲気味にそんな言葉を東京の夜景に洩《も》らしていたことをふと思い出す。

「とんでもない。大間違いだ」

純也はつぶやきとともに立ち上がった。

(朝陽の中でも、君は綺麗だよ)

ジッパを閉める直前の夕佳は朝陽を受け、優しく微笑《ほほえ》んでいるようにも見えた。

二

「今夜はこれから人に会うの」

夕佳がそう言ってベッドを抜け出したのは前夜、午後十一時を回った頃だった。西新宿にそびえる高層ホテルの九階だ。

「あ、そうそう。今週の土曜日なんだけど、どう？　時間取れる？」

ドレッサーに向かい、髪をとかしながら夕佳が聞いた。

「へえ。珍しいね」

純也はベッドで笑った。

「何が？」

「君の方から日付を指定してくるなんてさ。初めてじゃないかな」

しかも土曜日は五日後だ。これほど間を取らず会おうとしたこともない。

「そうだったかしら」

小首を傾《かし》げ、夕佳は淡いピンクのルージュを引いた。身支度はそれですんだようだった。

「で、どう？　大丈夫？」

たぶん大丈夫だよと答えれば、夕佳はチェストから立ち上がった。ワンピースの胸で白いバラのコサージュが震えるように揺れた。

総じて純也は花が、特に四季折々に咲く日本の花が好きだった。砂漠や密林にはないものだからだろう。出会いの瞬間から、純也は夕佳に白いバラを思った。帰国して以来、花好きもあって純也は女性の印象をよく花にたとえた。ただ夕佳に感じた白いバラだけは、後々になっても上手《うま》く理由付けできなかった。が、純也が好きな花だと教えれば、私も好きよと言って、以来夕佳は必ずどこかに白いバラのアクセントをつけてくれた。大輪の白いバラは、夕佳によく似合った。

「実はね。もう私の名前で予約してあるの」

三面鏡の中に純也を見つめながら、帝都ホテルと夕佳は言った。皇居を一望する内堀沿いにある、大正時代創業のホテルだ。職場である警視庁から近すぎるほど近いが、セキュリティの質が高く空間のゆとりに優れ、足し引きすればデメリットよりメリットの方がはるかに大きい一流のホテルではあった。

「タワー館の三〇〇五室。よかった。無駄にならなくて」

胸に手を当て童女の仕草で微笑むが、なぜか瞳にたゆたう青白いような光が気になった。

強引さというか、有無を言わせぬ段取りも気になる。それに三〇〇五室、タワー館の三十階といえばスイートだ。そんなところに相手の都合も聞かず予約を入れるなどどこかおかしい。事実、よかった無駄にならなくてと本人も言った。わかっているのだ。

「約束よ。絶対にすっぽかしちゃダメよ。何かあったら特に。いえ、何もなければドタキャンしていいってわけじゃないけど、でもね」

「ちょっと待った」

思わず純也がベッドに上半身を起こせば、ドアの手前で夕佳が振り返った。

「本当はね、ちょっと話したら、あなたに是非会ってみろって勧めたのは父だったの。気乗りはしなかったけど、会ってよかった。会えてよかった」

やけに真剣な口調だったが、そこで区切って夕佳は頭を振った。

「ふふ。私、何を言っているのかしら。でも、本当に覚えておいてね。土曜日よ」

「おい。夕佳」

直接の返事はなく、またねと優しく笑って片手を上げ、夕佳は部屋を出て行った。

「って、なんなんだ」

最低限の衣類を身につけ、追うようにして急ぎ純也は廊下に出た。夕佳の姿はなかった。

すぐに地階に降りるが、時間も時間ならロビーには森閑としたたたずまいがあるばかりだった。地下の駐車場は考えなかった。車ではないはずだ。夕食のとき、夕佳はグラスワインを呑《の》んでいた。

正面玄関から外に出ても、西新宿のこの時間はロビーと大して変わらなかった。街灯の明かりがただ煌々《こうこう》として静かだった。見知らぬカップルが足早に駅へと向かう。

「遅れた、か」

呟《つぶや》きのしかし、語尾は純也の口中で鋭い呼気となった。ぬるい夜に相応《ふさわ》しくない瞬転の動きで飛び退《すさ》る。遠くで夜勤のポーターが怪訝《けげん》な顔をしたが、構わず表情を引き締め、純也は辺りを素早くうかがった。

粘るような気配、舐《な》めるような視線。そんなものを感じた気がしたからだ。ポーターやカップル達のものではない。気配も視線も普遍の平和に生きる者達には有り得ない、黒々としたものだった。

「……いや」

純也は首を振った。探っても気に障る気配や視線はなかった。実際にあったかどうかも疑わしいほど、凪もない静かな七月の夜だった。去り際に感じた嫌なイメージが、純也の中に一瞬の幻を生んだのかもしれない。そのくらい、確かに夕佳の様子はおかしかった。

「驚かせたかい。すまなかったね」

ポーターに笑いかけロビーに入る。部屋に戻ってすぐ、純也は夕佳の携帯へ電話を掛けてみた。一番近いＪＲの駅へ向かったにしても、まだ電車に乗り込むほどの時間は経《た》っていない。だが、呼び出し音は鳴らなかった。事務的な声が聞こえた。電源が入っていないようだった。

「駄目か」

日付が変わる直前までに三度、純也は同じことを繰り返した。結果は変わらなかった。同じデジタルの応答に、感じる冷たさが増してゆく。

「何があった」

再び純也は携帯を手に取った。説明はつかない。直感だ。しかし、純也は自分の直感を信じていた。信じなければ死に際して悔いばかり残るのが、純也の育った戦場という場所だった。

手にした携帯の液晶を流れるのは夕佳ではない違う番号だ。真夜中であったが呼び出し音二回で携帯はつながった。

「はい」

ヘイとも聞こえる端切れのよい応答は分室の主任、鳥居洋輔《とりいようすけ》警部のものだ。

「自宅かな」

「そりゃあそうでしょう。ここんところは静かなもんですからね。はっきり言やぁ暇も暇。

急ぎの仕事さえなきゃあ、普通聞かないでもみんな自宅の時間だと思いますがね」

白髪も増え始めた角刈りの、今年で五十四歳になる鳥居は、三代どころか五代は住み続けているという江戸っ子だ。江戸弁というのか、純也はこの主任のべらんめぇにして簡単明瞭な口調が好きだった。

「で、どうしました。こんな夜中に」

「メイさん。木内《きうち》夕佳。わかるね」

メイさんは鳥居の渾名だ。本名で呼ぶことがはばかられる公安警察官はたいがいニックネームを持つ。鳥居は、漫画家の鳥居明から明をもらってメイである。

「え。ああ、天敬会の、その〈カフェ〉とかの。最近、分室長が入れあげてるってぇ」

苦笑が出た。共有すべき情報は都度分室に入れていたが、結果それが入れあげているという下世話な話になっているとは思わなかった。と同時に、入れあげているという言葉に自身で気づかなかった心が反応する。はじめは公安としての興味からだった。だがいつの間にか、純也は確かに、夕佳をひとりの女性として愛し始めていたようだった。

「そう、さっきまで一緒にいたんだ。そうして、僕は今も部屋に残っている」

西新宿の高層ホテルの名を純也は告げた。

「え。ああって室長、そんなことのろけられてもですね。それとも、別れ話でも切り出されましたか」

「いや。自慢したいわけでもないし、なぐさめて欲しいわけでもないよ」

「――そうですか」

電話の向こうで鳥居の雰囲気が変わった。

「で？」

「別れ際の様子がおかしかった。携帯もつながらない」

純也は別れるまでの様子を語った。

「なるほど。まあ、女心と秋の空って言いますが、直接に会ってた分室長がおかしいってんならそうなんでしょう」

「それでも外れることはある。いや、外れて欲しいと今度ばかりは思っている」

「その辺の男心はわからなくもありませんや。で、どうします？　出てって分室の電気でも点《つ》けときますか」

「今は僕が僕の直感に従って動くと、それだけを承知しておいて欲しい。ただ何かあったときに」

「了解です。なら、せめて私の方のスジだけでも動かしますか」

これは警視庁内に持つ鳥居の情報網のことだ。同じ分室の猿丸《さるまる》も犬塚《いぬづか》も持つ。純也にもある。が、それぞれに誰と誰なのかなど細かくは言ったこともなければ聞いたこともない。分室で共有するのはある程度までだ。長い年月をかけて育てあげるそれは、個々人にとって財産であり生命線でもある。しかも、他人のスジは他人の考えに従って作られたスジだ。純也のスジがおそらく純也にしか扱えないのと同様、鳥居達のスジも鳥居達でなければうまく機能しない。そんなものだ。

「いや。確証も何もないこの段階では私事に近い。動かすのは僕の方だけで、色恋沙汰のもつれでいい。同じことを二人にもよろしく」

「わかりました。って、今ぁ十二時の、四分か。シノはいいでしょうが、セリはどうですかね。まだ六本木で呑んでるか、もうどっかの道端で寝てるか。まっ、しつこくやっときますわ」

シノは犬塚健二《けんじ》、セリは猿丸俊彦《としひこ》、両警部補のことだ。シノは南総里見八犬伝からで、セリはイタリア人っぽい顔をした猿丸に、サッカーのセリエAから取ったらしい。このふたりに鳥居を加えた三人で分室の捜査員は全てだった。

「頼んだよ」

携帯を切り、純也は簡単なメールを各所に送った。捜査一課強行犯の第二と第四。同じく組対二課、四課。公安部内からも第三課、外事第二課。方面本部から第一、第四。純也のスジがそこにいる。都合の八人。同送にはしない。

〈三十歳前後の女性。セミロング。モイスチャグリーンのフレアワンピース。パールホワイトのベルト。ベージュスウェードのローパンプス。現時刻以降発生事案に該当あれば請

う――〉

　最後に、

――たとえば駐車違反でも飲酒検問でも。美人。

と付け足す。相手はみな嗅覚に優れた警察官だ。こういう遊びが、用件から嗅《か》ぎ取れる匂いを消し、逆に興味をひきつける。

すぐに全員から返信が来た。何人かは了解だけでなく、

――いい男は追っかける女も美人さんっすか。うらやましいっす。

――彼女と喧嘩《けんか》でもしたか。職権乱用はいかんぞ（笑）

などと軽口が返ってくる。上々だ。純也は端末を置いて窓辺に寄った。室内の照明を受け、ガラスに自分がはっきりと映った。やけに深刻な顔つきだった。

「そんなに、好きだったのか」

　答えるのもガラスに映る自分だ。表情は硬いままかすかにも緩みはしなかった。緩むどころかやがて、捜一の斉藤警部補の連絡を受け、さらに厳しいものになってゆく。

　その後、軽口のメールは一切が途絶えた。

三

被害者木内夕佳と純也の出会いはこの年、二〇一三年一月中旬のことだった。出会いといってもまずは声だけである。いきなり携帯に電話があった。聞けば「あなたに興味があったから」と、木内夕佳と名乗る女性はそう言った。切ってしまえばそれまでだったが、電話の向こうで夕佳が口にした名前が純也の指を止めさせた。

――この番号は、静香《しずか》と王浩《ワンハオ》に教えてもらったの。毎月、端末ごと番号もアドレスも変えるんですってね。

静香だけならぴんと来なかったかもしれないが、王浩はよく知っていた。上野を根城にする中国マフィアに属し、頭の回転が早く腕っ節も強く、ボスに気に入られ常にボディガード兼運転手として身辺近くにあった若者の名だった。ボスの名は魏 老五《ウェイラオウー》といった。密入国の手伝いやパスポートの偽造だけでなく、最近の中国マフィアは金のためなら日本のヤクザとまで手を組んでなんでもありだが、古く清朝漕幇の誇りを継ぐと標榜する魏老五はそれを許さなかった。ためにグループとしてはさほど大きくないが、在日中国人の間では裏でも表でも人物として、一目も二目も置かれる男だった。

純也は人を介し、三年ほど前からこの魏グループの王浩と付き合っていた。人となりを見極め、公安課員としての身分を明かして情報提供を頼んだのが二年前だ。といって特に危険なことを頼んだわけでもない。王浩にはおもに新宿の中国マフィアの動向を割り当てた。敵対とは言わないまでも、日本のヤクザと深く関わりつつある新宿チャイニーズをボスの魏が嫌っていることもあり、王は気持ちよく協力してくれた。もちろんタダではないが。

以来、王は純也のいいスジだった。必要とあらば危地に踏み込んででも新宿の情報をもたらしてくれた。報酬以上であったと純也は思っている。公安と協力者の関係を超え、王は純也を爺叔《イエシュウ》と呼び慕ってくれた。爺叔とは帮でない友人に対する最上級の敬称である。

「子供の頃ぁ、摩天楼を造るような建築家になりたくてね。それが今じゃぁ。へへっ。泣くに泣けないがねぇ」

たどたどしい日本語ではなく、ろれつの怪しい広東語で酔ったとき王は必ずそう言った。純也が広東語を解すると知る王が酔ったときにしか言わない、純也にしか明かさない、王の本心だったろう。過去形なのは、王浩という人間がもうこの世にいないからだ。死んだわけではない。今では名を変え、おそらくカリフォルニア州サンノゼの郊外に住んでいる。

――爺叔、逃ガシテクレナイカ。

思い詰めたような声で、王浩から電話がかかってきたのは、去年の暮れのことだった。

待ち合わせ場所に指定した定食屋に王浩は一人の女性を連れてやってきた。若いが少し陰のある、かげろうのような女性だった。客がどんぶりを抱えたまま箸をくわえたまま、店主までもがこの女性から目を離さなかった。密談はかえって喧騒の中に限るとは純也の持論だが、このときばかりは苦笑するしかなかった。場所を変え、周囲に注意を払いながら手近なファストフード店に席を占めれば、

「組、抜ケタイ、爺叔。俺ノタメニモ、彼女ノタメニモ」

コーヒーのひと口さえ待てずに王浩は身を乗り出した。

女性、鈴木《すずき》静香は天敬会の信者にして、〈カフェ〉のメンバーだという。〈カフェ〉は天敬会が実質母体として運営する高級コールガール組織で、静香はそこで実際に客を取るコールガールの一人だった。

「へえ。それは驚きだ」

天敬会については千葉県印西《いんざい》市周辺に自給自足で暮らす、掃いて捨てるほどある新興宗教のひとつとの認識はあった。宗教法人としてきちんと登記されている。が、〈カフェ〉のほうは秘密厳守が徹底しているらしく、純也に聞き覚えはまったくなかった。警視庁のデータベースにもおそらく記載はない。

コールガールといっても〈カフェ〉はひとりの客にひとりの厳選した女性を契約として一年、客の気に入れば長きにわたってあてがうらしい。要は愛人契約、セカンドワイフだ。

契約金や年会費は人によって違うらしいが、どちらも一千万が目安だという。長期旅行の同伴も不意の呼び出しもサービスのうちで、全てを極秘裏に〈カフェ〉が手配斡旋《あっせん》する。

警視庁のデータベースにない以上、うまく立ち回っていると純也は逆に感心もした。〈カフェ〉の契約金や年会費は寄付の処理が出来るらしい。もちろん入金先が宗教法人の天敬会だからだ。

静香は王浩のボスである魏老五に気に入られ、すでに二年半付き合っている女性だった。魏老五近くに常にある王とはだから二年半前からの知り合いということになる。ボスの女に手を出したことが知られれば王も静香も無事に済むはずもない。漕幇の誇りを口にする魏老五ならどこに逃げようとグループを挙げて探し出し、逆にどのグループよりむごい始末をつけるかもしれない。

「わかった」

純也はこの哀願を受け入れた。純也にとってスジは、他の公安課員が〈運用する〉などと称するような使い捨ての物ではない。職務柄〈カフェ〉についても天敬会についても興味はあったが、必死を訴えるふたりを前にしては些事《さじ》だった。スジは仲間だ。仲間は何があっても、合法非合法さえ問わず無私にして守る。それが現実に戦場の中で育った純也の曲げるべからざる信念にして鉄則にして、正義だった。

純也はダニエル・ガロアのエージェントであるマイク・コナーズに渡りをつけた。ダニエルとは一九九一年一月、クウェート側サウジアラビア国境付近に展開する多国籍軍のキャンプで拾われて以来の付き合いだ。フランス海軍コマンド部隊のエリートでありながら若くしてあっさり軍を辞め、そのまま外人部隊に傭兵として入隊した変わり者だが、他の誰よりもこと戦地にあっては優秀な男だった。後に南アフリカのＰＭＣ（民間軍事会社）であるエグゼクティブ・アウトカムズ（ＥＯ）と契約し、一九九八年にＥＯが軍事産業に認定され解体されるまで所属した。それからは仲間数人とチームを組み、五十三歳になる今でも戦場を渡り歩いている。

ダニエルは純也が日本に帰国してからも色々と目をかけてくれた。毎年誕生日とクリスマスには必ず決して安くない物が届く。生きていることと高額所得者であることは、傭兵の場合百パーセントイコールだった。

――戦場デトモニ暮ラシタラ、イツマデモ仲間ダ。Ｊボーイ、ソロソロ帰ッテコナイカ、君ガ育ッタ戦場ニ。帰リッ放シハ悲シイナ。

本人と直接話すことはさほどないが、声を聞くたびダニエルは冗談とも本気とも取れるフランス語で笑いながらそう言った。

「ソノウチネ。ソウイウコトモアルカモシレナイ」

どこに行っても戦いだよとは、カンボジアでＰＫＯ協力法による日本の派遣大隊に見出《みいだ》され、今更帰ってもと躊躇《ちゅうちょ》する純也に帰国を後押ししてくれたダニエルの言葉だ。帰ってみれば平和だと聞く日本にも戦いはあった。

――なぜ帰ってきた。

戦場に生きただけでなく戦士であったと知れて以降は父さえが明確な敵だった。敵がいればそこは戦場だ。ダニエルが待つ戦場が嫌なのではなく、どこに行っても同じなら今のところ純也には日本が戦場だった。

王浩の頼み事を、とにもOKと口にしたダニエルの対応はスピーディにしてパーフェクトだった。年末年始を過ぎ、松の内が明ける頃、ダニエルの片腕にして優秀なエージェントであるマイクがレンタカーで現れた。手順としてはまず逗子《ずし》に行き、年明けすぐにマイクが入会したという会員制マリーナのクルーザにふたりを乗せ、明日には日本の限定沿海内に入る大型ヨットに乗せかえるという。ここまでの時間の大半は、ハワイにあったダニエル所有のヨットを日本の領海十里にまで寄せるために費やしたようだ。国連海洋法条約によって船舶は、たとえ他国の領海十二海里内であっても寄港しない限り無害通航権を有している。ヨットの船籍を聞けばアメリカだとマイクは笑った。つまり、ふたりが向かうのもアメリカということだ。

手馴《てな》れた者達にとって、フリーの出入国など実は簡単なことなのだ。問題は同じようなことの出来る中国マフィアの情報網を掻い潜り、いかに安全な場所へふたりを送致できるかにある。が、マイクが自らやってきたことで純也に不安はなかった。小一時間ほどの世間話で、さてとマイクは腰を上げた。

「君を見て来いともダニエルには言われているがね。これ以上は時間の無駄だろう。相変わらずのようだ。なんの変わりもない。今すぐにでも戦場に立てるね」

片手を上げてマイクは去った。そうして王浩と鈴木静香は、誰が見てもふいの蒸発、いきなりの行方不明となった。

その後、魏老五本人はともかく、グループの連中は血眼になって王浩を探していたが、最近になってようやくあきらめたようだ。表立って国家を相手にする戦争屋のダニエルの片腕が、たかだか日本の裏社会に巣食うだけの中国マフィアに後れをとるはずもなかった。

四

そうして、ふたりが日本を離れ一週間ほど経ってから掛かってきたのが夕佳の電話だった。逢うことを承諾すれば、彼女の方から指定してきたのが件《くだん》の定食屋だった。時間通りに出向いて純也は思わず息を飲んだ。静香も定食屋には場違いだったが、みなに興味を抱《いだ》かせ無遠慮に眺めさせる隙のようなものがあった。だが、夕佳の美貌にはその隙さえ見出せなかった。圧倒的だった。店主は所在無げに視線を彷徨《さまよ》わせ、客らは箸やスプーンを持ったまま料理に向かう姿勢で固まっていた。

夕佳は不似合いにして場違いな中にあって自然体に見えた。純也同様、そういうシチュエーションに慣れているようだった。

純也が席に着くとセミロングの片側を耳にかけ、

「注文はしておいたわ。ラーメンと炒飯。半分ずつ食べましょ」

それが出会いの、夕佳の第一声だった。他愛もない世間話のうちに食事を終え、場所を変えようと車に乗り込めば夕佳は初めて本題に入った。

「そんなことをしてくれる人がいるのかと最初は疑ったわ。でもあなたは、魏老五の目も自分の立場も気にせず、本当にふたりを逃がした。勇気の人。だから興味が湧いたの」

そして、少しだけだが自分のことを語った。青森出身の二十九歳にして、〈カフェ〉のマダムだという。

「ふふ。結婚なんてまだしたこともないのにマダムなのよ」

純也のことは王浩からというより、静香から聞いたというほうが正しいようだ。

――小日向純也という人。何かあったら、あなたも相談するといい。

去る間際、静香は夕佳に携帯番号を告げたという。労使を超えた間柄のようだった。

「静香は知らないようだったけど、私は名前に聞き覚えがあったからネットで調べたわ。あるところまでは簡単だった。有名人ですものね。華麗なる一族の人。そして警察の人。そうよね。ううん、でもそんなことはいいの。どうでもいいの」

夕佳は黒髪を揺らし、艶冶《えんや》に笑った。

「ねえ。少しずつ、あなたのことを教えて。少しずつ、でも深く、知り合えていけたらうれしい」

この日はここまでだった。そして少しずつ少しずつ、互いのことを知り合った。ただ純也は、華麗なる一族ではあっても冷遇される異端児だとは話さなかった。当然、警察ではあっても公安とも告げることはない。

それにしても互いに惹《ひ》かれ合い、男女の関係になるのにさほど時間は掛からなかった。

寝物語に純也は、夕佳の多くを知った。〈カフェ〉のマダムである夕佳が天敬会の教祖、長内修三《おさないしゅうぞう》の娘であることも知った。三歳のときに両親が離婚し、一人娘の夕佳は母に引き取られ木内姓となったらしい。警視庁の天敬会についてのデータベースに夕佳とその母のことはなかったが、青森市で経営していたパチンコ屋を修三が手放したのがその頃のようだった。修三が天敬会の前身である天地の会を起こし、伝える者アースを名乗るのがその二年後だ。結構な額の慰謝料が支払われたようで、母と夕佳が生活に困ることはなかったらしい。だが、夕佳は地元の高校を卒業すると同時に、飛び出すように東京に出てきたという。多くを語りはしないが、母の再婚が実家を離れる契機となったようだ。

「相手はお金遣いの荒い人でね。私のことも変な目で見るし。大っ嫌いだった」

以来、青森には帰っていないという。

理由はどうあれ、家出同然の十八歳が東京で暮らしていくための手段はさほど多くない。だが、生来の美貌は助けとなった。地名だけは知る六本木を歩けばすぐにキャバクラのスカウトが群がった。

華やかにして厳しくも、あの頃の二、三年が人生で一番楽しい時間だったと夕佳はさびしく笑った。

そんな夕佳がふたたび父とかかわりを持ったのは、同僚のキャバ嬢に天敬会のシンポジウムに誘われてからだ。厳しさが勝れば心が疲弊する。拠り所を求める夜の蝶は多いようだ。おりしも菜園農園のブームもあり、スローライフ・スローフードが提唱された時期でもあった。〈天に然り、自《おの》ずから然り〉天然自然の自給自足を教義とする天敬会を最初は宗教と知らずシンポジウムに参加する者も多かったようだ。

夕佳も泥沼の中でもがく最中だったという。当時付き合っていた男が、暴力団員と知っても別れられないほど、暴力とクスリに身体《からだ》を蹂躙《じゅうりん》されていた。後で聞けば、この同僚は前から天敬会の信者だった。

壇上のアースは、実に端正な顔をしていたようだ。それも人が集まる理由のひとつだったらしい。人は天然自然に帰依すればいいという教義は簡単にして明確だったが、アースにも教義にも特に興味は湧かなかったと夕佳は言った。

アースと目が合うと、なぜかアースはうなずきながら微笑んだという。同僚と早い夕食を取り、出勤前に一度マンションに戻れば、部屋の前にアースが立っていた。

「大きくなった。わかるかい。手を尽くし、私はお前のことをずっと見てきた。自分の足を青森に運んだことも数度ではない。お前が家を飛び出した理由も知っている。今の苦しみもね。だから、任せておきなさい。もう苦しむことはない」

永い年月を経て、ここに再び親娘《おやこ》はつながりを取り戻し、暴力団の男からはいきなり連絡さえがなくなったという。

これ以降、ひと月に一度は天敬会が千葉の印西に所有する山野に通うようになった。本部本山のアースに、いや父に会うためだ。

天敬会は財産を全て寄進した本信者しか本部本山に入れないらしいが、本信者になることなく夕佳は入山が許可された。天敬会に好意的なルポライターとして特別に取り計られたようだ。教祖の娘と公にされることはなかった。修三の傍《そば》には、身の回りの世話をする信者が常にいた。みなからマザーと呼ばれる四十歳くらいの女性だった。何度訪れようと、夕佳はだから修三とふたりだけの、親子水入らずの刻《とき》というものは持てなかったようだ。聞けば彼女の勧めで宗教法人登録をしたのだと修三は言った。夕佳には冷ややかな女だったが、つまりは修三の内妻にして一番古い信者らしかった。

そんなマザーが修三の傍から忽然《こつぜん》と姿を消したのは、今から五年ほど前だった。間を置かず修三から電話があったという。

「夕佳、手伝って欲しい。この会にはマザーが運営していた組織があるのだが、私にはマザーの代わりはできない。だからお前に頼みたい。お前しかいない」

夕佳が〈カフェ〉のことを知ったのはこのときだった。躊躇《ためら》いはあったようだが、承諾したという。夜に生きる女として免疫のようなものもあったかもしれない。が、

「私を泥沼から救ってくれたし。……いえ、頼られて嬉しかった。父に頼られて。それが本音かも」

夕佳はキャバクラを辞め、〈カフェ〉のマダムとなった。会の諸経費と女性達を管理し、相手方の信頼を得るため、契約時に同席するのがマダムの役割だという。直接運営には携わらないが、入会者と女性達にとってはだから、マダムが〈カフェ〉の顔にして実体だった。

「実体でも実態は知らないって、ふふ、可笑《おか》しいでしょ」

新宿の雑居ビルの一室に転送用の電話とパソコンが一台ずつ置かれるだけで、そもそも〈カフェ〉の運営に何人が動いているのかもわからないと夕佳は言った。会計も通帳を管理するわけではなく扱うのはカードだけだという。女性達については名前や携帯番号やアドレス、口座番号を列記したデータが与えられており、月に一度は女性達の心身のチェックも兼ね、ひとりひとりと食事を共にする。これが主な仕事といえば仕事のようだ。

「組織にとっては私なんて、なんにも知らない小間遣いの事務員でしかないの。でも、女

性達から見ればそうじゃないわ。文句も言うし、彼女達に対して私は絶対。彼女達の報酬に決まりはあるけど、最終的には私が決めるの。マダムというより女帝ね。ふふ、独り者のマダム。傀儡《かいらい》の女帝」

夕佳を天敬会のシンポジウムに誘った同僚はその頃までにキャバクラを辞め、印西の山野に移り住み、そして、そこさえも出ていつの間にか都内に戻り〈カフェ〉の一員になっていたらしい。それが、純也が王浩とともにサンノゼに送った静香だった。マダムとなった夕佳を初めて見た日、少しおびえた顔をしたという。

「彼女、前より優雅な暮らしはしてるみたいだったけど、顔色はあまり良くなかったわ。私も昔、ね。だからわかる。きっとクスリ。自分でか、魏老五か、〈カフェ〉の男達か。でも、だから静香を逃がしてくれたこと、本当に嬉しかった」

「ふうん。クスリ、ね」

純也が仕事柄で聞きとがめると、

「かもしれない、ってくらいだけど」

寂しげな笑顔で一拍置き、夕佳は意を決したように言葉を続けた。

「でも、かもしれないって思わせるほど〈カフェ〉は危うい。〈カフェ〉は天敬会なんかよりずっと危うい。だって……」

だってで途切れる言葉をなぜで促せば、

「いずれあなたも知るわ。私といれば。いえ、私なんかいなくとも」

小さな吐息とともにセミロングの髪裾《すそ》を揺らし、そして、生前の夕佳から純也が聞いたのはここまでだった。

第二章　警視庁の面々

一

現場が完全撤収となる前に、純也は潮風公園北駐車場を後にした。時刻はもうすぐ六時になる頃だった。

純也は証票が示すとおり、警察庁採用のキャリアにして、現警視庁理事官である。本来なら移動手段として運転手付きの捜査車両が与えられてもおかしくない立場だ。現に理事官になったときにはそんな打診も受けたが、純也は固辞した。おりしも平成の大不況の只《ただ》中《なか》で、経費削減を強く主張すれば正論である以上、どこからも不満は出なかった。警視庁もしょせん、予算があってノルマもあり、月給があり残業があり、昇進昇給もあれば降格減俸もあるカイシャなのだ。現に本庁は本社、所轄は支社とも呼ばれる。

ささやかな分室の長であるからこそフットワークよくどこまでも身軽でありたいと、それが上に逆らってまで純也が理事官の待遇を固辞した理由だ。その身軽さが得られなければ遠い存在である父、いや内閣総理大臣を動かしてまで、強引に分室を立ち上げた甲斐《かい》もないというのが純也の持論だった。

純也は東大から警察庁に入庁したキャリアだ。しかもただのキャリアではない。二〇〇四年度における国家公務員Ｉ種一次試験のトップ合格者だった。望めば外務省でも財務省でも自由であったろう。どこへ行っても入庁と同時に事務次官候補の最右翼となることは間違いなかった。それがトップ合格なのだ。が、純也は迷うことなく警察庁の門をたたいた。外務省でも財務省でもなく、警察庁の門を。

人がなんと言おうと純也にとってはそれが自然なことだった。と同時に、自らの人生を守るために必要だとの認識もあった。いかなトップ合格であれ、ある理由によってどの省庁へ行っても事務次官や長官になれない、それどころかいずれ飼い殺されることになるとは、本人をはじめとする数人だけが知る秘事だった。

レインボーブリッジに差し掛かったところで、純也はハンズフリーにしておいた携帯端末を操作した。

「はい」

歯切れのよい鳥居の応答が聞こえた。

「分室長が電話してきたってこたぁ、やっぱりなにかありましたか」

今も自宅なのだろう。朝のニュースらしきテレビの音声が奥からかすかに聞こえた。

「ああ、公園の浜辺でね。車両爆発があって他殺体で発見された」

イヤホンの向こうで鳥居が息を飲むのがわかった。

「他の奴に、ですか」

息を潜めて曖昧に。自宅なのだ。当然そうなるだろう。

「車両の方も単なる引火爆発じゃない。あれは爆弾によるものだ。高さだけでなくダメージは広く、近くは低く。イラクやカンボジアでいくらでも見た。間違えようもない」

「なるほど。えっ。見たって、まさか堂々と臨場したんですか」

部下でさえ驚く。公安のキャリア警視が、しかもひとりで殺しの現場に赴くとはそういうことだ。

「したよ。検視官が大久保警視だったから、遺体も確認させてもらったし、車両廻りの鑑識に科捜研が混じっているのも確認した」

溜息《ためいき》とともにイヤホンに響くノイズのような音は、きっと鳥居が胡麻塩《ごましお》の角刈り頭を掻いているからだろう。

「まあ、相変わらずっちゃ相変わらずのこってすが」

「迷惑かけるね」

「いやぁ。気を揉《も》むのもこっちの仕事ですからね。気にせんでください」

「私情で探し始めたことは否めない。ただ刺殺と爆弾。手段と結果と目的にねじれがある。怨恨の線は薄いだろう。なら天敬会と〈カフェ〉と、被害者を辿《たど》る一番太いラインを引いているのはうちだ」

「はい」

「ホシは我々で。出来れば全体も潰《つぶ》す」

「ほっ。こいつぁ大事《おおごと》だ」

「ははっ。私事ではなくなったけど、ずいぶん私情混じりだけどね」

「そいつぁ、ってぇか、そうですか。――ご愁傷様でってなこと、いちおう今のうちに言っといた方がいいですかね」

鳥居は普段から夜中だろうと明け方だろうと、いつどんなときに連絡をとっても歯切れよくべらんめぇだ。が、こういうときにはそんな口調がありがたい。

「沁《し》みるね。受け取っておくよ。それで」

「ああ、セリとシノは指示通り夜中のうちに捕まえときましたよ。ただセリの奴ぁ案の定ってえか、ベロベロだったんで覚えてるか不安ですが」

先回りするように鳥居が言った。

「で、どこにします。私もシノもまだ家です。セリぁきっと、六本木から麻布に向かうどつかの路上で寝てますが」

純也の思考についてくる鳥居の阿吽《あうん》の呼吸が心地よい。

鳥居が聞く「どこ」とは、会議をもつ場所のことだ。通常の手続きによらず立ち上げられた純也の分室は、公安内部にあってもかなり異質だった。異質を排除しようとするのは人の性《さが》かもしれない。純也の分室は、常にどこかの誰かに狙われていた。分室立ち上げ当初などは盗聴器の発見破棄が、まずしなければならない毎朝の日課だった。そんなこともあり、純也の分室では会議の場所を分室に限定しなかった。それどころか、重要になればなるほど外を多用した。ＰＣメールや携帯は便利だし有効だが、こと自分達が使用する場合にはあまり重きは置かない。傍受の危険性を常にはらみ、記録の安全性が不明確だからだ。外で集合しそのまま散らばり、また外で集まることを繰り返すときなどは何日も登庁しないことさえあった。鳥居がどこと聞くのはだからであり、いつものことだった。

「ああ。今日は分室でいい。努めて普通に分室で」

「――いいんですか」

真剣みを帯びたように鳥居の声が一段下がった。

「いい。早めに出ておいたほうが無難だ。そうしないと、あとで面倒臭いことになりそうだからね」

「と言うと」

「捜一の担当が第二の真部係長だった」

「ああ、なるほど。あのクソ生意気なボンクラの」

純也は思わず吹き出した。年嵩《としかさ》だからというだけでなく、面と向かっても鳥居なら言うだろう。

「そういうことならわかりました」

担当が真部と、それだけで鳥居は飲み込んだようだ。

「で、室長は今どちらで」

「レインボーブリッジ」

「そうですか。じゃあ私もこれからすぐに。七時までには行きます。セリの奴だけでもたたき起こして先に着かせときましょうか。起きりゃあですが」

「いや、まだ寝かせておいてやろう。メイさんも定時でいいよ」

警視庁の定時は八時三十分だ。

「いいんですか。まだだいぶありますが」

「庁内を話が廻るのにもまだだいぶあるさ。だから私もいったん自宅に戻る。なんたって主任、塩っ気の混じった夜霧は最悪だ」

「なら定時で。ただ、セリの奴だけはたたき起こしときますよ。ゴミと間違われて収集車に放り込まれねえようにね」

了解と答えて純也は通話を終了した。

車の量もまだ少ない晴海通りに出れば、隣の車線から大型ダンプが排気ガスを撒き散らしながら追い越してゆく。

「さて、弔い合戦。戦争だね」

つぶやきながら、純也もダンプに負けじとアクセルを踏み込んだ。

二

いったん国立《くにたち》の住まいに戻った純也がこの日、警視庁の地下駐車場にBMWM6の車体を滑り込ませたのは午前十時を回った頃だった。地味なカラーの公用車や護送車などが多く場を占める薄暗い駐車場にあって、ディープ・シー・ブルーに輝く車体は異彩を放つ。

ちょうど居合わせた人のうち、何人かがまじまじと純也を見た。車体カラーにも純也の風貌にも馴染《なじ》んでいない者達だろう。特に無遠慮な目で見る制服組は、春の人事異動で本庁に来た連中に違いない。気にはしないがわずらわしくはあった。順繰りに見返してやれば、射的の的のように当てられた者から視線を泳がせ無関心を装ってエレベータへと向かった。

多分に島国的、日本的だと思う。心身の成長に一番大事な時期を海外で生きた純也にはその辺がわからない。

「ま、もう慣れたけどね」

対個人にではなく、そういうカイシャに、そういう日本人にだ。

そのとき、十数人のスーツ姿の男らが場内に駆け込んできた。靴音だけでも騒がしいくらいだった。その中に斉藤誠警部補の姿もあった。湾岸警察署に木内夕佳殺害事件における特捜本部の立ち上げが決定したようだ。男らが乗り込んだ捜査車両がタイヤを軋《きし》ませながら次々と純也の前を通過してゆく。

「さて、と」

きびすを返し、一団の慌しさが残る駐車場内を純也は音もなく歩いた。所属分室があるのは十四階だが、純也はそのままエレベータに乗ることはせず、A階段で一階に上がって玄関ホールに出た。そうして、受付に声をかけてから部署に上がるのが、純也にとっては登庁の通過儀礼のようなものだった。

玄関ホールには本庁職員、警察庁をはじめとする各省庁職員、ネタ探しのフリーライターや記者、さらにはピーポくんのバッジをつけた見学ツアーの一般人までいて、いつものことであるが雑然としていた。市役所や税務署ほどではないが、警視庁本庁の玄関ホールは多種多様な人のざわめきが絶えることはない。昔はもう少し閑散としていたように思う。

玄関ホールは警視庁の内側だった。それが、人気取りの見学ツアーを始めてからは今の通りだ。玄関先に職員は立つが、明らかな不審者以外、誰が来ようが見学ですと言われれば受付まで通すしかない。以来、ホールは警視庁の外側も同然だった。

純也は壁際の受付に近づいた。四万数千人の所属員を持つカイシャの本部受付にして、警視庁本庁の受付は、無機質な受付台に埋もれるようにして二名の受付嬢を配するだけだった。下台の花瓶に生けられたオトメユリが華やかさを演出する。

「やあ。おはよう。綺麗な花だね」

それがいつもの純也の挨拶だ。向かって右に座るのは、ついひと月前に受付に座るようになったばかりの二十歳の娘だった。まだ純也の容貌に免疫が出来ていないようで、一瞬見惚《みと》れるようにぽかんとした後、慌てて頭を下げた。対照的に左の女性、大橋恵子《おおはしけいこ》は表情ひとつ変えることなく、おはようございますと言って机上の用紙に目を落とした。

「念のため申しますけど、別に花は理事官がお好きだからって置いたわけではありませんから。お間違えのないように。これは庁舎にいらっしゃるお客様のための彩りですから」

「えっ。ああ、そんなこと」

別に言われなくとも自分のためとは思わない。純也は恵子が、特に月曜の朝は日比谷で切花を買い込んで登庁してくることを、前に受付にいた女性に聞いて知っている。自費でだ。だから褒めたりするのだが、どうにもこの大橋恵子とは相性が悪い。

「まあ、確かに言ったけどね」

純也ははにかんだような笑みを右の娘に向けた。

「君には乙女のユリがよく似合うね」

娘の顔が花びら同様のピンクに染まった。

「若い子をおからかいになるのはそこまで。ここは本庁舎の受付です」

「おっと」

受付に座るくらいだから二人とも人受けする顔立ちだが、特に恵子は美貌だ。ただし、男所帯といってよい警察機構の中にあっても大橋恵子に虫は寄り付かない。警視庁職員I類試験を過去最高点で通過した、今年二十七歳になるこの才媛は入庁当時、ハイテク犯罪対策総合センター（現サイバー犯罪対策課）の後方支援要員にと期待されたらしいが、歯に衣着《きぬ》せぬ物言いと若い正義感で上司との衝突を繰り返し、さまざまな部署をたらい回しにされたあげく、三年前からこの受付に居座っている。右に座るまだ純也が名前も覚えていない娘と違い、おそらく恵子にとって受付は閑職だ。それもあって四ヶ月ほど前、分室の紅一点であった事務職の草加好子《くさかよしこ》が体調を理由に退職願を提出した際、純也は分室に引っ張ろうとした。が、このときは分室の鳥居主任に強固に止められた。

――ちょっと待った。分室長、あの姉ちゃんだけはやめてくださいよ。

どこかでなにかの衝突があったようだ。鳥居ならあって当たり前の気もするが、犬塚も猿丸も同意を示して大きくうなずいた。そっちもかと純也は苦笑するしかなかった。

この人員の補充に関しては幸い、とある人からひとりの女性を是非にと紹介され、そちらを採用する運びとなった。恵子が劣っていたと言うわけではないが、その女性の方は不幸があって失職したばかりだった。外部からとなると一年前だったらまず無理だったろうが、現在の警視庁は特にネット犯罪、サイバーテロに関する即戦力なら、外部委託にも緩やかだ。越後湯沢出身で幼い頃に父と死別し、親ひとり子ひとりで母は今も地元の旅館で働いていると、そんな簡単な身元確認ですぐに採用となった。

「ええと」

大橋恵子は机上のメモを何枚かめくった。

「九時二十三分に十四階の部長から、小日向理事官宛の伝言を受けてます。午前中に出勤なら部長室へ出向くように、とのことです」

十四階の部長とはすなわち、警視庁公安部部長のことである。現公安部部長はこの春の人事異動で着任したばかりの長島敏郎《ながしまとしろう》だ。出来る男と噂に高い。現に五十一歳での部長就任はキャリアの中でも勝ち組であることを示す。

「へえ、部長の方か」

純也は得たりとばかりに笑みを浮かべた。刑事部捜一の、しかも融通の利かない真部係長の現場に断りもなく足を踏み入れたのだ。おそらく刑事部長を通して正式な抗議が公安部に入れられ、誰かの呼び出しがあるとは思っていた。それが公安部長であるか、公総課長になるかは歴代公安部長の考えによる。前任の公安部長である木村《きむら》はわりあいよく純也を呼びつけた。その前の部長は最初から、純也とのかかわりをことさら避けようとするかのように何があっても前に出てこなかった。代わりに公総課長によく呼び出されたものだ。一貫して刑事畑を歩き、千葉県警察本部長からキャリアアップして来た今度の部長はどんな感じかと、ちょうど純也は考えていたところだった。

「了解。ありがとう」

「仕事ですから。ところで理事官」

恵子はメモ用紙を閉じてわずかに身を乗り出した。

「このところ静かでしたけど、また何かしでかしたんですか」

「え。いや、特には身に覚えはないよ。いったいなんだろうね」

「本当に？」

「はは。信用ないね。なら、内容まで聞いておいてくれればよかったのに」

「理事官が何をなさろうとこちらには関係ありませんけど。ただ――」

純也の言葉を無視して、恵子は黒目勝ちの大きな目で真っ直ぐに純也を見据えた。

「何度も申し上げてますけど、受付は理事官の秘書室ではありませんから」

純也が必ず受付を通るのは、つまりはそういうことなのだ。見掛け上は庶務係の分室だが、庶務係長は警部で階級的に純也より下であり、実際にも分室は庶務係の仕事をしているわけではないから電話がかかってくることなどない。上役で携帯を鳴らす、あるいは分室にかけてくるのは、公総課長か公安部長と相場は決まっていた。内容も訓告、注意と純也の場合決まっている。そんな電話にリアルタイムで対応する気などさらさらなかった。携帯にかかってきても純也は出ない。分室にかかってきた内線も後回しだ。

だから受付を通る、と言い切っては大橋恵子は激怒するかもしれないと純也は内心で苦笑した。十四階でエレベータを降り、桜田通りに面した端にある分室は、同じフロアの公安総務課や公安部長室からは逆方向にしてどの部署よりも遠かった。呼び出しがある場合、いちいち分室に入ってからでは面倒なのだ。

――お呼び出しは玄関ロビーの受付へ。それが一番手っ取り早いと思いますよ。

そう告げたとき前公安部長の木村は渋い顔をし、公総課長などはこめかみに青筋まで浮かべてあからさまな不快を示したが、結局口に出してまでの文句はなかった。以来、大人しく受付に伝言を下ろしてくれているとは、考えれば手間が省けてありがたい限りだった。

「用件はお伝えしました。向かわれたらいかがです」

恵子が純也の後ろに視線を動かし、ショートボブの髪に手をやった。どけと言う意思表示だろう。来客の気配を純也も背後に感じていた。

「そうだね。じゃあ」

純也は片手を上げて受付の前を離れた。

「あの、見学ツアーに申し込んだ者ですけど」

「あ、はい。では、こちらの用紙にお名前とご住所を記入してください」

純也に対したときとは打って変わって朗らかな恵子の声を耳にしながら、純也はエレベータへと歩を進めた。

三

警視庁本部庁舎の十四階には公安部長室、参事官執務室、公安総務課、それに公安第一課がある。第二課から第四課、外事第三課は上階の十五階で、外事一課と外事二課は十三階だ。

長島敏郎が在室する公安部長室は、警視庁北通用門が見下ろせる皇居側ウィングにあった。梅雨明けの陽射しがついさっきまでは室内にあふれていたが、北側に開けた公安部長室は太陽が高く昇って南に傾き始めると影に入る。十時はそんな頃合だった。

五十一歳の平均に身長も体重も足りない身体を肘掛椅子《ひじかけいす》に預け、長島はそれまで目を通していた黒革のファイルを紫檀のデスクに放った。右側頭部に染めることをしない白髪が差し色のように入り、切れ長の目と細面《ほそおもて》が相まうと猛禽類《もうきんるい》を思わせた。ハゲ鷹《たか》や鷲《わし》ではなくどちらかと言えば隼《はやぶさ》か。その目は、机上の色褪せたファイルに据えられたまま鈍く光っていた。表表紙《おもて》にはビニルコーティングされたアルファベットひと文字だけが貼られていた。

ただ、Jと。

マジックの文字は二〇〇四年、当時警察庁長官だった吉田堅剛《よしだけんごう》の自筆とも、次長であった国枝五郎《くにえだごろう》現警察庁長官のものとも聞く。そういう申し送りとともに前公安部長である、木村義之《よしゆき》現兵庫県警察本部長から手渡されたファイルだ。が、

――こんなものはどうでもいい。申し送りを忘れんようにするための小道具のようなものだ。まあ、小道具を用意してまでというだけで、たいがい物騒ではあるがな。

木村が言うとおり、ファイル自体はなんのことはない。


〝小日向純也について〟

一九八二年十月二十二日生まれ。生誕地世田谷。父和臣、母香織、四歳年長の兄和也《かずや》有り。本人独身。

三歳時、外務省に出向中の父、一等書記官としてアラビア半島カタールに駐在。母とともに同カタールへ。

六歳時、湾岸協力会議（GCC）への報復としての同時多発テロに巻き込まれ、日本側では純也父和臣と駐在武官矢崎啓介《やざきけいすけ》一等陸佐が負傷、母香織は死亡、本人も行方不明となる（衝撃による短期記憶喪失状態であったと後に判明）。

十歳時、カンボジアにて、ＰＫＯ協力法に基づく自衛隊の第一次カンボジア派遣施設大隊により発見され帰国（フランス海軍コマンド部隊の庇護《ひご》下にあったと後に判明）。発見者は矢崎啓介一等陸佐（矢崎陸佐が同隊に所属していなければ発見はなかった模様）。

十二歳時、学力検定後、横浜の精華インターナショナルスクールに通う。ハイスクールまで一貫。寮生活。

十八歳時、東京大学文Ⅰ類入学。文京区湯島のマンションに単身住む。

二十二歳時、国家公務員Ⅰ種一次試験トップ合格。

二十三歳時、警察庁入庁、警部補。警察大学校初任幹部課程受講後、警視庁浅草署にて六ヶ月の勤務。

二十四歳時、警察大学校補習後、警部。千葉県佐倉警察署地域課長。

二十五歳時、警察庁警備局警備企画課。

二十七歳時、警察大学校補習後、警視。警視庁公安部公安総務課庶務係分室長。なお正式な役職は公安総務課管理官。

本年公安総務課理事官。分室長は維持まま。

なお追記として、

現住所は東京都国立市×××。官舎ではなく母方祖母芦名春子《はるこ》の邸宅。同居。

現陸上自衛隊第十師団師団長、矢崎啓介陸将との親交大なり。
父方祖母小日向佳枝《よしえ》没年時に遺産相続有り。これによりＫＯＢＩＸ個人株主第三位。他、東大在学中のベンチャー投資により保有株多数（現時点で大証二社、東証一部上場三社）。個人資産莫大なり。

家族構成
小日向和臣　父。六十三歳。東京大学文Ⅰ類卒。通産省入省。民政党衆議院議員七期。現内閣総理大臣。
小日向香織　母。死去。女優芦名ヒュリア香織同人。ファジル・カマル（死去・トルコ、コウチ財閥系日盛《にっせい》貿易㈱社長）と芦名春子の長女。
小日向和也　兄。三十四歳。オックスフォード大学卒。父和臣の公設秘書。妻と一女有り。妻の父は現内閣府特命担当大臣防災担当兼国家公安委員会委員長、民政党衆議院議員四期後藤鉄雄《ごとうてつお》。

親族構成
小日向良一《りょういち》　父和臣の長兄。七十七歳。ＫＯＢＩＸ（旧小日向重化学工業）会長。
小日向良隆《よしたか》　良一の長男。四十七歳。ＫＯＢＩＸ代表取締役社長。離婚歴（農林水産事務次官次女）有り。
小日向憲次《けんじ》　父和臣の次兄。七十四歳。ＫＯＢＩＸ建設会長。
小日向栄子《えいこ》　父和臣の一姉。六十九歳。エレクトロニクスベンチャー、㈱ファンベル（東証一部上場）社長加賀浩《かがひろし》の妻。
小日向静子《しずこ》　良一の妻。七十三歳。兄山形文宏《やまがたふみひろ》は四葉《よつば》銀行元頭取、現顧問。
小日向美登里《みどり》　憲次の妻。六十九歳。故父三田善次郎《みたぜんじろう》は元民政党衆議院議員、党幹事長。兄三田聡は前内閣総理大臣。
芦名春子　母方祖母。八十六歳。日盛貿易㈱名誉会長。国立市在住……etc.〟

ファイルは小日向純也理事官の来歴と家族親族構成だ。数奇ではあるがレポートとしては簡略が過ぎて面白みはない。分室行きになった経緯はおそらく故意に省かれている。家族親族構成の方も華麗ではあるがそれだけだ。特に長島に関係はない。問題は、木村から申し送られた次のひと言だった。

――飼い殺せ。

ひと言であることがかえって鋼鉄の重さを持って腹に響く。長島はわずかに眉宇《びう》をひそめた。長島と違って体格のよい木村は太鼓腹を揺すり、匪石《ひせき》と渾名されたお前でもそうなるかと笑い声を含んで口元をゆがめた。

——どういうことかと俺も聞いた。しかし、俺は答えを知らんぞ。なぜならな。

と右手をゆっくり上げ、木村は中央合同庁舎二号館の方を示した。

——知らなければ従えないという者は、このファイルと覚悟を持って向こうの、二十階の官房へ、ともそのとき申し送られたからだ。

二十階の官房とは警察庁長官官房のことだが、十九階にもある長官官房とは違う。二十階は会計課や給与厚生課もあるがそんなところに行かされるわけもない。長官その人でもない。長官室は十九階だ。推測はおのずと限定される。木村の言う二十階の官房とは、課長級で在籍する国家公安委員会会務官のことだろう。

——俺は前公安部長の前で、他の引き継ぎ書類と一緒にキャビネットにしまった。教えてもらってわざわざ地雷を踏む馬鹿もいまい。

本当に警察庁長官官房の誰か、あるいは長官本人、はたまた国家公安委員長が命じてきた可能性もあるが、長官官房とまで教えるなら、指示はその先まだ遥かに遠い所からと考えるほうが自然だろう。国家公安委員会の長は内閣府特命担当大臣防災担当であるが、実質的には任命権を持つ内閣、その長である内閣総理大臣が権限を持つ。覚悟を持って来いとは、下手をすれば行き着く先は内閣総理大臣だ。つまり、小日向和臣。

——ほら長島。仕事の目になってるぞ。

木村は長島の長考を遮《さえぎ》ろうとしてか、身を乗り出して手を叩いた。

——余計な詮索はしないほうが身のためだ。キャリアに傷がつく。それも、修復しようのない深い傷がな。雲の上のことが知りたければ、お前自身が雲の上に上がってからにしろ。俺と違ってお前は、少なくともいずれ雲の上に顔くらいは出せるだろうが。

木村が言う通り、通常キャリアの定席である公安部長には五十三歳で昇進し、二年から三年の奉職を経て次に進む。木村が警視監に昇級し公安部長となったのは五十五歳のときであり、今まだ長島は五十一歳だ。同じ東大の木村は一浪で長島が現役という以上に、辿り着いた者と通過しようとする者の差は歴然である。兵庫県警察本部長で間違いなく木村は上がりだろう。長島はまだ警視総監、警察庁長官のどちらでも狙える位置にいた。

——飼えと言われたなら大人しく飼っていればいい。ただ飼い方にも色々あるとな、まあ、これは俺の私見だが。

引き継ぎはそれで終了らしく木村が席を立った。ああそうだと言いつつ木村は、がらがらとした笑い声を今度は隠しもしなかった。

——俺より上に行く奴に餞《はなむけ》を送っとこう。あの男な、飼うといっても相当に難しいぞ。俺はとうとう最後まで飼い馴らせなかった。時おり飼わされている気にもなった。それでほぼ野放しだ。政治のトップだけでなく、財界のトップでもある一族の鬼っ子。魅力もあるが、大いに毒も含んでいる。今の俺と同じような前任者からの私見によればな。そんなんでJには、最初は間違いなく名前だったんだろうが、次第に色々な意味が付加されてきたそうだ。ふっふっ。お前がどう扱うか、どういうJとして接するか。兵庫からゆっくり見させてもらおう。天下りするまでの、それが俺の唯一の楽しみになりそうだ。

それだけ言い残し、木村は兵庫県警に去っていった。

「J。JUNYAのJ」

ファイルの表紙をにらみ長島がそうつぶやいたとき、机上のインターホンが電子音を発した。

——小日向純也分室長がお見えです。

公安部長室別室に詰める秘書官、金田《かねだ》警部補の事務的な声が聞こえた。

「通したまえ」

Jファイルを机の袖引き出しにしまうのと同時に軽いノックの音がした。

「失礼します」

張るわけでもないのによく通る声だった。体格にも容貌にも、明らかに中東を感じさせる小日向純也という理事官を長島は初めて近くで眺めた。

(総理大臣と銀幕のスターの子、か。なるほど、よく母に似ている。一時期私も熱中した、芦名ヒュリア香織に。が)

近く寄れば寄るほど、長島は小日向に熱波のような風情を感じた。イメージするなら、砂漠を吹き流れる中東の風か。容貌はたおやかだった母に似ているが、内包する気性はなかなかに荒々しく男臭いもののようだ。

「お呼びとお聞きしましたので」

小日向は長島の視線を気にする様子もなく紫檀のデスクの前に立った。

「そう、呼んだ。小日向分室長」

長島は肘掛椅子から立たなかった。堂々とした体軀《たいく》を前にすると多少の気後れがする。小柄であることと痩せぎすであることは自身の弱みだと長島は思っていた。

「そういえば、こうして面と向かうのは初めてだったかな」

「そうなりますね。着任式のご挨拶は末席から拝聴しましたので」

「そうだったか。私は君のことを覚えている。末席だろうとなんだろうと、君は色々な意味で壇上から見ると目立つ存在だ」

「壇上から見ると、ですか。なかなか意味深ですね」

「ほう。さすがにI種トップだ。飲み込みが早くて助かる。と言うことは、自分の置かれた立場について十分わかっているんだな」

「状況としては理解しているつもりです」

「状況としては、かね。ならば状況以外には」

「感情としては、そうですね、もう慣れましたというほかありません」

「聞く限りでは、慣れることが出来る立場とは到底思えんが」

「他の方がどう思われようと、これは私が生きてきた過程のことです」

臆するところは微塵《みじん》もないようだ。長島の中に少々の、悪戯《いたずら》心が芽生えた。純然たる興味だったかもしれない。

「その過程、君の口から聞かせてもらうわけにはいかんかな」

「まあ、止《や》めておきましょう。大して面白い話でもないですから」

小日向ははにかんだような笑みを見せた。容貌と相まって実に魅力的な笑みだった。思わず釣り込まれそうになる。

「なら本題に入ろうか」

長島は努めて自然な動作でデスクに肘をのせ、立てて組んだ手で口元を隠した。

「小日向分室長、今日どうして私に呼ばれたかは、わかっているな」

「はい。刑事部からでしょうか」

「そう。鬼の首を取ったような猛然とした抗議だった」

「それは、お疲れ様です」

「お疲れ様、それだけかな」

長島は切れ長の目を細めた。そうして隼の目に真摯《しんし》な光を灯《とも》せば、前職である千葉県警本部では誰もが震え上がったが、

「こういうときの対処も部長の職務のうち、と解釈していますが」

と、この理事官は平然としたものだった。

「なるほど。向こうの係長にはたまたま通りかかっただけと言ったそうだが、私の職務のうちとも言うからには、実際にはこちらにも絡みがあるということか」

「ご明察、痛み入ります」

「戯《ざ》れ言《ごと》はいい。話せ」

「いえ、今はまだ」

「話せないのか」

「話せないというより、お話しするほどではないという方が正確ですね」

「ほう。それでよく捜一の現場にしゃしゃり出たものだ」

「公安ですから」

小日向は軽く肩をすくめた。

「公安ならどの課にもどの係にも、それこそ捜査員一人一人にも、こういう種のような案件は無数にあります。こういうピラミッド型の組織の良いところでもあり悪いところでもありますが、いちいち上司に、それも頭飛ばしで部長に全てを話さなければならないとしたら、はっはっ、毎日この部屋の前に行列が出来ますよ。部長は聞くだけで手一杯だ」

「……大した理屈だ」

幾分の皮肉を込め、長島はまた肘掛椅子に深く背を預けた。

「なら、お前のところの課長にならどうだ」

「いえいえ」

「係長なら」

「係長は庶務です。はなから話す気はありません。聞いてもくれないでしょう」

「分室では」

小日向は先と同様の笑みを見せつつ小さくうなずいた。二度目であっても釣り込まれそうになる。この微笑みは、この男にとって大きな武器なのかもしれない。

「案件です」

小日向はゆったりと、しかし断言した。

「そうか」

長島は目を閉じた。どう対するべきか。さほど長くない遣《や》り取りの中に何を見出すべきか。

いつの間にか感情さえ表に出し、小日向をお前と呼んでいることを自覚する。叱責であるはずの場に聡明さを以《も》って、小日向は自分という男をうまくさらけ出したようだ。この男との距離、関係が、次の長島のひと言で決まるような気がした。短い会話ではあったが、先送りして熟考できるほど長島の任期も長くはない。あって三年。いや、二年で振り切らなければ、キャリアという賽子《さいころ》に長官・総監の目は出ない。

「刑事部の方は私が収めておく。この件に関しての後は、小日向、お前に任せるが、定期的な報告を書面で上げるように」

「承知しました」

小日向が三度目の微笑を見せた。退出を許せば一礼とともに背を返しドアに向かうが、その足は部屋の真ん中辺りで一度止まった。

「ああ、部長。老婆心ながらこの部屋、お調べになったことありますか」

「この部屋？　公安部長室をか」

「部長室だからこそ、とお考えにはなられませんか。ましてや、部長は新任です」

言いたいことはわかった。

「……あるというのか」

さあと言いつつ小日向は部屋を見渡した。

「泥臭く真面目なのが刑事部の特徴なら、ずる賢く汚いのが公安、特に警視庁公安部の特徴ですから」

「根拠が希薄だ」

「私も公安ですから」

ではと身をひるがえし、今度こそ小日向は出て行った。

長島はドアを睨《にら》んでしばし動かなかった。

——お前がどう扱うか、どういうJとして接するか。兵庫からゆっくり見させてもらおう。

兵庫に去った木村前公安部長の言葉を思い出す。

「JESUS、JUDAS、JOKER」

日の陰りの中から見下ろせば、皇居の萌えるような新緑が眩《まぶ》しいほどだった。

四

純也はその足で分室へと向かった。皇居側からエレベータホールを経由し、まず桜田通り側のウィングに出る。左右にウィングを貫く廊下が走り、正面は公安第一課の大部屋だが、内側から不透過フィルムの貼られたパーテーションや書棚やロッカーで壁が出来ている。大部屋の外側は全面の窓だが、この遮蔽物のせいで廊下はいつも薄暗い。その上、大部屋の中からの物音は人がいるにもかかわらず極端に少なかった。電話は鳴るがそれだけだ。薄気味の悪い静寂は公安部の特徴といえば特徴だ。

真っ直ぐ伸びた廊下を最奥まで進み、突き当たりを左に折れて資料庫の前を通り、光が差す方に向かえば、正面のドアに庶務分室のプレートがある。そもそも資料庫を強引に区切った空間でしかないが、一日中陽が差す窓際であることはありがたかった。

「おはよう」

ドアを開けるとまず、一番手前にデスクトップのモニタとカラフルなグラジオラスが載った受付台がある。その向こう側に、ショートボブに切り揃えた黒髪があった。一瞬、一階の受付に舞い戻ったかと見間違う。

「あ、おはようございます」

だが、明らかに大橋恵子と違う朗らかな声は、数ヶ月前から委託で分室に奉職している新井里美《あらいさとみ》のものだった。

受付台の花は毎週月曜の朝、自発的に里美が自分の目で選んできてくれるものだ。買う花屋は大橋恵子と同じというか、教えてもらった日比谷の店らしい。早朝から開いている花屋は都会にそう多くない。分室にはグラジオラスだけでなく、窓際にはカーネーションとトルコキキョウのアレンジメントが置かれている。他にも鉢植えが三基あった。どれも里美の発注だが、大橋恵子と違ってその費用は分室、つまり純也の懐から出るから、当然のように彩りも量も種類も一階と違ってふんだんとなる。

里美は名門のG大学経済学部を卒業し、そのまま指導教授の秘書を今年の三月まで務めていた女性だ。歳《とし》は二十五歳になる。里美を紹介してくれたとある人とは、このG大学経済学部の片山智久《かたやまともひさ》教授だった。物流から見る東アジア経済に造詣が深く、その関係で純也が懇意にしている教授だ。秘書といいながら、片山の周りに純也は里美の姿を見かけたことはなかった。聞けば、同じ学部内の高橋《たかはし》という、ロシア経済学を教える教授の秘書だった。教授の秘書という職は、卒業年次の優秀な女子学生から選ばれる、いわば花形の職業だった。その代わり、四年で次の世代にバトンタッチするのがG大学の慣わしだという。里美は一年を残しての離職となるが、これは担当の高橋教授が不慮の事故で、その十日ほど前に亡くなってしまったからだ。高橋の研究室に、引き継ぐ徒弟はいなかったという。

「だからこちらでいったん預かってはおるんだが、うちの研究室も新年度からは研究費の削減を言われていてね。働く場がないんだ。どうだい、小日向君。彼女もロシア経済には詳しいし、何より多方面に――」

優秀だよと片山が太鼓判を押すので面接し、その優秀さに純也も納得して現在に至る。身長こそ百六十センチを少し超え体型はスリムで大人っぽいが、年齢より里美の声はもっとずっと幼く聞こえた。目鼻立ちも愛らしい。鳥居以下三人の分室員にはマスコット的な存在だ。

「里美ちゃんで正解でしょ。いやぁ、焦って受付の姉ちゃんにしないでくれてよかった」

とは誰が言ったかはどうでもよく、三人の総意であったろう。

「髪、切ったのかい」

と純也が聞いたのは里美の後頭部に、いつも軽やかに揺れていたポニーテールがなかったからだ。それで一階の受付と見間違った。

「似合ってたのに。いや、そっちが似合わないってわけじゃないけど」

「ありがとうございます。でも、もう夏ですから。思い切って」

「そう」

曖昧な答えはプライベートを匂わせる。そう思えば顔色も少し悪い気がした。あえてそれ以上聞かないことにする。

「分室長。そんなことよりご覧の通り、皆さんお待ちかねですよ」

「そのようだね」

配置図上、分室は応接も込みで五十平方メートルほどあるはずだが、実際には資料室に押されて狭い。受付台の左手隅に簡易なキャビネットとコーヒーメーカが置かれ、開けた右手側にコートハンガと事務書棚が据え付けられ、受付台とデスクトップパソコン一台を加えれば、それがカイシャから配給された備品の全てだ。部屋の中央には楕円《だえん》型のドーナツデスクがありキャスタチェアが六脚仕込まれているが、これは純也の好みにして自腹である。ちなみに室内には馥郁《ふくいく》たるコーヒーのアロマが漂っているが、こだわりのコーヒー豆も自腹だ。ペルー、サンディアのコーヒー農園と特約し、通常出回らないほど完熟させたティピカ豆を不活性密封した逸品である。

今、ドーナツデスクの廻りには思い思いの位置にスーツ姿の三人がいた。まず窓際で腕を組んで座っているのが今朝方の電話の相手、鳥居洋輔警部だ。身長は百六十三センチと小柄だが、固太りにして、四角張った顔と太い眉毛に頑固さがうかがわれる。スーツ姿でさえなかったら、白髪の混じり始めた角刈り頭と相まって風情はどこぞの寿司屋の親方で通るだろう。部屋の手前側、里美と背中合わせの位置にいるのが犬塚健二警部補だ。歳は鳥居より七つ若い四十七歳。大男はよ、総身に知恵が廻りかねってよ、などと鳥居によくからかわれるほどに背が高い。純也より五センチほど高いはずだ。横幅もそれなりにあり、福々しい顔つきもあっておっとりして見える。事実普段は優しげだが、獲物に噛み付いたら離さないのは犬塚の名の示す通りか。

その右手、コーヒーメーカの近くでキャスタチェアに大きくもたれ、軽いいびきまで掻いている酒臭い男が猿丸俊彦警部補、四十四歳である。分室長には敵《かな》いませんよなどと口では言うが、色気も加味すりゃあと、どこまでも自分の容姿に自信を持った男だ。二重《ふたえ》まぶたの目も大きく鼻筋も通って唇が薄く、無精髭がよく似合う。少し酒焼けが入った声もテノールに響いて聞き心地がよい。確かに、イタリア人と並べても下世話にどちらが女性にもてるかと問えばたいがいは猿丸を選ぶだろう。ときおり口の端に浮かぶ酷薄の笑みをなくし、肘掛に乗せた左手の先に小指さえあれば、だが。

三人三様にして、上がり目のない庶務分室に配された者達だが、純也が全幅の信頼を寄せる三人だった。この分室に配属されたのも実は分室の発足時に純也が上層部に願ったからだ。昇級とも昇進ともほぼ無縁な三人だが、実に優秀な三人である。

待つほどもなく里美が淹《い》れてくれたコーヒーが各人の前に配られる。

「おっ。ありがとさん」

伸びをしながら猿丸が身体を起こす。

「で、どうでした。新任の公安部長ぁ、分室長の言う味方になりそうですかい」

まず鳥居が聞いてきた。

「肝は据わってるようだった。でもどうだろう。部長以上になると役職が人を飲み込むからね。指向すべき向きが職務を離れてるかどうか、見極めはこれからだ」

「副総監から警視総監ね。まっ、雲の上のことは俺らには関係ないですけど」

頭を掻きながらの猿丸である。少しずつ覚醒してきたようだ。

「セリさん。雲の上じゃない。中だよ。大気が澄んで一面の青空なんて話じゃない。上に行けば行くほど先の見えない嵐の中さ」

純也が言えば、

「雷も鳴って風も吹いて、ですか。そりゃそうですね」

犬塚が同意を示して強く頷《うなず》いた。

「いずれが狸《たぬき》か狐か。今度の部長も飛び級なんだから切れ者ではあるんだろう。課長みたいに喚《わめ》き散らして怒鳴りまくる方が有り難い気もする。一過性で終わるからね。部長には定期的に報告書を上げろって言われたよ」

「定期的に。じゃあ、こりゃあ正式に分室扱いの事案で通ったってぇことですね」

鳥居の厳《いか》つい顔がさらに引き締まる。

「ああ。だから新井さん」

純也は背後の里美によろしくねと声を掛けた。わかりましたとすぐに答えが返る。こういう躊躇のなさに優秀さがうかがえる。分室で事案の全てを話すことはないが、見聞の隙間を自分なりの憶測で埋め、たとえば公安部長辺りに提出しても見抜かれることのない見事な報告書が里美なら書ける。

「さて、どう動くかだけど」

コーヒーをひと口飲んでから純也は話を本題に戻した。

「被害者が、天敬会という新興宗教が作った〈カフェ〉という組織のマダムだということ。これは重要なファクタだ。殺しだけでなく爆弾まで絡めば、無関係と考えることの方が難しい。にもかかわらず、刑事部だけでなく公安部にもその辺の資料はまだない。このことを知るのが我々のアドバンテージにして、自《おの》ずとうちが動く理由だ」

三人が同時に頷いた。

「天敬会や〈カフェ〉自体についてもまだ漠然としているが、木内夕佳という女性の死ではなく、〈カフェ〉のマダムの死として追えば見えてくるものがあるだろう。なければないで、ないということが見える。ということで、いつも通り最初の分担だけ振り分けるよ」

純也が三人に対して決めるのは、言葉通り案件の初動に関しての方向性だけだ。初手に重なることない三方向を示せば、この三人なら勝手に動きつつ最終目的の方向にいずれ収斂《しゅうれん》してゆく。

「メイさんはまずカイシャ内から」

「ほいきた」

細かい指示をここでは告げないのも常だ。説明は個別に場所を変えて口頭で伝えたり、PCや携帯端末を使ったりもする。方向性は示すが、それはあくまでも純也の主観に則《のっと》ったものだからだ。間違っていることもある。そんなとき修正するのも三人の役目だ。だから予断はない方がいい。

「シノさんは上野の裏社会から」

「はい」

特に決めきったテリトリーがあるわけではないが、年長の鳥居はカイシャ内に強く、公安部内にも顔が利く。犬塚は経済に明るく、様々な企業や組織に繋《つな》がりを持つ。公安とはいえ、泥臭く汚くスジに取り込むことを純也は許さない。信頼を築き得た人から人へと、協力関係を広げてゆくのが方針だ。鳥居はカイシャ内から派生して番記者、報道関係までを網羅している。犬塚の関係は一般の会社や商店に始まり、そこから紹介されたフロント企業のスジへ伸び、今では暴力団本体にまで食い込んでいる。

そして、

「セリさんは陸自」

「よし——って、またっすか」

繁華街に暮らしているような猿丸は店主から一見客、果ては年齢を偽って遊ぶJC・JKにまで、年齢性別職業を一切問わない、しかも勝手に広がり続ける面白いスジを持っている。だが、まず向かわせる先は陸自だ。

「そう。また、だね」

またと言うからには猿丸本人もわかっている。向かわせる先は陸上自衛隊中部方面隊第十師団師団長、矢崎啓介陸将のところだ。純也の幼い頃からの付き合いにして、現在の国内では芦名春子とこの矢崎だけが純也にとって本当の家族のようなものだ。本来ならば純也が向かうべきスジだが、どういうわけか矢崎がこの猿丸を気に入っていた。

——なかなか面白そうな男だ。私になにか要請があるときには、あの男を寄越したまえ。

それで何度か、頼み事のたびに使っている。対して猿丸は、厳格を絵に描いたような矢崎がどうにも苦手のようだ。

「都合がいいことに、本人は今こっちにいる」

「かぁ、てことはこの二日酔いで」

「そう。防衛省だよ」

純也が念押しすれば渋々ながらも猿丸は引き下がった。方向の見当もつかないだろうが、向かわせられる以上なにかの理由があるとわかっているからだ。暗黙の了解であり、純也にとっては申し分のない三人だった。

流刑地のような分室に引き込んだが、願わくば人として質・量ともに人並み以上の生活を営んでもらいたいと純也は思っている。少なくとも同じ公安部内の、この分室を一段下に見る同僚達よりも。

もともとこの三人は、かつての公安外事特別捜査隊、今の外事第三課一係に所属した腕利きだった。そのままなら今頃は、国際テロ対策のエースとして十分以上の働きを見せたことだろう。その三人の未来を結果的に潰したのは純也なのだ。おもに十七歳から十八歳、ハイスクールの頃の純也だ。輝ける未来は潰したが、三人を見てきたからこそ純也は国家公務員I種トップであるにもかかわらず就職先に警察庁を選び、警視庁公安部を希望した。分室に三人を呼んだのは純粋に、この三人と一緒に仕事がしたかったからだ。これは偽らざる本音だ。

「さてJ分室、始動しようか」

三人が一斉に立ち上がった。どの目にも公安らしい冴えた光があった。

公安部長室にあったJファイル以上のこと、言うなれば純也の全てをこの三人は知っている。知ってなお、ついてきてくれる。だからこそ、願わくばこの三人に人並み以上の幸せを。

「じゃ、手始めに大久保警視んとこ行ってきますわ」

鳥居が分室のドアに手を掛ける。

「新大久保から始めます」

犬塚が一礼し、

「行きゃいいんでしょ。行きゃ」

猿丸が頭を掻きながら動き出す。

「よろしく」

純也は三人を見送り、二杯目のコーヒーを里美に頼んだ。

第三章　過去、そして現在

一

「ダニエル・ガロア。当然知っているね」

犬塚がいきなり頭越しに当時警察庁長官の吉田堅剛に呼ばれたのは、一九九九年の梅雨明け頃だった。他には同じ外事特別捜査隊から上司の鳥居、後輩の猿丸のふたりである。吉田の背後には警察庁警備局長の国枝五郎も立っていた。

ダニエル・ガロアのことは当然知っていた。外務省から通達が出たからだ。この年に入ってコモロ・イスラム連邦共和国のクーデタに関わったという。ガロアが関わったのは安全保障条約によってコモロの海上防衛を委ねられた母国のフランス側ではなく、クーデタ側だった。コモロはイスラム諸国会議機構に加盟しており、クーデタ側はそちらのルートから武器弾薬を調達した。そちら側とはすなわち、イランである。ダニエル・ガロアの名は、調達実行部隊を指揮するリーダとしてフランス筋から、アメリカをはじめとする西側諸国に伝えられた。当然、テロ支援国家とも通じる重要警戒人物としてだ。湾岸戦争の爪《つめ》痕《あと》から、またぞろ新たな毒花が芽吹き始めた頃だった。

「フランスからの情報によれば、当該人物には昨年暮れに日本に入国した形跡があるということだった」

吉田が背後の国枝に指示を出した。国枝は手に持っていた一冊のファイルを警視庁の三人の前に置いた。表紙には何も書かれていなかった。

「詳しいことはこのファイルに記してあるが、実際、我々は空港の映像記録から当該人物を割り出した。彼はレンタカーを借りた。以降を我々はNシステム、料金所カメラなどで追った。結果、この人物が降りたランプは金沢自然公園だった。いいかね諸君、ここから先は極秘事項となる。心して聞いて欲しい」

吉田は低い声をさらに低くした。

「彼の目的は高い確率で、精華インターナショナルスクールに通うひとりの少年と会うことだった。少年の名は、君らも記憶にとどめていることと思う。小日向純也、十六歳。現衆議院議員、小日向和臣建設政務次官の次男だ。ちなみに小日向次官の兄嫁のご兄弟は、現国家公安委員長の三田聡大臣だ。そして来年の総選挙で、よほどのことがない限り大臣は民政党党政調会長に、次官が我々の頭の上、自治大臣兼国家公安委員長に就任される」

話はなるほど、極秘事項というにふさわしいものだった。三田、小日向とともに民政党の次代をになう人物だ。このふたりに経済界からは日本を代表する複合企業、ＫＯＢＩＸも絡んでくる。敗戦国にして欧米人にしか慣れていない日本人には中東イスラムも戦争も触れてはならないものだ。テロ支援国家との関わりに情報が波及すれば、ふたりの政治生命が断たれるだけでなくＫＯＢＩＸの株価にも大きく影響するだろう。民政党も日本経済も混乱は必至だ。そうはさせないためにとはすぐに察せられた。現状の裏で糸を引くのは三田聡、糸を切らさないよう跡を継ぐのが小日向和臣ということだろう。

「いいかね。あくまでシロであることが前提だ。扱いは特定の在日朝鮮人や左翼右翼と一緒の監視。万が一にもテロリストらとの関わりが疑われるようならすぐに報告をあげて君達は手を引きたまえ」

詳しい内容はファイルでと中略されながらこの少年、小日向純也の四六時中の行確《こうかく》が極秘にして、公安外事特別捜査隊の三人に命じられたことだった。

たかが高校生に三人もなぁとは、この帰り道で鳥居が苦笑混じりに言った言葉だ。舐められたもんすねと猿丸が続けた。犬塚も言いはしなかったが同感だった。

だが、たかが高校生でも、舐められてもいないことを三人はすぐに思い知らされることになる。公安外事の腕利きが三人もかかって、まともに純也の行確に張り付けたのは二週間程度だった。外出は、いわゆる巻かれる状態となった。最初は犬塚だった。鳥居には怒鳴り散らされ猿丸には笑われた。三日と経たずに猿丸が笑わなくなり、さらに十日の後には鳥居が何も言わなくなった。

それから約一ヶ月の後、

「やあ。よくお見かけしますけど、僕に何かご用ですか」

油断したわけではないが、グラウンドの脇に車を止めての行確中、車上に張り出した欅《けやき》の枝上からいきなり声がしたときには飛び上がらんばかりに驚かされた。冷や汗が出た。よくお見かけされては行確は失敗なのだ。本来なら犬塚はこの件から離脱しなければならないが、報告すると上司である鳥居は、もう怒鳴りはしなかった。ただ、

「扱いは在日朝鮮人や左翼右翼と一緒だぁ。冗談じゃねえ。並じゃねえ」

とつぶやいて口元を引き締めた。小日向の行確開始以来初めて見せる、公安としての鳥居本来の顔だった。すぐさま警察庁の国枝警備局長に掛け合い、監視用の部屋を学校と寮と、純也が堂々と通う陸自保土ヶ谷駐屯地近くに借り上げてもらった。盗聴・傍受用の機器をあらゆる場所に仕込んだ。学校や寮には出入りの業者に変装してまでだ。

公安として叩き込まれた手練手管《てれんてくだ》の全てを三人は駆使した。情報は得られた。どれも他愛もないものばかりだったが、それでもよかった。そもそもシロがシロであり、あり続けることを確認するための行確だった。ファイルによればダニエル・ガロアと小日向純也は、純也が行方不明であったときの、つまり戦場での関係とあった。前年のガロアの訪日が、

懐かしさから出たただの気まぐれであれば小日向純也には不運といえる。逆に知れば知るほど、小日向和臣・純也親子の関係は断絶していた。ファイルには短く、フランス語、英語、アラビア語を解する当人は、戦場ではガロアの通訳であると同時に戦士でもあった、と付記されていた。日本に戦士はいらない。特にＫＯＢＩＸ創業一族、衆議院議員の家に戦士は、なるほど鬼っ子、むしろ邪魔な存在だったろう。

半年が過ぎても、小日向純也はシロのままだった。強いてあげるなら小日向が誰の祝福もないまま高校三年生に進級し、見続ける公安の三人に情がきざし始めたことくらいか。

「何があっても、親ならよ。ましてや、生きて帰ってきた我が子ならよ」

鳥居の呟きが残るふたりの思いも代弁する。

と、三人がそれぞれに興味とも同情ともつかぬ気持ちを抱き始めたとき、盗聴用に仕込んだ機器全てから一切の音が途絶えた。

――機械オンチのシノさんに言ってもなんなんすけど。機材が調子悪いみたいで何も聞こえないんす。早めに来てもらっていいっすか。

監視部屋での、前夜から午前にかけての担当は猿丸だった。日曜日だ。犬塚は電話を受けてすぐに部屋に向かった。先に鳥居が到着していた。

「機材の調子どころじゃねえ。全部潰れてやがる」

鳥居は難しい顔だった。犬塚が靴を脱ぐと背後でノックの音がした。ドアを開けると、いきなり中東の風が吹き込むかのようだった。

外にはヨットパーカにジーンズ姿で、はにかんだような笑みを浮かべた小日向純也が立っていた。手に持ったビニル袋には、取り外された全ての盗聴機器が入っていた。

小日向は固まったような犬塚の脇から中をのぞいた。

「皆さん、警視庁公安部の方々だったんですね。ようやく突き止めたんで、全部外させてもらいました」

三人とも慄然《りつぜん》とするほかはなかった。正体まで知られてしまっていた。

「父からですか。それとも三田さん。いや、どちらにしても同じことですね」

「どうやって、我々のことを」

犬塚はビニル袋を受け取った。

「監視、尾行、この部屋と車の盗聴。皆さんとだいたい同じことをしただけですよ。こういう市街地での活動と諜報戦は経験がなかったんで、皆さんがお持ちのノウハウは大変参考になりました。ただ――」

純也は軽く肩をすくめた。

「追う者と追われる者は、知らずに立場を入れ替えれば追われる者の方がはるかに有利だってことは、なにも戦場に限ったことではないですから」

誰も何も言い返せなかった。

「三田さんの指示ですね。ダニエルがどうかしましたか。いや、何かやらかしましたか」

「どうして、そう思うんだい」

いつの間にか鳥居が犬塚の背後に来ていた。

「いたって普通に生きている僕に、しかも今頃になって公安がつくとすればそれしか考えられませんから」

いっそ気持ちがいいほどはっきりとした受け答えだった。

「でもご心配なく。ダニエルとはそれっきりですよ。そもそも向こうが勝手にやってきただけで」

「用件は」

猿丸も立ち上がっているようだった。

「やっぱりダニエルですか。でもたいしたことはありませんよ。ちょっとしたプレゼントをもらっただけです」

「プレゼント？」

「メリークリスマス」

小日向は朗らかに言って、またはにかんだような笑みを見せた。癖なのかもしれない。大人びた彫りの深い顔立ちを一瞬幼く見せる。

「その日はクリスマスでしたから」

奥で猿丸がかすかに笑った。鳥居の気配もわずかにだが緩む。犬塚も知らずのうちに顎を引いていた。数奇な育ちは本人の選べるところではない。それをのぞけばどこからどこまでも、小日向は見る限りにおいて普通の、純粋な高校生だった。

「僕には、皆さんのお手を煩わせなければならないようなことなんて何もないですよ」

「そうなんだろうよ。今はな」

犬塚を脇にどかして鳥居が前に出た。口調は砕けていたが、かもす雰囲気は最前に戻って厳しいものだった。

「けどな。俺たちは公安だ。公安ってなどういうとこか。そのくれえ調べてんだろ」

「はい」

「ならわかるだろうが。俺らの仕事ぁ、何かあってからじゃ遅いんだ」

しばし、小日向と鳥居の視線が絡んだ。先に切ったのは小日向だ。少し悲しげだった。

「長いお付き合いになりそうですね。わかりました。でも盗聴や傍受は勘弁してください。万が一にも、学校のみんなに迷惑が掛かるのはいやですから」

わかったと鳥居が答えると小日向は背を向けた。鳥居と犬塚はそれを見送った。まったくよと溜息をついたのは猿丸だ。

「高校生に手玉じゃ何を言っても弁解の余地なしだ。メイさん。俺らぁ公安としてこれからもやってけるんですかね」

鳥居は何も言わなかった。言わなくとも、その通りだとは犬塚にもわかっていた。

翌日には雁首《がんくび》そろえてありのままを国枝警備局長に報告した。国枝は顔色ひとつ変えなかった。

「このことを知る人間を今以上に増やすつもりはないが、残念だ」

言葉は冷たいものだった。処分は何もなかったが、その後新たな任務が与えられることもまたなかった。異動すらなく、外事特別捜査隊が外事第三課となっても、三人は全てにおいて横滑りだった。

ひたすら小日向純也を公然監視する。それだけが、三人に与えられ、しがみつくしかない職務だった。

二

J分室を出た犬塚のモバイルに純也から指示の詳細が入ったのは、丸ノ内線の電車がちょうど新宿駅に着いたときだった。

「なるほど」

エスカレータの前後を確認し、内容は読んですぐに消去した。

〃前年までの二年半、魏老五が〈カフェ〉の客。現在は未確認〃

くどくど書き散らさないのがいい。必要にして十分な内容だった。

「まったくいつも通り、出来る坊ちゃんだ」

そして厳しく、誰よりも優しい。これが犬塚の純也に対する今も昔も変わらぬ、偽らざる評価だった。


(インゴットだ。後はどうなっても構わないが、スムーズに換金までもっていくには金しかない)

犬塚がそんな覚悟を腹に飲んだのは、二〇〇一年の正月だった。とある右翼団体の理事長が、愛人宅の金庫にインゴットをたんまり隠し持っていると聞いたことがあった。犬塚はそれを奪うと決めていた。約一ヶ月、悩みに悩んだ末に決めた覚悟だった。

犬塚には二歳年下の妻とひとり息子の啓太《けいた》があった。妻は所轄にいたときに知り合った商店街の魚屋の娘で、交際中も結婚してからもよく笑う明るい女だった。夫婦仲はよかった。結婚してから五年、ようやく授かったのが啓太だった。子供が生まれても夫婦のむつまじさは変わらなかった。

前年の四月、啓太が幼稚園に入園した。そのひと月後、初めての運動会で倒れた。拡張型心筋症。救急搬送先の市立病院でそう診断された。難病のひとつだった。重症のため、完治には心臓の移植が必須だった。

明るさの裏返しか、傷つきやすい妻でもあった。妻は次第に笑わなくなり、ふさぎこむようになった。妻に昔の明るさを、啓太に駆け回る元気を取り戻したかった。

八千万を作らなければと、漠然と考え始めたのは息子が倒れた直後からだ。主治医に示された生存の可能性、米コロンビア大での心臓移植費用がそれだった。

八千万、八千万。小日向純也の専属番となってからは、身分まで明らかになっている状態では行確もクソもなかった。堂々と監視するだけだ。黒々としたことを考える時間はたっぷりとあった。

「犬塚さん。なんか変ですね。心ここにあらずだ」

面と向かって、監視対象者の小日向に顔を覗《のぞ》き込まれたこともあった。

十一月。体調が悪化し、啓太は手術によって補助人工心臓をつけた。以降、集中治療室から出ることはなかった。安定はしているが、血栓や感染症の恐れから、早期の心臓移植を決断しなければならない状態だった。

妻は朝から晩まで涙に暮れ、啓太をそんな身体に産んだ自身を呪い続けた。犬塚は家庭だけでなく、自身が壊れ始めていることを自覚した。

犬塚は鳥居に辞表を提出した。捕まるにしても現職よりは元警官の方がいい。そのくらいの判断はまだついた。

鳥居は強い目でじっと犬塚を見つめ、何も言わず内ポケットに辞表を仕舞った。

正月九日。夜十時近くになってから、犬塚は麻布にある高級マンションのエントランスに宅配便の業者を装って立った。大きく張り出したファサードから左右に長々と続く植栽に向け、オープンカフェのようなベンチや椅子が置かれた洒落《しゃれ》た造りのマンションだ。ライトアップされた樹木の奥には池まである。

風のない静かな夜だった。凍えるような一月の夜のこと。ベンチにもエントランスにも誰もいない。

この夜、右翼の理事長が愛人宅を訪れていることは間違いなかった。よほどのことがなければ迎えが来るのは翌朝七時だということも確認済みだった。金庫は理事長本人でなければ開けられないとも承知していた。犬塚は大きくひと息吸ってからオートロックの部屋番号を押した。

誰も出なかった。そんなはずはなかった。時間を置いてもう一度押した。結果は同じだった。むなしい呼び出し音が響くだけだった。もう一度押すと、

「何度押しても同じ。誰も出ませんよ」

この一年半、聞き続けた声が代わりに近くで答えた。

「父の名を騙《かた》って、僕がディナーに招待しましたから。このマンションの駐車場口から」

愕然《がくぜん》として振り返る。

「……小日向」

いつの間にかベンチに腰を下ろし、小日向純也が夜空に月を見上げていた。

「どうしてここに」

「どうしてって」

小日向は彫りの深い顔を犬塚に振り向けた。なぜか少し悲しげに見えた。

「あなたの覚悟を見定めるためですよ。でも、見定めるだけ。それ以上はダメです」

言葉に詰まる犬塚を「座りませんか、いい月ですよ」と小日向は呼んだ。犬塚は言に従った。月を見上げた。確かに皓々《こうこう》と輝く満月だった。今知った。

「あなたの考え、実行に移してはダメです。誰も喜ばない。いえ、お子さんは元気になるでしょう。喜びがないとは言わない。でも、最後には悲しみの方があふれ出す。それはダメだ」

「うるさいっ。お前に何がわかる！」

思わず荒げた声が口を衝《つ》いて出た。

「このままでは啓太は死ぬんだぞ。悲しみが多くたって生きてさえいれば。生きてさえいてくれたら、俺は――」

感情の奔流は、いつものはにかんだような笑顔によってさえぎられた。その手が何かを差し出した。信金の通帳と三文判だった。

「最近はなかなかうるさいですけどね。勝手に作らせてもらいました」

通帳の名義は犬塚になっていた。震える手で受け中を改める。入金されている額は、八千万だった。

「子を思う親の気持ち。妻を思う夫の気持ち。見せてもらいました。僕の知らなかったものです。いや、知り得ないものだ。いいものですね。お金では買えない。だから、八千万は決して高くない」

小日向は、億を超える金を持っていると言った。カンボジアでそれまでの報酬だとダニエル・ガロアから、小日向に代わり陸自の矢崎が後見として受け取ったらしい。東大に入り、湯島のマンションに移ったときに引き継いだという。

「正当な報酬とダニエルは言ったらしいけど、矢崎さんももう大人だからと言ったけど、身に過ぎた額です。使い道もわからない。だから、気にしないでください」

そうは言うが、八千万は他人のために簡単に使える金額ではない。しかも犬塚は、小日向にとって敵にも等しい立場の人間だ。

「敵？　そんなことはありません。一年半もほぼ一緒にいる敵もないもんだ。どちらかといえば、仲間に近い。うん。僕はね、そう思っています」

知らず、犬塚の目から涙がこぼれた。涙はやがて嗚咽《おえつ》を伴った。小日向は何も言わず、ただ月を見ていた。

翌日には鳥居から電話が掛かってきた。辞表は鳥居の内ポケットにとどまり、犬塚は病欠扱いになっていた。

「小日向からいきなり、そういうことにしといて欲しいって頼まれてな。詳しいことは聞かねぇし知らねぇが、シノ、用事が済んだら出て来いや」

この件があって、かつての行確対象者がいまや上司であり、上がり目のない部署に呼ばれはしたが、犬塚は今も警視庁にいる。不満はない。子供は受験生となり、妻は朗らかによく笑っている。これ以上の何を望むことがあるだろう。

一度はカイシャに辞表を出した。犯罪にも手を染めかけた。まっとうな人生はそのときに終わった。警察官と呼ばれるのもおこがましいが、便宜上警視庁に席を置く。小日向純也が望んだからだ。だから、犬塚は口にはしないが決めていた。自分は公安警察官などではなく、ただ、小日向純也の手足だと。

三

鳥居は庁内をうろつき、何人かに密かな約束を取り付けてからロビーに降りた。

「やあ。メイさん、遅かったね」

受付の前に純也がいた。受付台の向こうで大橋恵子がこちらを睨んでいた。

「分室長、何話してたんです。いや、聞かずにおきましょうかね」

「あら。大した話じゃありません」

大橋恵子の声が鉄鈴のようだった。脇で新米の受付嬢が笑っている。

「鳥居主任が事務の新井里美さんをどれだけ気に入っているかをお聞きしてただけですもの。私と比べて」

「……なるほど。そいつぁ、いい話題だ」

頭を掻きながら受付まで五メートルで立ち止まる。それ以上は近寄らぬ神に祟《たた》りなしだ。

「ちょっと一緒に歩こうか」

純也が先に立って歩き出した。たいていカイシャ内から動き出す鳥居にとって、純也からの指示はこんな感じだ。背中に大橋恵子の冷え冷えとした視線を感じながら外に出る。

「いい天気だ。日比谷公園まで歩こうか」

純也は手庇《てびさし》を作り眩しそうに目を細めた。

「どうだった」

「どうだったって、どうもこうもね。やりづらかったですわ」

「僕のせいだね」

「理事官が殺しの現場に臨場したこたぁ、早々と知れ渡ってました。ガイシャとの関係の方でね。醜聞ってやつですか。まったく、暇な奴らばっかりだ。室長の思う通りって言やぁその通りですがね。詳しく聞かせてって詰め寄る婦警も多くて。スジとの話がなかなか通りませんでした」

「はっはっ。苦労かけるね」

「ただその分、公安部内は逆に静かなもんです。我関せずを装って、そのくせいつも通り聞き耳立ててる感じで」

話は室内より外とは、分室立ち上げ当時からの純也の方針だ。今では鳥居も外の方が安心できた。周囲に気は使うが行きかう者だけなら、情報はすれ違う一瞬一瞬に千切れ飛ぶ。

「で、大久保検視官はなんて？」

「死因は外因性のショック死。で、死亡推定時刻ですがね、ガイシャの車が駐車場に入ったのが記録によると零時十二分。普通ならこの午前零時十二分から一時十二分を芯にして前後に幅を三十分。ただ、車両爆発が起こったのが零時五十分頃、遺体の発見が一時十七分なんで、なんらかの因果関係を睨むなら爆発から後ろは捨てていい、とね。ただそれよりなにより、検視官からはホシを追うなら気をつけろってぇ伝言です」

「へえ。気をつけろって」

「なんてぇか、寒気がするくれぇ殺し方が見事らしいですわ。凶器は小型のナイフらしいですが、刃筋が立って見事なもんだと。おそらく欠けや擦れの金属片は出ないだろうって言ってました。相当専門的に、しかも高度な訓練を積んでるんじゃねぇかって話です」

「専門的ね。なるほど。まあ、爆弾も絡んでる。そういうこともあるだろう」

純也はかすかにだが声を弾ませたようだ。純也にはこういうところがある。新たな敵を見出すと楽しげだ。

「その爆発物については追々に。とりあえずカイシャ内のスジにはナシつけてきました。情報が入り次第連絡があります」

鳥居はいったん口をつぐんだ。昔は三、四階まで階段を駆け上がってもなんともなかった。今は早足に歩きながらの会話だけでも一気に話すと息が切れそうだった。

「じゃあ、今度は僕の方で話そう。ああ、相槌《あいづち》はいらない」

歩調を緩めつつ純也が話し始めたのは、長内修三という男についてだった。木内夕佳の父にして、天敬会の教祖となった男だ。聞き終える頃にちょうど日比谷公園に入る。手前の自動販売機で純也が冷たい緑茶を二本買った。空いたベンチに座り、ひと口飲んで鳥居は息をついた。汗ばむほどの陽気だった。

「なるほど。青森のパチンコ屋が、流れ流れて行き着く果ては新興宗教の教祖ですか」

大きく括《くく》ればねと純也も緑茶をひと口含んだ。

「ただし、ところどころが引っかかる。遊技場を手放したことと離婚の関係、その理由。二年の空白がどう天地の会、今の天敬会に結びつくか。〈カフェ〉の成り立ち。で今のところ、〈カフェ〉についてはセリさんとシノさんに任せようと思う」

「それが上野と陸自ですか」

純也は肯いた。

「メイさんには一人で悪いけど、天敬会本体を見てもらおうと思っている。ブン屋関係にも網を広げて欲しい。それから青森、千葉、場合によっては」

「潜入ですか」

疑問ではない、確認だ。

「こういうとき一ヶ所に固まる輩《やから》は厄介だけど、所轄が印西警察というのはありがたいね。隣は僕がいた佐倉警察だし。佐倉には昔のスジもある。印西の方は副署長が同期だ」

「了解です」

鳥居の携帯が鳴った。相手先表示は一ノ二。捜一第二強行犯捜査のスジからだった。

「出ます。――おう」

携帯を耳に当てるのと、鳥居の肩を叩き、「大変だろうけど、よろしく」と純也が立ち上がるのはほぼ同時だった。

スジからの情報は、湾岸警察署に立ち上げた特捜本部の方針についてだった。怨恨、無差別殺人の両面からと、いたって普通の方針だ。初動捜査ではなにも発見できなかったらしい。全てはこれからということだ。

「ありがとよ。近々一杯やろうや」

携帯を切る。純也はもう公園を出てゆくところだった。

「大変だろうけどって。へっ、なんてこたぁありませんよ」

聞こえるはずのない背中に声をかける。

「本当の大変からぁ、もう救ってもらいました。なんてこたぁねえ。何があろうと、あれ以来全部、なんてこたぁねえんですよ」

また携帯が鳴った。今度はアラビア数字の5だった。公安外事三課のかつての同僚だ。

「おう。さっきは忙しそうだったからよ。すまなかったな。なに、ここんとこの外の動きが知りたくてな。新橋辺りまで出てこれねぇか」

鳥居も立ち上がり、東京メトロの入り口に向かって歩き出した。


鳥居の妻和子《かずこ》がひっそりと食卓の上に離婚届を置き、荒川区の家を出て行ったのは二〇〇三年初春のことだった。日付が変わる頃に帰宅した鳥居は、明かりをつけて食卓の前に呆然《ぼうぜん》と立った。七年前、結婚を機に両親と二代ローンを組んで建て替えた二世帯住宅だった。慌てたり追おうとしたりはしなかった。まず鳥居がしたことは、冷蔵庫から缶ビールを出しあおることだった。

和子は元、とある私立病院の看護師にして、臓器売買に関わる調査を進めるための鳥居の協力者だった。細い指、薄い唇に大きな目、そして、顎先に小豆大の黒子《ほくろ》を持った女だ。結婚には、捜査の過程で殺されかけた和子に対する罪滅ぼしと口封じ両方の意味合いがあった。叩き上げの公安である鳥居には結婚すらも道具だった。天涯孤独でひとり必死に生きてきた和子も、鳥居本人というより家族というものに憧れて結婚を承諾したのかもしれない。

子供がすぐに出来ていたら、きっとかすがいになってくれたのだろう。だが結局、七年出来なかった。病院を移ってそのまま看護師を続けていたら捌《は》け口にもなったのだろうか。しかし、江戸っ子気質の頑固な鳥居の両親は息子の嫁に専業主婦を、そして孫を強く望んだ。両親が鳥居のいない昼間、嫁の和子に孫はまだかと、初孫は長男からでないととくどいほどだったらしい。

「あれじゃあ姉さんがかわいそう、初めから同居なんてやっぱり無理があったんじゃ」

近くに住んで時々顔を見せる弟の嫁が教えてくれた。だから聞いてはいた、知ってはいたが、なるようにしかならないことだと答えるだけで特に何もしなかった。

そうして和子は出て行った。探す気にはなれなかった。いや、探してはいけない気がした。

鳥居はビールを呑み干すと離婚届に署名し、おもむろに階下に向かった。深夜ではあったがかまわなかった。呼び鈴を押した。何度も押した。

「和子はもういねぇ。出しといてくれ」

わけもわからぬ母に離婚届を押し付けると、鳥居は反応も見ずに二階に戻った。しばらくしてチャイムが何度も鳴ったが取りあわなかった。何日か両親を避けるような日々が続いた。とある夜、遅くに帰宅したにもかかわらず、両親が家の前に立っていた。

「正樹《まさき》にも、叱られた」

正樹とは鳥居の弟の名だ。父の声は震えを帯びていた。寒さの厳しい夜だった。

「私達が、あんまり口出ししたからかねぇ。ごめんよ」

母も震えていた。何時間、ふたりしてそうして立っていたのだろう。鳥居は強く頭を振った。

「いや。悪ぃのは全部、俺だ。俺以外には、誰もいねぇ」

こうして、鳥居の結婚は破綻した。

それから半年あまりが過ぎた。鳥居の生活は何も変わらなかった。両親とも以来、顔を合わせたことはなかった。どちらかといえば、両親の方が息子を避けているようだった。鳥居が二階にいる間、両親は一階で息を潜めるようにしていた。誰もいない家に帰り、明かりをつけ、出来合いの弁当を食べて眠り、明かりを消して家を出る。非番のときは一日中家にいた。

何も変わらないというより、変えようとする気も失《う》せていたというのが本当だったかもしれない。仕事に対しても当然のように身が入らない。もっとも、入れようもない仕事ではあったが。

「痩せましたね。具合でも悪いんですか」

監視対象者の小日向にまで気遣われる体《てい》たらくである。

東大に合格し、インターナショナルスクールの寮を出て都内に暮らすようになってから小日向の活動範囲は一気に広がった。一泊二日、二泊三日で見失うことも ままあった。それもいつしか当たり前となった。猿丸はひとり情熱を失っていないようでまかれると悔しがるが、犬塚は子供がなんとか言うたいそう高価で難しい手術にアメリカで成功し帰ってからこのかた、なぜか小日向の監視に対する集中力が散漫で、鳥居に至ってはそれ以前に、無感動に漫然と生きていた。

「今日は遠出します。行確でしたっけ。お好きにどうぞ。もうすぐ犬塚さんが来ますよね。書き置きでもしますか」

とある夏の日の、鳥居が監視番の夕刻だった。交代の時間まで監視対象の当の本人が知るとは笑えない話だ。尾行もクソもないが、出ると言われればついて行くしかなかった。

電車を乗り継ぎ、小日向の向かった先は東京駅だが、改札口から出ることはなかった。

「名古屋までの新幹線、自由席特急券、乗車券は岐阜で」

中央口付近の券売所で特急券と乗車券を買う。不審に思いつつ鳥居も小日向に続いて発車直前ののぞみに乗車した。途中、犬塚から携帯に連絡が入った。

「どうかしましたか」

「わからねえが、岐阜に行くらしい」

「了解」

岐阜に到着したのは八時近くだった。辺りは夏とはいえだいぶ暗かった。

土地勘はないが、岐阜は昔、鳥居も一度訪れたことがあった。入籍の前だったか後だったか。和子と鵜飼《うか》いを見物して、郡上《ぐじょう》踊りをたしか踊った。後にも先にも、和子と旅行に出たのはそれきりだった。

小日向はアーケードを柳ヶ瀬《やながせ》方面に歩き出した。JR岐阜駅と名鉄岐阜駅に挟まれた辺りの繁華街はさほど広くない。やはりメインは柳ヶ瀬か。それでも行き交う、特に女性はみな小日向に目を止める。路地を二回曲がると、駅と駅の間にぽつんと置き忘れられたような一角があった。左手に小さな公園があり、右に白々とした小さな軒提灯《のきぢょうちん》を風に揺らす縄暖簾《なわのれん》がある。小日向は迷うことなくそれを分けた。油と埃《ほこり》にまみれた提灯に、店の屋号が〈長良《ながら》〉とあった。

「いらっしゃいませ」

店の中からか細い女声が聞こえ、鳥居はその場で足を止めた。心臓が大きく波を打った。

急に鉛の重さを覚える足を引きずるように進め、鳥居も縄暖簾をくぐった。長良はL型に設《しつら》えられたカウンタだけの小さな店だった。十人も座れば満席だろう。カウンタの内側に煮物やらを盛った大鉢がいくつもある。家庭料理が売りの店に違いない。店内に客は、小日向のほかに三人だけだった。みな初老の三人で、銘々膳の上に小鉢をいくつか載せ、呑むだけでなく、ひとりは飯まで食っていた。

カウンタの中から鳥居に、小日向にかけたようないらっしゃいませの声はなかった。白い割烹着《かっぽうぎ》の女将《おかみ》は驚きの表情で一瞬固まった。大きな目を見開き、細い指を薄い唇に当てると、顎先の黒子が手のひらに隠れた。和子だった。

小日向はLの字の壁際から一席置いて座り、端の席に鳥居を誘った。

「いらっしゃいませ」

懐かしくさえ聞こえる声が近づき、顔を上げない鳥居の前にお絞りが置かれた。

「なんにしましょう」

「瓶ビールにコップを二つ。料理は見繕いで」

鳥居に代わって小日向が答えた。

「おっ、純ちゃん。珍しいね。お客連れかい」

一番奥から呂律《ろれつ》の怪しい声が掛かった。

「ええ。でもご迷惑はおかけしませんよ。ご心配なく」

「まあ、サウジアラビアだっけか。外国育ちの純ちゃんは行儀がいいからいいけどよ」

これは飯を食っていた客だ。残るひとりが時計を見る。九時近かった。

「あと二時間もすりゃあよ。おう、若女将。十時過ぎたら料理にラップ掛けときない。また急にやっすい香水臭くなるだろうからよ」

和子は小さく笑って酔客の言にうなずいた。

瓶ビールが出されると、小日向がふたつのコップにビールを注《つ》ぎ、あとは手酌《てじゃく》でといつもの笑みを見せた。

「サウジアラビアってよ」

鳥居はビールを呑んだ。味はわからなかった。ただの泡だ。

「話したのか。生い立ちをよ」

「ほどほどには。なんたってそうしないと、何も話してくれなくて。ねえ、女将さん」

「ええ。聞きましたね」

鳥居と小日向の前に小鉢がことりと置かれた。茄子《なす》の煮浸しだった。

「私なんかより、ずっと悲しいお話を」

鳥居は黙ってビールを干した。それからしばらくは手酌で呑み、和子がことりことりと置いてゆく小鉢を突《つつ》き、気がつけば飲み物はグラスの冷酒に変わっていた。いつ頼んだのかも覚えていない。小日向は焼酎のソーダ割りらしかった。レモンの色が鮮やかだ。

引き戸がガラガラと音を発した。

「こんばんわぁ」

店内に顔を覗かせたのは若いＯＬ風のふたりだった。

「あ、ホントにいた」

若い声がはじける。Ｌ型の向こうにふたりは笑顔で陣取った。目は小日向に釘付けだ。

「お久しぶり」

「純ちゃん、どうしてたの？」

「色々とね。これでも忙しいんだよ」

こちらも小日向とは顔見知りのようだ。さてと奥の三人が席を立った。時刻は十時を廻った辺りだった。

「純ちゃん。ほどほどにな。東大生が夜遊びを覚えちゃいけねえよ。そっちも、な」

帰り客に鳥居は目礼で答えた。

三人が勘定を済ませて出てゆく間に女性客の一人がメールを打った。またふたりの娘が現れた。とりあえずアルコールの一杯を頼み、みな小日向に見惚れるか話しかける。十一時を回ると酔客らの忠告通り、強い香水の匂いが店内に流れ込んできた。

「あっ。みんな、来てるわよ」

「ああん。遅れちゃったあ」

酔いにまかせた色っぽい声だ。同様の嬌声でにわかに表が騒がしくなった。この夜の仕事を終えた水商売の女達のようだった。

「女将さん。なんとかならない。七人なんだけど」

和子が困った顔をする。

「いや、いいです。場所を変えますから。僕とこの娘達の分、鳥居さん、お願いしますね」

小日向は立ち上がって鳥居に顔を寄せた。

「ゆっくり話せばいい。僕は駅前のビジネスに泊まって、明日八時台の電車で帰ります」

立とうとする鳥居の肩を小日向が押さえた。強い力にして、優しげな目だった。

「勤務時間外ですよ。仮面を脱いで、本来の自分に帰る時間です」

小日向ははにかんだような笑みを見せ、

「じゃあ店を変えよう。そっちは僕が奢《おご》るよ」

「やったあ」

大騒ぎの若い娘らを連れ、小日向は出て行った。急に静まり返る空間に、残されたのは鳥居と和子だけだった。しばらく、後片付けの音だけがする。やがて、

「どうぞ」

白い指が新たな冷酒を差し出す。グラスに受けて呑み、鳥居は杯を返した。

「お前も、やらないか」

暫時差しつ差されつの時間が過ぎる。新たに暖簾をくぐる客はなかった。

「誰も来ないな」

「十一時半で店仕舞いですから」

和子はさらに新たな冷酒を取り上げ、ほんのりと頬を染めつつかすかに笑った。

「元気そうだな」

鳥居が口火を切れば、和子はぽつぽつと話し始めた。岐阜に来たのは、やはりかすかにも鳥居との思い出があったからららしい。電柱に見つけた風化しそうな求人の張り紙を頼りに暖簾をくぐったという。この店は七十になる女将がひとりで切り盛りしていた。女将は何も言わず雇ってくれ、部屋も用意してくれたらしい。午後に来てその日の料理を作り、六時ごろ和子と入れ替わりで帰ってゆくという。そのあとの店を和子が引き継ぐのだ。

「そうか。苦労、してるんだな」

「いえ、苦労なんて」

鳥居は胸が苦しくなって口をつぐんだ。そのまま十一時半を過ぎ、和子は縄暖簾を店内に仕舞った。釣られるように財布を出し、勘定を払う。お釣りと領収書を差し出す和子の細い指に触れる。暖かだった。

「ごめんなさい。こんなところまで来させて」

そんなことはないと、言葉は出なかった。首を激しく振って顔を伏せる。

「ふふ。ごめんなさいね。わたしはやっぱり、どうしようもない女ね」

そんなことはない、悪いのは俺のほうだと、そんな簡単な言葉が出なかった。ただ、涙があふれて頬を伝わり、グラスにこぼれた。鳥居の中の何かが崩れる。震える吐息が声になった。

「……頼む。戻ってきて、くれないか」

カウンタ越しに嗚咽が聞こえた。いつまでも聞こえた。が、止まぬ嗚咽の中で確かに、和子ははいと答えてくれた。


和子との再縁を果たして二年。鳥居家に待望の産声が上がった。生まれた子は女の子だった。祖父によって愛美《まなみ》と名付けられた。

「小日向ぁ、お蔭さんでよ」

浅草警察署の近くで待ち、見習い勤務を終えて出て来る小日向の少し後ろを歩きながら鳥居は声をかけた。

「何がですか」

「そのよ。なんだ。生まれたもんでな」

小日向の歩くリズムが一瞬変わった。それだけでも心情がわかる。満足だった。もう付き合いも七年になろうとしていた。

東大を卒業し、あろうことか小日向は鳥居らと同じ警察官になっていた。それも、I種トップ合格にして警察庁のキャリアだ。だが、それでも鳥居らが新たな任務に就くことはなかった。変わらず小日向純也を見続けることだけが仕事だった。

「おめでとうございます。いやあ、よかったですね。どっちです？」

「女の子だ」

「へえ。なら月並みですけど、奥さんに似ないと可哀そうですね」

「へっ。置いとけや」

「名前はもう」

「おう。愛美ってんだ」

「可愛らしいですね。いい名前だ」

「みんなに言われるよ。まっ、それだけ伝えたくてな」

馴染んだ会話を終えて鳥居は足を止めた。小日向も足を止めて振り返る。少し怪訝そうだ。

「どうしました。ついてこないんですか」

「ああ。もう勤務時間外だからな」

鳥居は前方に顎をしゃくって見せた。小日向も確認し、ああなるほどと肩をすくめた。

行く先百メートルほどの交差点に犬塚の姿があった。

「早く帰んねえとよ。なんたって赤ん坊が待ってるからな」

「それはそうです。家族は大事にしないと」

「じゃあな」

鳥居は背を向けた。行確対象者と面と向かって話をし、背を向けて帰るなど普通に考えればありえない。だが、鳥居はもうそんなことにこだわらなかった。彼《か》の日、〈長良〉で涙とともに鳥居の中に崩れたものは、公安としてのモラル、頑《かたく》なまでの非情さかもしれない。

ただ、新たに生まれる決意もあった。同じ警察官になられてはなおさらだった。後で聞けばやはり、鳥居の様子に疑問を持った小日向は逆に鳥居を行確し、壊れかけていることを知ったようだ。あとは岐阜までの流れである。

「東大はね、恐いくらい深くのめりこむ奴と、呆《あき》れるくらい広く浅い奴の宝庫ですから。何を調べるにもさして難しくはないですよ。彼らと一緒なら、探偵事務所を開いてもすぐ超一流になるでしょうね」

こともなげに小日向は言うが、和子とのことはいったん放棄した自分に結び得る縁ではなく、愛美にいたってはそこを結びなおさなければ何もない。

結んだのは小日向純也という好漢だった。鳥居は小日向に天を見た。

天には逆らい得ない。それが自然の摂理だ。だから鳥居は、何があっても小日向という天の下で生きると決めていた。

四

猿丸俊彦と小日向純也の関係が決まったのは、二〇〇四年春のことだった。

（畜生。しくじったぜ）

どことも知れぬ巨大な倉庫の中だった。網入りガラスから差し込む陽がないところを見れば夜だ。間違いないのはそれと猿丸が鉄柱に後ろ手で縛られ身動きが出来ないことと、両手の小指の感覚がないことだけだった。後頭部と顔と脇腹が火照《ほて》るように熱いのはご愛嬌だ。ヤクザに囲まれて戦った証拠である。

（死ぬのかよ。おい、こんなとこで）

さほど恐怖はなかった。蛮勇ではない。殺されるということに現実味がなかった。

猿丸は公安としての自分に自負があった。そもそも運動神経から容姿から、全てにプライドがあった。それで間違いのない人生だった。壊れ始めたのは小日向純也の行確に就いてからだ。エリートが一転、無能の烙印《らくいん》を押された形だ。猿丸は起死回生、汚名返上の機を常に狙っていた。本来あってはならないことだが、猿丸は単独行動でかつて絡んだことのある案件のいくつかを追った。ＭＴＣＲ（ミサイル関連技術輸出規制）やポスト・ココムに疑いのある日本企業及び経産省職員、キューバ産の麻薬密売ルート、不法滞在者による古物売買のスジ。

案件の中で当たりがあったのは、前年に新設された警視庁組織犯罪対策部総務課、マネーロンダリング対策室に配属された木嶋《きじま》という同期からの情報だった。さほど仲がよかったわけではないが同期は同期だ。猿丸が公安としてまだ未熟な頃、何度か情報のやり取りをしたことがある。今ならこちらからは声はかけない。そんな関係であり、それくらいの男だった。木嶋が持ちかけてきた話は、広域指定暴力団傘下のフロント企業によるマネーロンダリングについてだった。

「洗浄するのはどうやらドラッグマネーだ。お前そういえば昔、麻薬のルートでこの男を追ってなかったか。どうにも動きが慌しい。大掛かりな取引でもあるんじゃないのか」

木嶋が示す詳細に載るフロント企業の社長、横光《よこみつ》の写真は、確かに猿丸が調べた麻薬ルートのチャートにも引っかかった男だった。疑心もありつつ猿丸はこの話に乗った。

「ふん。俺は麻薬そのものには関係ない。かといって、根こそぎ五課に持ってかれるのも癪《しゃく》だからな。それよりはお前の方がいいと思った。返り咲けよ。で、また昔みたいに、いや、昔以上にやろうぜ」

約一ヶ月にわたって会社と横光に張り付き、ついに中米のシンジケートによる取引の日時を確保した。猿丸は欣喜《きんき》したが、木嶋は大して興味もなさそうだった。

猿丸は取引当夜、単独行動で海ほたるの駐車場を張った。海ほたるは千葉県警の管轄だが、少し動いただけで神奈川県警に捜査権が移るややこしい場所だ。平ボのトラックをレンタルし仮眠を装って待つ。この夜は顔ぶれを確認し、できれば行確し、ルートの全容を解明するのが目的だった。

猿丸は三時間待った。午前零時だ。開いているのはマリンコートのラーメン屋一軒だけだった。一般客はほとんどいない。木更津へ向かう釣り人と深夜便のトラック程度になる。今のうちにと、トイレに向かった。当たり前のように誰もいなかった。用を足して出ようとすると、サラリーマン然とした五人の男が入ってきた。ひとりはあのフロント企業の社長、横光だった。どの顔も猿丸を見てにやついていた。フェイクだと直感で理解した。後のことはさほど覚えていない。無我夢中で脱出を試み、首筋に強い衝撃を受けて意識はブラックアウトだった。

「で、どうします。沈めっちまいますか。それとも足利の方に頼んでミンチにでも」

「どっちでも構わねえ。好きにしな」

横光の本性丸出しの声で猿丸は目覚めた。

「けどよ、ケイマンの大将が来るなぁ明日の夜だ。万が一にも、俺とうちの会社のマークがきつくなるなぁまずい。明後日、いや四日後には俺もバカンスだ。その後にしな。生かしとけ。丁重に、動けねえ程度に」

「四日なら水だけでいいっすね」

動かずにいれば、やがて静かになった。誰もいない倉庫でしばらくもがく。どうにもならないことがわかると冷静さが戻った。

(何を間違った)

考えられることはひとつだ。

(木嶋に使われた)

思っても後の祭りだった。おそらく木嶋は五課と結託している。どこかで息を殺して見ているかもしれない。不思議と悔しさはなかった。涙も出ない。かえって笑いが出た。この一ヶ月、懸命であった自分があまりにも滑稽だった。やがて、

「おい。もう起きてっかあ」

雑な足音とともにチンピラがひとり戻ってきた。

「起きてんなら、ほらよ」

ペットボトルを口に突っ込まれた。素直に飲んだ。飲めば四日は生きられるのだ。組対五課が狙ってるぞと、腹いせの言葉も出掛かったがそれも飲み込む。公安捜査員として、それがせめてもの矜持《きょうじ》だった。

しばらくすると倉庫の中がうっすらと見通せるようになってきた。朝が始まろうとして

いるようだった。すると、

「さすがですね」

背後に湧くような声がした。こんな場面でなかったら飛び上がっただろう。

「何、がだ」

「警官ですね。さすがだ」

あまりにも場違いな、いつもの小日向純也だった。どうしてとも、どうやってとも聞く気は起こらなかった。小日向純也ならあるかとあっさり納得できた。だから、

「猿丸さんがこんなところで死ぬのはもったいない。助けます」

驚きはない。小日向なら言いそうだった。

「ああ、針金。小指絞めですね。下手くそだか上手いんだか。簡単には外せないなあ」

小日向は猿丸の手を触ったようだった。

「左の方がやばそうだな」

布を裂くような音がした。小日向は何かを猿丸の左手首に巻き始めた。かなりきつかった。

「左の指を落とします。ちょっと痛いけど我慢してください。ううん、だいぶかな」

猿丸は身じろぎした。冗談ではないと言おうとした。

「ただし」

いきなり小日向の声が冷えた。心胆を寒からしめるほどの怜悧《れいり》な声だ。今までの小日向、いや、猿丸の人生をして一度として聞いたことのない種類の声だった。

「声を上げたらその場で喉を切ります。脅しじゃないですよ。それが戦場での有情と非情の境目ですから」

肯《うなず》くしかなかった。奥歯が鳴った。途端、脳天に突き抜けるような激痛が走った。それ以上に嫌な衝撃が骨を走る。体液のような汗が一気に噴き出す。

だが、なんとかそれだけで耐えた。両腕が自由を取り戻す。細い針金でがんじがらめにされた蒼紫色の右手小指の先に、左手の小指だった物がぶら下がっていた。前に廻ってきた小日向が止血を始める。

「慣れた、もんだ」

息継ぎに合わせて声を出す。疲労、痛み。声は自分で驚くほどか細かった。

「何百人何千人に、こんなことしてきましたからね」

小日向はさっきの冷声が嘘のように、いつものはにかんだような笑みを見せた。ファイルには出てこない、戦場での現実の話だろう。暗い倉庫、中東の色濃い小日向の容貌、切り離された自分の指を見れば猿丸は彼方に、どこかの戦場を垣間見る気がした。爆音、銃声、泣き叫び逃げ惑う民衆。いや、猿丸が見るのはきっと昔見た映画のワンシーンだ。小日向が生きた戦場には程遠い。

「行きますよ。立てますか。ああ、これはだめだ。靴は脱いでください」

小日向はすぐに歩き出した。立てなければ置いてゆくと背が物語っていた。パレットの間をすり抜け、キャットウォークによじ登り、小日向に迷いはまるでなかった。

「敷地配置は叩き込んできましたから。もうすぐです」

必死になって猿丸は小日向についていった。足裏に伝わる冷えたコンクリートの感触が、飛びそうになる猿丸の意識をかろうじてつなぎ止めていた。残っている見張りは三人、簡単なものだと小日向は言った。

「それと外に組対五課の人達が車二台に計四人。こっちの方が厄介ですけど、黎明《れいめい》の時間なら問題はないでしょう。朝陽を背負って抜けます」

やはり五課はいるようだ。それより、いることを把握している小日向に驚く。

倉庫の外に出ると海に朝陽がはじけた。見回せば、本牧《ほんもく》の倉庫街のようだった。

「こっちです」

小日向の向かう先に小型車があった。レンタカーだった。乗ってください、見つかったようですけど一気に行きますと、小日向は猿丸の前に出て素早く助手席のドアを開けた。

「神奈川の管轄ですからね。物騒なことにはならないでしょう。大丈夫」

小日向は車を発進させた。生きのびた実感が湧くと、全身が瘧《おこり》のように震えた。止まらなかった。小日向はどこかに電話を掛けた。相手の名は矢崎と聞こえた。

「気をたしかに。戦場でもみんなそうなりましたよ。でも必ずそこから戻ってくるんです。——少し、昔の僕の話をしましょうか」

猿丸の意識を留めるために、小日向は自分の話をした。話したくないことだったろう。途切れ途切れに聞いても壮絶で、悲しい話だった。自分も傷つき相手も傷つく話、戦士の話だ。エリートぶっても、平和な日本で生きる自分達に太刀打ちできる生き方ではなかった。

やがて小日向が車を止めたのは、世田谷区池尻にある自衛隊中央病院だった。

「着きましたよ」

待機していた医師らが出て来るのを見て、猿丸の意識は闇に溶け始めた。最後にありがとうと小日向に言ったのはかろうじて覚えている。

次に意識が戻ったのはベッドの上だった。担当医によれば右手の小指はなんとかなったが、左手側はどうにもならなかったようだ。

翌日に顔を出した小日向に、

「ありがとう」

猿丸は正式に謝辞を述べた。はにかんだような笑みでなにも言わず、小日向は花を置いて去った。

(敵わねえな)

このとき、猿丸は二つのことを心に決めた。どうせ拾われた命だ。いつか、どんなことにでも、望まれれば小日向に返さなければならない。これがひとつ。

もうひとつは、雑に捨てられようとした命だ。その雑草の命をもって、退院したら組対の木嶋を思いっきり殴る。それだった。

第四章　秘匿捜査

一

ちょうど猿丸が市谷本村町の防衛省に着くころ、純也から携帯に連絡が入った。

――二日酔いは収まりましたか。

到着にも体調にも、相変わらず狙い澄ましたようにグッドタイミングだ。

「まあ。それなりには」

猿丸は純也から陸自を訪れる狙いと、矢崎へは連絡済みである旨を簡潔に聞いた。

「なるほど。了解っす」

防衛省の部外者受付は警察手帳を見せるだけで済んだ。若い下官の案内で、中部方面隊に割り当てられたフロアの応接室に通される。猿丸は最初に案内された部屋を断り、別室の空きを尋ねた。案内の下官は一瞬いぶかしげな顔をしたが、何も聞くことなく隣に廻してくれた。換えてもらってても一人になってすることは照明、コンセント、花瓶等の調度品、そしてソファやテーブルの下の確認だ。日常を疑い用心を怠らないのは、公安としてというよりJ分室員として身体にしみこんだ習慣だった。

　五分も待つと、切れのいいノックの音がしてひとりの自衛官が入ってきた。高い鼻、角張った顎、細いが鋭い目、はっきりとした眉。目尻に皺《しわ》は増えたがオールバックにまとめた頭に白髪は一本もなく、百七十三センチの中肉中背に相変わらず弛《たる》みは見られず姿勢が驚くほどいい。それがこの年還暦を迎える矢崎啓介という男だった。折り目正しい淡緑のズボン、ベージュの開襟シャツ、肩に桜星が三つ。猿丸が自衛隊中央病院に運び込まれた年の暮れ、矢崎は陸将補から陸将に昇進し、中部方面隊第十師団師団長になっていた。普段は名古屋市守山の駐屯地に常駐しているが、各方面連絡会議やらのたびに防衛省にやってくる。思うより頻繁だ。

「しばらく」

　バリトンの声が響く。いつもながら揺るぎのない、鉄鈴を思わせる声だった。

「そんなでもないっしょ。半年にはなりません」

「電話の声を聞く限り、純也君は相変わらずのようだね」

「ええ。変わりなく。もっとも、変わりようもない部署っすけど」

「結構」

猿丸は矢崎を前にすると自然と畏《かしこ》まってしまう。だが、どういうわけか猿丸は矢崎に好かれていた。

「君は同じ匂いがする。私と」

自衛隊中央病院で初めて会ったときの矢崎の言葉だ。今ならなんとなくわかる気もした。秘めた覚悟が同じなのかもしれない。小日向一家と同行しカタールの駐在武官であった矢崎は、ヒュリア香織の死を目《ま》の当たりにし、幼い純也を見失い、当時血の涙を流して己の無力を呪ったらしい。以来、休暇の全てを費やしカタール及び周辺諸国を純也を探して歩き、その結果として今も独り身だという。純也に費やした歳月に想いは降り積み、帰国後も小日向家の鬼っ子であれば矢崎が後見のような立場を貫いている。

「また昨日もその辺で寝ていたようだね」

「あ、分室長からっすか。参ったな」

猿丸は頭を掻いた。

「まだうなされるのかね」

「うなされるってより、ときに叫んじまいます。絶叫ですね」

「なんだね。悪化してるのかい」

「悪化ですかね。ただ呑んだくれてりゃなんとかなるって。へっへっ。対処療法ですかね」

　猿丸は純也に助けられた日以来、ときおり悪夢にうなされるようになった。ただ一度の死の恐怖は確実に猿丸を蝕《むしば》んでいた。呑み、呑み潰れて眠るのは、猿丸が身につけた手法だった。

「いつまでも独り身というのも殺伐《さつばつ》としていけないんじゃないのかね」

「師団長には言われたくないっすね。まあ、変わらないでしょ。女は抱けても、一緒には眠れません」

　試したことは何度もある。叫んで女を怯《おび》えさせるだけだった。

「そろそろ一度医者に診《み》てもらった方がいいんじゃないのかね。紹介してやりたいところだが、私に伝手《つて》はもうなくてね」

「お心遣いだけで」

　猿丸は手を開き、あるはずの位置に小指を見た。

「眠れる、叫んじまうってことは、生きてるって証拠っすから。その実感と感謝は、分室長の下で働いてるうちは必要なんじゃないかって」

　ノックがしてさっきの下官が珈琲を運んできた。

「それで、今回は何かな」

　テーブルにカップが置かれ、下官が出てゆくのを待って矢崎は足を組んだ。

「師団長は〈カフェ〉をご存知ですか。といっても」

猿丸はコーヒーカップを取り上げた。

「これじゃありません。とある組織っす」

「……いや」

矢崎がかすかに眉をひそめた。猿丸は〈カフェ〉について説明した。天敬会のこともだ。木内夕佳については伏せた。陸自とこの件は遠い気がしたからだ。

「金持ちの道楽。新興宗教の金集め」

「だけかどうかがポイントです」

「だろうな。私のところに来る以上」

「ご明察。入会金や年会費に多寡があるのが気になるって、これは分室長が言ってたことですけどね」

資金集めだけなら聞く以上に金額を上げ、大金持ちだけを会員にすればいい。秘密主義にして秘密趣味のスケベ親父はいくらでもいるだろう。しかし、実際にはそうでもない。十年続けても都心にマンションは買えない。

「陸自にも会員がいるようです。階級姓名は今のところわかりません」

陸上自衛隊にもお客さんがいるのよと、純也は夕佳から聞いたらしい。猿丸が陸自に廻されたのはこのひと言があったからだ。

「金だけか、金プラスアルファか、金の代わりに、か」

陸海空、警察、先端企業。それらの持つ情報・技術を鵜の目鷹の目で狙っている連中はごまんといる。矢崎がさして驚かないというのは本人の胆力資質にもよるだろうが、常にそういった危険に晒されているからだろう。

「また、入るかね」

「場合によっては」

猿丸は何度か、矢崎の手引きで陸自だけでなく空自にも潜入したことがある。自衛隊は事務官も入れれば二十五万人を超える組織だ。猿丸ひとりくらい、陸将のコネがあればどうということもない。

「なら、また守山の監察をこっちで運用してみようか」

「和知《わち》君っすか」

よく知った名だった。小太りの寝ぼけた顔をした男だが、どうしてどうしてたいそう切れる。思考能力以外はまったく違うが、確か分室長と同じ歳のはずだ。

「本当に信頼して動かせる人間など、そう何人もいるわけがない」

「ごもっとも」

「まあ、二十五万人も所属していることを思えば、それが強みでもあり、弱みでもある」

「痛し痒《かゆ》しっすね」

「そういうことだ。さて、なにかの場合の連絡はどうするね」

「ＬＩＮＥに一時的なグループを組みましょうか。俺と師団長と和知君。簡単な話はそこで」

「わかった」

猿丸は端末を取り出し、その場でＬＩＮＥにグループを構成した。

「グループ名は、そうですね、カフェロワイヤルとでもしますか」

「下らん」

「えっ。そうですかね。ならどうします」

「カフェとつけるなら、ノワールと相場は決まっている」

ノワール。黒、暗黒、転じて不正、犯罪。恐ろしいほどストレートにしてそのものズバリ。この辺の愚直さも、猿丸が矢崎を苦手とする所以《ゆえん》だ。だから逆らわない。

「じゃ、カフェノワールで。師団長も和知君もアドレスに変更は」

「ない。君らと違ってな」

「申し訳ないっす。変更もいちいち面倒なんですがね、なにせ分室長の指示でして」

猿丸達は半年に一度、携帯を契約ごと変える。純也などは三台持ちにして全てを三ヶ月に一度の割だ。もちろん経費で落ちるはずもなく、そもそもＪ分室に経費などない。全ては純也のポケットマネーだ。Ｊ分室は小日向純也のポケットマネーによって動く。しかもこのポケットマネーがどこの部署よりも潤沢だ。

「この携帯もそろそろっすけど、LINEを組んどけば自分で勝手に出入りします。師団長にご迷惑をかけることはないっすから。あと和知君にも」

猿丸はその場で矢崎と和知のアドレスに呼び出しを掛けた。すぐに矢崎のズボンのポケットに振動音があり、どういうわけか猿丸の携帯端末もメール着信音が鳴った。

――お久しぶりです。また何かあったんですね。カフェノワールってことは、カフェの事件ですか。

LINEを開けば和知からだった。どういう早さか理解できないが、和知ならあるかとひとり納得して端末をしまった。考えれば深みにはまる。

「師団長。内部処理だけは勘弁っすよ」

「わかっている。そんなことをしても、結局自分の首を絞めるだけだ」

「んじゃ。そういうことで」

猿丸は立ち上がった。矢崎も立ち上がって手を差し伸べる。

「変わらず、純也君をよろしく頼む」

しっかりと握り返し、猿丸は無言で頭を下げた。

矢崎は猿丸を送り出してから応接室の窓辺に寄った。さわやかな夏空が広がっていたが、睨むようにして目を細める。

「天敬会と〈カフェ〉か」

この手の話は何度聞いても慣れるものではない。

防空とソ連だけを徹頭徹尾意識してきた陸自は冷戦後の劇的変化に追いつけなかった。陸自を言い表す、用意周到動脈硬化とはまことに言い得て妙な表現だ。Final Goalkeeper of Defenceを掲げるが、この信条もすでに大いなる矛盾をはらんでいる。今の時代、関ケ原のように相対する本土決戦などありえない。本土で戦うときはゲリラ戦しかないとは、湾岸戦争以降のありとあらゆる紛争が証明している。にもかかわらず陸自では厳しい訓練と絢爛《けんらん》豪華な演習が今も続く。旧来の陸自はすでに、内部矛盾をはらんで死に体なのだ。

こういう事件を機に壊れてしまえ、と矢崎は思わないでもない。だが実際には潰すわけにはいかない。矢崎は将なのだ。日夜厳しい訓練に耐える大多数の下士官とその家族、総勢百万人を矢崎は率いている。そのひとりひとりの生活を脅かすことは断じて出来ない。あってはならないのだ。

「用意周到、動脈硬化」

矢崎はふと口の端をゆがめた。

「俺も、硬化した動脈の一部だな」

腕を組んでしばらくたたずめば、正門に続く長々とした階段に猿丸の姿が見えた。

「猿丸俊彦警部補か。欲しい。が、言うまい」

和知は切れる男だ。が、同時に硬くなった動脈組織にあっては柔らかすぎるほどに柔らかい男でもある。そんな男が硬い脳動脈に入ったら、いたるところに瘤《こぶ》を作ることになる。ひとつでも破裂すれば卒中だ。陸自の組織自体を内から崩壊させる危険を和知は孕《はら》んでいる。だから猿丸のような覚悟を決めた男が、実は矢崎は喉から手が出るほど部下に欲しかった。そんな男と今のうちから組ませれば、和知はいずれ中央で、陸自を崩壊させることなく縦横無尽の働きをすると矢崎は確信していた。

「君は純也君をな、よろしく頼む」

歩道に出てゆく猿丸の背に矢崎は声を落とした。猿丸のような男は欲しい。だが猿丸は和知以上に、警視庁にとって爆弾のような純也にこそ必要不可欠な男だ。そのための覚悟を持った男だ。

経験なら鳥居に敵うまい。刑事としての直観力、洞察力でも犬塚に及ばないに違いない。けれど行動力と、いざというときの覚悟は三人の中で随一だろう。

「ＰＴＳＤだな」

猿丸は間違いなくＰＴＳＤだ。だが、しっかり症状と現実の折り合いをつけている。

「なんだった、ＰＴＳＤの……。そう、ＰＴＧか」

低く矢崎はつぶやいた。こっちは猿丸についてではない。純也に関してだ。

ＰＴＳＤ、心的外傷後ストレス障害。一ヶ月未満の場合はＡＳＤ、急性ストレス障害と呼ばれる。シェルショック（砲弾神経症）といわれる、ベトナム戦争におけるアメリカ兵の戦闘ストレス反応はあまりにも有名だ。症状には不安、不眠、原因と原因に起因する事象への激しい回避、追体験（フラッシュバック）などさまざまなストレス障害がある。一方、このＰＴＳＤの先に存在するのがＰＴＧ、ポスト・トラウマティック・グロウス（心的外傷後成長）だ。

――やはりＰＴＳＤだな。さまざまなテスト結果にそれは明らかだ。実に面白い。いや、面白いといっては失礼かね。

これは二〇〇四年、純也が東大四年生に進学したとき、自衛隊中央病院精神科の鈴木三郎《すずきさぶろう》教授が言った言葉だ。鈴木は自衛隊医官として若いときからショックシェルの研究に携わり、このときすでに日本における第一人者であり、くわえて矢崎にとっては莫逆《ばくぎゃく》の友でもあった。

――彼はＰＴＳＤだが、ＰＴＧだ。克服している。見事なもんだ。

――だが、純也君は帰国してから一、二年はオヤジさんの意向で定期的な検査を受けていた。なにせ戦場にいたのだから。そのときは一度も疑われたことはなかったぞ。

猿丸が自衛隊中央病院に運び込まれた時期、見舞いに訪れるたび、純也にさまざまな検査を受けさせた。昔から矢崎に純也のことを聞き、興味を持っていた鈴木が強固に望んだからだ。日本人で戦地に育った、しかも若者などサンプリングとしてそういるものではない。秘密裏に猿丸の施術も病室も処理してくれた鈴木の要求を矢崎は断り切れなかった。純也も同様にして、これはその結果の話だった。

――帰ってきたときはうまく隠れてたんだろう。いやＰＴＳＤどころではなく、本人にとっては心身ともにまだ戦場だったかもしれない。お前に聞く限りそんな環境だったはずだ。ＰＴＳＤの発症はだいぶ後とも考えられる。

親や一族との関係、久しぶりに目にする日本という国の驚くほど進歩したインフラ、ハイテクノロジー、世界に比べれば呆れるほどの平和。帰ってきたというより迷い込んだという方が正しい環境ではあったろう。

クラチエからストゥレインに向かう街道で発見して以来、いや、助けられて以来、帰国を勧めても純也は渋るばかりだった。

街道で地雷除去にいそしむ自衛隊員とＵＮＴＡＣ隊をゲリラが襲い、一等陸佐として見舞いに訪れていた矢崎があわやの状況に陥ったとき、駆けつけてきたフランス外人部隊の中にいたのが純也だった。いただけではない。矢崎に銃口を向けていたゲリラを矢崎の背後から撃ち倒したのはおそらく純也だ。自分の無力さゆえに失った少年が、いまだ無力な自分を救ってくれたことは、帰国の際にも報告しなかった。口を閉ざしたまま墓場まで持っていこうと固く誓った一事だ。日本にはこのとき、フランス軍の庇護下にあった小日向純也少年を発見。一時記憶喪失であった模様とだけ打電した。

第一次カンボジア派遣施設大隊が海上自衛隊の輸送艦でシハヌークヴィル港を離れる日、矢崎の前に粗末なリュックサックを背負って立ち、母によく似た表情で恥ずかしげに笑った純也の姿を思い出す。

――なんか、みんなに置いていかれました。

好むと好まざるとにかかわらず、戦場において間違いなくソルジャーだった少年だ。望郷の念はあるだろうが、それ以上に不安も大きかったろう。そんな少年が帰国の日、矢崎の前に立った。

――みんな次の戦地に向かったそうです。置手紙に、帰れと書いてありました。どこにいても戦いは同じだとも、どこにいても仲間だとも。

矢崎はダニエル・ガロアという男の聡明さと優しさを知った。それに比べ帰国してからの純也の環境は劣悪だった。父和臣はテロに遭遇し妻と子供を失ったという悲劇と小日向グループの財力を背景に政界に地位を得ていた。

――よく帰って来た。よく帰って来てくれた。

だが、涙まで流して息子を抱きしめた記者会見場を一歩出ると、政治家は豹変《ひょうへん》した。関係者として同席していた矢崎は一部始終を記憶にとどめた。

――なぜ帰った。香織の記憶と一緒に、もうお前のことなど忘却の彼方だった。帰ったからといって、小日向の一族にもうお前の居場所などない。

　昔から和臣は野心の塊のような男だと矢崎も認識していた。もしかしたら長子和也も一族郎党も、和臣にとっては駒であったかもしれない。同様にして、純也も。

　カタールの悲劇を武器に世間の注目を集め衆議院議員となった和臣にとって、悲劇の次男は悲劇であり続けることに利用価値があったのだろう。

――ふふっ。ダニエルの言った通りでした。父も伯父も伯母も、どの目もみんな敵意に燃えて。なるほど本当に、どこに行っても戦いはあるのだなあと。

　これは矢崎が後に聞いた純也本人の言だ。純也は銃やナイフを持たないだけで、中央病院の鈴木が推測するように戦いの只中にあった。そこから次第に大人になるに従って、PTGを発現するようになったのではと鈴木は言う。

――おそらく本人にPTSDの自覚はなかったと思う。原体験の爆音とどろく戦場などこの日本にはない。だが心理戦のような、葛藤のような静かな戦いがあった。実に面白いサンプリングだ。成長に一番必要な時期を戦場で過ごしたということもきっとプラスアルファだ。ほかに例を見ることは難しいに違いない。得がたいね。彼は症状のないPTSDから無自覚にして、医師のアドバイスすら受けることなくPTGを発現した。そうでないと説明がつかない。PTSDにおける嗜好行動には無自覚な自己治療的側面もある。説明はつかないが、有り得ないことではないんだ。

ＰＴＳＤとＰＴＧは対立する概念ではなく、一連の過程に存在するものらしい。ＰＴＳＤの程度が高いほどＰＴＧも高いという正の相関にあると鈴木は説明した。ＰＴＧを発現すると自信やスキルといった自己の強さ、死に対する態度、人間関係、ライフスタイルなどに大いなる変化が起こるという。

ただ、気懸かりなのはと鈴木は続けた。

——説明をつけようとするところに無理があるとも考えられる。ほかに症例がないんだ。ＰＴＳＤの症状も自覚もないＰＴＧとはいったいなんだろう。戦いの質を少しずつゆっくり変えるとそういうことが起こるのかもしれない。あるいはＰＴＳＤとＰＴＧの混在。これもないとは言えない。

よくわからない話だったが、その後も定期的に矢崎は純也の行動を鈴木に伝えた。

——なるほどなあ。

去年のことだった。鈴木は病室のベッドに身を起こした。国立がんセンターの個室だった。医者の不養生というのも酷だが、鈴木は多転移のがんに侵され余命宣告を受けていた。

——彼は常に敵を欲している。仕事柄というだけではない。組織の中にも好んで敵を求める傾向にある。矢崎、気をつけた方がいい。

なにがだと聞けば鈴木は痩せ細った肩をすくめた。

——ＰＴＧだと考えるのは学問の勝手で、特異な彼はいまだ自覚のないＰＴＳＤの最中、あるいは本当にPTSDとPTGの混在の中に身を置くのかもしれない。この、敵を求めるというのが鍵だ。それが彼のセーフティバーだとしたら。彼は敵がいなくなる世界を想像しうるだろうか。セーフティバーが外れ、自覚したら、発症したら、そのストレスで精神が歪《ゆが》んだら、彼の警察キャリアとしての地位と能力は諸刃《もろは》の剣だ。

矢崎が鈴木の声を聞いたのはこれが最後だった。真摯に受け止めている。しかし、

「そんなことはない。そうはさせない」

そのために矢崎がいる。猿丸を含めたJ分室の三人がいる。

矢崎は応接室から萌えはじめた新緑を見下ろしつつ、拳《こぶし》を強く握り締めた。

二

二日後の夕刻、犬塚はふたたび新大久保を訪れた。かつては改札を右に出た辺りがコリアンタウンと呼ばれていたが、現在では反対側にも拡大している。韓流が完全に定着した感じだ。前回は右方に五十メートルほど行った、大久保通りに面する雑居ビルの二階に上がった。金赤の看板が目立つ『オモニ』という焼肉屋だ。そこの店主は一帯がコリアンタウンなどともてはやされる以前からの古い住人だ。韓国で働く倅《せがれ》にそろそろ店を譲りたいと考えている主人の名は崔《チェ》永旭《ヨンク》といい、歳は確か七十手前のはずだった。名前の永は特に、

韓国解放元年、一九四五年前後生まれに多く使われているという。一帯の取りまとめ役で、裏も表も含めて顔が広い。昔、新宿のチャイニーズ・マフィアが愚連隊のような状態だったころ、新大久保にも手を伸ばし始めた。潜入を試みていた犬塚が、連中から聞き出した地上げやらの情報を流してやった。以来の付き合いだ。

二日前、昼を外してオモニに顔を出すと、

「やあ。久しぶりね」

「なんだい。オヤジさん。しばらく見ない間にずいぶんすっきりしたじゃないか」

「もう、若くないね」

現れた崔永旭は、見事に禿《は》げ上がった頭をさすりながら笑った。顔を見るのは二年ぶりだった。

「景気はどうだい」

「昨年の暮れにようやく息子を呼び戻せたよ」

「そりゃあよかった」

「ただね、竹島とかね、李明博《イミョンバク》が馬鹿を言えば客足は激減ね。バブルのツケは韓流ブームで盛り返せたけど、ブームはブーム。私に言わせれば、今はありがたくない竹島ブームね」

昔は自身でも鉄パイプを握って愚連隊や地回りと渡り合った男だが、崔はずいぶん好々《こうこう》爺《や》然としてきていた。

「で、今日はどうしたかね」

「実はね……」

それでも最近の上野の様子を聞けば、崔永旭の目つきは途端に鋭くなった。

「その辺の関係も含めて、息子に譲ろうとして、久しぶりにあっちこっちに顔出したばかりね。犬塚さん、ちょうどいいよ」

その辺の関係とは、崔永旭が持つ裏社会とのネットワークのことだろう。

「この辺で身を守るためには、なんでも知らないといけないよ」

手を叩くと、待機していたように現れたのが息子の崔智勲《チェジフン》だった。父に劣らず大柄で目つきがそっくりだ。四十五歳になるという。犬塚のことは父から聞いているようだった。

「そのものズバリの男がいますよ」

崔智勲は父よりはっきりとした日本語で言った。日本で生まれた子だと聞いたことを思い出す。バブルの崩壊にあわせ、一時避難のつもりで韓国に送り出し、いつまで経っても戻せないと崔永旭は嘆いたものだ。オモニはバブル崩壊に端を発する、いわゆる失われた二十年を懸命に生き延びてきた店だった。

「それは」

「魏老五の甥《おい》っ子です」

「ほう」

「といっても漕幇の誇りと血の結束を重んじるグループですから、甥っ子だからって特別視はされてません。本人はずいぶんくさってますが、まあ、くさってるってことでおわかりになるでしょう。その程度の男です」

「しょせんチンピラよ。あれじゃあ魏老五の後釜どころか、包頭《バオトウ》にもしてもらえないね」

包頭とは何番隊リーダーといった意味か。

「なるほど」

犬塚はしばし考えた。甥っ子とはいきなり近すぎる気がしたが、殺人事件として捜一も動いている。女と逃げた王浩を血眼になって一時期グループは追っていた。捜一が〈カフェ〉に辿り着けば、そんな話から魏老五に目をつけないとも限らない。刑事警察の捜査は直裁だ。そうなってからでは情報を取ることは容易ではない。

「オーケー。じゃ、それでいこうか」

今度場を作りますとその日は別れたが、翌日すぐに崔智勲から連絡があった。

「明日、どうですか。昨日話した男が明日なら空いているそうです」

「構わないが、その甥っ子に私のことはどう」

「うちと取引のある肉の卸業者と言ってあります。上野にも販路を広げたいからと」

「肉の卸か。よく知ってたな」

昔、その手で崔永旭から横浜中華街の一軒を紹介させたことがあった。先の先に違法カジノを睨んでのことだ。

「ええ。父から特に犬塚さんのことは仕込まれてますから。犬塚さんの情報はうちの武器だと」

犬塚はときおり、所轄の手入れの情報を崔永旭に流した。オモニのではない。新大久保から歌舞伎町辺りの風俗店の手入れに関してだ。いつしかヤクザ連中、チャイニーズ・マフィアが崔永旭に一目置くようになった。情報の見返りに客も廻してくれるようになったとも聞く。新大久保が表向き平静を取り戻したのはそれからだ。

「ああ、取り扱いは栃木和牛、でいいんですよね。そう言ってありますんで」

「わかった」

指定されたのは午後の六時だった。この日の服装はグレンチェックのスラックスに濃紺のシャツを袖まくりにした。上着は着ない。手荷物はクラッチバッグひとつ。サラリーマンではなく、装うのは仲買のブローカだ。

犬塚はコリアンタウンらしき街並みのどん突きまで歩いた。派手な看板がなくなった辺りを曲がれば、いきなり地味な路地だった。その真正面の角にあるのが、崔智勲が伝えてきた喫茶店だ。カウンターと丸テーブル、十五人も座れば満席だろう。今は半分ほどが埋まっていた。店は昭和の日本風だが、聞こえてくる会話は全てハングルだった。新大久保に生きる者達の隠れ家かもしれない。

崔智勲の名を出せば無言でマスターが二階を示した。ブレンドを注文し、階段を軋ませる。二階は六畳ほどの板間だった。ソファと大理石のテーブルがあった。崔智勲ともう一人の男が向かい合わせに座っていた。歳の頃は三〇前半か。GIカットで濃い色のサングラスに、龍が舞い上がるスカジャンの男だった。魏洪盛《ギホンソン》という名だと崔智勲から聞いていた。

「やあ。お待ちしてました」

崔智勲が立ち上がった。魏洪盛もサングラスを外して立ち上がる。素顔はやはり大陸風の顔立ちだった。

「少し遅れましたか。申し訳ありません」

犬塚はにこやかに近づき腰を折った。

「そんなことありません。こっちが早く着きすぎただけですよ。どうぞ」

崔智勲が犬塚を隣へ招いた。そちらへ廻り、

「どうも初めまして。マルタニフーズの丸谷《まるたに》と申します」

犬塚は用意した名刺を魏洪盛に差し出した。マルタニフーズは実際に宇都宮に本社のある、従業員五十名ほどの会社だ。BSE関連の偽装をコンサルトするフロント企業を追っていたときスジを獲得した。埼玉物流センター長だった。名刺はそのとき作ったもので、

今度のことも話を通してあった。名刺の電話番号はそのセンター長席直通であり、センター長の名が丸谷だった。

「俺は名刺ないけど、もらとくわ」

たどたどしい日本語で言い、魏洪盛は片手でぞんざいに名刺を受け取った。

犬塚の珈琲が運ばれ、それぞれの席に着く。

「丸谷さんね。センター長って何」

「ええ、支店長だと思って頂ければ」

「へえ。その支店長様、自らね」

「このご時世です。部下の尻を蹴飛ばすだけで、ふんぞり返ってるわけにはいきません」

「そだな。わかってるよ。俺は魏洪盛」

魏洪盛が不審がることはなかった。崔智勲から聞いているだろうし、小知恵が働くならネット検索くらいしているだろう。マルタニフーズの丸谷は社長、専務、埼玉と兵庫にそれぞれある物流センター長、さらに何人かの部長職共通の姓だ。マルタニフーズは同族会社だった。

「で、上野で肉、売りたいって」

つまらなそうに魏洪盛は足を組んだ。ポーズだろう。不況は表社会も裏社会も共通だ。

「是非。栃木和牛は今アメリカへの輸出も始まったんですが、わが社は全農と色々ありましてね。少々焦ってるんです。それで別の販路はないものかと彼にお願いしまして。多少強引でもと」

「ふん。多少強引でもかい。それがわかってるなら話は早い。いくらになるか」

「いやいや、さすがにそこまですぐには。ただ決してご損はさせませんので、はい」

「ご損ね」

魏洪盛は天井を見上げて顎をさすった。

「わかた。考えてみよう」

「いやぁ、そうですか。なんとかひとつ」

大げさに喜んで見せ、犬塚はソファから身を起こした。

「では前祝ということで。魏さんはこれ、どうですか」

犬塚は杯を傾ける仕草をした。

「丸谷さん。はしゃぐのは結構だね。けどよ」

魏洪盛は足を解いて犬塚に顔を近づけた。なかなかの迫力だった。チンピラにしては。

「酒を呑むのは構わねえが、俺を軽く考えてると大変。あんたも、おい崔、お前も」

「なに言ってんですか」

崔智勲はあわてて首を振った。

「この間挨拶させてもらったばかりじゃないですか。これはどちらかといえば、お近づきの印に私どもからの贈り物のようなものなんですよ」

「私どもから？　てことは」

「父が言ってました。うまくやりなさいってね」

「崔永旭が。ふうん。そうかい」

ようやく、魏洪盛が歯を見せて笑った。

「なら呑ませてもらおか。オモニで腹ごしらえしてからよ。俺は珈琲、あんまり好きじゃねえ」

話が決まると魏洪盛は我先に階段に向かった。犬塚は崔智勲に向け、小声でよろしくとだけ告げた。無言でうなずき、崔智勲が立つ。父に仕込まれたと言っていたが、本当によく仕込まれている。犬塚がオモニに迷惑をかけないことを微塵も疑っていないようだった。

外に出るとすでに夕闇が迫っていた。

「おうい」

昭和な路地の先でＧＩカットにスカジャンの魏洪盛が、早く来いと犬塚を急かした。

魏洪盛はこの晩、犬塚を引っ張り回して豪遊した。犬塚からどれくらいの金を引っ張れるかを計ってもいたのだろう。オモニのあとは六本木でクラブをハシゴし、地元の上野に戻ってから今度はキャバクラだ。明け方まで掛かった。どの店でもどうだい俺の行きつけはと自慢げだったが、ホステスにそのたびお久しぶりと言われては簡単に底は割れた。

この間の費用はオモニからタクシー代にいたるまで、全て支払ったのは犬塚だ。

(まったく。こういう手合いはどいつも一緒だ)

使える経費が少なすぎるということもあるが、出来る捜査員は経費では足りず自腹を切る。これは公安部に限ったことではなく警視庁に限ったことでもなく、警察全体として昔からの悪《あ》しき慣例だ。なかには年間で百万円を超える身銭を切る捜査員もいる。それで首が回らなくなったなどは、笑えないがどこの署でも聞く現実だった。

この夜、犬塚が支払った額は軽く五十万を超えた。とても経費で落とせる額ではないが、良くも悪くも初めからJ分室には予算などついていない。にもかかわらず、

(この分だと三百、いや、四百は掛かるな)

犬塚は平然としたものだった。

J分室の運営経費は全て、室長である純也の裁量に拠った。つまりはポケットマネーだ。鳥居以下、三人はみな普段使い用に自分達の名前が入った、〈サードウインド〉という法人名義のゴールドカードを持たされていた。

〈サードウインド〉は東大在学中に同級生が純也の投資を受けて立ち上げたSNSゲームのベンチャー企業だ。時代的には携帯向けに先鞭《せんべん》をつける形だった。

――小日向、今しかないんだ。やるなら今じゃなきゃ、大手に太刀打ちできない。

と、純也の前に両手を突いたという。それがいまや大手と肩を並べる東証二部上場企業様だ。銀行やらファンドやらが入って比率は落ちたが、純也は今でも堂々たる個人筆頭株主だった。確か持ち株比率は六・一パーセントだと聞いた気がする。だが毎年の配当を純也は実際には受け取らず、全てを社長の表に出ない口座に振り込んでいた。ようは裏金だ。時代の最先端の企業であっても、やはり内実は生臭い。その代わりに取締役会を通さず社長から内々に受け取ったのが、犬塚達三人の法人カードだった。架空の社員だが、会社全体から見れば瑣末《さまつ》事だろう。契約当初は、〈サードウインド〉の経理部に信販会社から使用確認の電話があったようだが今はもうない。それくらい当たり前に犬塚らはこの法人カードを使っていた。感覚としては〈湯水〉のごとく、だ。

しかし、この〈サードウインド〉と純也がKOBIX創業者夫人、つまり小日向佳枝から遺言によって相続したというKOBIX及びKOBIX建設の株式、その他純也が持つ諸々の株式の配当を犬塚は計算したことがあるが、犬塚たちの〈湯水〉は、その所得税にすら届かなかった。「金ぁ、あるとこに集まるってのは昔から言うがよ」とは感嘆混じりの鳥居の言葉だ。犬塚もまったく同感だった。

J分室ははぐれ部署だ。小日向純也という男の、キャリアとしての資質と財力がなければ初めから成り立たない部署だ。逆に言えば、小日向純也という室長に飛び抜けた資質があり、有り余る財力があるからこそ、警視庁という巨大な組織にあって唯一自在を獲得していた。

公安全体、警視庁全体に同じような体制が取れるとは犬塚も思わない。いや、思えない。キャリアが全員小日向純也であれば警視庁は組織として崩壊するだろうし、全ての捜査費用を経費として認めれば警視庁は倒産するだろう。そう思うと、J分室員であることは犬塚にとっていっそ痛快だった。

夜明け頃、仲町通りのアーケードの下で別れた魏洪盛は、またなと上機嫌で帰った。

だが、これで一連の作業が全て終わったわけではない。始発を待って家に帰り、シャワーを浴びて仮眠を取り、また犬塚はオモニを訪れた。夕方五時を回った頃だった。

「どうだったね。チンピラのお守りは」

崔永旭が出て来たとき、犬塚の携帯が鳴った。マルタニフーズの丸谷からだった。

「犬塚さんに一昨日言われていたような男から、さっき電話が掛かってきましたよ。指示通りに出かけてると言っときましたけど」

声は半笑いだった。面白がっている。

「それでいい。ありがとう」

「今度、久し振りに呑みましょうよ」

「この件が落ち着いたらな。ただ、当分はクラブもキャバクラもこりごりになってる気はするが」

「そんな。犬塚さんと差しで飲んだって面白くないじゃないですか」

「ふん。悪かったな。面白くなくて」

崔永旭が隣で声をあげて笑った。時間的に仕込みを終えた息子も出てきた。

犬塚は早速、聞き出しておいた魏洪盛の携帯に電話をかけた。

「あ、マルタニフーズの丸谷です。昨日はありがとうございました。六本木なんて滅多に行かないんで、面白かったです。で、お電話を頂戴したようですが」

――いや。礼を言おうか、思たんだ。近いうち、今度はこちから掛ける。

名刺と紹介だけではこの手の人間は動かない。こういう仕上げがあって、本当に魏洪盛が掛かったことになる。

「オヤジさん。昨日から思ってたんだが、栃木和牛に興味はないか」

携帯を切ってすぐ犬塚は崔永旭に聞いた。

「ないわけないね。ブランドよ。けど、高いね」

「そうでもない。部位の全部を売り切るのはなかなか難しいと言ってた。必ず余りが出ると。かえってブランドが邪魔して、余ったから買ってくれとはなかなか言えないらしい」

崔永旭の目が光った。

「部位に文句を言わず、量に期待しなければ入るぞ。儲《もう》けは出なくても目玉にはなる。逆に多過ぎるときは、周りの店に流してもいいじゃないか。ここはコリアンタウンだ。栃木和牛ならいくらでも捌《さば》けるだろう。利を取ってもいいだろうし、右から左でもオモニの徳が上がるぞ」

息子と顔を見合わせ、

「乗った」

崔親子は声をそろえた。

「なかなかいい見返りね」

つまりはそういうことだ。マルタニフーズ本体には微々たる動きだろうが、埼玉物流センターの助けにはなる。一石二鳥だ。

これで一連の作業はひとまず終了だった。そのまま焼肉を食い、親子に送られて店を出た犬塚は、星空にひと息ついて駅に向かった。

「さて」

プラットホームでモバイルを取り出す。

チンピラひとり獲得。ターゲット目前。

余計なことを書かない報告は、電車が滑り込んでくる前に終わった。

三

「ただいま」

犬塚がオモニを出る頃、鳥居は荒川区町屋の自宅に帰り着いた。線路沿いに歩いてガードをくぐり、斎場を過ぎたところに鳥居の家はあった。駅から徒歩で十分も掛からない。便利な場所だ。

「お帰りなさい」

「あ、お帰りぃ」

妻の和子に一人娘の愛美、二世帯の階下には鳥居の母が住んでいる。父は孫娘の成長に目を細めつつ、幼稚園入園を待たずに肺炎をこじらせて死んだ。四年前だった。

「もう飯食ったのか」

テレビの前で膝を抱え、アニメを見ている愛美に声をかける。

「うん。食べたよ。今日はハンバーグ」

「そうか、ハンバーグか。よかったな」

「ご苦労様。どうします」

和子が聞いてくる。風呂か飯か、普通の家庭なら当たり前の二者択一だ。

「ひとっ風呂浴びてくらぁ。今日は蒸し暑かったからな。自分で自分が汗臭ぇや」

「タオルは出してありますよ」

月並みの会話があって湯船に浸かる。この月並みというのが貴重だ。外事捜査隊の頃は仕事に忙殺されて考えもしなかった。小日向番になり主戦から外れてからは考えられなかった。代わりに、いつ辞めるかばかりを考えていた気がする。

「それが、今じゃあよ」

カイシャからはとことん冷遇されている。給料は警部になったときに上がったきりで、もう十年も変わっていない。普通なら辞めて他の仕事を探したはずだった。鳥居には家のローンがまだ二十年あった。娘も小学校に入学したばかりだ。だが——。

辞めなかった。辞める必要がなかった。考えているのは鳥居だけではなかったろう。きっと犬塚も猿丸も同様だ。

足りない分、いやそれ以上を純也は当たり前のように与えてくれた。あの日のことを鮮明に鳥居は覚えている。

「やあ。待ってましたよ」

公安部公安総務課庶務係分室勤務。とうとう島流しかと溜息をつき、十四階の端に向かえば、薄暗い部屋で段ボール箱と格闘しつつ、鳥居らを迎えたのは小日向純也の見慣れた笑みだった。

「総務課の管理官として少々強引な手法で皆さんを直属にしてもらいました。どうせ行確のままなら、一緒の方が手っ取り早いと思って。そうしたら、なんだかこんな部屋に追いやられちゃいました」

「なんだぁ。分室に管理官？　だって君は、なあ」

思わず鳥居は口走ったが、キャリアでトップ合格だろうと最後まで言えなかった。見慣れた笑みが変わらなかったからだ。

「皆さんと、どうしても一緒に仕事がしたくてね」

「それにしても分室って。それも庶務って」

犬塚が辺りをしげしげと見回した。猿丸は憮然《ぶぜん》と腕を組んでいた。

「あ。それについては皆さん。少し考え違いをしてますよ」

「どういうこったな」

仏頂面で鳥居は聞いた。小日向純也の部下。辞令が出た以上、それはもう動かない事実だ。望むところだと、本当は言いたい気を抑えるとかえってそうなった。

「僕は公安総務課のれっきとした管理官ですけど、皆さんは庶務係から行き場うやむやの出向、データはそんなところでしょう。こんな部署、おそらく公には存在しません。だからね、なんでもやれるんです。やりたいことを、できることを」

このときばかりは、はにかみだとばかり思っていた笑みがチェシャ猫に見えた。中東の匂いがする風貌に浮かぶ自信の表れを、鳥居は見誤っていたのかもしれないと思った。

「やってくれますか。僕の仲間として」

純也が差し伸べる手を一番先に取ったのは猿丸だった。鳥居にも犬塚にも異論はなかった。

次に純也は、三人に茶封筒を渡した。

「呼んだのは僕ですから。それに、カイシャが皆さんにしそうなことはサッチョウに入庁してからすぐわかってました。遠回しに辞表を出させようなんて、僕が許さない。だから、この分室のことは僕が賄います。けど、心得違いはダメですよ。信賞必罰は当たり前だと思ってください。ただまあ、必罰されるような人達ではないとわかってますけどね。なんたって、もう十余年の付き合いですから」

人並み以上の仕事をするはずの皆さんには、人並み以上の報酬を考えていますと純也は締めた。以来、鳥居達の俸給は年収ベースで課長職以上だった。必要経費の持ち出しがないことを考えればそれ以上、部長職に匹敵するかもしれない。ただ難を言えば、警信や個人口座への振り込みは金の流れを特定されかねないという理由から、支給は毎月茶封筒で手渡しが原則だった。窓口は新井里美だ。制服に笑顔で茶封筒を渡されると、どうにも大昔の街金が思い出されて抵抗があったが、これは贅沢《ぜいたく》というものだろう。

「いけねえ、いけねえ。贅沢は敵だ。過信しちゃいけねぇや。俺らぁみんな、分室長におんぶに抱っこで乗っかってるだけだ。分室長の悲しみと、寂しさによ」

風呂場に声を響かせ、鳥居は白髪混じりの角刈り頭を湯船に沈めた。

湯表から徐々に顔を出し、鳥居は口から湯をぴゅっと吹いた。

「さてと」

顔をひと撫《な》でして湯を切る。目つき顔つきは厳しい刑事のものに変わっていた。

特捜本部にいるスジからの情報では、木内夕佳の故郷青森でも向こうの応援を得て捜査を進めていたが、音信不通だった娘に実母は、死を知ってさえそっけなかったという。友達関係も青森時代は希薄であったようだ。ただ地元では目立つ存在だったようで、夕佳の名を出せば誰もが、あの綺麗で頭のいい、とは覚えていた。逆に言えば、そのくらいで止まって進まなかったらしい。出て行ったという実父・長内修三についても同様で、あの男前の大人しい、と話はそこで終わり、その後を知る者は皆無だというが、この実父に関しては二十年ほど前に住民票を都内杉並区に移していることが判明した。話を聞く意味で捜査本部から捜査員が向かったらしいが、これも事件的には徒労に終わった。住民票の住所には二年前に立てられた真新しいマンションがあった。大家によればその前のアパートも、賃貸契約は十年も前に解消しているという。現在の所在は不明だが、離婚が二十六年も前のことであり、夕佳の母も以降一度も会ったことはないということから、事件との関係性は薄いとして早々に捜査対象からは除外されたようだ。

これらのことから、青森での捜査は義父一本に絞られたらしい。義父は暴走族上がりで逮捕歴もある男だった。最近では他に新しい女が出来たらしく、家にはあまり帰っていない。青森県警の判断は普通に考えれば妥当だろう。

「妥当が今のところありがてぇが、いつまで保《も》つか。いいや、保たせるかだな」

捜査本部そのものも、事件発生から三日半が過ぎたが、いまだに地取り鑑取りに終始していた。現場から犯人の遺留品は発見できず、付近の防犯カメラには不審者は写っておらず、夕佳の住まいからも目立ったものは発見できなかったという。それどころか住居にはパソコンやメモのような物も、若い娘にしては逆に不自然なほど皆無で、所持品の携帯から辿れる通話記録も六本木時代の友人や純也だけのようだ。そこから六本木当時、夕佳が付き合っていた男が浮上し、そちらを本筋として追っているらしい。クスリを扱う暴力団員で、ある日から行方をくらましているとなれば放っておける存在ではない。

「そっちもひとまずいいとしてもよ。エダカツ、か。捜一の真部といい、あの本部には食えねぇのが揃ってらぁ」

エダカツとは今回の特捜本部を直接指揮する、江《え》田勝《だまさる》管理官のことだ。警視庁の面子《メンツ》が口癖で、何かといえば誰彼構わず怒鳴り散らす阿呆だ。捜査員を道具のように考え、こき使う。本部が立ち上がって三日目にして、スジもそれには閉口していた。事件発生直前、最後にマル害と会っていた人間として純也も本庁内で事情聴取されたらしいが、そのときの質疑だけでは飽き足らず今後の行確もエダカツは視野に入れているという。多分に私情交じりだよとスジは苦笑した。

公安部長の了解も得ているのだから口を閉ざしても文句の出る筋合いではないが、庁内の事情聴取で、純也は純也らしく整然としてエダカツを煙《けむ》に巻いたらしい。どだいエダカツと純也ではものが違う。齢だけは純也より五歳ほど上だが、それだけだ。純也は、管理官になって一年足らずの準キャリアにどうこうできる男ではない。どうやらそれがエダカツの癇《かん》に大いに障ったようだ。

「まっ。そんな小っちぇえことに目くじら立ててるようじゃ、特捜本部も近々は大した動きぁあ、ねぇだろうな」

初動捜査で当たりも目星もつけられなければ三週間。捜査本部に入る者のこれは覚悟の基本だが、簡単にはいかない、と鳥居は踏んでいた。単なる殺しではなく爆弾まで絡んでいる。車両爆破の意図は不明だが、爆弾を作るという工程がある以上、殺しにも計画性があったと見るのが妥当だ。クスリがらみの暴力団員など追っていてもやがて捜査は行き詰まる。

天敬会と〈カフェ〉。間違いなくこっちが本筋だと鳥居は確信していた。

そのためにこの日、鳥居は京橋に足を運んだ。京橋には業界最大手の太陽新聞社がある。

社会部の女性、片桐紗雪《かたぎりさゆき》が鳥居のスジだった。親父の代からの、親子二代にわたってのスジだが、関係はただの協力者ではない。親父の幸雄《ゆきお》が取材中に不慮の事故で亡くなったとき、紗雪はまだ小学生だった。鳥居は仕事の合間を縫って片桐の家を気に掛けるようにした。純也に張り付くようになる前のことだ。片桐の妻も紗雪も、父の友人の警察官、くらいには鳥居を知る。紗雪の遊び相手になってやったこともあった。今年で確か二十七歳になるはずだが、鳥居にとっては今でも実の子供、年の離れた愛美の姉のような感覚だった。

今では当然、紗雪も鳥居が警視庁の公安捜査員だと知る。

「天敬会？　聞いたことはあるけど詳しくはわかんないね。データベース当たってみる。あ、昼食わしてもらえるなら、鮨がいいなあ」

連絡すれば、返ってきた返事がこれだった。紗雪はショートカットで背が高く、黒縁の眼鏡《めがね》をかけている。容姿は鳥居が見てもなかなかだと思うが、口調は常に雑だ。座敷に上がればすぐ胡坐《あぐら》を掻くし、同僚との喧嘩では手も足も出るという。性格はどうにも男前だ。自分のせいかと、鳥居は少なからず亡き片桐幸雄に後ろめたくはあった。

「まあ、新興宗教の常ってやつだろうね。八年前、信者の親族と多少揉めてからは、なかなか取材にも応じてくれないみたい。うちの社でもそれが最後ね。とりあえず概要と写真をプリントアウトしてきた」

「どれ」

小上がりで鮨をつまみながら資料に目を通す。

本山の敷地面積は十ヘクタール強（東京ドームのおよそ二倍半）。

信者数五十名から六十名（二〇〇三年現在）。

境界線沿いに高さ三メートルの白い工事用フェンス（万里の長城よろしく切れ目なし）。

出入り口は一ヶ所のみ（二十四時間で信者の守衛あり）。

自給自足の徹底（開墾農地あり。放し飼いの鶏豚あり）。

電気ガス水道、公共のライフラインなし（エンジン発電機、井戸あり。ガスはプロパン）。

信者の外出は自由（財産なしでは禁止も同じ。出て近隣へ徒歩）。

教祖の外出、年数度（二〇〇八年七月現在、この年の外出は確認されず）。

布教シンポジウムは積極的に開催（主に幹部と在家信者で運営、開催。東京と大阪で年二、札幌、新潟、名古屋、松山、福岡で各年一。今後はおそらく名を秘した開催になると思われる）。

保有車両数台（軽トラ、乗用車混在）。

敷地面積はいいとして後は少しデータが古いか。いずれ自分の目で確かめなければならないだろう。

「それとカメラマンがね、当時苦労した結果がこれね」

紗雪が差し出す遠景ばかりの山内《さんない》写真の一枚に、小さいが教祖らしい男が写っていた。訴訟がらみで一時、マスコミが注目したが、広報担当だという幹部が弁明するだけで教祖、アースがカメラやマイクの前に立つことはなかった。シンポジウムなどで山から出ないわけではないが、常にアース周辺のガードは固いという。太陽新聞で八年前が最後なら、おそらくそれが通常で手に入る最新ということだろう。もっと新しい物をとなれば、ゴシップ系のフリーライターでも探すしかないが、あるかどうかはわからない。

遠景の隅に小さく写った教祖、長内修三は笑顔だった。口髭と刈り込んだ短髪が見て取れる。やけに細い顔だった。本気の自給自足とは、削《そ》ぎ落とされるものなのかも知れない。

一瞬青森で、とも思ったが鳥居はその考えをすぐに打ち消した。木内夕佳の実家、友達周辺で天敬会の話は出ていない。少ないながら、今まで天敬会は何度かマスメディアに露出した。知り合いだと思えば多少なりとも話題になるはずだ。それが皆無とは、教祖の姿と長内修三がシンクロしていない証拠だ。青森に暮らした頃の修三と天敬会のアースは、おそらく年月と生活スタイルによってほぼ別人なのだろう。

「ほい」

紗雪から渡された小型ルーペを修三に当てる。なるほど純也が木内夕佳に聞いた通り、端正な顔立ちと思われる。

「ありがとよ。これ、もらっとくぞ」

鳥居はコピーを丸めて内ポケットに収めた。

「うぁぃ」

胡坐で鮨を頬張りながら紗雪はうなずいた。

「なんかあんなら、どっかでよろしく」

箸で手刀を切る仕草をする。鳥居は頭を抱えた。

「まったくどこが紗雪だよ。胡坐ぁ、やめろって前から言ってんじゃねえか」

「そりゃあたしだって、いい男を前にしたらやるときゃやるわよ。あ、なら、今度おっちゃんとこの分室長をちゃんと紹介してよ」

「馬鹿。それこそ文字どころか口にもすんなって言ってんだろが。太陽だからってな、うちのカイシャぁ容赦ねえぞ」

小日向純也は表に出さない。それが警視庁の方針だ。書けば記者クラブから、悪くすれば遠ざけられる。

「わかってる。単純に個人的興味なのになぁ」

「ぶつぶつ言ってねえで早く食え。いいや、それ以上食うな」

鳥居の分も入れて三人前のおまかせ握り、締めて七千五百円が京橋の結果だった。

湯船の湯をすくい、鳥居は顔に浴びた。

「青森はねぇな。千葉だな」

「お父さん、いつまで入ってるの。お父さんの分のハンバーグ、出来ちゃったよぉ」

風呂場の外から愛美の声がした。

「あったかいうちが一番美味《おい》しいんだよぉ」

「ああ。わかったわかった。まったくもう、愛美は小さなお母さんだな」

「早くしてね」

「ほいよ」

これが至福というやつだろう。身体を洗いながら鳥居は今を噛み締めた。

「もっと噛み締めとくか」

千葉に行くなら家を空けることになる。和子の手料理も愛美の可愛らしさもしばらくお預けだ。

今日の汚れを綺麗さっぱり落として風呂場を出る。

「あ、お父さんまた裸で出てきた。お母さん、お父さんが」

「しょうがねぇだろ。パンツ忘れちまったんだから」

「わあ、こっち来ないでよぉ。汚い、汚い」

愛美が居間をばたばたと逃げ回る。

「汚いことあるかい。洗ったばっかりだぜ」

こんな至福もしばらくお預けだ。もっとも、愛美はほっとするだろうが。

第五章　C4

一

事件発生から丸五日を過ぎた土曜日、純也は朝九時に目覚めた。正確には起こされた。

鳥居からの電話が掛かってきたからだ。

「おんや。珍しいですね。起こしちまいましたか」

背後がやけに騒がしかった。どこかの人混みにいるようだ。

「ああ。でも、別に構わないよ。なんだい」

「もうすぐあっちの本部でも発表になるようですが、いま少し前に研究の方から例の、ボンってなもんの知らせが来ましてね」

科捜研による爆発物の分析結果のことだろう。周囲に気を使っているのは瞭然《りょうぜん》だ。

「Cの四型。配合はイクスプルージアのHに似てるそうで、マーカーはないってことで」

「へえ」

コンポジションC4、プラスチック爆薬。イクスプルージアのHとは鳥居が今風に言っただけで、かつて同社がセムテックスという社名であった頃のH、つまりセムテックスHだとわかる。現行品より威力が遥かに大きく、テロリストのC4と称されたほどの爆薬だ。三百グラムもあれば旅客機が落ちる。

一九八八年、国際的に制定された爆薬探知条約において、探知を容易にするためニトログリコールやニトロトルエンを爆発物マーカーとして混合することやそれ以前の製品の破棄が義務化された。日本もこの条約には一九九七年に批准《ひじゅん》している。セムテックスHに似ていてマーカーがないのなら、国内においては密輸品か密造品ということになる。

「出所を探るのは難しそうだね」

「そうですね。あっちの本部も、発表を聞いたって出んのは溜息だけでしょう。私のスジでもこりゃあ皆目ってなもんで。ハムの他の課でもどうですかね」

ハムとは公安の別称、いや蔑称だ。

「可能性があるとすりゃ、分室長の、クリスマスプレゼントのフランス人くらいですかね」

「密造だとすればそれでも薄いよ。わかった。このことはセリさんとシノさんにもこっちから伝えておく」

「お願いしますわ。ああ、それと来週んなったら、手配がつき次第遠くと近くの、近くの方に行こうかと思ってます」

　遠くと近く。青森と千葉だ。

「ちょうどよかった。昨日その件でね。メイさんよりひと足先に行ってきたところだ」

　純也は起き上がり、全身に軽い伸びをくれた。


　前日というか今朝方まで純也は千葉県にいた。佐倉市から始まり、酒々井町《しすいまち》経由で印西市までひと回りし、途中天敬会の白いフェンスは実際に自分の目で確認もした。

　天敬会は所在地から言えば印西市の端になる。管轄は印西警察署だが、旧印旛村《いんばむら》が市町村合併で印西市に組み込まれた結果そうなっただけで、駅で言うなら京成の酒々井が一番近い。酒々井町は佐倉警察署の管轄だ。事件翌日、純也は佐倉警察署のスジに連絡した。警備課に勤務する実直な男で、必要最小限以外を語らない綿貫《わたぬき》という警部だ。印旛沼の近くにアパートの一室をと頼めば、すぐに天敬会ですかとだけ聞いてきた。それほど酒々井は天敬会と近く、そして、純也と絡みそうな事件などほかに起こりそうもない町のようだった。

「うん。ちょっと気になってね」

「了解しました」

で、綿貫からさっそく連絡があったのが一昨日の朝だった。

「早かったね」

「もともと私は酒々井で、警察の始まりもあっちの交番ですから」

「へえ、そうだったんだ」

「場所柄、特に仲介は通しません。で、どうされますか」

「どうとは？」

「明日からでも入れますが」

だからその翌日、つまり昨日、一度登庁し、そのまま愛車で千葉に向かった。

「なに考えてるんですか。ＴＰＯをお考えになってください。ここは、常に都民とマスコミの目に晒されてるんですから」

受付で大橋恵子に小言を言われ、

「あら。ラフな格好もお似合いですね」

新井里美には褒められた、ダメージジーンズに白いＴシャツ、その上から生成りの麻のジャケット姿だった。

この日は千葉に行って、問題がなければその場で賃料を支払うつもりでいた。堂々と監視名目で千葉に一室を接収するわけにはいかない。借りるのは一個人でだ。人はよく、格好で他人の人となりを判断し脳裏に刻む。この日のスタイルは、その予断を曖昧にするのが狙いだった。佐倉警察署に勤務していた関係上、酒々井には多少の土地勘がある。長閑《のどか》なところだ。希望通りのアパートなど田園風景の中にいくつもない。折り目正しいスーツを着込んで借りるような場所でないとはわかっていた。

だが、久しぶりに顔を合わせた綿貫は、

「理事官のお仕事はわかってるつもりです。そんなものは必要ありません」

と小さく笑った。

「行けばわかります。すんなり通るように少々脚色してありますがご了承下さい。一階の角が大家です。ただこの車は目立ちますね。駅前にコインパーキングがあります」

渡された地図を頼りに向かえば、木造二階建ての古ぼけたアパートがあった。バストイレつきの六畳一間が一階と二階にそれぞれ五部屋。酒々井からは橋一本渡った印旛沼の向こう、天敬会の白いフェンスが遥か肉眼で捉えられる場所は、確かにおあつらえ向きだった。

「なあ、イランさんよぉ」

「え、は?」

年老いた大家に綿貫は、農業研修で印旛郡市に来たイラン人で通したらしい。印旛支庁は佐倉にある。

純也はトルコのクウォータだが日本人はトルコにもあまり馴染みがない。イラン人の方が話は早かっただろう。ジュンヤ・ノスラティ。そう名乗った。

「ジュンヤさんね。なんか日本人の名前みてぇな苗字だな。でも呼び易《やす》くていいや。で、ジュンヤさんよ。あっちにな」

勘違いのまま、大家は顎を白いフェンスの方へしゃくった。

「妙な奴らが住み着いちまったお陰で、半分以上埋まったためしがねぇ。綿貫んとこの倅ぁ、あんたが仲間と住むかもって言ってたが六畳じゃ狭ぇんじゃないかね。余ってんだから、どうだい。二部屋借りないかい。安くしとくがね。それにしてもあんた、いい男だね」

有無を言わせぬセールスを受ける。聞けば本当に安かった。半額以下だ。だから二部屋を即決した。大家はほくほく顔だった。

その後、ついでとばかりに純也は印西警察署へ向かった。押畑《おしはた》という同期が副署長になっていた。押畑は酒好きの豪快な男だった。山男というやつだ。警察大学校初任幹部課程教養受講のころから権威出世などどこ吹く風で、趣味の登山に関してのみ熱く語っていた。高校から京都大学まで一貫してワンダフォーゲル部だという。

「親父が財務省でな。俺はこぼれた口だよ」

Ⅰ種一次試験でギリギリ、だから二次試験で狙いの国交省は諦めたらしいが、自分を潔く笑える男は好もしい。酒にもよくつき合わされた。入庁したばかりの頃から、酔えば山はいいぞと繰り返す。良くも悪くも、切っ掛けがあれば警察を辞めて登山家を目指すか、山小屋の管理人にでもなるかもしれない。変わり者といえば変わり者だが、信の置ける男ではある。

到着したのは夕方五時に近い頃だった。印西警察署を訪れたのは万が一を思ってのことだ。今のところ何かあろうとは思われないが、天敬会の所在地の管轄はあくまでも印西警察なのだ。話を通しておくというより、純也が顔を出すということが大事であり、それが主な目的だった。今の警察の正義大義は、体面面子の上に成り立っている。すべきことはしておかなければならない。そうしなければ印西だけでなく後々、全国でやりにくくなる恐れもある。愚痴や不平不満、女々しいことは一瀉千里《いっしゃせんり》を走る。

印西警察署の一般受付は四時半に終了する。署内は閑散としていた。そんな時間に外人モデルのような純也が突然現れれば、好奇と猜疑《さいぎ》の視線が集まる。慣れっこではあったが好きではないので、自分から先に手近な職員に警察手帳を出して声をかけた。

「警視庁の小日向ですけど、押畑君は在署ですか」

「えっ。はあ」

おずおずと寄って来た職員は目を丸くして驚いた。

「け、警視っ」

今日の業務を終えようとしていた署内の空気が一気に動く。署長、副署長と同じ階級の男が警視庁からいきなりやって来たのだ。いい迷惑だろう。先の職員はそのまま階段に向かい、ある者は給湯室に走り、そしてたいがいの者達はただおたついた。

所在無く立ったまま待っていると、

「おう。小日向、久しぶりだなあ」

銅鑼声《どらごえ》が階段から響いた。短く刈り込んだ髪、太い眉。厚い唇が笑みに割れれば、地黒の顔に白くがっしりとした歯が印象的だ。身長は純也より六、七センチは低いが、身幅が厚く大きく見える。それが押畑大輔《だいすけ》だった。

「なにそんなところでつっ立ってんだ」

とは言うが、一階の様子を見廻し、

「そういうことか。まったく」

と声にして笑って純也を手招いた。

「今日はあいにく、署長が留守なもんでな」

階段を上り応接室に入ると、押畑は壁の時計に目をやった。五時を十五分ほど回っていた。すぐに署員が茶を運んできた。

「それにしても、警視庁の理事官様がわざわざのお越しとはどういうわけだ」

「うん。大したことはないが、空港の方でちょっとね」

「ああ。なるほどな」

成田国際空港は県警にとって重きを置く場所であると同時に、警察庁及び警視庁の公安にとっても重要ポイントだ。

「そのついでに寄ったわけか。ふうん」

　全面的に納得したわけではないだろうが、押畑はあっさり引き下がった。同じ警察庁からのキャリア組だ。純也が警視庁公安部であることも、冷飯を食わされていることも知っている。

　それからしばらくは互いの近況を語り合った。

「なかなか山に行けなくてな。ストレスはたまる一方だ」

「その割には緩んでないな」

「気を使ってるからな。最近はなにやら懇談会だの懇親会だのばかりが多くてな。気を許したらすぐ山になんか入れない身体になる」

　やがて六時のチャイムが鳴ると、押畑は膝を打って立ち上がった。

「久しぶりに一杯やろうか」

「俺は車だよ」

「ちょうどいい、乗っけてけ。で、駐車場にぶっ込め」

「そういうことじゃない。呑めないって言ってるんだ」

「つれないこと言うな。飯を食う間くらい付き合え。そのあとはウーロン茶でも飲んでろ」

コースも時間設定も、押畑の頭の中ではすでに出来上がっているようだ。

「まったく。ようは、簡単には帰れないってことだな」

「そう。帰さないってことだ」

「奥さんはいいのか」

押畑は新婚だった。式には出られなかったが、非礼を詫《わ》びる電話口の向こうでそのとき、

「国交省には入れなかったがな。口利きがあって国交省を嫁にもらったよ」

と押畑は笑ったものだ。

「子供がいるわけじゃなし。あっちはあっちで忙しいらしい。ここんとこ顔も見ていない」

だからと押畑は純也に顔を寄せた。

「休みがあっても山にいけない。家に帰っても新妻の顔も見られない。そんなストレスの発散に付き合えって言ってんだ」

向かったのは成田だった。さすがに管轄の地場では騒がないらしい。ＪＲ駅前のパーキングに車を止める。

成田は門前町として有名だが、古式ゆかしい町並みばかりでなく、駅前近辺には夜の店々の賑わいが驚くほどあった。若者が営み、同年代の若者が集うしゃれた焼き鳥屋が多く、元気な声があちこちから聞こえた。焼き鳥は宗教的な禁忌に触れる心配がない。諸外

国の観光客が大勢訪れる観光都市ならではだろう。

この夜、押畑は大いに食べ、大いに騒いだ。純也はビールに口をつけた程度だ。押畑の話は呑むほどに白神《しらかみ》から富士、世界の五大峰の夢へと広がり、警察庁、千葉県警、印西警察署の愚痴へと収縮した。

「なんだ。お前、そんな男だったか」

「ん？　いや、そうだな。なんやかや言っても、染まりかかってんのかもな。俺も」

場所をキャバクラに移したのは十一時過ぎだ。客は数えるほどしかいなかった。土曜以外はこんなもんですとは、客引きも兼ねる店長の言だ。

ここでも押畑は突き抜けて騒いだ。日ごろのストレスの総量が知れる。ほらと促され純也も騒いだ。乗るときは乗る。客が少ないこともあって押畑はマイクを握ったら放さなかった。時々思い出したようにお前も歌えと渡される。酔った押畑は面倒臭い。純也も腹を決めて歌った。福山雅治からＡＫＢまで。

純也の横に座る女の子はよく代わった。店が暇なせいかと思ったがそうではなかった。

「みんなで五分交代って決めたんですよぉ」

「ああ。なるほどね。それはいいシステムだ」

店の雰囲気はどこに行っても同じようなものだが、勤める女の子の商売っ気の無さはよかった。押畑が気の済むまで騒ぎ、署で寝るという本人を送って解放されたのが明け方四時だった。

「小日向。なんかあったらなんか言えよ。なんかしてやるぞ」

ろれつは怪しかったが、押畑は純也の訪れを〈前触れ〉程度には感得してくれたようだ。

「ああ、そのときは。――またな」

署内に入る押畑を見届け、こうして純也が国立の自宅に戻りついたのは、朝六時だった。


「ということでね」

純也は生あくびを噛み殺した。

「そりゃあ、お疲れさんでしたね」

鳥居の声はどう聞いても半笑いだった。

「まあ仕方ない。半分仕事だしね。あっちの住所と部屋番号はあとで送る。好きな方を使ってくれ。鍵はいつも通りにしてある」

人はあまり上を見ない。ドア上と同色に塗ったガムテの中に、薄紙にくるんで予備を置くのが純也の常だ。

「了解です。月曜から入ります」

「なら午後がいいな。午前のうちに向こうのスジが必要な備品を入れる。足りないものは連絡をくれれば次の日に僕が持っていく」

「わかりました」

「ああ、そういえばメイさん。そっちのスジから僕のことでなにか聞いてないかい。どうも身の回りがね、そんな気がするんだけど」

金曜、カイシャを出るとき尾行に気づいた。だから真っ直ぐ千葉へは向かわなかった。いったん自宅側の西にM6を走らせてから千葉に入った。おそらく捜一、と純也は踏んでいた。特捜本部の斉藤からはなんの連絡もない。エダカツが密かに何人かを動かしたものだろう。

「えっ。もうですか。いや聞いてはいましたが、まだ積もり程度で」

「昨日、付いてた」

「すいません。遅れました」

「僕も早いと思ったよ。それだけ他にすることがないんだろうね。捜査はおそらくどん詰まりだ」

そのとき、鳥居側のざわつきの奥で愛らしい声が聞こえた。

――お父さぁん。もう入場できるってよ。早くぅ。

「あれ、お出かけかい」

「すいません。本当は動物園だったんですがね、雨なもんで。そしたら映画ってね。魔法少女の、どぎまぎとかって。熊やライオンのつもりが、フリフリの女の子らを見にゃならんようです」

——ドギマギじゃないよ。お父さんわかってない。

「うるせぇな。電話中だろうが」

言葉は悪いが声には温かみが聞こえた。純也の口元も緩む。家族か、家族はいい。

「生臭い話はここまでにしよう。愛美ちゃんがかわいそうだ。出張になる分、今のうちにたっぷり家族孝行しとかないと」

「へへっ。私もそう思いましてね。今日は無理やり。そうしたら雨ですわ。参りました」

「日頃の行いだね」

「こんなことで反省はしませんが」

「わかった。よろしく」

「じゃ、火曜に」

鳥居からの電話は切れた。

「メイさん、雨って言ってたな」

純也は窓に寄ってカーテンを開けた。曇天から泣くような雨が降っていた。濡れた庭木の緑が濃く鮮やかだ。

鳥居は参ったと言ったが、純也は雨が好きだった。特に日本の梅雨、折々の四季を気に入っている。アフリカや東南アジアにはないものだ。乾きとスコールと、砂と密林と、血臭と爆音ばかりのアフリカや東南アジアには。

「シンギング・イン・ザ・レイン。僕だったらね」

でもＡＫＢはなかったかなと苦笑しながら、純也はもう一度ベッドに入った。

二

雨は午後三時には上がった。水溜りには陽炎《かげろう》が立ち、夕涼みどころではなく蒸し暑い夕べになった。

五時過ぎに純也は帝都ホテルに向かった。正面玄関先で車から降りたのが八時少し前、チェックインラッシュが一段落した頃合だった。

「よろしく」

車のキーをポーターに預けると、背後でヨハン・シュトラウスの調べに乗せて噴水が吹き上がった。帝都ホテルは玄関先に豪華な噴水を配した池を持ち、その周りが車寄せになっている。八時と九時ちょうどは七色にライトアップされた名物の噴水が、幻想的なダンスを踊る時間だった。

国立から三時間も掛かったのは尾行の車両と絡んでいたからに他ならない。金曜は一台だったが、この日は覆面車両のほかにバイクが一台ついてきた。

「ま、これも分室長の役目かな」

捜一、いや、エダカツの目をしばらく純也と西に向けておくのは、J分室員にとってはいいことだ。

バイクも引き連れて多摩川を渡り、旧甲州街道で覆面車両を振り切ったことを確認してから、北八王子過ぎでバイクを巻き、国道十六号から野猿《やえん》街道に入る。無理やりなことをしなくとも渋滞具合と信号だけで十分だった。日本の道路は狭い割に交通事情がいい。

尾行を巻いてから帝都ホテルまでは、今度はNシステムに気をつけた。高速は使えない。だから三時間のドライブになった。

――タワー館の三〇〇五室を私の名前で予約してあるの。約束よ。絶対にすっぽかしちゃダメよ。

すっぽかすわけもなかった。夕佳との最後の約束だ。

土曜夜の帝都ホテルのロビーには海外からの渡航者も含め、くつろぎのゆったりした時間があった。そんな諸外国人も純也に目を向ければしばし眺める。小日向純也とは、外国人の目から見てもそんな存在だった。

フロントに近づくと、一番年嵩のフロントマンが柔らかな微笑の口元を引き締め一礼した。年間何十万人という宿泊者が訪れる中、一瞥で純也を認識できるのはやはり一流のホテルのフロントマンならではだろう。〈小日向純也。三十歳。小日向和臣現総理大臣次男。東大卒。警察庁キャリア〉とまでは即座に浮かぶに違いない。そして同泊者として、木内夕佳の顔も。

「小日向様。お待ちしておりました」

年嵩のフロントマンがカウンタの向こうに立った。やや控えめな声だった。ニュースにもなったが、夕佳の足取りを追って捜一も間違いなく聞き込みに来ているだろう。

「このたびは木内様のこと、ご愁傷様でございました」

「こちらこそ、ご迷惑をおかけします」

純也はかすかに眉をひそめた。純也は帝都ホテルで夕佳の名を出したことはなかった。報道関係にもまだ姓名は伏せられている。

「その名前は、捜査員が告げたのですか」

だとすれば大いに問題がある。

「いえ。そうではございません。お預かりの品がございまして。少々お待ちください」

フロントマンはクローゼットに入った。

「本日届きました」

すぐに出てきたフロントマンから手渡されたのは郵便小包、ゆうメールだった。宛先は帝都ホテルフロントになっている。その下に小さく、小日向純也と木内夕佳の名があった。

差出人欄には本人とだけ書かれている。連絡先は夕佳の知る純也の携帯番号だった。

「彼女がこれを？」

「はい。直接ご予約にお見えになった際、サプライズが届くからと」

純也は小包に目を落とした。配達日指定シールはこの日だった。ゆうメールは差出日の翌々日から起算して十日以内なら有効だ。

「先週の木曜日でした。自分のチェックインが遅れるかもしれない。そのとき、貴方様《あなた》が先にお越しなら渡して欲しいと。それ以外は誰が来て、何を言ってきても渡して欲しくない。これはふたりだけのサプライズだからと。このことはお客様のプライバシーに関することですから、警察には話しておりません」

日付は合っている。オプションの代理受取人は大澤昌男《おおさわまさお》になっていた。

「あなたが大澤さん」

「はい。左様でございます」

そんなことを引き受けてくれるのは一流ホテルの、一流のフロントマンならではだ。何を送ったのかは知らないが、下手なコインロッカーや貸金庫より、ゆうメールと帝都ホテルのフロントなら安全だろう。

「ありがとう。彼女もきっと喜んでますよ」

大澤は静かに首を横に振った。

「それで、いかがなされますか」

「とは？」

「本日のご予約に関しましては小日向様次第でと。これは総支配人も了承済みのことです」

「それは――。いえ、お願いします。せっかく彼女が予約してくれた部屋ですから」

「左様でございますか。では」

大澤は微笑みとともにチェックインカードをカウンタ上に滑らせた。

「おくつろぎください。お部屋にも木内様のお心がこもってございます」

カードに記入を済ませ鍵を受け取る。

「差し出がましいようですが、最後にひと言、よろしいですか」

「なんでしょう」

「小日向様と木内様の仲睦《なかむつ》まじさは、理想的でございました。これは、ここで毎年何十万のお客様をお迎えする、フロントの総意でございます」

大澤が頭を下げ、全てのフロントマンがそれに倣《なら》った。

「ありがとう。なによりです」

純也は礼を返し、フロントを離れながら改めて思う。

帝都ホテルは、いいホテルだった。

純也はタワー館の三〇〇五室に入った。足を踏み入れたとたん、バラの香りがした。生花の香りだ。まず目を引くのは、サイドチェスト上の花瓶だった。活けられているのは今を盛りと咲き誇る無数の白いバラだ。ガラステーブルの上にも一輪挿しの白バラがあった。隅々に配された大型のフラワーベースにも、それぞれに趣の違った花々が生けられていたが、どれも基調となるのは白いバラだった。カーテンのレースもバラ模様だ。白バラに埋め尽くされた部屋だった。

ベッドルームも同様だったが、ベッドサイドテーブルに、こちらは花束が置かれていた。白バラを真紅のバラで囲み、カスミソウをふんだんにあしらった艶《つや》やかな花束にはメッセージカードが添えられていた。

『希望の人へ』

夕佳の自筆だった。

「参ったな」

純也は窓辺に寄った。

「君こそ、僕にとっては希望だった」

星が瞬く。夕佳からの返事に見えた。しばらくながめ、純也は手元のゆうメールに目を落とした。ソファに座り口元を引き締める。

ここから先は公安の時間だった。封を開ける。入っていた物は一台の、USB一体型のHDだった。ゆうメールで送れるほど小型ではあったが、記憶容量はテラを超えていた。

「これもなんらかの、夕佳のメッセージか」

夕佳が生きていたとしたら自分で受け取り、純也が手にすることはなかっただろう。あの日の会話を思い出せばそう類推できる。このHDは夕佳の身に何かあったときのみ純也に託され純也を動かす、時限爆弾だ。

しばし考え、純也はサービス係にレンタルPCを頼んだ。五分と待たずに届けられたマシンを起動させHDを接続する。画面に現れたのは無数のフォルダだった。動画と静止画ばかりだ。タイトルで内容がそれとわかる物はなかった。まず動画を確認しようとしたが、メディアプレーヤがレンタルPCにはデフォルトされていなかった。借り物に勝手にインストールすることはしない。マナーうんぬんより、サムネイルがPCに残る可能性があるからだ。

純也は静止画のひとつをクリックした。フォルダの中には数十枚の画像が入っていた。こちらにも内容がわかるタイトルはなかったが、画像がRAWとだけはわかった。おそらく一眼レフのデジタルカメラで撮った超高画質の画像だ。ほかのフォルダにも同じだけ入っているとすれば画像は二千枚ではきかないだろう。動画とRAWなら、HDがテラを超えるのも肯けた。

純也はフォルダ内の全ての画像を選択し、一枚目から開いた。

「ふぅん」

その瞬間から純也の目には厳しい光が灯った。獲物を見つけたハンターの目。いや、狙いを定めた公安の目だった。

ＰＣが映すのは、ホテルのメインエントランスだった。西新宿ホテル群のチャールストンホテルだとすぐにわかった。その中央に、車寄せに止められた黒塗りの一台から、ダークスーツの男らに守られるようにして降りる男がいた。ＲＡＷ画像は鮮明だった。

「――角田《かくた》幸三《こうぞう》」

福岡四区選出の衆議院議員。純也の父、小日向和臣の子飼いと言われて久しく、九年前の二〇〇四年には内閣府特命担当大臣防災担当、いわゆる国家公安委員長だった男だ。学はないが地元では、現ＫＯＢＩＸ建設が小日向建設であった頃からその下で土建屋をまとめて羽振りがよく、国会では体力勝負のヤジ将軍として知れ渡っている。

「一枚目からいきなりヒットか」

純也は次をクリックした。五枚目までは次第に大写しになる角田幸三の姿だった。最後は脂ぎった顔で笑っていた。下端に刻印された日付は四年前の十月だった。六枚目を開いて、純也はいったんマウスから手を離した。写っていたのはサブエントランスから同じホテルに入ろうとする見知らぬ和服の女性だった。歳の頃は三十半ばくらい。純和風美人というやつだろうか。清楚《せいそ》な顔立ちに和服はよく似合っていたが、口紅のどぎついまでの赤さだけが違和感をもって気になるといえば気になった。七枚目も八枚目も同じ女性だった。夜であることも日付も角田のものと同じだった。九枚目からは、今度はホテルを出てくる角田に変わった。そのあとはサブエントランスから出て来る女性だ。角田も女性も日付のカウンタは翌日になっていた。以降、場所を変えて似たような画像が続いた。それが四十枚を超えた辺りからいきなり昼間の画像になった。しかもばらばらではなくツーショットだ。和服ではなくスカートの女性と、ラフなジャケット姿の角田がベンチに座って笑っていた。そんな画像が十数枚続けば場所も軽井沢と特定できた。プリンスショッピングプラザを手をつないで歩く二人の画像もあった。角田は帽子とサングラスで下手な気を使っているようだったが、特にこれといった実績も話題もない国会議員の変装など、純也の目には滑稽を通り過ぎてなぜか哀れなものに見えた。

どれほどの時間が過ぎただろう。純也は角田の分だけでなく、フォルダというフォルダの画像を全て確認し終えてソファに背を預けた。時刻を見れば午前三時半を廻っていた。もうすぐ黎明の光が東の空に差し染める頃だ。

純也は深く大きく息を吐いた。

「君は、こんなもののために殺されたのかい」

嘆息しか出なかった。だがこんなものと切って捨てる言葉とは裏腹に、ＨＤが映し出すものはおそらく日本中を揺るがし得るものだった。まさしく爆弾だ。

角田幸三のほかに衆議院から副大臣がひとり。参議院から古参がひとり。国土交通省のエリート審議官。黒い噂の絶えないプロゴルファ。そして、悪いことに東京高検の検事。最悪なことに、埼玉にシマを持つ広域指定暴力団の組長まで確認できた。見た覚えがあるだけなら、さらに三人いた。見知らぬ者達も合わせた人の数で言えば総勢三十人。間違いなく〈カフェ〉の客ということだろう。全員がそれぞれに魅力的な女性と写っていた。

殺されるには十分すぎる動機を内包したＨＤだった。だからこそ殺される必要などなかったのだと純也は思った。こんな物を撮ろうとさえしなければ、きっと夕佳は今も純也の隣に寄り添っていられたのだ。

それにしても――。

純也はうっすらと色を付け始めた都会の街並みに目を向けた。ＨＤは爆弾だった。扱いを間違えれば知られた者と知る者、どちらかを粉々に吹き飛ばす爆弾だ。

「さて、どうしようかな」

部屋を埋め尽くす白バラが、かえって儚《はかな》げに見えた。

「まずは全員の洗い出しか」

誰と誰を動かしどのスジに投げるか。活用すべきデータベースはどれか。なんにしても丸投げにするわけにはいかない。投げた人数分だけ爆弾が拡散する。

「かかりそうだな。まったく。メイさんには悪いけど火曜日はなしだ。宅配便だな」

純也はＰＣを閉じ、ＨＤを内ポケットにしまった。

スイートルームに残す心はすでになかった。東雲《しののめ》は今日これからを告げる光だ。夕佳の心尽くしを噛み締めるのはこの帝都ホテルまで。今このときまで。

花束を抱え、もう一度全てを眺めてから、純也は部屋をあとにした。

三

時刻はまだ四時半にもなっていない。ロビーは当然のように閑散としていた。

「おはようございます」

夜勤の若いフロントマンが頭を下げた。

「お早いご出発ですね」

「ああ。急用が出来てね」

鍵を渡せばチェックアウトの作業のうちにも、外からＭ６のエグゾーストがかすかに聞こえてきた。地下駐車場とはオンラインシステムでつながっているのだろう。まるでストレスを感じない早さだった。

「またのご利用をお待ちしております」

「ありがとう。ぜひ、近いうちに」

メインエントランスから出る。空調で寝ぼけた五感が冷えた外気に覚醒する。眼前に広がる内堀通りとその向こう、堀端の木々が夜露に濡れそぼっていた。

「おはようございます。小日向様」

若いポーターが丁寧に腰を折った。

「おはよう」

手の花束を上げて挨拶を返せば、M6が駐車場口から地上に姿を現すところだった。

一歩踏み出し、純也はそこで動きを止めた。車寄せを半周してくる愛車を待つ格好だが、実はそうではなかった。

ごく微量の気配があった。今の朝陽程度、滲むくらいの気配だったが誰かがいた。誰かがいて、純也を見ていた。

粘るような気配、舐めるような視線。それは夕佳を手放してしまったあの夜、西新宿で感じたものに酷似していた。同じと言い切れないのは、その気配が冷ややかにして、硬質な気を含んでいたからだ。捜一の追尾ではない。そんなやわな気配でも雑な気配でもない。例えるなら戦場で獲物を見定めたときの戦士の気配、言わば殺気に近いものだった。

ディープ・シー・ブルーの車体が滑るように近づいてくる。純也は指を鳴らし、何かを思い出したように背後を振り返ってポーターに近づいた。

「お忘れ物でも――」

　ポーターは問いかけを途中で止めた。純也が目で合図をしたからだ。それでも笑顔を崩さなかったのはさすがというか、この場合ありがたかった。

「ちょっとね。これ持ってて」

　純也はポーターに花束を預け、札入れを取り出した。これ見よがしに一万円札を抜きポーターに差し出す。

「いえ。当ホテルではこのようなお心付けは」

　当然ポーターは遠慮する。

「して欲しいことがある」

　純也は低く、だが強い意思を込めて囁《ささや》いた。

「何も起こらないかもしれない。でも何か起こるとしたら命懸けになる。これはね」

　すでに低い唸《うな》りを止めたM 6を指し示す。配車係が運転席から降りるところだった。

「迷惑料だ。君と、配車係の彼への」

　強引に一万円札を握らせれば、何をか察したか、今度はポーターも逆らわなかった。

「僕が合図したら、全力でこの場から離れて」

　ポーターは強張《こわば》った笑顔のまま小さく頭を下げた。

「ありがとう」

純也は振り返って車に向かった。粘るようでいて、そのくせ冷ややかで硬質な気配は変わらずあった。舐めるような視線も変わらない。

「おはようございます。お待たせしましたか」

配車係がドアから車道側に少し離れた。

「いや。そんなことはないよ」

純也は車の背後から回って近づいた。内ポケットに手を入れ、ＨＤをつかむ。得体の知れない気配が、ほんのわずかにだが先鋭化した感じがしたのはこの瞬間だった。迷いはない。躊躇は死にしかつながらない中に生きてきた。

「離れろっ！」

ポーターに厳しい声を張る。と同時に純也は地を蹴り、身を低く走って配車係に肩から当たり担ぎ上げた。取り出したＨＤを近くの植え込みに投げつつ、勢いのまま池へとダイブする。配車係はＭ６のキーを差し出しつつ、一瞬なにが起こったかもわからなかっただろう。

飛びながら、車体の下のわずかな閃光を純也は視野に捕らえた。

轟《ごう》っ！

ほとんど間なく衝撃を伴って爆音が上がった。刹那の迷いがあっても間に合わなかったろう。だが間一髪、純也と配車係の身体はそのわずかな間隙を縫って池に落ちた。浅い池だが、縁が一段高い石積みになっていることも幸いだった。炎やら金属、ガラスの破片が爆音の余韻とともに内堀通りに飛びゆくのを、池中から純也は頭上に睨んだ。水浸しでもがく配車係を暫時抑え、爆発の木霊《こだま》が内堀に消えてから純也は立った。実際には三十秒もあったかどうか。

燃え上がる純也の車の奥で、帝都ホテルのメインエントランスには時ならぬ惨事があった。ガラスというガラスは吹き飛び、サッシは折れ、あるいは歪み、車寄せを被《おお》うように張り出した軒天は半分以上が崩落し、内部の鉄骨がむき出しだった。引火したガソリンの炎も高い。

「悪かった。大丈夫かい」

「へっ……は、い」

呆然とする配車係に手を貸しながら純也は池から上がる。配車係は、どうにか上がりはしたが立てなかった。それはそうだろう。事故にすら滅多に遭遇しない法治の日本に生きてきたのだ。

だが純也は違う。爆音、炎、煙、瓦礫《がれき》。サウジアラビアにもイランにもイラクにもいくらでもあった。瓦礫の上で飯を食い、爆音を聞きながら眠り、炎と煙の中に生きた。かえって五感が揺り起こされ研ぎ澄まされる。今なら、おそらくこの犯人であろう者の気配を辿れるだろう。すでに先ほどより強くわかる。おそらく内堀通りの向こう側だ。

「あぁっ。さ、坂田《さかた》君！」

悲痛な叫びに純也の集中は途切れた。ロビーからフロントマン達が外に出、ガラスの破片の中に埋もれるようにして倒れているポーターに駆け寄ろうとする。バラの白い花びらが熱風に舞っていた。

「参ったな」

純也は髪を乱暴に掻いた。そこにも平和の犠牲がいた。命懸けと、どこまで真剣に伝わったか。いや、伝え切れなかった結果だろう。

通りの向こうを探る。気配はまだあったが、純也が意識を向けるとゆっくりと消えた。まるで純也が向き直るのを待っていたかのようだ。

「遊んでいるのか、あるいは余裕。なんにしても、舐められたもんだ」

純也の口調には悔しさが滲んだ。舐めようが遊ぼうが純也は構わない。がその結果、関係のない者を巻き込んだ。

顔をぬぐいながら歩き、純也は植え込みからＨＤを拾い上げた。

純也が動けば、敵も動くか。まるで見えなかったものが、向こうから姿を見せ始めたようだった。

騒がしげなサイレンが方々から聞こえた。やがてこの場所は警察と消防、野次馬で溢《あふ》れかえるだろう。

明けゆく東雲の空に純也は、太陽を遠く眺めた。

四

突如降り掛かった災難にも慌てることなく、帝都ホテルはずぶ濡れの純也を気遣って部屋とレンタルウェアを用意してくれた。

帝都ホテルに消防や警察の車両が集まってくる前に、純也は部屋から外線を掛けた。自身の携帯は水没でイカレた。爆発から三十分も過ぎてはいない。五時前だった。日曜日の早朝だ。普通なら寝ている。コールは長かった。

「はい」

公総課長、杉本《すぎもと》は知らない番号からの着信にひどく不機嫌な声を出したが、

「分室の小日向です」

「え。――お、小日向理事官っ」

「早朝にすいません」

「いや」

相手が純也だと知ると口調を改めた。

「ちょっと待ってくれ。今リビングに下りる」

「いえ、待てません。まずは聞いて頂くだけで結構ですから」

杉本を待たず純也は一方的に概要を語った。もちろん概要だけだ。

「ば、爆弾だと！　お、おい、小日向」

「そういうことです。もう色々と集まり始めてますから、処理をよろしくお願いします」

杉本の驚愕《きょうがく》を遮り、純也は電話を切った。杉本はキャリアの警視正だ。統制と判断をするのがキャリアの役割だとわかってはいるが、上昇志向が少し強すぎる男だった。齢からすれば遅れたクチだ。それで余計に焦りがあるのだろう。よく言えば上司や部下の意見をよく聞く。悪く言えば日和見《ひよりみ》、優柔不断ということで、評価としてはこっちが一般的だった。長々と話したところでまず決断には到《いた》らない。間違いなく部長の判断を仰ぐ。それでも杉本に連絡したのは直接の上司であり、後始末であくせくするのが杉本以下の面々だからだ。当の長島部長には直接にと拝命していたが、一般市民が巻き込まれた。筋は通しておかなければならない。

十分と待つことなく部屋の電話が鳴った。

「話は杉本課長から聞いた」

長島公安部長からだった。声は冷静だった。

「刑事部長に話は通しておいた。大きな貸しだと何度も念を押されたがな」

「ありがとうございます」

「午前は外せない会合がある。午後一番で説明に来たまえ」

「わかりました」

それだけで話は終わりだった。敵か味方かの判断はまだ保留だが、匪石と渾名されるとは知っていた。石に匪《あら》ず、転ず可《べ》からず。石のように転がりはしない心、不動、鋼という意味だ。

やがて、待つともなく純也に提供された部屋の前がにわかに騒がしくなった。

――ここだな。

人の声が聞こえた。爆発に駆けつけた所轄の刑事だろう。ノックの音に誰かの携帯の着信音が重なる。純也は動かなかった。

――はい。えっ。……はい。了解です。

再度部屋のドアがノックされることはなかった。足音が荒々しく遠ざかってゆく。課長に電話をかけてから十五分、部長の電話から五分のタイムラグだった。

さらに五分ほど待ち、内線でフロントに詫びと礼を告げ、純也はひっそりとホテルをあとにした。電車を乗り継ぎ、家に辿り着いたのが七時過ぎだった。

国立の家は祖父ファジル・カマルが建てた瀟洒《しょうしゃ》な邸宅だ。二十年近く前、祖父が亡くなってから祖母が建て替えて少し小さくしたというが、それでも間取りは5LDKで庭は二百坪もあった。

門扉を軋ませ、打ち水のされた石畳を歩けば、

「あら。お帰り」

テラスで現在の主、芦名春子は朝食後の紅茶を飲んでいた。

「今ならまだ出せますけど。朝食、食べる？」

それで思い出す。

「あ。そういえば、昨日の昼に食べたきりだった。頼もうかな」

「なら、着替えてらっしゃい」

車ではなく洋服も借り物の朝帰りだが、祖母である春子は平然としたものだった。

激動の戦後、トルコ第二位のコウチ財閥につながるとはいえ、単身で日本を訪れたトルコ人青年と愛を育《はぐく》み、日盛貿易㈱をふたりで東証一部上場企業にまで育て上げた女性だ。そこら辺の男どもなど束になっても敵わないほど腹も据わっている。夫を亡くし日盛貿易の会長職からも退いたが、個人筆頭株主にして、現取締役会などは今でも頭が上がらない。この年で八十六歳になるが、銀髪も艶やかにして春子はまだまだ健在だった。さすがに家と庭の手入れは通いのメイドと庭師に任せるが、掃除も洗濯も料理も自分でこなす。もちろん在宅時の純也の分もだ。「それがもう、生き甲斐みたいなものですからね」とは、胸に痛いほど染みる春子の情愛だった。

背は少し縮んだようだが、ほっそりとした体型は古い写真に見る限りなんら変わっていない。春子が微笑むと、その口元に在りし日のヒュリア香織、母を見る。よく似ていた。

「お仕事大変そうね」

白米と茄子と茗荷《みょうが》の味噌汁、ベーコンエッグ、ボイルソーセージ、生野菜サラダ。朝食を並べながら春子が聞いた。

「なんだい急に。おっ、美味《うま》そう」

仕事のことは特に詳しく話したことはない。話せる内容でもない。

「さっきニュースで見ました。帝都で爆発があったって。あの車、純ちゃんのでしょ」

味噌汁を思わず吹きそうになる。

「熱っ。って、そこまでは手が回らなかったなあ」

「やっぱり。そんなにある車じゃないものね」

わかってもやはり泰然としている。大したものだ。

春子はおもむろに携帯を手に取りどこかに電話を掛けた。

「あ、浩輔《こうすけ》さん。芦名です。さっきの件。——ええ。よろしくお願いします」

電話を切りにっこり笑うと、銀幕の大スター、芦名香織を生んだに相応しい上品さが際立った。

「ははっ。先を越されちゃったな。俺も婆《ばあ》ちゃんの名前を借りようと思ってた」

浩輔。山下《やました》浩輔は純也も帰り次第連絡しようとしていた男の名だった。

「帝都さんにも迷惑をかけたみたいね。日盛でも今年は、全面的に使ってもらうことにしましょう」

「ありがとう。助かる」

「こんなことくらいしか出来ないけど」

素直に純也は頭を下げた。無償の信義、愛情には自然に頭が下がる。そんなことを純也が感じ、するのはこの地上に今現在では三人ばかり。すなわち芦名春子と矢崎啓介と、ダニエル・ガロアだけだ。

「でもね」

命は粗末にしちゃダメよと、紅茶を口にしながらゆったりと春子は会話を締めた。

五

この日の午後、純也はチタンシルバのＢＭＷＭ４で本庁の地下駐車場に入った。愛車のＭ６は大破、当然廃車だ。その旨を保険会社とディーラーに告げると、十一時には国立の家に代車が届けられた。頑張ったらしい。展示車を廻してくれたようだった。

分室の三人には自宅のデスクトップから一斉メールで状況説明を送った。ＨＤのことはまだ伏せた。シャワーを浴び仮眠を取ると、三人からは確認も兼ね、二台目の携帯に返信もあった。本庁到着が少し遅れたのは、携帯ショップに寄っていたからだ。水没の機種は契約からまだ半年未満だったので新品交換になった。それで少し手間取った。

日曜午後の地下駐車場は静かだった。警察機構は組織としては不眠不休だが、やはり日曜は日曜だ。来訪する人が少ない。

ロビーへは上がらず、そのままエレベータに乗る。十四階のフロアも同様だった。静けさはいつも以上に降り積み、人の気配も少なかった。

「申し訳ありません。遅れました」

公安部長室に長島はいた。制服でないのがやはり日曜日の証《あかし》だった。

「まずは聞こうか」

純也が執務机の前に立つなり、長島は詳細を促した。

「では」

淡々と純也は時系列に沿って語った。鳥居達に送った内容で整理できている。至極端的な説明となった。

なぜ帝都ホテルに行ったかはありのままを話す。夕佳との約束であることはおそらく、初動捜査の機捜辺りが聞き込んでいるはずだ。ＨＤのことに触れないためには、虚実の線引きが重要だった。

「狙われたか」

話を聞き終えると長島は椅子に背を預けた。

「自分の立場を顧みず、派手なものだな」

「立場は警視庁公安部所属。それが優先順位の一位と心得ていますから」

「大人しくしていろ、と言えば聞くかね」

「聞きません。いえ、聞けません。私事ではなく、関係のない一般人が巻き込まれました」

純也は首を振り、毅然として言い放った。

「そうか。私の立場なら、さらに閑職に押し込めるということもできるが」

「脅しですか」

「まさか。現総理のご子息でもある優秀なキャリアに、そんなことできんよ」

「部署を離れるようなら辞表を出します。——飼い殺せ、ですよね」

「何っ」

長島が聞き咎《とが》めた。わずかに背を浮かせる。匪石を動かす。少しは驚かせられたようだ。

「そう、代々の申し送りになっているのではないですか。野に放たず飼い殺せ。私の辞表はお困りでは」

「……そっちこそ脅しか」

「まさか。現公安部長であられる優秀な先輩に、そんなことできません」

視線と言葉、腹の探り合い。先に折れたのは長島だった。

「帝都の爆弾は時限式か」

「いえ。遠隔だと思われます。詳細は科捜研に委ねますが」

「間違いのない線を追っている。その結果なのだな」

「おそらく」

「狙われてもまだ慎重だな。部下がすでに行確に入っているということだったが」

里美の定期報告を読んでいるのだろう。確かにそう指示した。

「入っています。ですが、確証はまだ何もありません」

「そちらに危険はないのか」

「どちらとも断言は出来ませんが、あってからでは遅いかと。なので、今のうちから拳銃所持の判断をご委譲頂けるとありがたいのですが」

今はまだ鳥居達にある危険は、公安捜査員として当たり前のレベルだろう。だがいずれHDの内容は三人と共有するつもりでいる。それからの危険度は不明だ。今のうちに布石は打つ。

「許可申請後回しでお願いできますか」

長島の目が光った。威圧感は倍増しだった。刑事畑が長い男に相応しい目だ。

「大きなヤマになるのか」

「場合によっては。なるというより、します」

「ふむ」

長島は目を瞑り、やがてわかったと低く唸った。

「その代わり、しばらく休暇を取りたまえ」

「謹慎ですか」

「そうとも言える」

長島は顎を引いた。

「その間ガードをつける。刑事部へのポーズとしてな。これ以上の内輪揉めはごめんだ」

「ちょうど調べたい諸々もあります。了解しました」

「今日の公式発表は単なるオイル洩れによる車両爆発で一切を伏せる。ホテルも車も、休暇の間に自分でなんとかしろ。それでいいな」

「結構です」

「――躊躇《ちゅうちょ》なく結構です、か」

長島はかすかな笑みを漏らした。

「車もホテルの被害も、その辺の保険だけで賄えるものではないだろうに。さすがに違うな。資産目録は見させてもらった。並に生きてきた身としては溜息が出るばかりだ。わざわざ命の危険を冒してまで、火中の栗を拾う必要などないだろう。それに仕事など、こちらが端《はな》から適当でいいと言っている。面白おかしく、人生を謳歌《おうか》する生き方もあろうかというものだが」

「仕事は生き方、生き様です。今の仕事なしに、私は生きられません。だから選んだのです」

「警察をか。警視庁公安部をかね」

「はい」

「――わからん。まあ、家柄も財力も遥かに劣る私にはわかりようもない。小日向の家とお父上のお陰だな。感謝したまえ」

「いえ。父は関係ありません。ははっ。でも今回は、祖母には迷惑を掛けました」

日盛貿易で使うようにする。それだけではない。今朝方、純也も掛けようとした機先を制するように春子が連絡した山下浩輔とは、ＫＯＢＩＸ建設の常務取締役だった。「今日中にメインのガラスくらいはね」と春子は頼んでくれたらしい。地板からオリジナル寸法に切り出して嵌《は》め込みまでとは、普通なら無理難題だが山下は二つ返事だったという。小日向の一族とはいえ、鬼っ子の純也ではそうはいかない。春子ならではだ。

ファジル・カマルが作った日盛貿易は、設立当初こそ貿易会社だったが、次第に建設コーディネータとして取り扱いを移した。ファジルが連なるコウチ財閥は国内外を問わず建設で財をなした財閥であったから、自然といえば自然な流れだった。その関係で、KOBIX建設の社名がまだ小日向建設だった頃から連携があった。常務の山下などまだ小僧っ子だった頃のことだ。ヒュリア香織を嫁に出したから小日向一族と芦名春子が縁付いたのではない。日盛貿易と小日向建設の関係があったから、芦名香織と小日向和臣はめぐり合ったのだ。

「祖母。ああ、なかなかの女傑らしいな」

「そうですね。筋金入りです」

「芦名ヒュリア香織の母か。私も憧れたものだよ。お前のお母さんには」

「そうですか。私には遠い記憶でしかありませんが」

純也は一礼とともに背を返した。

「小日向分室長。乗り掛かった舟、降りかかってきた火の粉であることは認めよう。だがあくまで、お前は総務課庶務係の分室長でしかないということを忘れないように」

「もちろん。陸の孤島で旗を振るのが役目と心得ています」

「ほう。なんの旗を振るのだ」

「正義。私にとってのですが」

「勝手な正義ほど危険なものはないが」

「そのために部下の三人がいてくれます」

純也は部長室を出てドアを閉めた。長島という部長はさすがに、部長たるに相応しい思考の男だった。敵か味方かはまだ保留だが。

携帯が振動した。特捜本部に詰める捜一の、斉藤警部補からのメールだった。

〈BMWはもったいなかったが、お前のマル被としての容疑はほぼ晴れた。壇上で今もエダカツが自作自演の線を引こうと頑張っているが、みな失笑中。まともに聞くのはうちの真部係長くらいだ。そうそう、帝都ホテルの防犯カメラに不審者は写っていなかった。これは情報。小日向様の懐に期待〉

同期の大卒は齢も一緒。ふたりだけの会話は役職を離れて常に対等だった。対等にして、斉藤は真っ当な刑事だ。小遣い銭をせびっているわけではない。足りない捜査費を補ってやる。それが斉藤とのつながりだ。

「損すれば得もある。それにしても特捜本部は敵と味方がわかりやすい」

純也はスーツの裾をひるがえし、謹慎への第一歩を悠然と踏み出した。

第六章　東奔西走

一

鳥居が千葉のアパートに入って一週間が過ぎた。木内夕佳の殺害事件からちょうど二週間が終わる。純也を狙ったらしい帝都ホテルの爆弾事件からは八日目だ。

印西はこの日も朝から夏の陽射しにあふれていた。八月に入っている。今年はそうでもないとニュースではやっていたが、前日までで猛暑が五日続いていた。

これで八日以上雨はないが、辺り一面の田んぼでは青々とした稲穂がそよ吹く風に騒いでいた。蟬《せみ》の鳴き声は四方からけたたましく、朝は目覚まし要らずだった。

「ほい、丁《ジョン》さん、お早うさん」

アパートの階下に降りた鳥居に、野良作業から帰ってきた大家の川連《かわつれ》が声をかけた。時刻は朝の六時だった。丁は契約時に純也が使った鳥居の偽名だ。純也がイランからという設定に乗じてこちらは韓国からということにしてあるらしい。目的はともに農業研修だ。

「おう。爺《じい》ちゃん、相変わらず早ぇな」

一週間もいればたいてい馴染む。特に鳥居はざっくばらんな関係が得意だ。

「この時期ぁ、水の具合をきっちり見て茎を太くしてやんねぇと、台風が早かったりしたらみんなダメんなっちまうんでね」

「そうかい。ま、年も年だ。あんまり頑張りすぎねぇようにな。身体壊すぜ」

「アホ抜かせ。あんた本当に、日本語は上手ぇけど言葉が悪いね。俺ぁまだそこまでの年寄りじゃねえし、俺なんかより、あのいい男の兄ちゃんだ」

「なんだい」

「一回も顔見ねぇけど、帰って来れてんのかい。俺ぁ農業委員会にも顔利くよ。あんまり人使いが荒ぇようなら文句言ってやるがね」

「ありがとよ。でもな、国に日本の知恵を持って帰るにゃ、がむしゃらにやんねえとってな。これぁ本人が言ってた。若いしよ。大丈夫だ」

「そうかい。本人がそう言ってんならいいがよ。まあ、あんたの番になったら気をつけるんだね。あんたぁ、いい男の兄ちゃんほど若くないんだからね」

「放っといてくれ」

純也の農業研修はもう始まっているが、自分はまだ先で少し早めに来たと川連には言ってあった。

「じゃ、散歩行ってくるわ」

大家と別れて鳥居は歩道に出た。きちんとした道やガードレールがあるわけではない。白線で車道が示された脇に余白があるだけだ。二百メートルほどで側道に入る。農道に近いのだろうが、一週間もいれば成田から印西方面への抜け道になっていることがわかった。車の通りも通勤時間帯には比較的多い。トラックやダンプも通る。

真っ直ぐに五百メートルくらいの先で森に突き当たって道は左右に分かれる。森はすでに天敬会の一部だった。白いフェンスに覆われている。右手はそこから五十メートルくらい行ったところでフェンスが曲がって奥に消えるが、左手側には長々と続く。その途中の開けた一角にゲートがあることは確認済みだった。ゲートには小屋が附随し、二十四時間態勢で信者が詰めていた。遠望する限り、警備の信者はみな鳥居よりずいぶん上の老人だった。若い者がいないのかもしれないと推測は出来るが、現状ではそこまでだ。

「そろそろ次の一手、だな」

先週月曜午後にアパートに入れば、公安として最低限必要な機材が整然と置かれていた。テレビにラジオ、遠近取り混ぜて何種類かの盗聴器、双眼鏡、モニタ、数台のデジタルビデオカメラ、三脚その他。あと欲しいとすれば夜間用の道具くらいだった。

純也が狙われた一件には驚きもあったが、本人が問題ないとメールしてきたので予定通り千葉に入った。

「行けないよ。休暇という名の謹慎中だからね。第八方面から駆り出された地域部がうようよしてる。その代わり、味噌と米と炊飯器でもつけようか」

「そりゃ、あったらあったでありがたいですけどね。それより、当たりですか」

到着とこの件を連絡すると、純也は純也でなにかに突き当たったようだった。

「さて、貧乏籤《くじ》のきらいもある。狙われるほどにね。けど、そっちと直接につながるものじゃないとは思う。だからこっちのことは、頼むとしてもシノさんとセリさんになるだろう。メイさんはそっちに専念してくれて構わない」

「了解です」

そんなやり取りがあって翌日、時間指定の夕刻に要求の物が送られてきた。

「しかし、いいのかね」

味噌と米と炊飯器はいいとして、その他に天体望遠鏡、暗視ゴーグル、それに暗視鏡が入っていた。暗視鏡は市販の第一や第二世代の物ではない。おそらく最新、第五世代の熱源を探知して可視化するものだ。第三世代以降の使用は確か違法で、市販も流通もしていないはずだ。まさか陸自の矢崎からではあるまい。となればダニエル・ガロアのスジに行き着くが、

「ま、いいんだろうよ。J分室は」

J分室は純也が生きるために、そして生かすために存在する部署だ。

早速鳥居は大家の川連に訊《たず》ねた。

「なあ大家さん。野鳥の観察をしたいんだが、もうちょっとあの森に近いところに草っ原でもないもんかい」

見渡す限りが田んぼばかりだ。夜間あぜ道に人がいても不審であり、稲を荒らしてはもっと不審だろう。公安の鉄則は目立たぬことであり、悟られぬことだ。

「ああ。だったらよ」

川連は夕暮れ間近い田の遠くを指した。

「あっこ辺り、わかっかい。今あぜを軽トラが走ってるちょっと先」

鳥居は目を凝らした。

「ああ。わかるよ」

稲穂が見えない、傷のような一角があった。

「あっこは休耕地だよ。行けばわかっけど、まあまあ広い」

「勝手に入っていいのかい」

「なあに。俺んとこの田んぼだ」

このときに鳥居は、この大家が兼業農家であることを知った。

「へえ。そりゃ好都合だ」

休耕農地は天敬会のゲートまで直線にして四、五百メートルだった。周りの稲穂にさえぎられて向こうからはなにも見えそうにない。鳥居は夜の帳《とばり》が下りると暗視ゴーグルをかけて休耕地に向かい、ビデオカメラを設置した。六十時間撮りっ放しにもできるカメラだったが、鳥居は毎朝、実は川連よりも早くに一度起き出して回収していた。代わりにダミーのカメラを置きっ放しにした。向ける方向はゲートを外し、森の上方にセットした。回収したビデオカメラはモニタにつなぎ、早回しでその日のうちに確認する。

ほぼ毎日、時間はまちまちだが夜になってからゲート内に入る乗用車があった。同じ車種。いつも午前中に出てゆく車だ。

出発の方は目視で毎日確認した。県道を印西方面にではなく酒々井方面、つまりこちら側に走ってくるのは好都合だった。真横で通り過ぎる車が見られた。地味なセダンだ。窓のスモークフィルムが濃過ぎないというのはありがたかった。夏の陽射しであれば透けて見えた。

観察を総合すれば少なくとも三人が外出し、内ドライバと助手席の一人は同じ男だった。こちらもだいぶ年配の者達だ。それにしても写真などのデータにすることはしない。頭の中に焼き付ける。昔の公安はそうだった。叩き込まれている。二度、そうと決めて確認すれば当分忘れることはない。

そのほか、この一週間のうちに鳥居は天敬会の周囲もくまなく調べた。道から外れ、木々の間にも分け入った。途中崖《がけ》になっている所もあり、一周に二時間半を要した。天敬会側は霊山、象徴の意味で山というらしいが、実際に歩いてみると、強いて言うならなだらかな丘くらいの、緩やかなアップダウンがあるだけの深い森だった。

真裏方におそらく昔からの私道があった。突き当たったフェンスには潜り戸のような扉があったが中から施錠されていた。汚れや苔《こけ》の生え具合などから推察するに、ここ一年や二年は間違いなく閉じられたままのようだった。外界と天敬会をつなぐのは、正面のゲート一ヶ所のようである。

ただ、鳥居は途中で何度かフェンスの内側に物音を聞いた。三メートルのフェンスで仕切られているにもかかわらず、中では定期的な巡回が行われているのかもしれない。定期的なのかどうか、なんのために、夜はどうしているのか、それはこれからの課題だった。

それにしても、外からできることはそれくらいしかない。あと一週間、その間に特に変わった動きがなければ外調は終わる。

「その後ぁやっぱり、入る算段だな」

鳥居は硬い声でつぶやき、朝陽に輝く白いフェンスを睨みつけた。

二

猿丸は魚籃坂《ぎょらんざか》近くの賃貸マンションにいた。第一京浜と桜田通りの中間に位置し、高級マンションが林立する辺りだ。

八月の第二日曜日だった。この年は日付の巡りで大型連休になるとテレビやラジオでは一ヶ月も前から騒いでいた。その初日だ。猿丸は向かい側のマンションに住む、とある女の行確に入って三日目だった。この時期、帰省やバカンスで都内はガラ空きになる。猿丸にとっては好都合だった。　女の名は古賀洋子《こがようこ》といった。二十七歳で、ネット主体の大手仲介業者の顧客名簿には丸の内のOLとあったが実際には無職だ。メゾネットタイプの高級マンションは、そもそも本当に働いていたとしても二十七歳のOLに払える家賃ではない。

「お前ら、わかって貸してんだろ」

「えへへ。すいません」

これは猿丸と仲介業者の社員のやり取りだ。実際の担当は若い社員だが、管理部長が猿丸のスジだった。その関係を使ってマンションも手配させた。古賀洋子の左隣の角部屋がうまいことに出たばかりだった。そこと、今猿丸がいる単身者向けマンションの同階の部屋を借りた。堂々と警察捜査の接収で短期ということになっている。敷金礼金なしは管理部長の決済であり手腕だが、その一部を取っ払いで懐に入れてやるのが決まりだった。

「捕捉した。セリ、あとを頼めるか」

犬塚から連絡があったのは木曜日の夜だった。猿丸はいつも通り六本木にいたが、まだ酩酊《めいてい》するほど呑んではいなかった。

「上野の裏からって線の先ですか」

「そうだ」

「ずいぶん早いですね。さすがシノさんだ。いい仕入先だったみたいっすね」

「そんなことはない。人の金だと思いやがって、丸二週間ほぼ毎日だ。人の金は俺も同じだが、こっちは経費の枠も考えてる。ギリギリオーバーしないで済んだってとこだろう」

「あ、そんなこと考えてんですか」

「当たり前だ。お前とは違う」

「五十歩百歩ってやつでしょう」

猿丸にしろ犬塚にしろ、仕事も私生活も純也の金で成り立っているようなものだ。

「この間の土日なんかは、呑み屋の他に焼肉屋のハシゴだ。分室長から爆弾のメールをもらったときは、胃が一瞬縮まって吐きそうだった」

犬塚が音を上げるのは珍しい。どれほど食った、いや、食わされたものか。

「いつから動く。来週のお盆辺りに、その上野の裏が女を連れて旅行に行くらしい」

「そりゃ好都合だ。なら明日からでも」

「わかった。帰ったら資料を送っておく。ああ、それと近々、小蠅《こばえ》の駆除も頼むことになる。お前、カシは変えてないな。六本木か」

「ええ。そうっすけど」

「なら六本木でたまたま顔を合わせた親戚の警官ってシチュエーションでいいな。頭に入れといてくれ」

「仕入先はスジには出来ない類《たぐい》っすか」

「ああ。見事にチンピラの中のチンピラだ。だから親戚の警官ってだけで間違いなく尻尾《しっぽ》を巻いて大人しくなるだろう。来週中、それも早いに越したことはないが、優先は女だ。そっちの都合に合わせる。よろしくな」

「へいへい」

「にしてもセリ」

「なんすか」

「呑み過ぎるなよ」

「へへっ。ご忠告に感謝」

いつも通り酔い潰れ、朝になって戻った部屋のＰＣに入っていたのが、どこかのホテルに入ってゆく男女の写真と、港区高輪の住所だった。部屋番号は二〇二号室になっていたが、不確定との付記があった。カタカナでヨウコとだけ書かれていた。

「おっと。こいつは」

写真の男は、確か魏老五といったはずだ。むかし銀座で呑んだとき、何人かを従えてやってきた魏老五を見かけ、スジの黒服から上野の偉いさんですよと聞いた覚えがあった。

「なかなか恐いところを簡単にやる。さすがシノさんだ」

魏老五に張り付き、女と会ってからは女に張り付いた成果がヨウコの名と魚籃坂近くのマンションに違いない。

写真と住所をプリントアウトし、元データを消去して早速猿丸は高輪に向かった。途次大手仲介業者のスジに連絡を取れば、マンション名とヨウコで業者の顧客名簿にヒットしたのは手っ取り早くてありがたかった。業者がそのマンションにヨウコの名で仲介した女はひとりしかいなかった。しかも二〇二号室だ。さすがに業界最大手だけのことはある。

今なら隣が空いてますよというのも好都合だった。

マンションの内から住人が出てきたタイミングで共用エントランスに入り、二〇二号室のポストに古賀の名を確認した。ポストにつかえていた通販カタログを注意深く引き出せば、ヨウコは洋子だった。古賀洋子、それが魏老五のパートナ、〈カフェ〉のコールガールのフルネームだった。

「オーケー」

そのまま外に出て向かいのマンションとの位置関係を把握すると、猿丸はすぐにスジの管理部長に電話をかけ、一部屋ずつを短期契約したい旨の交渉を始めた。

この時点で猿丸は、早くも古賀洋子の行確準備をほぼ整え終えていた。

古賀洋子が住むのは二階だった。金曜の夕方からマンションに入り、三日目にして、部屋内部の様子はすでに確認済みだった。前日、本人が車で外出した隙に忍び込んだからだ。ピッキングは公安のいろは、初歩の初歩である。オートロックのマンションはまだまだ、個々のドアはワンロックが普通だ。賃貸はなおさらで、住人がそれをダブルロックに変えることもない。鍵が複雑になっても、ワンロックならやりようはある。覗き穴などは典型的な使用例だ。

このときピッキングに要した時間は三十秒足らずだった。万が一にもほかの住人に怪しまれることもない。そのために隣の部屋も借りた。手にタオルの一枚も持って立てば入居挨拶で通る。大型連休でこちらのマンションも留守のところが多いことは、前二夜の明かりの具合を単身者向けのマンション側から比較して猿丸は確信していた。

古賀洋子の住居に侵入し、猿丸は家具の配置や配色から洋子の生活を思い描いた。動線と本人の性格はなにかを仕掛ける際、考えなければならない最も重要なファクタだ。

選んで猿丸は、リビングのソファにふさがれたコンセントと、寝室の同じくベッドのふさがれたコンセントに盗聴器を仕込んだ。ランプシェードにもと一瞬考えたが止めておく。きれいに整った部屋には洋子の性格が垣間見えた。ＰＣのデータや銀行通帳のコピーなどは後日にした。この時点では洋子の行動パターンや時間の使い方がまだ把握できていなかった。時間の掛かるもの、注意を払わねばならないものにはゆとりがなければ取りかからない。これも公安としての作法だ。現実はスパイ映画のように鮮やかにいくものではない。この日は盗聴器を仕掛け、クローゼットの中をざっと眺めるだけで良しとした。

「さて、と」

単身者向けのマンションから猿丸は動き始めた。着衣はブルーの開襟シャツにノーネクタイで麻のサマージャケット、下はブラックデニムだった。古賀洋子に身構えられてはならない。なんの業界でも通る格好を意識した。

ビジネスバッグを手に、盗聴用の受信機をポケットに入れてイヤホンをつける。感度は良好だった。洋子が洗濯物を干しながら部屋で流している音楽がクリアだ。福山雅治だった。そういえば部屋にＣＤアルバムが並んでいた。

友人から掛かってきた携帯での会話によって、昨日のうちに洋子の今日の予定は把握していた。携帯だとわかるのは部屋に固定電話が引かれていなかったからだ。洋子は日中を洗濯と掃除に費やし、夕方から渋谷で友人と待ち合わせ、ショッピングと食事を楽しむようだ。明日の午後から三泊四日で韓国に行くことも、その友人との会話で猿丸は知っていた。まず面通しをしておくなら今日しかなかった。

いったん洋子の隣の、借りた部屋に入る。前日に運び込んだ段ボール箱三つ以外なにもない部屋だった。猿丸は段ボール箱のガムテを破り、ミニコンポを取り出し、フローリングの床に直置《じか》きでコンセントにつないだ。こういうとき流すのはＪ－ＷＡＶＥと決めていた。生活音の一助にするためだ。次いで物干しハンガを手にベランダに出て、わざと音を立てながら吊るす。支度はそれで十分だろう。猿丸は熨斗《のし》をつけたブランド物のタオルを手に部屋を出た。洋子の部屋のドアホンを押す。福山の曲の中に、あらと言う若い女の声が混じったところで猿丸はイヤホンをしまった。

「はい」

ドアホンから洋子の声が聞こえた。

「すいません。昨日から隣に引っ越してきた高山《たかやま》と申しますが」

高山は猿丸がよく使う偽名だ。

「ご挨拶に。ちょっとよろしいですか」

「あっ。はい。ちょっとお待ちください」

すぐに内鍵が音を立てドアが開けられた。長い髪を無造作にまとめた、化粧っ気のない女が現れた。ノーメイクでもなるほど、直に見る古賀洋子は整った顔立ちとスタイルの持ち主だった。

若く美しい女性が出てきて意外だ、という顔を猿丸は作った。半分は本気だから造作もない。洋子の方も似たような表情をした。純也以外には負けないと自負するくらい、猿丸は男が匂う容姿をしていた。

「あら、ちょっと。恥ずかしい。どうしよう」

身をくねらせる洋子に、猿丸は出来るだけ爽やかに笑った。

「いや、こっちこそいきなりで申し訳ない。高山和夫《かずお》と言います。よろしく。これ、いちおうご挨拶に。それにしても、隣がこんな綺麗なお嬢さんだとは思わなかった」

「あ、え」

「それじゃ」

ぐずぐずしない。初手はあっさりくらいがかえって印象を強くする。これは公安というより、猿丸の手管だ。

背中に洋子の視線を意識しつつ、猿丸は気付かぬ振りで自室に戻った。すぐにイヤホンを耳につける。

——へえ。今度はあんなカッコいいオジサンが入ったんだ。ラッキーかも。

ちっ、と猿丸は舌打ちした。

「オジサンはねえだろうよ。オジサンは」

だが、初手の印象が上々であったことに間違いはない。なんにしても明日の午後か明後日、猿丸は洋子の部屋に再び侵入すると決めていた。捜査事項照会のためのＰＣデータや銀行通帳のコピーだけではない。トイレや風呂場、衣装ダンスから食器棚、机の中までありとあらゆるものを観察し、洋子という人間の趣味嗜好、行動パターンを探るのだ。そうして得た分析が外れたことは一度もない。これが猿丸の自慢であり自負である。男女の別なく人種国籍の別もなく、猿丸は人を丸裸にする。

「三泊四日だっけか。楽しんできな。他の用事もあって、その間オジサンは大忙しだ」

そう、丸裸にはするが人は複雑にして難しい。たかが三泊四日の猶予など、もたもたしていてはすぐに終わる。

三

八月十二日の月曜、純也は十時半に登庁した。丸二週間、引き籠《こ》もりのような時間は実に有意義だった。持ち得る限りのスジを縦横に動かし、ネットの情報に浸った。ＨＤに入っている人物はほぼ解明できた。もちろんスジには自分が何をしているかわからぬように配慮し、ネットの扱いにも気を配った。キャッシュやクッキーも残さない。

ＨＤが映し出す〈カフェ〉の会員はみな政財界に発言力を持つ、錚々《そうそう》たるメンバーだった。言い換えれば、〈カフェ〉はひとりを獲得すれば秘密厳守を売りに顧客を簡単に増やせただろう。芋蔓《いもづる》式というやつだ。日本の政財界は思うより関係が密であり狭い。相関図でも書けば必ず誰かと誰かがつながる。

本当に作るかと考えていた矢先に、長島の秘書官である金田警部補から連絡が入った。

「月曜に顔を出せということですが」

「わかりました。午前中には」

それが前週、金曜午前のことだ。午後には国立の家に張り付けられたガードも一切が解かれた。毎日お茶出しを恐縮されながらも続けていた春子などは、あら賑やかで楽しかったのにと残念がった。

純也は二週間振りの警視庁にＭ４で入った。Ｍ６は新車を注文したが、納車までとうぶん掛かるらしかった。

純也が一階ロビーに上がると、居合わせた足が皆一瞬止まった。良くない傾向だった。

「やあ、おはよう。久し振りだね」

「あ、分室長。――あの、大変だったみたいですけど、大丈夫ですか」

受付の大橋恵子が殊勝な声で聞いてきた。

「ん？　何が」

「何がって、噂になってます」

やはり良くない傾向だ。純也がとぼけると、恵子は前屈みになり声を潜めた。

「帝都ホテルでの爆発に巻き込まれたって」

「はっはっ。なんだい。そんな話になってるの？」

純也はことさらに大声で笑って見せた。

「初耳だね。僕は休暇だったんだよ。南の島に行っててね」

「そのわりに焼けてませんけど」

「焼くのは嫌いでね。今日は忘れたけど、今度お土産持ってくるよ。迷惑掛けてるからね」

恵子の隣に座る新人に目を向け、君にもねと告げると、

「わぁ。ありがとうございます」

本当に嬉しそうに目を輝かせた。恵子はまだ半信半疑のようだったが、

「じゃ。部長に呼ばれてるから」

と片手を上げて純也は受付を離れた。それでも恵子の視線が背を追ってくる。心配はありがたいが、時と場合による。

「参ったな。我ながら南の島の土産って、どこの何を買えばいいんだろ」

純也が動き出すとロビー全体が動き出した。

いつもと変わらぬ、警視庁のロビーだった。

「おはよう」

分室に顔を出す。新井里美の姿はない。代わって野太い声が答えた。犬塚だ。里美は今週、夏季休暇だった。当然のように、受付台の花は少々くたびれている。

J分室は小さな部署だ。事務職の女性が長期休暇の平日は、出来る限り男連中でシフトを組む。今回は出張中の鳥居は除外で、今日と明日が犬塚、水曜が猿丸で、木曜と金曜が純也の受け持ちだった。来なければ出来ない仕事などないが、誰も出なければ花が枯れる。

「私のじゃ、味が変わるかもしれませんが」

犬塚がコーヒーを差し出す。確かに香りは薄い気がしたが言いはしない。犬塚は不器用だ。公安講習でも、機器の扱いは歴代講習者の中で最低ランクだったとは、今でも猿丸がからかうネタになっていた。

「二週間は有意義でしたか」

テーブルの奥に座ると犬塚が聞いてきた。

「結構ね。天気続きでなかなかよかった。そっちは？」

純也は近くのブックエンドからメモ用紙を引っ張り出して犬塚に示した。

「出勤はしてますが、こっちも休暇みたいなもんですよ。地味に暇を続けてます」

そんな他愛もない会話をしながら、内実は紙の上でする。普段から庁内で案件の話はあまり声にしない。ましてや帝都で狙われた後だ。いつ何時《なんどき》、どこで聞き耳を立てているか知れない。携帯のＬＩＮＥを立ち上げることさえ避けた。公安が機材を据えて本気になればそのデータも盗《と》れる。

〈今はなにを〉

〈直接、魏老五に辿り着いたので、そこから遡《さかのぼ》れないかと、奴の事務所近くに拠点を設けました。後は雑用です。世話になったスジを別とつなぐ手配と、今回の件でたかってきたチンピラの排除。これはセリに頼んで今夜中に済ませます。何かありますか〉

〈帝都の件には、この間メールしたほかに補足があってね〉

純也はＨＤのことを説明した。

〈プリントアウトしてきた。でも見るだけだ。裏に名前と、所属や役職を書いておいた。画像の全員だ。動画の方は、ちょっと危なっかしいのもいたから僕の方で押さえた。三十一人いる。覚えて〉

純也は内ポケットから光沢紙の束を取り出し、テーブルに並べた。犬塚の目が光り、瞬きがなくなり、一枚一枚プリントを裏返すたびに呼気が唸りとなった。

〈見知ったのはいるかい〉

犬塚は八人分を手前に引いた。純也が調べた男らと七人まで重複していた。残るひとりは、純也がどう調べてもわからない三人の中の一人だった。五十代後半の、禿げ上がった短軀《たんく》だ。ロングヘアの女性と写って満面の笑みを浮かべていた。日付は去年の五月だった。

〈彼は誰〉

「えっ」

犬塚はメモ用紙から顔を上げ、

「ああ。案外そういうものですか。灯台下暗しって奴ですね」

と笑い、ふたたび紙片に向かった。

〈メディクス・ラボの特席研究員です〉

「あ、そう」

文字を見て純也も声を出した。

メディクス・ラボはKOBIXグループの一社だった。七年前、KOBIXが買収を仕掛けた豊山《ほうざん》製薬と研究部門をひとつにして立ち上げたラボだ。特席研究員は普通の会社なら執行役員に相当する。豊山側の取締役だった者達につけられた傍流の役職だった。

〈うちの系列だったのか。でも研究員だとなかなか表に出てこない。よく知っていたね〉

〈豊山はいい研究をしてたんですが両脇の甘い会社で、その昔はよく産業スパイに狙われてました。二十年は前の話ですが〉

〈なら、この男は〉

〈豊山側の人間です。当時は上席研究員でした。氷川義男《ひかわよしお》。私も直接に接触したことが何度かありますが、実際の情報流出に関わったことはないはずです。目立った業績もありません。口先だけで上席になったような男です。その口先が幸いして、買収の際には双方の間で上手く立ち回ったようです。現在の地位はその見返りでしょう〉

〈なるほどね。わかった。氷川に関しては必要なら、絡みがある以上僕が動こう〉

〈了解です〉

〈これはもういいね〉

純也は男達のプリントをひとまとめにしてから、二枚を選んで犬塚に差し出した。

〈セリさんに会うんだよね。これを渡して欲しい〉

〈これは〉

〈プレゼントさ。矢崎陸将への。いや、和知くんへのかな〉

犬塚は無言でうなずき、受け取ったプリントをポケットにしまった。その後、今までのメモ用紙を丸めて持つ。あとで燃やし、灰も粉にする。これも分室の鉄則のひとつだ。

純也は壁の時計に目をやった。十一時半になるところだった。

「さて、と」

コーヒーを飲み干し、純也は立ち上がった。

「お出かけですか」

「うん。出かけるけど、その前に部長に呼ばれていてね。休暇の土産、ちょっとは渡さないと拙《まず》いだろう」

「お疲れ様です」

「ああ。シノさん。部長とは別に、南の島の土産って言ったら何がいいかな」

「南の島ですか？　……マカダミアナッツ、とか」

「ベタだね」

「恐縮です」

「いや。僕もまず思いついたのはそれだった」

純也は笑って分室を後にした。

四

鳥居はこの日、沼辺から沼内に突き出した不恰好《ぶかっこう》な桟橋の上にいた。ランニングシャツでタオルを首にかけ、汗を拭きつつ釣り糸を垂れている。三時間余りもそうしていたが、浮きはピクリとも動かなかった。岸辺に人の姿はあまりない。バスならボートだし、岸から釣るならポイントに自分たちで組んだ桟橋の上になる。鳥居がうずくまる桟橋も川連の手製だった。

潮風公園殺人爆破事件と戒名をつけられた一件から三週間が過ぎた。通常なら目処《めど》が立たなければ帳場は縮小される。が、湾岸警察署内の特捜本部は継続だった。四日前からは組対の一課、公安も外事三課が動き始めたらしい。爆弾が絡んでいる。しかも科捜研の報告によれば帝都ホテルもまったく同じ成分の爆薬だった。国際組織担当やテロ対策が動くのは当然といえば当然、むしろ遅いくらいだ。

それにしても、どこも純也を避け、木内夕佳の線だけで足掻《あが》いているのだから結果はあまり芳《かんば》しくない。

いや、キャリアの理事官、現総理の子息、国を代表する企業の一族にして、無視すべしと厳達された警視庁の禁忌を叩けば、濛々《もうもう》たる埃が濃霧となって道を失いかねないとなれば、あえて無視の方が得策か。

「へっ。釣れねぇな」

鳥居の方も天敬会、とまで先んじているだけで、外調は終えたが特に目立った成果はない。車の出入りが定期的なくらいで目立った動きはなかった。竿先《さおさき》の浮玉と同じだ。

「それにしてもよ」

呟きがまた洩れた。他人との接触を極限まで減らすと独り言が増えるとは、知らなくてもいい現実だった。

車の出入りにアースこと長内修三は一度も関わっていない。車中の人間は、日々変わらぬ者と代わる者が混在だった。延べにすれば八人。その中で一度だけスモークフィルムの奥に見た男に鳥居は引っかかっていた。

坊主頭とだけはわかる男だった。齢は鳥居よりだいぶ上だろう。還暦は過ぎているかもしれない。

ただ、引っかかるといっても喉の奥に刺さった、気にはなるがどうでもいい小骨程度だ。どこかで見た気もするが、人間歳を取ればみな似てくる。他人の空似か。

「でもよ。適当じゃ済まされねぇよな。俺らの仕事はよ」

昔は他人の空似などと考えたことはない。他人は他人。本人は本人だ。今でも意識を傾注して肉眼で見れば、一年は絶対に識別できる自信がある。公安捜査員として有無を言わさず叩き込まれたものだが、最近では、写真より実物を見る方が記憶野に留まるという研究結果も出ているようだ。理論付けたのは確かアメリカの女の学者だ。

「なんてったかな。へっへっ。そんな名前さえ出てこねぇや」

一年なら絶対だと胸を張れるが、五年になると知人でも曖昧、高校の友人にまでなると言われないとわからない奴もいる。かつてはもっと長かった。

「やだやだ。歳は取りたくねぇな。だいたい浮きの先だってよ。よく見えねぇや」

鳥居は竿をまとめて腰を上げた。

撤収するつもりだった。沼辺からだけでなく、話好きな大家のいるアパートからもだ。次の一手に動かなければ、天敬会という魚が掛かることはありえない。

釣り道具一式を揺らして鳥居は戻った。二階に上がり部屋の鍵を出そうとすると、中から開いてるよと声がした。上司の肉声だった。

「おっ。謹慎は終了ですか」

「ようやくね」

純也がいつもの、少しはにかんだような笑みを見せた。テレビと冷蔵庫と煎餅《せんべい》布団しかない部屋の開け放った窓の桟に座り、沼風を浴びていたようだ。

「でも、タイミング的にはちょうどだった。捜査員張りにこっちを見ていたのかと思うくらいだ。今度の部長は中々やるね」

「そうですか。分室長にそういわせるたぁ大したタマだ」

鳥居が玄関口に竿を立て、掛け履物を脱いだ。

「何にもないですが」

首に掛けたタオルで流れる汗を拭き、鳥居は冷蔵庫を開けた。麦茶くらいは入っている。

「見ればわかるよ。労基が入ったら、間違いなくうちはブラック企業だ。マッサージチェアとは言わないが、適当なリビングセットくらい入れたらどうだい」

「へっ。これが染み付いてますんで。どうぞ」

鳥居は純也の前に麦茶を出した。

「帝都では災難でしたね。で、今日は」

「うん。その話の続きで来た。午前中に分室でシノさんにも話してきたけど」

麦茶に口をつけ、純也はＨＤの説明をした。

「ほほう」

驚愕はあったがうなずける話でもある。そんなことでもなければ殺人も爆破もないだろう。

「動機はその辺ですかね」

「濃いとは思う」

次いで純也は畳に写真を並べ始めた。

「ＨＤに入っていた全部じゃないが、メイさんは全部を知らなくてもいい。シノさんにも預けた。そっちを動かす。必要ならセリさんも。メイさんはとりあえず見てくれるだけでいい。ただ、このふたり」

純也は並べ終えた計二十九枚の、右端から二枚を示した。神楽坂辺りの料亭からタクシーに乗り込もうとする体格のいい中年と、羽田空港で撮られた撫で付け髪の初老の男だ。

「知らないかい」

「知ってます」

　鳥居の答えは早かった。

「こいつは」

　まず右端の男を指す。中年の方だ。

「今はどこだったかな。横浜辺りか。手広くやってる、小林康之《こばやしやすゆき》ってぇ故買屋です」

　故買とは盗品売買のことだ。

「メインはトラックで。ダブルタイヤの。それを東南アジアや中近東に流してます。昔、スジにと思ったこともありますが、やめました。女好きが過ぎるほどで、危なっかしい野郎です」

「なるほど」

「で、こっちは大掛誠太郎《おおがけせいたろう》。六本木界隈のビルオーナーです」

　鳥居は説明しながらも写真を順に眺めた。眺めて脳裏に焼き付ける。

「大掛のことは六本木なんで、どっちかってぇとセリの方が詳しいでしょうが、四、五棟も持ってますかね。テナントは全部フロント企業やらカジノやら、いかがわしいもんばっかりです」

「故買屋にビルオーナーか。どれだけ調べてもわからなかったけど、メイさん、さすがだね。歳の功かな」

「へっへっ。どっちも表にはなかなか出てきませんからね。それより」

鳥居は二周目に入った写真の、とある一枚で目を止めた。

写っている男はサングラスを掛けたラフな角田幸三だった。場所は軽井沢のプリンスショッピングプラザだ。ベンチに女性とふたりで座っている。大勢の人出があった日のようで、望遠で撮った写真の女性は顔半分が手前を通る人で隠れていた。

「角田がどうかしたかい」

「いえ。どうかってぇほどじゃないんですが」

腕を組み、首を傾げる。考えてもはっきりとした答えは出せなかった。

「その、角田の奥です」

「奥?」

いくつものベンチが並ぶ一角だった。左側に座る角田の奥に、わずかな賑わいの切れ目があった。そこにもベンチがある。

「誰か座ってますよね」

シャッターを押す一瞬だけ空いた雑踏の奥に、ひとりの男が座っていた。ハンチングを被った男だった。おそらく坊主頭だろうとは判別できるが、人相体格などはぼやけてまったくわからない。しかし、鳥居は引っかかった。勘が訴えた。

「はっきりとはしません。けどですね、この男ぁ、あの天敬会の森から出る車に一度だけ見た奴じゃねぇかと思います」

「思います、止まりかい」

「すいません」

鳥居は白髪の混じった角刈り頭を搔いた。

「しかもこの男、その昔に見たことがあるようなねぇような」

「画像を解析してもらおうか。それでも、この似合わないサングラスの角田ほど鮮明にはならないだろうけど」

「どうでしょう。フィルムは貼られてましたが、間近を通過する車の中に私は見てます。それでもわかんなかったものが、無理して解析した画像でわかるたぁ思えませんがね」

「そうか」

純也は開け放った窓の外に目を向けた。

「入る、手かな」

「私も算段しようかと思ってたとこです。どうやるかはまだ考え中ですが」

「ちょうどいい」

純也は指を鳴らした。実に楽しげだ。だがこういうときこそ、純也が本気モードなのだと鳥居にはわかっていた。

「メイさん。太陽新聞社に元気のいい知り合いがいるって言ってたね」

片桐紗雪のことだ。

「たしかに」

鳥居はうなずいた。じゃじゃ馬が、と話したことがある。

「記者になる手でいこう。ジャストタイミングだね。いつ特捜本部の斉藤に天敬会をリークしようかと思ってたとこだ。じゃじゃ馬さんにもスクープを進呈しよう。日を決めてくれれば、合わせて斉藤に情報を流す」

「了解しました」

「メイさん」

純也がはにかんだような笑みを見せた。

「もうすぐ、きっと霧の向こうに突き抜けられるよ。そんな気がする」

なんの証拠が揃ったわけではない。直感だろう。しかし、そうですねと鳥居は従った。

鳥居にもあったからだ。

長年培ってきた勘が、そうだと胸中で騒いでいた。

五

「美味い蕎麦《そば》屋を見つけましてね。田舎蕎麦ですが、かえって都内じゃ見掛けませんよ」

「蕎麦か。いいね」

純也は同意した。真夏はやはり、さっぱりした物に惹かれる。

「ただ、ここからだとかなり遠いですが。車ですよね」

「じゃ、駅向こうのパーキングまで歩こう」

と言うことで、蕎麦を手繰《たぐ》りに出ることにする。

「お。新車ですか」

「正確には未使用車。借り物だけどね」

「右ハンドルですね」

「そう。乗るとやっぱり日本は右の方が楽だね。次はそうしようと思ってる」

「じゃ、失礼して。蕎麦屋に着くまでにさっきの話、片付けちまいましょうか」

Ｍ４に乗るなり、鳥居は太陽新聞の知り合いに連絡を取った。千葉に行かねぇか、いいネタあるぜとだけ話した鳥居は、渋い顔でふざけんじゃねぇよと携帯に向かって怒鳴った。今週は無理という返事だったようだ。

「まったく、今の若ぇのは欲がなさすぎですわ」

「そうかな。今も昔も、結局大した違いはないと思うけどね」

「いいや。そんなこたぁありません。あいつの親父なら一も二もなく乗ってきました」

ぶつぶつと独り言のような文句を言い続ける。純也は聞き流した。が、蕎麦屋の暖簾を潜る段になって鳥居も気付いたようだった。蕎麦屋には翌日から金曜日までの四日間、夏季休業という張り紙があった。

「え。あ、お盆か」

規則正しい職場を離れると日付の感覚に乏しくなる。よくあることだ。

「そう。だから、その新聞社の知り合いも予定はあるだろう。若い娘ならなおさらだ。海外旅行でも予約してたらどうにもならない」

「その通り。旅行です。新潟って言ってました。——お盆ってわかってりゃ。しまった」

鳥居はばつが悪そうに頭を掻いた。

「思い当たることでも」

「ええ。ありゃ、親父の墓参りですわ」

「へえ。——いい娘さんじゃないか。今どき、ね」

蕎麦はなるほど、鳥居が薦める通り美味かった。その後は部屋に戻らず、純也は出来たばかりのアウトレットモールに回って今後の細かい話を詰めた。不景気を疑いたくなるほどの人出で活況を呈していたが、かえってそういうところが密議には向いている。

駅のロータリーで鳥居を下ろしたのは、午後三時半を回った頃だった。

「じゃ、メイさん。そんな手筈《てはず》で」

「了解です。蕎麦、ご馳走さんでした」

「とりあえず動くのは来週だ。メイさんも今週は夏休みでいい。愛美ちゃんが可哀想だ」

「そんな。大事なヤマ抱えて休暇もありませんや。それに愛美ぁ、もうこまっしゃくれで。親父なんざいてもいなくても」

「ダメだ」

純也は幾分強い声で言った。

「愛されること、守られることは副産物だよ。愛すること、守ろうとすることが大事なんだ。メイさんは身に染みてると思ったけど。もう忘れたのかい」

「え、ああ、いいえ。とんでもない。忘れやしません。忘れるわけもない」

鳥居は大きく首を振り、頭を下げた。

「すいません。今に甘えてました。明日、帰らせてもらいます」

「うん。喜ぶよ、きっと。愛美ちゃんはきちんとわかる子だ。お父さんの愛情をね。それに、川連さんだっけ。あの大家さんの疑念のこともある。明日からは僕がアパートに入ろう。メイさんは、この間行けなかった動物園にでも行って来るといい」

頭を下げたままの鳥居にそう言い残し、純也はＭ４のアクセルを踏んだ。

「三時半か。高速は渋滞だろうな」

駐車場から国道に出る。

バックミラーに映る鳥居は見えなくなるまで、おそらく同じ姿勢のままだった。

純也の予想通り、帰りの湾岸線は大渋滞だった。夏休みの期間中は特にひどくなる。外房・内房の行楽帰りが京葉道路から湾岸線に流れ込み、成田空港帰りとひとつになって幕張メッセやマリンスタジアムでのイベント帰りに合流し、ディズニーリゾート帰りに突っ込む。

「まいったね」

純也は軽く上体を伸ばした。車中にスピーカから流れる音はない。純也はエグゾーストだけを聞く。それが子守唄のようで落ち着いた。

湾岸千葉のインターを前にして渋滞はピークに達したようで、M４は三分以上走行車線上に止まったまま動かなかった。酒々井を出発してからすでに二時間が過ぎていた。

五分ほどして、渋滞の列がようやく少しずつ動きだした。インターで降りる車があったようだ。五台分ほど前に詰め、降り口向こうのポールクッションに差し掛かる。サングラスをしていても帰る方角の空に、西陽がちょうどの角度で眩しかった。

純也はバイザーを下ろそうとした。その腕が途中で止まる。車中に響くエグゾーストにまぎれ、かすかな異音があったからだ。M４の周りで同様に渋滞に捕まった車のアイドリング音ではなかった。

予感とも予見とも知れず、純也の全身に緊張が走った。血が奔騰《ほんとう》するように血管を駆け巡り、座りっ放しの筋肉を叩き起こす。瞬転の戦闘態勢は戦場で育った者の本能のなせる業だ。

助手席側のサイドミラーにフルスピードで突っ込んでくるバイクが映った。ホンダのＣＢ、大きさからして４００だ。黒いフルフェイスにだぶついた同色のライダースーツ、性別は不明。わかったのはそこまでだった。そいつがスーツのジッパを下げて何かを取り出した。ロングバレルの拳銃。おそらくグロックの19、いや23。確認と行動は連動した。シートベルトを外し、ドアを開けて追い越し車線側に飛び出す。

純也がアスファルトに転がるのとほぼ同時に銃声が上がり、フルオートの火線が伸びた。助手席のガラスがシートに飛び散りフロントガラスが内から砕ける。ドアにも穴が開いたようだ。やはりグロックの23か。40Ｓ＆Ｗの弾丸ならそんな芸当も可能だろう。

純也は留まることなくタイヤの陰に身を移した。連射は二秒にも満たなかった。ボンネットに身を寄せて顔を出せば、インターの防音壁の向こうに消えてゆくＣＢ４００の後輪が見えた。瞬く間の出来事だったが、生死の境は明快だ。一瞬の躊躇でもあれば今頃純也は血達磨《ちだるま》だったろう。いや、遅滞なくとも運転席がいつもの左側であったら……。

「なんといったかな。そう、神佑天助か。それにしても」

立ち上がって純也はスーツを叩いた。

「敵ながら、いい考えだ」

二輪はNシステムが記録しない。この狙いがいい。さらには成否に拘泥《こうでい》して立ち止まらなかったのもいい。ヒットアンドアウェイで防音壁の向こうに消える執着のなさは見事と言う他はない。襲撃者が降りた国道三五七号線は幕張新都心を控えるが、基本的に海側は工場地帯であり、山側は住宅街だということも絶好だ。そんな場所をバイクで縦横に走り回られたら、本気で追おうとしても追跡は困難を極めるだろう。警視庁の管轄外だから交通機動隊を動かそうにもすぐには無理だ。総合すれば、ヒットマンとして一流と判断せざるを得なかった。

そんな襲撃者に対しては、料金所や他の監視カメラも同様にして使い物になるまい。間違いなく偽造ナンバーをつけているか、バイクそのものが盗難車。行き着くところはそのどちらかだ。

結果、純也が狙われ車が被弾しただけで、襲撃者は不明ということになる。

「お、おい。あんた、今のはいったい」

M4と並んでいた走行車線上の二トントラックから恐る恐るといった声が掛かった。助手席側の窓が開いていた。顔を出したのは若い男だ。運転席からは年嵩の男が純也を睨んでいた。

(参ったな)

見回せば後方の何台かも、窓から同じように強張った顔を覗かせている。ひとりが車外に出てきた。前方からは誰も出てこない。いや、見ざる聞かざるを決め込んでいるだけか。

「Oh, Easy,easy. Don't worry about it. It's only filming.」

純也はサングラスを外し、余所《よそ》行きの笑顔を作った。飛び切りの笑顔だ。

「え。なんだって」

怪訝な顔はトラックの若い男だ。その表情は現状に対するものではなく、純也が英語で話し始めたことに対するものだろう。

「Movie. Cinema. Movie. Geeee」

四方に向けフィルムを回す仕草をする。成り行きを見守る前方の車両にも見せ付ける。

「ムービー？　ムービーって映画？　シネマ？　まさか邦画じゃないですよね。洋画？　ハリウッド？」

後ろの車から近寄ってきたクールビズの男が聞いてくる。

「Yes. Hollywood. Yes」

できるだけ陽気に、できるだけ大げさに答えながら純也はクールビズの手を握った。

「I'm ダニエル・ガロア。Yeah」

「えっ。なに。あ、ははっ。でも、そうですか。そうか、撮影ですか。さすがにいい男ですもんね」

クールビズは煙に、というか英語に巻かれて愛想笑いを浮かべた。

「親方。よくわかんねぇすけど、映画の撮影かなんかだって話してますよ」

トラックの若い男が運転席に向かって言った。親方は興味なさげだが、だからこそかえってそういうこともあるかと納得したようだ。

「ちっ。ただでさえ渋滞でイラついてんのによ。ふざけたことすんじゃねぇや、まったく。ほれ、動き出したぜ」

トラックのマフラーが荒く排煙を噴き出す。後方から話し声が聞こえた。クールビズの男が説明してくれているようだ。強張った顔が次々に解《ほぐ》れてゆく。

(言ってみるもんだな)

とっさに出た言葉だったが、そんなものかもしれない。本物の銃を持ったことも見たこともない人々には現実離れした光景だったろう。しかも、わずか二秒にも満たない銃撃だ。受け入れる暇もない。そこに中東風の純也が素顔を晒し、英語で話し、おどけて見せる。本当に命を狙われたとは誰も思わないだろう。脳は受け入れやすい方で書き換え可能だ。自分自身さえ誤魔化《ごまか》す。

(我ながら上出来だ)

内心で舌を出し、純也はＭ４に乗り込んだ。不幸中の幸いだったのは襲撃者の腕が確かで、おそらく全弾がＭ４の左助手席に集中し、他人や他車を巻き込まなかったことだ。そうでなければさすがに純也も不問にはできない。

車列が動き、Ｍ４の前にも十メートルの空きが出来た。アクセルを踏むと、Ｍ４の動きはスムーズだった。

（動きはね）

それにしても姿は無残だ。夏風が真正面から純也の髪を掻き乱す。このままで帰るのは難しい。浦安にディーラーの支店があったはずだ。次で降りると決める。ただ、

「借り物だよなぁ」

思わず声に出てしまった。直したところで、凶弾を打ち込まれた車などユーズドでも売れまい。その前に日本の車両保険に戦闘の損害など適応されるのか。

「買い取るしかないだろうけど、婆ちゃん乗るかな」

呟きが風にまぎれる。

ＢＭＷＭ４。チタンシルバに輝く総排気量三〇〇〇ccのツードアクーペ。かたや銀髪に輝く、八十六歳。

「無理だよな」

苦笑いで思考を断ち切り、純也はもう一度サングラスを掛けた。

第七章　急転

一

「さてと、行きますか」

猿丸は単身者向けマンションの二〇四号室にいた。手早くブルーのジャケットを羽織る。クローゼットの内容で判断した、それは古賀洋子の好きな色だった。

これまで洋子の部屋への侵入は都合五回を数えた。取引銀行や信販会社へは捜査事項照会の手続きは終えていた。通帳の隠しどころからＰＣの暗証番号まで、どれも素人のセキュリティだった。簡単なものだ。特筆すべきデータは何もなかった。と同時に、韓国旅行に関する資料も見つからない。その辺は〈カフェ〉か魏老五の教育が徹底しているのだろう。だから盗聴で聞いた三泊四日、それだけが頼りだった。

八月十五日、午後三時十二分。タクシーで、ようやく洋子が帰ってきた。ベランダに偽装を施したカメラからの画像を朝から睨み、約九時間が過ぎていた。

魏老五の関係も〈カフェ〉の関係も周りに姿は見えなかった。帰宅はひとりのようだった。洋子は長い髪を揺らし、エントランス前のスロープで、重そうな二個のキャリーバッグと格闘していた。猿丸は接触を決めた。

非常階段を駆け下り、横断歩道を渡ってエントランスに急ぐ。洋子はままにならない二個のキャリーバッグを従え、自動ドアに向かおうとしていた。

軽く息を整え、猿丸は洋子に近づいた。

「大変そうだね。手伝おうか」

「えっ」

反射的に顔を向けた洋子と目があった。次の瞬間、猿丸は眉根を寄せた。洋子の左目の周りが、普通ではなく青黒かった。

「それって」

洋子は慌てて長い髪の中に半顔を隠した。

「どうしたんだい」

「なんでもないです」

「なんでもないわけないじゃないか」

猿丸は洋子の先に回ってオートロックを開錠し、二個のキャリーバッグを奪うようにしてエレベータに向かった。

「あっ。いえ、本当に――」

「ダメだ！」

叱るような口調になった。エントランスに響く。気圧《けお》されたか、それ以上は逆らうことなく洋子は黙って猿丸についてきた。洋子の部屋の前までどちらも無言だった。

「悪いけど入らせてもらう」

鍵を開けさせると、猿丸は有無を言わせず中に入り、キャリーバッグをリビングに置いた。

「見せてみな」

振り向きざまに右手を伸ばし、すぐ後ろにいた洋子の髪を掻き上げる。

「あっ」

洋子の吐息が甘やかだった。それくらいの近さだ。

「――これ、痛いか」

猿丸は左手の親指で青黒く腫《は》れた目の眉下をなぞった。全体に熱ぼったい感じだ。

「い、いえ」

「こっちは」

そのまま一周して涙袋の辺りを探る。洋子がかすかに顔をしかめた。

「眼窩《がんか》底骨折だ。間違いない」

目の周りの薄い骨に罅《ひび》が入ったり砕けたりする。それが眼窩底骨折だ。

「行こう」

猿丸は洋子の手を取った。

「え。行こうってどこへ」

「病院に決まってるだろう」

「そんな。大丈夫です。今帰ってきたばかりだし、我慢できないほどじゃないし」

「我慢って、何を悠長なこと言ってるんだ。それで失明したらどうする」

「失明？」

「そう。視神経を圧迫し続ければ最悪失明。そうでなくても視力の低下。素人判断で片付けちゃいけない」

猿丸は洋子の手を引いた。抵抗はなかった。入ったばかりの部屋から出る。洋子の手は引いたままだ。脅しが効きすぎたか、猿丸がというより洋子の方が握って放さなかった。

猿丸は空いている手で携帯のアドレスから一人を選んだ。

「あら、珍しいこともあるものね。そっちから電話が掛かってくるなんて、ずいぶん久し振りじゃない」

電話をかければ、相手はすぐに出た。

「前置きは省くぞ。どこにいる」

「どこって、病院よ。世の中は大型連休らしいけど。今日はローテに入ってるから」

「そりゃあ好都合だ。今からひとり連れてく」

「なによそれ。前置き、本当に省きすぎでしょ。それにもう三時を回ってるじゃない。木曜日は午後は休診なん――」

「三十分以内に行く。よろしく」

相手の言葉は聞かず猿丸は電話を切った。

電話の相手は、八木千代子《やぎちよこ》といった。千代子は品川にある特定機能病院、S大学付属病院の整形外科医だった。千代子は優秀な医師にして、猿丸のスジのひとりだ。いや、スジとして本当に機能したのはずいぶん昔で、今では女友達と言った方が正しいか。ときおり寝物語に雑駁《ざっぱく》な情報をもらう、スジを上回る数の女友達のひとり。

プライドが高く焼餅焼きで、三十九歳になるが童顔で、小柄なくせに胸が大きい。

(へっ。近々、付き合ってやるかな)

前はいつだったかなどと考えながらもエントランスを出ると、

「あの、どこまで行くんですか」

洋子がおずおずと聞いてきた。

「品川のS大病院だ」

「S大病院？　えっと、大丈夫なんですか」

「なにが。大丈夫に決まってるだろ」

「でも、もう三時過ぎてるし、お盆休みだし」

「なんだ。医者の逃げ口上をそのまま信じてるのか。病院にいれば診る。いなくとも患者が行けば診に来る。それが医者の務めだよ。先生って呼ばれる奴らぁみんな、身を粉《こ》にして働くから先生なんだ。そう呼んでやってんだから、大いに働いてもらわなきゃな」

猿丸が片目を瞑って見せれば、洋子はかすかに笑ったようだった。

「痛くないか」

「はい」

「ん。ならいい」

猿丸はマンション前の通りに出た。まだガラ空きの通りを欠伸《あくび》のように流すタクシーは、すぐに捕まった。

二

週明けの月曜、鳥居は十時過ぎに太陽新聞社を訪れた。紗雪は七分丈のチノパンに白いオーバーブラウス、濃紺のサバイバルベストといった姿で待合に降りてきた。背腰に大きめのウエストポーチまでつけている。

「って。なんでぇ。そりゃあ」

紗雪を見て鳥居は頓狂《とんきょう》な声を上げた。格好のラフさ加減もあるがそれ以上に、腕も顔も赤銅色といっていい色に焼けていたからだ。

「な、なんだそのヤマンバみてぇな色は」

「ヤマンバって。おっちゃん、古いね」

紗雪は平然としたものだ。

「新潟行ってたんじゃねぇのかよ」

「行ってきたわよ。墓参り」

「墓参りたってお前ぇ」

「別に墓参りだけしてたわけじゃないから。バカンスよ、バカンス」

「それにしたって、どうすりゃそんなに焼けんだ。おい」

「色々よ。聞きたい？　あたしのバカンス」

なぜか胸を張る紗雪を眺め、鳥居は胡麻塩頭を掻いた。知らず溜息が出る。

「いいや。聞かねぇ」

聞けば鳥居こそ新潟に赴き、片桐幸雄の墓前で頭を下げたくなる危険がたっぷりだった。

「何でもいいや。で、準備は出来てんのか」

「おっちゃん用の名刺なら、朝イチで三十枚作っといた」

　鳥居が使う名刺には太陽新聞社・編集委員の肩書きと、紗雪が直属するデスクの名前が入っている。デスク本人、山本啓次郎《やまもとけいじろう》は何も言わない。名前が使われるときは紗雪を通じ、大なり小なりの情報がもたらされるからだろう。紗雪を挟んで鳥居と山本は大人の関係、持ちつ持たれつの典型だった。

「すぐに行けるかい」

「行けるどころか、長期出張の許可もくれてやんの。休み明けは暇だけどね」

「いいじゃねえか。実際、明日かも知れねぇし掛かるかも知れねぇ」

「そりゃあ、今に始まったことじゃないからね。覚悟してるよ」

「ならよ」

　鳥居は腕時計を確認した。十時二十分だった。

「俺ぁここにいる。十分だ」

「ん？」

「早く支度して来いって言ってんだ」

「支度って？　支度なら出来てるよ」

「ああ？」

　鳥居はまじまじと紗雪の全身を眺めた。

「取材用具は」

「ここ」

ベストの右上のポケットを開ける。確かに使い込まれた手帳が入っている。

「カメラは」

「ここ」

今度は左下のポケットだ。

「んで、左上が携帯で右下が財布。パンツのポケットにハンカチ。ウエストポーチにミニノート。これで全部。準備万端」

「準備万端ってお前ぇ。着替えは？　下着は？　せめて歯ブラシは？」

「夏でも一泊二泊くらい、どうってことないっしょ。我慢できなくなったら買えばいいし」

「……お前ぇよ」

「ん？」

「とことん男前だな」

「もちろん褒め言葉だよね。それ」

「ああ、ああ。褒めてる。それより今度よ。新潟行くときゃ、俺も連れてけ」

「え。何でよ」

「お前ぇの親父の墓に、ちょっとばかし積もる話があってよ」

鳥居は先に立って歩き出した。太陽新聞社の外に出る。夏陽の暑さ重さに、少しばかり心が折れそうだった。


ふたりが京成酒々井駅に到着したのは十二時半だった。近くの中華屋で昼をすませアパートに向かう。

「けっこう歩くのね」

紗雪が手庇を作りながら呟いた。

「それだけじゃねぇ。アパートだってな、クーラーより窓を開けた方がいいようなとこだ」

「へえ。そんなに沼風が気持ちいいんだ」

「馬鹿野郎。クーラーが効かねぇんだよ」

話しながら沼に架かる橋を渡る。到着は二時に近かった。

「ここだ」

「……なるほどね」

「いいか。大家にあったら片言にすんの忘れんなよ。お前ぇは俺の娘。看護師の研修の下見で韓国から来た」

「はいはい。何度も聞きました」

「はいは一回」

鳥居は階段を上がり、鍵を開ける前に隣の部屋をノックした。答えはなかった。

「何、誰かいるの？　隣って、あたしが入る部屋じゃなかったっけ」

「ん？　ああ、隣には俺がいない間、俺と同じ研修のノスラティが入ってる」

分室長のことだと付け加えつつドアを開ける。入ろうとするが、紗雪がついてくる気配がなかった。口を開けて固まっていた。

「どうした」

そのひと声で呪縛が解けたようで、紗雪はいきなりバタバタし始めた。

「おっちゃん。それこそ一番最初に言ってよ。ああ、どうしよう」

「なんだ。いい男を前にすりゃ、ちゃんとするんじゃなかったのか」

「この格好でどうやってちゃんとするのよ。着替えだってないし」

「そんなもなぁ、言われねぇでも用意するもんだ。自業自得だろうが」

「はっはっ。賑やかだね。花が咲いたようだ」

声がした。純也が階段下で笑っていた。

「おっ。ノスラティ」

「丁さん。彼女が、太陽のじゃじゃ馬娘さんかい」

短パンにタンクトップ、麦藁《むぎわら》帽子で肩に釣竿を担いだサンダル履き。しかも純也はえらく焼けていた。紗雪と遜色ないほどだ。焼けると普段以上に純也は異国を感じさせた。改めてクウォータだということを思う。

「あ、あの。初めまして。いえ、ちゃんとご挨拶するのが初めましてって意味で。私、あの、片桐紗雪といいます」

「あっ。この！」

鳥居は慌てて紗雪の襟首をつかみ、強引に部屋に引きずり込んだ。

「何を舞い上がって喚いてんだっ。お前ぇは片桐じゃねぇだろうが」

「えっ。あ、そうだった」

ドアの向こうから純也が顔を覗かせた。

「僕は汗を流して着替える。そっちも着いたばかりだろう。少しゆっくりすればいい」

「わかりました」

純也が消えても紗雪は戸口を向いたままだった。動かない。

「ほれ」

頭をひとつ叩く。

「痛っ」

「ぼけっとしてんじゃねぇや」

「そんなこと言ったたって。あんなものいきなり間近で見ちゃ、女なら誰でも固まるって」

紗雪を無視して窓を開ける。沼風が勢いよく吹き込んできた。

「でもやっぱ、生はいいわぁ。――ん？　てことはおっちゃん。彼が使ってた部屋にあたしが入るんだよね」

「決まってんじゃねぇか」

「――えへへ」

笑いがどこかおかしい。

「……お前ぇ。何考えてんだ」

「何って。あたし、彼の後なんでしょ」

紗雪が目を閉じ、細い顎を天井に向けた。

「下らねぇこと妄想してんじゃねぇぞ」

「下らない妄想って何よ」

「そいつぁお前ぇ。……違うのか」

「いいじゃない。妄想くらいしたって」

「かぁ。やっぱり妄想してんじゃねぇかっ」

そんな話で時間を潰せば、やがてドアが開いた。純也はジーパンに白いポロシャツと、こざっぱりした身なりに変わっていた。

「丁さん。いいかな」

呼ばれて隣の部屋に入る。鳥居にはリビングセットくらいはと言いながら、自分の部屋にはテレビや冷蔵庫すらなかった。

「どうだった。夏休みは」

「おかげさまで。絵日記に書き切れねぇくらいにしてやりました」

「そりゃあよかった」

「こっちはどうでした」

「特に聞いた以上の動きはないよ。こっちはね。僕ものんびりと休暇みたいなもんだった。釣り三昧でね。お陰でこんな色になった。大家さんの酒は長くて参ったけどね」

「ああ。ありゃあ泣き上戸の絡み酒ですからね。――え。こっちはってぇと、他に何かありましたか」

「うん。この前の帰り道でね」

襲撃、のひと言に鳥居は息を飲んだ。信じられなかった。いや、襲撃や狙撃がありえないということではない。狙われたことを誰にも告げず、無防備な安アパートにひとりで寝起きし、飄々《ひょうひょう》と沼辺に出てのんびり釣りに興じる純也の度胸、いや、心胆。それが驚愕、敬意、いろんなものを通り越して鳥居には信じられなかった。

「まあ」

鳥居は頭を掻いた。

「私らの尺度で測れるもんじゃないとはわかってるつもりですがね」

気をつけて下さいと、当たり前のことを言えば純也は嬉しそうにうなずいた。

「こんなこと、隠さず言えるのは三人だけだからね。まあ、ただ聞いて欲しくて話したわけでもないけど」

純也は玄関脇のクーラーボックスを開けた。

「そりゃあ」

取り出したのは黒革のホルスターに入った、シグ・ザウエルＰ２３０ＪＰだった。カイシャの制式拳銃だ。

「天敬会に入るなら持って行った方がいい。部長の許可は取ってる。後出しだけどね」

純也はホルスターからシグを抜き取り、手馴れた所作で点検しながら言った。法治国家日本において、言い方はおかしいが純也に拳銃はよく似合った。違和感がないといった方が正しいか。

「――了解です」

公務・護身のためと言われれば当然頭ではわかるが、それでも銃は武器だ。受け取るのにほんのわずか、一秒に満たない間が出来た。公務・護身は銃を持った瞬間から殺人を内包する。躊躇いはあるのだ。日本では、日本人なら。

「いいかい。万が一のときは迷ったらいけない。迷いこそなによりの罪だ。撃って欲しい。どんな結果になろうと僕が責任を持つ。でもね」

　純也はいつもの笑みで身を乗り出した。

「万が一のときの迷いが、最悪の結果を生んだら僕にもお手上げだ。奥さんや愛美ちゃんの涙に、僕は責任を取れない」

　安アパートの一室だ。純也は声を落としている。それでも奥底まで届く声だった。

心ある上司、愛すべき家族、気の置けない部下。迷いは罪。自分が泣くことはあっても、泣かせない。

「わかってます」

　鳥居はホルスターごと、強く拳銃を握り締めた。

三

「おい。紗雪」

　二日後の夕刻、鳥居は隣の部屋をノックした。時間的には純也との打ち合わせ通りだ。

「太陽新聞にアドバンテージを作らないとね。そうだな。四時を過ぎたら夕佳と天敬会、アースとの関係を特捜本部にリークする。本部長以下主だった者達には五時までには伝わるだろう。気をつけて」

本当は前日に入る予定だったが、一日置いたこの日になったのは犬塚から電話があったからだ。

「どうも」

「おう、シノか。お前ぇはあれか。洗い出しだったな。どうだい」

「人定は順調に進んでますよ。ただ〈カフェ〉まで辿れるかは、はなはだ疑問ですが」

「弱気だな。らしくねぇじゃねえか」

「実は客の一人に触ってみたんですよ。こっちのスジと関係がありそうな会社の社長だったんで、ゴルフに誘わせました。そこで携帯だけは確認できたんです。疑わしい番号はひとつだけでした」

「いいじゃねえか」

「それがそうでもなくて」

犬塚は苦笑したようだった。

「番号照会の結果は、本人の物でした」

「なんだい。本人ってなあ」

「社長の二台目ってことです。客から〈カフェ〉側に渡すんじゃないでしょうか。契約がファミリー割引プランってのは笑えますが、上手いですよ。考えられてます」

「なるほどな」

確かに、癪に障るほど周到だ。

「それで、他にも食指を伸ばすことにしたんですが、ここからが今日電話した理由です。そっちのことはさっき分室長から概要を聞きましたが――」

明日の件は延期にと犬塚は言った。

「ほう。なんか差し障りがあんのか」

「ええ。私のスジで、〈カフェ〉の客になりそうなのはいないかと当たってたら、偶々《たまたま》ですが明日、とあるシンポジウムに誘われてる社長がいました。開催場所は大阪なんですが」

「ほう」

「潜り込んでみようと思ってます。アースが来る可能性も捨て切れません」

「わかった。こっちは特捜本部に情報を流す以上、空振りは出来ねぇんだ。任せる」

「開催は六時からで二時間ほどだそうです。その後連絡します」

結果としては犬塚こそ空振りだったようだ。鳥居の方は一日伸びただけで段取りは変わらなかった。

純也からはすでに、特捜本部のスジに情報をリークした旨のメールがあった。

「おらぁ。もたもたすんじゃねぇぞ」

この日も関東は猛暑の一日だった。四時半になっても三十度を超えていたが、鳥居は上着を着てハンチングを被った。新聞社の編集委員を装い、脇のホルスターを隠すためだ。

「ふぁい」

ぼさぼさ頭で、紗雪が顔を出した。

「なんだ。寝てやがったのか」

一昨日、紗雪に木内夕佳と長内修三の関係は話した。純也から聞き及んだ話から、純也との関係を省いた話だ。

「へえ。新興宗教と、爆発物ありの殺人事件ね。面白そうじゃない」

興味を惹かれたらしい紗雪はその夜、ネットから天敬会に関するあらゆる情報を引っ張ったようだ。空いた昨日は天敬会本部周辺を歩き回っていた。

「そろそろ行く支度だ。ぼぅっとしてんじゃねぇや」

「仕方ないじゃない。アドバンテージは一日だけでしょ。記事の体裁とある程度の周辺事情は作っとかなきゃ間に合わないんだから。ほんと、昨日一日だけでも空いてよかったわ」

それで徹夜したようだ。

「ほう。それでか。お前ぇんとこの記事は何かい。暴れねぇと書けねぇのかい」

アパートは安普請だ。明け方まで、隣からどたばたとした振動と唸り声が伝わってきた。

「寝相と鼾《いびき》かと思ってたがよ」

「放っといて。あたしにはあたしのスタイルがあるんだから」

　せめて寝癖だけは直し、紗雪の準備が整ったのは十五分後だった。

「忘れ物はねぇな」

「オーケー。大事な物は持った。あとは適当に送っといて」

　この日はこのまま都内に戻る予定だった。対象に触れて後は、妙な尾行がつかないとも限らないからだ。アパートの使用を知られるわけにはいかない。代わってこの日は犬塚が入る。純也と三人で詰めたスケジュールだ。

　事件と天敬会のつながりを公にした。ならば必ず〈カフェ〉が動く。軽井沢では角田の近くにいて、今日も乗用車で出かけた禿頭の男。おそらくそれが鍵だと、狙いははっきりしていた。

　もちろん、大家に対する配慮も忘れはしない。東京で働いてる弟が一泊すると言っておいた。

「弟が東京にいて、可愛い娘さんも国から来る。いいねぇ、丁さんの周りは賑やかで」

　川連は心底羨《うらや》ましそうだった。

「可愛いかねぇ」

「ん？　なんか言った」

「なぁんにも。じゃ、行くぜ」

「ほいさ」

天敬会のゲートまでは二十分ほど掛かる。

ゲート前に着くころには間違いなく、特捜本部のエダカツも真部も天敬会の情報を欲して喚いていることだろう。


およそ五時、ゲートでは案の定、太陽新聞社と告げただけでは止められた。守衛は好々爺然とした老人だったが、目の奥にはぶれない光があった。鉄の意志、と鳥居には感じられた。それが信仰の力なのかどうかはわからない。

「ここ信者以外は入れないんです。お引き取りください」

通常なら門前払いだろう。だが、

「木内夕佳さん。お嬢さんの件と伝えてもらえませんか」

鳥居が告げると、

「ほう」

守衛の老人は目を細めた。

「どこでそんな話を」

「青森で」

鳥居は答えた。純也が夕佳から聞いた話を解体し、嘘もまじえた再構築は出来ている。

「青森？」

「ええ。まあ、詳しくは教祖本人に。ただ、うちがネタ仕入れたのは昨日ですが、今日には捜査本部にも届くんじゃないでしょうか。今なら、うちだけなら、好意的にも書きます。けどね、マスコミ一斉のネタになったら面白おかしく書いたもん勝ち、ただのゴシップにしかならないと思いますが。お嬢さんの名誉、いかがでしょう」

老人は黙って微笑み、値踏みするように鳥居を見詰めた。紗雪が後ろで焦《じ》れったそうにする時間。やがて、

「お名刺を」

言われ、鳥居も紗雪もそれぞれに渡した。

「少しお待ちください」

老人は守衛小屋に向かった。受話器をとる。内線型なのだろう。ゲートですが、とだけは聞こえた。風が出て稲穂と木々の梢《こずえ》がざわめき、後は聞こえなかった。内線を切っても老人は小屋から出てこなかった。受話器を見詰め、返りを待っているようだ。優に十五分は、鳥居も紗雪も立ったまま待たされた。山内では太陽新聞社に確認を取っているのかも知れない。もしかしたら警察関連にも。新興宗教が宗教法人としてまかりなりにも人を集

め二十年以上も続けられるとは並大抵ではない。裏表にかかわらず、伝手もコネもネットワークも必要だ。

やがて、小屋内からかすかな呼び出し音が聞こえた。

「はい。ゲートです。――はい」

通話の中で守衛は何度かうなずいた。稲穂の揺れが小さくなっていた。

「決めるのは誰でもない。アース、我々が託した教祖はあなたなのですよ」

風が東に流れ、隙間の静けさにそんな言葉が聞こえた。

老人は受話器を置くと、小屋を出ておもむろにゲートの門扉を開けた。砂利が踏み固められた坂道が、覆いかぶさるような樹木の間に通っていた。

「お会いになるそうです。お入りください。坂の上で別の者がご案内します」

それがおよそ、五時三十分だった。

四

鳥居と紗雪が坂道を上ると、右手に確認済みの軽トラが止められていた。その脇に、守衛の老人が言った通り別の男がいた。また老人だった。体格も顔つきも違うが印象は守衛と同じだ。顔は笑っているが隙がない。

「こちらへ。あ、ここでの写真はご遠慮ください。あとで時間を設けますので」

「わかりました」

案内に続きながら鳥居は周囲を確かめた。外見にはフェンスと木々に囲まれてわからないが、森の中は広い平地になっていた。自分達で開墾したのだろう。二ヘクタール以上あるに違いない。どれほどの時間がかかったものか。面積のほとんどを畑が占め、周りを長屋のように並ぶ板屋根の小屋が取り囲んでいる。それぞれの脇にはプロパンガスのボンベが見えた。視線に気付いた案内の老人が信者棟ですと説明する。おそらくそれらも手作りに違いない。

(てぇしたもんだ)

内心で感嘆しながら鳥居は住人も確かめた。

茄子《なす》や南瓜《かぼちゃ》、秋野菜の収穫を目指す辺りに十人ほどの男女がいた。麦藁帽子を被り、みな土に向かっていた。ほとんどが老人だった。中には若者らしいのもいたが、そういう者達はことさら、麦藁帽子で顔を隠すようにしていた。新興宗教とはそういうものかもしれない。親元はどんな思いでいることだろう。いや、何も思わない親元、天涯孤独。新興宗教に嵌《はま》るには、それらも理由になるだろう。

老人に案内されたのは一番奥の、ひときわ大きな木組みの建屋だった。二階建てのログハウスだ。裏側が件の潜り戸になる見当の位置だった。

老人は重そうに扉を軋ませた。鳥居は鍵の形状を確認しようとした。身に馴染んだ習性だ。が、鍵は付いていなかった。付けた形跡もない。無用心と思わなくもないが、新興宗教という生活共同体はそんなものかとも思う。

案内に従い大広間を抜け、いくつかある小部屋のひとつに入った。六畳ほどか、八畳はない。簡単なソファとテーブルだけがあった。窓は高い位置にある明かり取りだけだった。

「ここでお待ちください」

残されて紗雪と二人、とりあえずソファに座る。窓もなくクーラーもなく、夏であれば木の匂いが蒸れて立ち、噎《む》せ返るようだった。

「なんか、質素の典型だね」

紗雪が居心地悪そうに汗を拭きながら尻を動かす。

「そうだな」

確かに質素、いや簡素の極みに鳥居にも思えた。大広間も広いだけで調度品はなく、照明器具は大広間にもこの小部屋にも裸電球がひとつだった。一見する限りスローライフは徹底している。テレビやラジオの音、なにかの起動音、モータ音など、機械的な物音の一切がなかった。表の扉に鍵がなかったことを今更に思い出す。泥棒が忍び込んだところで、なるほど盗まれる物も大してないのだろう。

五分は待っただろうか。無音の煩《うるさ》さを感じ始めた頃、ようやくドアが開き、作務衣《さむえ》姿の男が現れた。紗雪とふたり、鳥居は立ち上がって迎えた。

「お待たせしました」

バリトンの深く落ち着いた声だった。細い顔、高い鼻。口髭に刈り込んだ短髪。この年で確か六十のはずだ。八年前の写真と比べれば確実に歳を取っているが、いい男は歳とともに失う部分はあっても、足す部分もあると知る。

「いきなりの来訪にお時間いただきまして」

鳥居は手を差し伸べ腰を折った。

「こちらこそ。わざわざこんなところまで。アースです。いや、ご存知なのでしたね」

意外にごつごつした手の感触だった。鋤鍬《すきくわ》を自分でも握るのだろう。

「長内修三です。山本さんと片桐さんでしたね。どうぞ」

促されて鳥居は座った。紗雪は立ったままだ。どうもこの娘はいい男に免疫がなく弱いようだ。

「おい」

上着の裾を引っ張る。

「えっ。あ」

我に返り、慌てて紗雪はカメラを取り出した。

「長内さん。一枚いいですか」

「馬鹿。撮ろうとしながら聞くな。申し訳ありませんね。無作法な女で」

「いえいえ。ああ、構いませんよ。警察の方でもそのことは明らかなようだ。遅かれ早かれ、この顔は外に出るでしょうから」

やはり特捜本部内に伝手もコネもあるようだ。

「じゃあ一枚と言わず、たっぷり撮らせてもらいまぁす」

長内はゆったりと足を組み、撮影に応じた。

「活発で可愛らしいお嬢さんだ。八年前こそ本当に不躾《ぶしつけ》で無作法な方ばかりでしたが、今は新聞社にもこんな方がいらっしゃるのですね」

「見てくれだけで。中身はその頃の連中と何も変わりません。これ、置かせてもらいます」

鳥居は胸ポケットからポータブルレコーダを出し、テーブルに置いた。しばらくは牽制《けんせい》のような、世情についての他愛もない会話が続く。先ほどの老人が入ってきて、こんな物しかありませんがと水のコップを置いた。常温の井戸水だという。

「それで。娘の件とお聞きしましたが」

老人が出てゆくと、長内はそう切り出した。

「さすがに業界ナンバーワンの太陽新聞社さんだ。よく私に辿り着きましたね。青森を離れたのは、もう二十年以上も前のことです」

「でも、その後も何度かいらっしゃってるんじゃないですか。お嬢さんに会いに。いや、正確には見に」

「……たしかに」

「その様子を一度、あなたを知る人が目撃してたんですよ。パチンコ店の常連さんですがね。青森県警の聞き込みからも洩れた人でした。それはそうです。直接の関係はないですから。うちが辿り着けたのは文社のおかげ。古株にパチンコ狂がいましてね。まあ、それにしても僥倖《ぎょうこう》です」

「ほう。なんという人ですか」

「ソースは勘弁してください。ただ、言っても知らないと思いますよ。店のオーナーとして見たことがあると言ってたようです。そのオーナーが、後に娘さんを遠くから眺めているのを見たことがあると。お嬢さんも鄙《ひな》には稀《まれ》な、評判の娘さんだったようですね」

「なるほど。それにしてもよく、今まで覚えていらっしゃったものだ」

「そう、そこです。ただそれだけなら覚えてなかっただろうとも話してたらしいです。それからの期間は曖昧ですが、長内さん、さっきご自分で話されてた八年前、何度かマスコミにお顔を露出なさいましたよね」

「ええ。別に出そうと思って出たわけではありませんが」

「そっちで覚えてたようです。パチンコ屋のオーナーが離婚して店を手放し、どこかへ出て行ったと思ったら、いつの間にか新興宗教の教祖になってるらしいと。それにしても不確かなんで特に吹聴したこともなく、聞かれるまでは忘れてたらしいですが」

「——そうですか」

長内はソファに深く身を沈めた。

「警察には御社の方から？」

「滅相もない。教えてもらうことはあっても教えることなんかありません。捜査本部にもう入っているなら青森県警からですね。その常連の方が、警察に行くべきかなとも言ってたようです。それで今日、いきなりですがお邪魔しました」

純也と打ち合わせた話だ。齟齬《そご》はない。

「面白いものですね。捨てたはずの土地にも、私が知らない、私を知る人がいる」

長内はゆっくり天井を見上げた。何をやっても絵になる男だった。ただ鳥居には少々訝《いぶか》しかった。絵にはなるが、長内には人がましい感情が見えなかった。だから、絵のようではない。目の前にいる長内が、絵そのものに見えた。

「そう。青森には何度か行きました。離れても、あの子は私の娘ですから」

「このたびは、ご愁傷様でした」

頭を下げると、長内は小さく首を振った。娘の死。それでも感情は見えない。

「どうにも、落ち着いていらっしゃいますね」

「落ち着いて？」

「青森まで何度も足を運ばれた。そんな娘さんが殺されたにしては」

「ああ。いいえ、そんなことはありませんよ。悲しみは深い。けれど、娘の死からもう一ヶ月です」

「一ヶ月で薄れた、と。そんなものですか。家族の情愛ってのは、そんなものでしょうか」

鳥居は頭を掻き、腕を組んだ。

「私も娘を持つ親でして。その娘が、しかも殺されたとしたら悲しみ、いや犯人に対する憎悪は一ヶ月が一年、十年でも薄れるとは思えません。経験上ですがね。そういう場合は理由があって仮面を被っているか、あるいは――」

「なんでしょう」

「あなたが犯人、とか」

鳥居は身を乗り出した。鳥居自身そうは思っていない。ただ、長内の表情を動かしたかった。仮面を割らねば、人が見えない。

「ちょっと、お――。あ、山本さん」

咎める紗雪の言葉を長内が手で制した。

「さすがに記者さんだ。ズバリと仰《おっしゃ》る。仰るが、あなたは知らない」

長内はおそらく、かすかに笑った。

「私にあるものは絶望です。もちろん私は犯人ではありません。深い悲しみの底を破った、もっと深い常闇《とこやみ》の絶望。私はそこに落ちた。いや、もともと私は、そこに住んでいる。そこで藻掻《もが》いている」

紗雪の喉が鳴った。鳥居でさえ、一瞬部屋の温度が下がった気がした。

「ちょっと聞き捨てならないですね。宗教法人の、信者を率いる教祖の言葉とは思えません。信者に対する背信、とも取れますが」

「そうでしょうか。そもそも宗教は、教祖の迷いや苦しみから始まるものです。ならば教祖は最も迷う者、苦しむ者と言えませんか」

「詭弁《きべん》に聞こえます。私は仏教しか知りませんが、解脱ってんですか。悟りがあって初めて教え、宗教なんじゃないんですか。迷いがあって苦しみがあるなら、あなたこそどこかの宗教に入信すればいい」

「そうだね。私もそう思う。けれどもう遅い。なぜなら、私は教祖なのだから」

「……わかりませんね。まるで言葉遊びだ」

「はっはっ。山本さんは面白い」

長内は今度こそ、確かに笑った。

「少し、私の来歴をお話ししましょうか。ああ、コレは紙面上オフでお願いします」

鳥居がうなずくと、長内は静かに話し始めた。

「子供の頃は省きましょう。今の私も青森からすれば同じようなものですが、私の父は蒸発しました。私が十五のときでした。これが一回目の絶望です」

長内は一度水を飲んだ。

「祖父母も母も冷たい人でして、人並みの苦労をしました。家を飛び出したのは十七のときです。色々な職を転々としましたが、縁あって遊技場を始めました。出資してくれる所があったもので。昭和五十五年でした」

現在のパチンコ機の原型ともいえるフィーバー機が導入された頃だ。長内のパチンコ屋は当たったという。競合他社がないわけではなかったが、金主は頼めばいくらでも貸してくれたようだ。一年で地域ナンバーワンのホールになったという。その後も業績は伸び、金主への返済も繰り上げが出来るほどになり、二年後に長内はホールの従業員と結婚した。それが夕佳の母となる女性だった。この翌年には夕佳が産声を上げた。

だが、順調なのはここまでだった。返済に目処が立つと、金主がいきなり毟り取る側に様変わりしたという。なぜ搾取されるのかは定かではない。長内は言葉を濁し明らかにしなかった。

「しばらくは頑張ったんですよ。ですが、気付いたんです」

自分といても妻や夕佳は幸せになれないと。共倒れだと。それで長内は全てを捨てた。

「これが絶望の二回目です。まだ人並みの内だと思いますが」

所々虫食いのような穴の開いた話は茫漠《ぼうばく》としていたが、とにかく搾取は長内自身に起因することのようだとは推察できた。

「流れ流れて、辿り着いたのがここでした。死ぬつもりがあったかは疑問ですが、少なくとも生きようとする力はありませんでした」

ふと誘われるように鬱蒼《うっそう》たる森に足を踏み入れたらしい。富士の樹海に入るようなつもりだったのかもしれない。奥に進むと、祠《ほこら》のような小さな小屋があった。長内はそこに入った。死ぬつもりは疑問だと言ったが、動くつもりも力もなかったらしい。

三日後、憔悴《しょうすい》しきった長内を発見したのが、森の持ち主の老夫婦だった。春であったことが幸いした。山菜の時期だった。小屋は採取した山菜や筍《たけのこ》を取り置くための小屋だった。

「優しいご夫婦でした。お子さんがいらっしゃらなくて、儂《わし》らもふたりきりじゃと。あの温かさは今でも忘れません。ただ、私はもう世の中と関わるつもりはありませんでした」

小屋にいることを許され、長内はここで暮らし始めた。その姿が孤高にして凛然《りんぜん》として見えたようだ。もしかしたら信者の第一号はこの老夫婦だったかもしれないと長内は言った。

若く整った容姿の男が森の中でひとり暮らすのだ。初めは興味本位だっただろう。近所の者達がポツリポツリ現れるようになり、やがて口伝に広がった噂は歪曲し、修行者として伝わりもした。気がつけば、長内を師と崇《あが》める者が一緒に住み暮らすようになっていた。

「天地の会というのは、その頃につけたものです。宗教でも何でもありません。サークル名のようなものです。ただ、思い入れはありました。死さえ感じながら入った孤独の森にも、いつの間にか人の繋がり、和が出来る。どこにいようとひとりではない。悟りなどとはおこがましいですが、身に染みました。天は果てしなく広がり、地はどこまでも繋がっている。それが天地の会です。思えば、青森に置き捨てた家族に対する弁解であったかもしれません」

やがてひとりの女性が現れ、長内の身の回りの世話を務めるようになる。心を動かすのにさほど時間は掛からなかったようだ。それが後にマザーと呼ばれる女性だった。

「私はまた、足り始めました。また希望を持っていいのか。そんな時期でした。三度目の絶望も」

法人としての体裁、申請、全てをマザーが取り仕切った。天敬会と名を変えたのはそれからしばらくして、山谷の所有者である老夫婦が全財産を寄進してくれた後だという。

「そのとき天地から地を取る。捨てたってことですかね」

長い話に口を挟んだのは紗雪だった。

「その通り。どこに行っても繋がっているとは美辞麗句でした。私にとっては」

「というと」

「地は不浄。地は呪い。地は血。まあ、この辺はいいでしょう」

長内は右腕をゆっくりと天に伸ばした。

「天のみを敬う。常に身を律し、清め、いずれ汚《けが》れた大地から離れて清浄なる天へ」

危うい言葉だと思うが、鳥居は口にしなかった。大なり小なり、新興宗教は危ういものだ。

「でも山本さん。片桐さん。法人になると不自由ですね。先ほどの答えにならないかもしれませんが、私はただひっそりと暮らしてゆければよかったのです。教団の全てはマザーが把握し、掌握していました。私は飾り物、広告塔。よくある話です」

「なるほど」

紗雪は真剣に聞いていたが、それからの長内の話は、すでに鳥居の知るところだった。ここからの話で全体の曖昧さがわかる。嘘はなかったが、本当は倍ほどもある話なのかもしれない。

「娘が東京に出てきたことは知っていました」

「六本木で働いていたことはご存知ですか」

紗雪が質問を始めた。本職の記者だ。任せた。

「仕事の内容までは、さて」

「お会いになったことは」

「あります。何かの時には援助してやらねばとは思っていましたから」

「娘さんと教団の関わりは」

紗雪の質問が続く。

「直接的な関係はありません。娘には娘の道と、山本さん。考えませんか。同じ、娘を持った親として」

これにも嘘はない。嘘はないが、話は半分か。

「娘さんの生活は、どの程度把握していらっしゃいました?」

「あまり。娘も特に話したがりませんでしたし。私はご承知の通り、ほとんどここから出ません。時々娘の方から会いに来てくれる関係です。ああ、ただお付き合いしている人はいると聞きました。これは後々わかることでしょうが、どうやら警察関係の方のようです」

純也のことを先に長内が振ってくれた。これは鳥居にとってはありがたかった。

「えっ」

「ああ。そのようですね」

紗雪は驚きを口にしたが鳥居は認めた。隠し立てはしない。むしろ純也に指示されていることだった。

「おや。山本さんはご存知でしたか」

「警察とは古い関係ですから。当然、某《なにがし》かの伝手はありまして」

「そりゃあ、そうだ」

「娘さんの彼氏に会ってみたくはありませんか。橋渡しは出来るかもしれません」

「それは――」

「興味がないはずはないでしょう。私ならあります」

と、にわかに部屋の外が騒がしくなった。誰かの怒鳴る声も聞こえた。近づいてくる。

「興味があるなら、私にご連絡を」

荒々しくドアが開けられたのはその直後だった。

「お邪魔致します」

よく陽に焼けた男が、同色の禿頭をかすかに下げながら野太い声を出した。削げた顔に刻む皺から老齢とはわかるが、矍鑠《かくしゃく》として眼光は鋭く、百八十に近い身体は身幅も厚い。

鳥居は内心で声を発した。

「谷岡《たにおか》さん。ノックもなしに失礼ですよ」

谷岡は立ったまま長内を見下ろした。

「アース。誰の許可を？　マザーには？」

「私事ですし、警察もつかんでいるということだったので」

「独断は困ります。私事であろうとなんであろうと、外部の方々が山内にいらっしゃるということ自体がおかしい。甚だしい問題ですな」

言葉遣いは丁寧だが響きは冷ややかだ。アースの立ち位置がわかる。反論なくアースがうつむくと、谷岡は顔を鳥居に移した。

「太陽新聞、と聞きましたが」

「はい。私は」

鳥居が胸ポケットに手を入れると、機先を制するように谷岡が名刺は結構と言った。

「我が教団は、といくら言ったところでこの取材は載るんでしょうね。報道の自由とかいう身勝手を盾にして」

「仰られるような身勝手にならないよう、正々堂々と取材にお邪魔したつもりですが」

「その反論自体が身勝手の具現であり、土足で踏み込むことに他ならないと思いますが。まあ、事を荒立てるのも無粋でしょう。その代わり」

谷岡は腕を伸ばすと、いきなり鳥居のポータブルレコーダを取り上げた。

「これは消去させてもらいます。内容が把握できていないもので」

鳥居らを見もせず勝手に操作を始める。

「あ。ちょっと」

文句を言おうとする紗雪を谷岡は目の動きだけで黙らせた。強い眼光だった。直接に見ると白目が広い。いわゆる三白眼という奴だ。

「アースの写真も撮ったのならと言いたいところですが、それは認めましょう。聞き取りの話も。アースが私事だと仰ったことは尊重します。ご随意に」

そう告げると、ドア側に立ち塞《ふさ》がるようだった谷岡が動いて道を空けた。

「さて、もうご用はお済みでしょうか」

笑わぬ笑いで谷岡がポータブルレコーダを差し出す。

「――片桐。お暇《いとま》しようか」

「え。でもこれじゃあ」

紗雪は口を尖《とが》らせたが、構わず鳥居は谷岡から機材を受け取って膝を打った。すると、

「山本さん。お話がまだ終わっていませんでした」

アースが顔を上げた。

「浮いて沈み浮いて沈み、娘の死は私にとって四回目の絶望でした。もうこれ以下もない、おそらく最後の絶望です」

強くうなずき、鳥居は立ち上がって手を差し出した。

「お話、ありがとうございました。決して興味本位な記事にはしません。娘さんの尊厳、

お約束します」

「お願いします」

アースも立って鳥居の手を握った。

谷岡に促されて退出する。紗雪はなおも抵抗する素振りを見せたが、鳥居は襟首をつかんで引き摺《ず》るように表に出た。

すでに夜だった。最低限の常夜灯に、蜩《ひぐらし》が煩いほど群がっていた。目を凝らせば、軽トラックの脇によく見かける地味なセダンが止められ、他にも三台の車があった。一台はランドクルーザーで、他の二台は国産の高級車だった。谷岡らが乗ってきたものだろうが、この三台は天敬会周辺で見かけたことはなかった。鳥居はすばやくナンバーを記憶した。

「何よ、あのハゲ。偉そうに。おじっ、山本さん。このままでいいの？」

紗雪は憤懣《ふんまん》やる方ない様子だったが、答えることなく鳥居は天敬会のゲートからも出た。守衛は別の男に変わっていた。紗雪がまだ何か言っていたが耳に入らなかった。

鳥居はずっと考えていた。

（三回目が飛んだな。三回目の絶望ってなあ、なんなんだ。それに、あの谷岡って男）

小骨は喉に刺さったままにして痛いほどだったが、思い出せない。だが、確かにどこかで見たことがあると、それだけは間違いないと実物を見て確信出来た。

わからないことはまだまだ多い。それにしても、わからないということがわかるだけでも前進だ。

鳥居にとって、収穫はまずまずだった。

五

同夜、猿丸は古賀洋子と麻布十番の『トラッド』というステーキハウスにいた。二の橋の交差点辺り、マンションからは一キロ足らずだ。店をチョイスしたのは猿丸だが、誘ってきたのは洋子だった。

「なんか、籠もってるだけじゃつまんなくて。お礼もかねて」

猿丸の携帯に電話が掛かってきたのが昼過ぎだ。洋子をS大付属病院に連れて行ってから丸五日が過ぎていた。幸い眼窩底骨折は軽傷だった。手術の必要はなかった。

様子を見るため一日に一度、猿丸は必ず洋子の部屋のドアを叩く。酷《ひど》かった腫れはだいぶ引いていたが眼帯はまだ取れず、本人は今まで外出を躊躇っていた。

「へぇ。素敵なお店ね」

トラッドの雰囲気を洋子はすぐに気に入ったようだ。特には、極端に落とした間接照明だろう。洋子は席に着くとすぐに眼帯を外した。

「全然知らなかった」

知るはずもない。トラッドは知る人ぞ知る店だ。各国大使館員とその関係者と名乗る者達が御用達にしている。情報交換、諜報戦。知る人とはそんなものに群がる者達のことだ。内装や雰囲気、味も一流だが、トラッドの料金はそれ以上に法外だ。見ざる、聞かざる、言わざる。そんなサービス料もきっと含まれている。一見で入ったとしても尻の据わりのいい店ではない。いや、かえって一見で入った者こそ二度と来ない。そんな店だった。

「六本木から麻布界隈は、たいがい知ってるつもりだったけど。まだまだね」

料理と酒を堪能するほどに洋子は饒舌《じょうぜつ》になった。酒の力というより、猿丸に心を開くようになったことの方が大きいか。敬語も使っていない。言葉遊びのようだが、これこそ怪我の功名だ。目の怪我を心配したのは猿丸の本心だが、吊橋理論めかし、乗じてそれを最大限に生かしたのも事実だ。結果、隣人との距離は急速に縮まった。

洋子は三年前まで、新宿でキャバクラ嬢をしていたことまで話した。昼間はＩＴ関連の会社で働いていたらしい。

「これでもお店ではナンバーワンだったのよ。でも、昼も夜もあんまりお金にならなかったなぁ。特に夜は持ち出しも多くてさ」

「三年前ってことは、それからは？」

「なにって。まぁ、似たような商売かな」

「似たようなって、それだけかい。あのマンション、結構家賃高いぜ」

「引き抜かれたんだもの。それくらいは出してもらわないと」

「引き抜き。へぇ。俺はてっきり、彼氏が払ってんだと思ってたんだがね」

「彼氏？」

「その、左目にでっかいリングをくれた彼氏さ」

「でっかいリング。あは」

洋子は肩をすくめて笑った。

「彼氏じゃないわよ。——でも近いかも。悪い人じゃないんだけど。ううん。悪い人だけど、優しいときは優しいし。お金持ちだし」

「そんなリングをくれるのにかい」

「これは、私がちょっと調子に乗っちゃったから。お酒も呑みすぎちゃったし。楽しい旅行だったんだけどね」

確かに洋子は酒好きのようだ。この日も甘いカクテルから始まって、五杯目はスコッチのオン・ザ・ロックだった。

「羨ましいね。何してる人なんだい」

「どうして？」

「どうしてって、悪い人だけどお金持ちなんだろ。興味はあるね」

「そうねぇ。どうしようかな」

洋子は悪戯っぽい目で猿丸を見た。

「やっぱりダメ。それはルール違反。でもヒントはあげる」

「ヒント?」

洋子は顔を猿丸に寄せた。

「きっと高山さんに近い。ご同業みたいなものね」

洋子は薄明かりの中で自分の顔に左手を近づけ、猿丸に見せるように小指を折った。

「怪我の具合を見てくれたとき見ちゃった。高山さん、ヤクザさん関係でしょ。キャバやってたから何人も知ってるけど、本当に指詰めちゃってる人なんて初めて見た。それでいて摺れても荒れてもないし、お金にも余裕があるみたいだし。なら、それなりの人よね。どう?」

「どうって、おい」

猿丸が左手を使ったことから、洋子はそこまで推測、いや妄想したようだ。勘違いもはなはだしいが、

「まあ、な」

乗ることにした。ヤクザも公安も、やっていることは大して変わらないと思えば自然と笑いも出た。

「やっぱり」

洋子は満足げにうなずき、切り分けられた最後のステーキを口に運んだ。

「洋子。わかっちまったならよ。老婆心ながらに言っとくが」

猿丸はそれらしく口調を変えた。

「スジ者の女なんてなぁ、末はあんまりいいもんじゃねぇぜ」

「そんなんじゃないってば。言ったでしょ。近いってだけで……そんなんじゃない」

スコッチを舐め、洋子は氷をカランと鳴らした。物憂げな表情。一点の曇りが見えた。

「――そうだよね。わかっちゃいるんだぁ。でもね」

「でも、なんだよ」

「難しいだろうなって」

「わからねぇな。それともなにか。リングの男ぁ、断ったらストーカーになったり力押しで来そうな奴なのかい。なんだったら、俺が一発かましてやるぜ」

「ふうん。怪我のときもそうだったけど、やっぱり高山さんって優しいね」

「そう見えるだけだよ。気をつけな。いい女には、男はみんな優しいもんだ」

洋子から答えは返らなかった。黙ってグラスを傾けた。

「私さ。愛人なんだ。愛人契約」

洋子がぼそりと口にしたのは、彼女の六杯目の後だった。〈カフェ〉の名称や個人名は出さなかったが、そこからは流れるようだった。引き抜かれた先が、キャバクラだと思ったら愛人を斡旋する組織だったという。断ろうとした矢先に提示されたギャランティは年収ベースでそれまでの三倍だった。

「断れなくてさ。出銭もないし、毎日毎日いろんなとこに営業掛けなくてもいいし」

「それで殴る蹴るか？　金も大事だが、大怪我でもしたら金じゃ補えないぜ」

「殴られたのは初めて。それに、今の人は今年に入ってからだもの」

最初の男が一年半、次が一年。魏老五は三人目のようだ。ふたり目と魏老五の間は三ヶ月空いたらしい。もちろんその三ヶ月はシビアに無給だ。それでも辞めなかった。

「辞めなかったって言うか、辞めるって言い出せないんだよね。その関係で一番近かった人も死んじゃったし。ニュースにもなってた」

死んだのは〈カフェ〉のマダム、木内夕佳のことだろう。

「抜けてぇって気持ちがあって抜けられねぇのは、洋子、世の中じゃ泥沼、って言うんだ」

猿丸はロックグラスを見詰めた。

「本気なら、逃げ道作ってやろうか」

洋子はすぐには答えなかった。猿丸のグラスに映る洋子が滲んでいた。七杯目をゆっくりと洋子は呑んだ。次の一杯は頼まなかった。

「ありがと。気持ちだけで、涙が出そうよ」

「だけじゃねえ。手なんざ、いくらでもある」

洋子は静かに首を振った。次に顔を向けたとき、笑顔だった。黒ずんだ片目が陰に見える、寂しげな笑顔だ。

「本気で心配してくれたから、言っとくね」

洋子はいきなり片言の外国語を呟いた。二度繰り返す。ハングルだった。猿丸は声を上げたい衝動に駆られたが、押し殺し、かえって空《そら》っ惚《とぼ》けた。

「なんだい。その韓国語は」

「韓国語。ふふっ。そうね、韓国語よね」

「なんかのまじないか?」

「そうかもね。私を縛りつける、おまじない」

歪んだ笑顔で洋子は答えた。

「一年半くらい前だったなあ。十二月。テレビ発表の一日前」

いつも呼び出しの電話は、同じ男からいきなり掛かってくるという。その日も状況は変わらなかったようだが、男の後ろで別の誰かの声が聞こえた。初めてのことだったらしい。慌てふためく声の途中で電話は切られた。その日はもう掛かってこなかった。何語かだけは洋子にもわかった。

「私も少女時代、好きだったし」

洋子は気になって後で調べたという。それがまじないの言葉だ。

「ウィレハン　チドジャケソ　ドラガショ　スミダ」

洋子はもう一度繰り返し、帰りましょと席を立った。

猿丸はすぐには動けなかった。それほどの衝撃だった。一年半前の十二月。洋子が口にしたまじないの言葉。符牒《ふちょう》は合った。

（へっへっ。参ったな。大当たりだ）

辞書など引かなくとも日常的なハングルはわかった。

――ああ。偉大なる指導者が身罷《みまか》られた。

それが洋子が聞き、読解し、縛られているまじないの意味だった。

第八章　核心

一

この夜、純也は分室にいた。

新井里美は定時で帰った。犬塚もこの日は分室にいたが、ＨＤの中の人物に関してスジから連絡があって出かけた。

「おそらくこれで、ＨＤに関する情報は一通り出揃うでしょう。プラスアルファがあるかも知れません」

これは犬塚の言葉だ。情報を受けたらそのまま千葉に回りますと、それが三時間前だった。里美が活けた花瓶から漂うカトレアの芳香だけが、分室に存在を主張した。

純也は一人、鳥居の帰庁を待った。思考は千々に乱れた。台紙の周辺を埋めるピースは揃いつつあったが、まだコアとなるピースが足りなかった。

「五いや、せめて四ピースくらい手に入れば一気なんだろうが」

　コアに足る一ピースはまず、鳥居が千葉から携えてくるはずだった。

　だが、思いも寄らぬ別のコアが驚くほど近くから先にもたらされた。

「分室長。北っす。北が絡んでます」

　猿丸からの連絡は、十時少し前だった。

「――へえ。そうか。うん。いいね。いいピースだ」

「なんだ。あんまし驚きませんね。もう少し驚いてくれると思ったんすけど。俺ぁ、聞いた瞬間、素に戻っちまいました」

「いや。驚いてるよ。そう聞こえないだけさ」

　実際、純也は北という言葉に緊張を覚えた。

「本当にそうっすかね」

　猿丸は不満そうだ。

「本当だよ。疑り深いね」

　とは抗弁するが、猿丸の言うところはわからないでもなかった。純也は感情の表現があまり得意ではない。はにかんだような笑いは良くも悪くも他人との関係を取り繕うための端緒だ。真剣になればなるほど、思考を重ねれば重ねるほど、驚きが大きければ大きいほど、精神の芯が冷えてゆく。

「ただ、殺しだけじゃなくC４爆薬のこともあるからね。可能性は考えていた」

「俺ぁてっきり、オウムみたいなカルト教団って線かと思ってました」

「セリさん、決めて掛かるのは迂闊《うかつ》だよ。元外事のエースとも思えない」

「それを言われちまうと、返す言葉はないっすけど」

猿丸は素直に認めた。

「でもまあ、それが普通かな。日本は四方を海で囲まれ、なおかつ大和民族の長い歴史を持つ特殊な国だ。危機管理もＯＪＴではなく机上の空論、理屈だけで成り立ってる。外の脅威には免疫も経験もない。本気のテロには、おそらくほぼ無力だ」

「てことは、分室長が考える可能性ってのは、テロっすか」

「それも含めて」

「ありますかね」

「ないと思うほうが僕には不思議だよ。ただ、ＩＳＩＳやアルカイーダとかと違って、そっちとなると確かに少々解せなくはある。物理的なテロとは、今のところ位置付けとして一番遠いはずだ」

「爆弾や重火器は金を捨てるようなもんすからね」

「そういうこと。さて、経緯を聞こうか」

「了解です」

猿丸は経緯を話し始めた。

「ウィレハン　チドジャケソ　ドラガショ　スミダ」

猿丸の口からたどたどしいハングルが出た。それが魏老五の女、古賀洋子から出た言葉。一年半前の十二月だという。

疑いようもない。二〇一一年十二月十七日、北朝鮮労働党総書記、金正日は死んだ。発表は二日後で、その一日前ということは、洋子が金正日の死を知ったのは十二月十八日ということになる。

「知ってしまったから、その女性は抜けられないと覚悟を決めたわけだ」

「おそらく。女ひとり、商売が商売だから誰にも相談できないじゃあ、北朝鮮に歯向かう気は起きようもないっしょ」

「他のメンバーの中にもそういう女性がいるかも知れないね。あるいは顧客の中にも」

「で、どうしますか。入出金からも通話記録からも、こっちは〈カフェ〉に関してめぼしい物は出てませんが」

「そっちは客側からシノさんが動いてる。気にしなくていい。とりあえずは明日だ」

「わかってますよ。二五〇の単車を用意してあります」

印西で動きがあれば犬塚と猿丸が連携する手筈だ。

「その後は思う通りでいい。上手くいけば行確だけど、これはシノさんに任すつもりだ。

何もないとは言い切れない以上、セリさんはしばらく今のところでいいよ。することもあるだろうし」

「いや、することったって」

「抜けさせてやりたいんだろ。下準備するといい」

「……えっ」

「言葉の端々に出てるよ。組み入れたいのかな。スジか、友達に」

「そりゃぁまあって、敵わねえな。情はダメっすかね」

「大いに結構。公安も何も関係ない。それは人としての根源であり原動力だよ。助かりたいと思っている人は何が何でも助けなければいけない。それが普遍の正義。だから一週間、いや、十日かな」

「長いっすね」

「そのくらいはかかるだろう」

「なにがです」

「目の周りの痣《あざ》が目立たなくなるまで、だよ」

「――了解っす」

おそらく電話の向こうで、猿丸は笑った。

鳥居の帰庁は、猿丸の電話から三十分ほどが過ぎた十時半だった。

「いやぁ。分室のコーヒーは美味ぇですね。私みたいな味音痴にもわかりますわ」

純也はコーヒーを淹れて鳥居の報告を聞いた。北朝鮮が関わっているということはあえて言わない。まずは今までの事件の流れに則った鳥居の観察眼を優先したかったからだ。

一人ひとり、見えるものは違う。取捨と融合が純也の役割だ。

話は思うより長くなった。美味いと言ってくれたコーヒーを二回注ぎ足す。

「四度の絶望、ね」

「ええ。揺さぶったら意外に話になりました。教祖なんてぇのは、もっと取っ散らかってぶっ飛んでるかと思ってたんですがね」

鳥居は三杯目のコーヒーを飲み終えた。おもむろに手を伸ばすが、ポットは空だ。自分でコーヒーメーカをいじり始める。

「指示されてた件は伝えました。乗ってくりゃ、新聞社の方に連絡があるでしょう」

「メイさんの感じでは？」

「五分五分ですかね。長内と話してるときゃぁ八、二で乗ると踏んでましたが、谷岡、その慇懃《いんぎん》無礼を絵に描いたような男が現れて確率ぁ減りました。マザーってのとあの谷岡。実質を握ってんのはこのふたりでしょう。ただし、分室長に聞いた話じゃあ――」

「そう、マザーはもういないはずだ。二代目ってことかな」

「おそらく。それにしても、谷岡です」

鳥居は肩を怒《いか》らせた。

「谷岡、谷岡、谷岡ってね。畜生め。出てこねぇ。名前や雰囲気じゃねえんですよ。あの顔、あの三白眼。引っかかんです。ひっかかったまま強くなって、それでも出てこねぇ」

「焦ることはないさ。メイさん。実はこっちにも情報があってね。セリさんから」

「え。セリの奴が何かつかみましたか」

「一回しか言わないよ」

「えっ」

「ウィレハン　チドジャケソ　ドラガショ　スミダ」

純也は猿丸に聞いたハングルを小声で呟いた。猿丸と違って流暢だ。中東から東南アジアでフランス外人部隊と一緒に生きた純也は少なくとも十ヶ国語を自在に操る。

「一昨年の十二月十八日に、セリさんが行確に入っていた女性が〈カフェ〉の連中から聞いた言葉だ」

それだけで十分だったろう。

「え。えっ。北っ！」

鳥居が思わず口走る。純也は唇に指を立てた。

「あ、すいません」

一瞬の素。鳥居の反応も多分、猿丸と変わらない。ただ場所が違う。警視庁の十四階は、普段は眠っているように静かだが、夜が深まるに従って逆に眠らないとわかる公安の階だ。

コーヒーメーカが湯気を吐き出す。

「少し、取り乱しちまいました」

鳥居はばつが悪そうに笑ってコーヒーポットを手に取った。そうして自分のカップに注ぎ、注ぎ続け、そのまま天を仰いで固まった。カップからコーヒーが溢れる。

「うわっ熱ぃっ」

床にコーヒーをぶちまけながら飛び退る。

「メイさん。大丈夫かい」

答えの代わりに鳥居は叫んだ。

「わかったっ。わかりましたよ。分室長」

全身に立ち昇るような覇気があった。

「そうだ。そうだった。迂闊ってぇか、呆《ほう》け倒してました」

コーヒーポットとカップを置き、鳥居は手近な紙とペンを手にすると何かを書き始めた。

「分室長。これです」

鳥居がデスクを滑らせる紙面に純也は目を落とした。三人の名が書かれていた。姜成沢《カンソンテク》、朴秀満《パクスマン》、申周永《シンジュヨン》。このうち姜成沢は丸で囲まれ、引き出し線の先に別の名前があった。すなわち、谷岡と。

「昔、資料として見せられた顔でした。自分で追いかけたことはありません。それでわからなかったと言っちまっちゃあ、少し悔しい気もしますがね。分室長はご存知ですか」

「丸がついてるとこの、ひと通りの資料は」

姜成沢。一九七〇年のよど号、一九七三年のドバイ日航機、一九七七年のダッカ日航機。日本赤軍及び赤軍派によるハイジャック事件の手引き・指南に暗躍したとされる北朝鮮工作員の若き精鋭。そのひとりの名が姜成沢だった。最後のダッカ日航機ハイジャック事件の後、警察庁は警備局公安第三課兼外事課に調査官室を設置することになる。現在の国テロ、国際テロリズム対策課の起原だ。その調査室をして全力を挙げても、できたことは姜成沢の顔写真一枚入手するに留まる。

「私が最初」

鳥居は指先で辺りを指し示した。

「写真が真ん前に貼ってありましてね」

「他は？」

「似たような頃ですがね。ある時期」

問い掛けると、鳥居は言いながら紙の空きスペースに万景峰《マンギョンボン》と書いた。

「それぞれ一年の集計で、一番往来が多かった奴らです。で」

鳥居はまず申周永の名をペン先で叩いた。

「これが守衛。こっちは」

最後に朴秀満を示す。

「麦藁帽子を被って歩いてましたわ。へっへっ。ひとつわかればボロボロ出てくらぁ。農作業してた中にぁ、他にも見覚えあるのがいました。全部かどうかはわかりませんが、あそこぁ、そんなんばっかりで出来てる」

「大したものだ」

「本当に。よくも隠《おお》し遂せたもんです」

「違うよ。メイさんの記憶力さ。三十年前だよ」

「えっ。あ、どうも」

「それにしても、彼らもどこでどう繋がったのだろうね」

純也は立って窓に寄った。

「——教団。組織。四度の絶望。娘の死。Ｃ４爆薬」

眼下の桜田通りに流れるタクシーの車列があった。曜日に関係なく都会の夜は賑やかだ。

行くのか、帰るのか。

「帰る所。裏返し。絶望の希望……」

窓に映る鳥居は、屈み込んで床のコーヒーを拭き取っていた。

呟きが形を伴い、純也の中に収斂する。

「うん。やっぱりそっちだな」

純也は指を弾《はじ》いた。頭の中に、ひとつの仮説が組み上がっていた。

「おっ。何か、閃《ひらめ》きましたか」

鳥居が勢いよく立ち上がる。

「メイさん、軽く呑みに行こうか」

純也は鳥居の肩を叩いた。

「もう遅い。行ってから聞いてもらおう。少々また、留守にするからね」

先に立って歩き出せば、鳥居がガチャガチャとカップを片付け始めた。

「どこに行きます?」

「近場だよ。終電には間に合うようにする」

「了解です」

分室の電気を消し、鳥居が後ろ手にドアを閉めた。

犬塚から酒々井のアパートに到着したと連絡があったのはそれから二十分後。鳥居が早くも二杯目のビールを空けた後だった。

二

翌朝、純也は定時よりだいぶ前に登庁した。早く着こうと思ったわけではない。この日は電車だった。たまにしか使わないから早めに家を出た。結果として早く着いた、それだけの話だ。

引き攣《つ》った支店長が、それでも突貫で直すと確約してくれたM４は、正式に祖母名義の車として明後日の納車だった。純也のM６はまだ予定も立っていない。だから今は代車の代車だが、次第に車のグレードも状態も悪くなるとは、さすがに支店長には気の毒で言えなかった。

出掛けに見たテレビはどの局も、朝靄《あさもや》の沼辺から遠望する天敬会についてレポートしていた。殺人事件と新興宗教。タイトルも似たり寄ったりだ。捜査本部から発表があったことも、解散寸前だった本部が息を吹き返したことも、第二強行犯の斉藤が前夜のうちに伝えてきた。新聞の扱いは当然太陽新聞一紙だが、今後は各新聞、雑誌も加わり、県警も警視庁からの要請で動くはずだ。天敬会周辺は時ならぬ賑わいを見せるだろう。動きを鈍らすにはちょうどいい。これも、リークの狙いの一つだった。一石を三鳥にも四鳥にも使う。人手が慢性的に足りないJ分室では当たり前のことだった。

本庁社一階の受付では大橋恵子が後輩と二人、花瓶の生花を換えていた。今日はオレンジ色のカルタムスだった。凛とした花だ。

「おはよう。観賞用の紅花だね。活ける人によく似合ってる」

口先だけではなく、本当によく似合っていた。葉に少し棘《とげ》があるところも含めて。

「あら、おはようございます。こんな時間に顔を出されるなんて、珍しいですね」

「はっはっ。定時をこんな時間って言われると違和感満載だけど。まぁ、こんな時間に出てくるってことは、仕事をしてないってことさ。僕にとってはね」

「お暇なんですか。他の三人はあまり姿を見かけませんけど」

「そうだね。暇って言えば暇だけど、大きくうねる前の凪《なぎ》って感じかな」

「ようは暇ってことですね」

「――暇だね。今日は」

実際の予定は暇ではない、はずだった。純也はこの日、青森に向かうつもりだった。前夜、日比谷駅近くの居酒屋で鳥居に話した。

「わかりました。なら私が行ってきましょう」

三杯目に冷酒を注文して鳥居が言った。

「メイさんが？　いや、これは僕が行くよ。どう考えても一泊じゃすまない。土日が絡むことになる。夏休みももう終わりに近いじゃないか」

「愛美っすか。へっへっ。その愛美ですよ。たっぷり元気よく遊んだツケとして、手付かずの宿題がごちゃまんとありやがって」

「そうか、宿題ね。僕にも覚えがあるなぁ」

「まったく。舐めんなよってんです」

「てことは、メイさんは優等生だったんだね」

「それとこれとは話ぁ別です。昔ぁ悪ガキでも、今は親ですから」

「なるほど」

「へっへっ。あいつぁ今度の土日はねじり鉢巻です。それでも今年ぁ九月一日が日曜なんで、もう一回最後にありますがね。ただどうにもこう、焦れったくなったら貸してみろって、手ぇ出しそうで」

「へえ。いいお父さんだ」

「いや、出しちゃいけねぇんですよ。和子に叱られます」

「まあ、そうだよね。なら頼もうか。青森には大学の同期がいる」

「ほう」

「総合病院の跡取りで、県政にも出ていた親父さんが一昨年亡くなった。それでどっちも継いだ奴だ。弁の立つ男でね。いずれ国政も狙ってるらしい。使えると思うよ。話は通しておく」

「お願いします」

だからこの日、純也は時間があった。代わりになにを優先すべきかは、分室に出てコーヒーを飲みながら決めるつもりだった。

「じゃあ菅生《すごう》さん。お願いね」

大橋恵子が余分な枝葉をビニル袋に取りまとめて後輩に渡した。

「ああ。僕がやろう」

「いいんですか。袋ごと濡れちゃってますけど」

二ヶ月が経ち、ようやく純也の容貌にも慣れてきたようだ。純也も慣れた。この若い受付の名が、菅生奈々《なな》ということを覚えるくらいには。

「いいよ。なんたって僕は、暇だからね」

「じゃあ、お願いしちゃいます」

明るさが弾ける。純也はカルタムスと奈々を交互に見比べた。

「君はこの花も似合うかもね」

「えっ」

「葉っぱから棘をとれば」

「まあ」

これは恵子の声だ。

「これ、分室で処分しとくよ」

もう少し恵子をからかってもよかったが、ちょうどポケットの携帯が振動した。歩きながら確認すれば犬塚からだった。純也と猿丸への同送だ。

〈動きあり。始動〉

凪の水面に波紋が立つ。一滴が二滴。千葉から、やがて青森からも。

「さて、どうやってそこに棹《さお》をさそうか」

ビニル袋をぶら下げ、純也は分室へ向かった。

「あら。おはようございます」

分室にも朗らかな笑顔が弾ける。里美も切花を整えていた。分室の今日はプルメリアだ。甘くいい香りがした。

「おはよう」

「あら、それは」

里美が目を止めたビニル袋を純也は肩の高さまで上げた。

「受付からの戴き物さ」

それだけで里美は、ああと理解した。

「分室長の周りはお花で一杯ですね」

そんな華やかで明るい人生を歩んできたわけではないが、だからこそ飾りたい面もあるかもしれない。

「そうだね」

携帯がまた振動した。

〈九時過ぎのに乗ります〉

鳥居からだった。

「さぁて、と」

決めてあった通り、思考のとりまとめ。

純也はコーヒーメーカの前に立った。


ドーナツテーブルの上を夏の陽射しが動く。

予定通りコーヒーは香りを十分楽しみ、たっぷり飲んだ。思考は進まなかった。

これはある意味予定通りではないが、半分は予定通りでもある。

〈四台、有明。セリへ〉

犬塚から携帯にメールが入ったのは九時半過ぎだった。簡単な内容は、連携が上手く取れたことを物語る。

時間的にも湾岸ルートは通勤時間帯の割にスムーズだったようだ。

〈四台、外苑。シノさんへ〉

これが十時十五分。谷岡こと姜成沢を乗せた天敬会の車が、渋谷の宮益坂でパーキングに入ったことを知らせてきたのが十時四十七分のことだった。

思考の道筋はそのたびに変更された。後戻りでも堂々巡りでもない。重畳だ。

〈セリ合流〉

二人が落ち合ったのがこの五分後。そして、

〈特定〉

と、猿丸がメールを送ってきたのが十一時ちょうどのこと。ここまでなら公安課員として普通といえば普通だが、約一時間後には行確開始の報告があった。十二時のチャイムの少し前だ。犬塚からだった。

開始ということは、二十四時間監視できる場所を確保したということだ。一時間後の拠点設営は鮮やかにして見事な手際という他はなかった。場所は千葉の酒々井ではない。渋谷の宮益坂だ。猿丸も不動産業者にスジを持つが、連絡してきた以上、今回は犬塚のスジを動かしたのだろう。

了解とだけ返すと近くで椅子の軋みが聞こえた。

「みなさん、順調のようですね」

振り向けば、里美が椅子から立ち上がっていた。

「そう。よくわかったね」

「女の勘です」

「へえ、侮れないね。なんだか、そうなると女性はみんな公安向きだ」

「ふふっ。嘘ですからご安心を。あ、でも半分は勘かな。今日はみなさんがいらっしゃらなくて、分室長のメールがよく鳴って。そのたびに分室長が楽しそうなので。だから半分は勘。いえ、女の観察眼、かしら」

「楽しそう？」

「ええ。とっても」

納得できる。鳥居達にも言われる。前の公安課長にはそれで、不謹慎だと言われたこともある。

「ますます侮れない。確かに煮詰まってきてるよ。もう少しだ」

「そうですか。じゃ、順調を祈りながら私はお昼に出ますけど」

里美はショルダーバッグを肩に掛けた。Ｊ分室は人手に関しては極端な貧乏所帯だ。内勤の同僚もいなければ、公式には存在しない部署なので知り合いも出来づらい。かくて里美の昼食は、常に外でひとりということになる。一緒に出ることはない。鳥居達もそうだ。目立っていいことは何一つない。里美にとっても、だ。

「いらっしゃるなら、何か買ってきましょうか」

「いや。要らない。新井さんが言うところの、楽しいことを進めるから」

「あら。なんでしょう」

「考えること。思考することは面白い。お腹《なか》が膨れると鈍くなるからね。だから今のところは要らない」

「わかりました。じゃ、お先に」

ぴょこりと頭をさげて里美は分室を出た。その足音に十二時のチャイムが重なった。純也はテーブルから離れて窓に寄った。

「みんな、暑い中で頑張ってくれてる」

見下ろす桜田通りが熱波で歪んで見えた。

「さて、何をしよう。どの順が正しい」

さまざまな形の車両が通り、同じような色の人々が行き交う。三十分ほども思考の波に身をゆだねた。ポケットで携帯が振動した。鳥居からだった。

〈青森到着〉

思考に区切りをつける。純也は携帯の検索サイトから、ある企業を探した。本社総合案内のナンバーに指を掛ける。電話はすぐに繋がった。

「メディクス・ラボ総合案内でございます」

「小日向といいます。氷川特席研究員にアポを取りたいんですが。この電話からは直接回せませんか」

「え、あの氷川。ええと、氷川義男でございますか——はい。それはちょっと」

「なら御社にも秘書室、ありましたよね。回していただけませんか。小日向純也と言って頂ければきっとわかると思いますが」

「——少々お待ちください」

音声がビバルディの春に変わる。少々は二分を軽く超えた。純也の名が調べられ、秘書室が右往左往するのには必要な時間だ。社長まで経由してから本人の予定確認に降りるかもしれない。三分以内なら迅速、三分三十秒で並、四分なら侮られているという判断でいいだろう。純也としても話す内容を考えなければならない。

「お待たせいたしました。秘書室長の田上《たがみ》と申します。あの、小日向純也様とうかがいましたが」

取り繕った声が聞こえたのは、二分三十秒くらいだった。光速だ。

「そうです」

「と、仰いますと、あの、現総理の」

「不肖の倅です」

「あ、いえ。その、大変失礼いたしました。それで、弊社の氷川と面会をご希望だとか」

「はい。氷川さんは出社されていますか」

「おります。小日向様でしたら、ご都合のよろしい時間を仰って頂ければ合わせると本人も申しておりますが」

メディクス・ラボの本社は市谷田町だ。ＪＲの市ヶ谷と飯田橋の中間にあり、外堀通りに面している。桜田門駅から東京メトロの有楽町線に乗れば市ヶ谷は五分の距離だった。

「そうですか。ではお昼時はさすがに迷惑でしょうから、一時半でいかがですか」

「わかりました。申し伝えておきます」

「何か不都合が出るようでしたら、遠慮なくこの番号へ」

「合わせますと申します以上、何があることもございませんが、それも一応、申し伝えておきます」

「よろしく」

純也は電話を切った。

天敬会の大枠は鳥居の調査でわかった。アース長内の大枠も同様にして、詳細はこれから鳥居が追う。〈カフェ〉の大枠、顧客の大枠も判明している。〈カフェ〉の詳細は犬塚が行確に入った。仕掛ける側はそれで鮮明になるだろう。だから純也は引っ掛けられた側の詳細、いや、運用に狙いを定めた。氷川を選んだのは小日向に関わる男だったからだ。使えるものは何でも使う。

「裏返し。絶望の希望。希望の絶望。火遊びの代償は、しっかり払ってもらおうか」

氷川をどう揺さぶるか、どう使うか。純也が考えることはそれだけだった。

里美がいたら言うかもしれない。

今度こそ本当に楽しそうですよ、と。

三

午後三時。純也は相模原《さがみはら》にある、メディクス・ラボの相模原研究所に代車を滑り込ませた。

広い駐車場の三分の二は埋まっていた。二百台は止まっているか。メディクス・ラボの相模原研究所は生産工場も兼ねる。元豊山製薬の本社兼工場だったところをそのまま拡張、使用しているからだ。いくつも連なった白い建屋は奥行きだけで駐車場の十倍はありそうだった。周辺をリフトなどの場内車が何台も走っている。

純也は代車を止め、真正面にある低層のエントランスに入った。無骨な白い建屋の並びの中で、そこだけが壁面に社名があった。受付棟ということだろう。

ロビーは広く、パーテーションに仕切られた商談スペースがいくつもあった。雑多な話し声が多く聞こえた。賑わっているようだ。

純也は受付カウンタに向かった。制服の女性が三人座っていた。胸ポケットにアクリルのバッジをつけていた。社証のようだが、社名より大きいのがＫＯＢＩＸのロゴタイプだった。これはグループ共通にして、純也は悪趣味だと思っている。グループであると示すことなど、製品にひとかけの寄与もしない。それがもとからの基幹企業ならいざ知らず、今では膨張したグループの三分の二は取り込んだ会社だ。ＫＯＢＩＸのロゴは恩讐《おんしゅう》や呪詛《じゅそ》を押さえ込む霊石のようなものか。それを全社に強要し、前企業体の歴史や伝統を踏み躙《にじ》る。

「小日向といいますが」

名乗れば受付の三人が慌てて一斉に立った。少なくとも話だけは通っていたようだ。

この日の一時過ぎ、分室を出ようとした純也の携帯が鳴った。メディクス・ラボ秘書室長の田上からだった。氷川は急な用件で相模原研究所に向かってしまった、日を改めるか、どうしてもということなら研究所に。室長の口調は先ほどとは打って変わって冷めたものだった。

純也にとって意外ではなかった。想定内だ。小日向の名を出せば五分五分で、ＫＯＢＩＸ本社に根回しやら相談の連絡をするかもとは思った。連絡の相手はまさか会長の良一ではあるまい。良一の傀儡と噂の現社長、純也の従兄である良隆だろう。どちらにしても純也をよく思っているわけもない。

――放っておけ。ＫＯＢＩＸとは何の関係もない男だ。

連絡すればそういう答えが返る確率は百パーセントだ。本社の意向に逆らってまで、相模原まで来るならという方が意外だった。門前払いにしないのは氷川が純也を通じ、あわよくば現政権と某かのコネが出来ればとでも思ったものだろう。風見鶏はちょっとした力ですぐ向きを変える。

「そうですか。なら三時半でお願いします」

「えっ。いや」

「よろしく」

一方的に切った電話の結果が今だった。

「あの、ご案内いたします」

受付のリーダーと思《おぼ》しき女性の先導でロビーを奥に向かう。

「氷川の到着が遅れておりまして。少しお待ちいただくことになろうかと思います」

「お気になさらず」

三時半と伝えてすぐに純也は警視庁を出た。会うと言った以上、渋々氷川も市谷田町を出発したことだろう。国立の家に戻って代車を駆り、三十分前に到着したのが予定通りなら、氷川が到着していないのも予測通りだ。

「では、こちらで」

通されたのは最奥の応接室だった。ドアを閉められると外の音はまったく聞こえなくなった。かすかなエアコンの音だけがあった。

グラスに入った冷茶が運ばれ、十五分は待った。ノックに続いてドアが開く。礼儀として純也はソファから立った。入ってきたのは確かにＨＤのデータに見た短軀だった。

氷川は一瞬怪訝な表情をした。これは純也にとって初対面の儀式のようなものだ。気にもならない。

氷川はすぐに満面の笑みを作った。

「どうもどうも。お待たせしました。途中で立ち寄りがありましてね。秘書室長の田上が話そうとする前にお切りになられたようで」

会っていきなりの長舌は不器用な言い訳と相場は決まっている。氷川は研究所に急用があって純也との約束を反故《ほご》にしたはずだ。それで途中の立ち寄りも意味不明なら、到着早々純也の前に顔を出すのも理解不能だ。

「氷川です。いやぁ、お母様にますます似てこられたようだ。私もその昔、お母様の大ファンでしてね。あなたの帰国もテレビで拝見した覚えがある。そのときより、今の方がさらに面影が濃いですな」

「小日向です」

長舌の残り滓《かす》には特に答えず、純也は氷川が差し出す名刺だけを受け取った。気にした風もない氷川に促されて座る。

「それにしても、お父上は相変わらず人気が高いですな。このまま行けば最長政権の記録でしょう。どこまで伸びるやら」

氷川の分の冷茶が運ばれる。ひと息に呑み干す時間だけが静かだった。長舌の残り滓はひたすら長かった。黙って聞いてやった。それだけであからさまに上機嫌だ。

「それにしても漏れ聞く話では、あまりうちのグループの会長ご一家と仲がよくないとか。なんでまた」

身を乗り出して氷川が聞いてくる。話すだけ話して親密度が上がったと思っているようだ。氷川の頭にあるコミュニケーションの定義は、テストなら零点だ。

「それはですね」

純也も、いつもの笑みを浮かべながら身を乗り出す。

「あなたにはまったく関係のない話ですね」

一瞬何を言われたか理解できなかったようだ。表情が凍る。溶かすのは当然、怒気だろう。

「ほう。関係がないとはまた」

氷川は歪んだ笑顔のままソファに身を沈めた。肘掛を指先で突き始める。

「本当なら、お会いする必要などこちらにはなかったのですが」

「わかってます」

「わかってる？――無礼な男だな。君は」

「無礼も何も。ああ、あえて省きましたが、もう一度自己紹介しましょう」

純也は自分の名刺を取り出し、テーブルの上を氷川に向けて滑らせた。

「初めまして。警視庁公安部の小日向です」

本題はここからだった。


「それは知っている。警視庁からと」

氷川は目を細めた。〈カフェ〉に少しでもアンダーワールドの臭いがすれば近寄ることすらしなかったに違いない。が、取り込もうとする方は巧妙だ。素人を知らぬ間にずぶずぶにするなど造作もない。

「ＫＯＢＩＸ本社からは面会不要と言われたものを、会ってもいいとしたのは私の――」

「せめてもの温情、と」

純也は最後まで言わせなかった。尊大さは不安の裏返しだ。

「感謝していますよ。無駄な労力が省けた。実にありがたい」

落ち着き払った純也の挙措に氷川の目が忙しく動いた。だが、何をどう防御しようと氷川はすでに丸裸だ。ＨＤのデータもあれば、ＫＯＢＩＸ内のスジを通じて氷川のことは出身地から現住所、家族構成、社内の評判、向こう一週間のスケジュール、豊山製薬時代の財務諸表までつかんでいる。犬塚の調べで押さえた銀行の入出金からは、大雑把な年収、引き落とし、取引信販会社もわかっていた。

「年収は手取りベースで千五百万くらいですか。なかなかのものだ」

「なんだと。おい」

ソファから背が浮く。言葉がいきなりぞんざいになる。仮面がはがれた瞬間だ。一気に塩を塗り込むタイミングでもある。

「ただ、あそこと契約を結ぶにはだいぶ足りない。話は変わりますが去年の五月、芝のツインタワーホテルのロビーでお見かけしました。娘さんですか。ショートヘアに大きなひまわりのワンピースがよくお似合いだった。あなたがプレゼントした服ですかね」

氷川は固まった。呼吸さえ止まった感じだ。部屋にエアコンの音が蘇《よみがえ》る。こめかみから汗が流れた。顎先からしたたる一滴は二滴を呼んで、すぐには止まらなかった。

「な、なにを」

目をそらしハンカチを探し始める。純也は自分のハンカチを氷川の前に投げた。

「ご心配なく。僕は別段、このことであなたをどうこうしようとは思ってませんから」

氷川の動きが止まり、顔が純也の方を向いた。目に探るような光があった。

「本当です。話を聞きたいだけなので」

満面の笑みで受け止めてやる。氷川の肩が落ちるのにさして時間は掛からなかった。

ハンカチを取り、氷川はゆっくりと汗をぬぐった。

「何を、聞きたい」

「契約の内容を。今現在のことはさて置きましょう。豊山の頃。そうですね。合併のごたごたの頃のことを」

汗を拭き終わった氷川はハンカチを放り、意を決したように立ち上がった。

「ちょっと待ってくれたまえ」

隅のビジネスホンに向かう。純也は気にしなかった。掛けるのは間違いなく警備室だ。部屋に入ったときから、カメラの存在には気付いていた。部屋自体の防音が完璧すぎた。大企業になれば必ずある部屋だ。だから純也は氷川への話を、本人にだけわかる程度にぼかした。

「あ、ああ。氷川だ。これから重要な話に入る。社外秘だ。——そう。止めてくれ」

警備室が本当に止めるかどうかは埒外《らちがい》だ。純也に疚《やま》しいところはひとつとしてない。

「その、なんだ。どうしてそのことを」

ソファに戻るなり氷川は聞いてきた。

「さて」

当然答える義理もない。

「どこまで知っている」

「女性についてはあなたの方が詳しいでしょう。ただ、〈カフェ〉については、あなたが愛人に対して持つアドバンテージくらい、私の方が知っています」

氷川は目を閉じ、荒い呼気をもらした。

「話が聞きたいだけだと。嘘はないな」

「はい」

「警視庁公安部だと。その絡みか」

「そうです」

「……私は何かに触れたのか」

「そのようですね。ただ何度も言いますが、僕はあなたをどうこうとは思っていません」

「……それだけ。本当に聞くだけなんだな」

「信用して頂いて結構です。公安ですから」

「公安。……そうか、公安か」

もう一度氷川は汗をぬぐった。今度は自分のハンカチだ。

「何が聞きたい」

完落ちの瞬間だった。

「入会金、年会費、ともに一千万。〈カフェ〉における通常の契約条件です。ご存知ですね」

「額のことはもう忘れていたが」

「ただ、例外が設けられている。あなたのようにね。七年、いや八年にはなりますか」

これはハッタリだが、当てずっぽうではない。ＫＯＢＩＸ主導の財務管理になった今、お飾りの特席研究員が何か出来る隙などない。あったとしたら豊山の頃。そう読んで純也は口にした。

氷川は誘導されるように軽くうなずいた。

「八年だ」

「だいぶお安い契約だったのですね」

「入会金なしの年三百万。新しい紹介のルートを広げている最中なのでと、な」

「今だけ限りのお得なキャンペーン中、と」

「そうだ」

「でも、そんな美味い話はあるわけもないとわかりますよね。仮にも豊山製薬の上席研究員様だ」

「まあ、薄々とは。しかしな」

「代わりに何を」

「何をって。ス、スウェーデンの外資が、日本国内に研究施設を探していると。いや、私も調べた。きちんと登記された会社だった」

企業名は記憶に留めたが、調べる気はあまりなかった。実際あるに違いない。取り込もうとする方は周到だ。

氷川はその企業に、合併に向け処分予定だった燕三条《つばめさんじょう》の第四工場を居抜きで売ることを進言したと言った。

「不良債権のお荷物だ。渡りに舟だった。契約自体も真っ当なものだった」

「ココム。いや、設備関係から技術の海外流出は？」

「ない。前時代の遺物だけだ。錆《さび》付いて動かないものもあったくらいだ」

「わかりました。他には何を」

それだけなら裏に回る必要はない。諸外国が日本漁《あさ》りをしていた頃だ。金に物を言わせて堂々と名乗り上げ、買い叩けばいい。

「ほ、他にはと言われても」

氷川はわずかに言い澱《よど》んだ。純也は次を待ち、待つことで先を強く促した。

「……すぐに稼動したいということだったので、適当な物を回してやった。ス、スウェーデンでは膀胱炎《ぼうこうえん》や腎炎、感染症の研究に定評があるという話だった」

原材料の横流し。平たく言えばそういうことだ。北の狙いはそこに違いない。

「何を。いや、膀胱炎、感染症ですか。ということは、ヘキサミン」

「そ、そうだ」

「もしかしたら無水酢酸も」

氷川は黙ってうなずいた。ヘキサミンは尿内でホルムアルデヒドに分解し防腐性を持つ複素環化合物だ。産業面では合成ゴムや樹脂の硬化剤として使われる。無水酢酸も同様に医療分野で使用される。

が――。

ヘキサミンは硝酸アンモニウムと無水酢酸でニトロ化すればＲＤＸを作ることが出来る。ＲＤＸはＣ４爆薬の主原料だ。廃酸から無水酢酸を回収するために大型設備が必要だが、豊山製薬の工場なら大いに可能だろう。

「ヘキサミンはどれくらいを」

「び、微量だ。十キロを三回。いや、四回」

爆薬には十分な量だ。収率が七十五パーセントなら三十キロ。旅客機が百回は落とせる。

「ど、どうだ。大した話ではないはずだ。なぜ公安が出てくる」

純也は冷めた目で氷川を見た。化学者の端くれならＣ４爆薬に思い至らないとは思えない。いや、それが欲に目が眩《くら》んだ者の常か。

「大変参考になりました」

純也は立ち上がった。

「お、おい、君。私はっ」

「ご心配なく。何もありません。今まで通りです。ただ」

「——ただ、なんだね」

氷川が下からすがるような目で見上げる。

「その女性とは金輪際と思ってもらいましょう。くれぐれも組織に悟られることなどないように。もちろん僕と会ったことは他言無用です。でも、無理にとは言いません。ご自由に。ただ結果を考えると、あまり野放図な自由はお勧めしませんけどね。わかってしまうとあなたのキャリアに傷がつく、どころか」

純也は顔を氷川に寄せた。

「キャリアごと抹殺されることになる。火遊びにしては、大きな代償ですね」

氷川の喉がひき蛙のように鳴った。

「そう怖がることはありません。僕は、氷川さんとは長いお付き合いを考えていますから。そう、今までのことは忘れて、新しい愛人でも作られたらいかがですか。なんなら斡旋業者を紹介しますよ。もっと安全なところを」

氷川は何も言わなかった。純也は指の間に挟んだ氷川の名刺をひらつかせた。

「携帯は登録させてもらいます。僕の携帯はよく変わるので、その都度よろしく。くれぐれも拒否なさらぬよう、これもご忠告」

忠告と言いながら返答は関係ないし要らない。これ以降、氷川は純也の駒のひとつだ。どう使おうが、どう捨てようが、氷川に選ぶ権利などない。

「それでは、今日はこの辺で」

純也は応接室をあとにした。

エントランスに向かうと、受付の三人がまたいっせいに立ち上がった。

「お茶、ありがとう。いずれまた寄らせてもらうことになりそうです。よろしく」

三人は嬉しそうに頭を下げた。

四

翌日、定時前に本庁に車を入れた純也は、駐車場からそのまま外に出た。メールを打ち地下鉄に乗る。降りた駅は南北線の東大前だった。

本郷通りの左手は東大キャンパスだ。歩けばすぐ東大正門があり、赤門が見える。純也は大通りから一方通行の道に曲がった。奥に喫茶店のスタンド看板があった。目的地はそこだった。

黒塗りのセダンが純也を追い抜くように走り、喫茶店の前で止まった。降りてきたのは公安部長の長島だった。

「部長に明日の予定を聞いて欲しい。うん、外がいい。外にしよう。外出できるとしたら何時か」

メディクス・ラボの相模原研究所を出た後、里美にそう頼んだ。対する長島からの回答がこの時間だった。

長島の住む官舎は大塚にあった。最初のメールはまだ長島が家にいる時間だ。赤門・〈駅馬車〉と打った。

駅馬車のマスターは熱狂的なジョン・ウェインファンで、純也の当時でも七十近かったが、今でも健在だろうか。豪快なマスターで、ランチタイムには何を頼んでも山にしてくれた。東大生なら一度は通ったことがある店だ。遥かに遠い先輩である長島も当然知っているものとして指定した。

ドアベルに懐かしさを感じながら店内に入る。客の七十パーセントを東大生が占める店だが、客はふたりしかいなかった。まだ朝の内だからだろう。

「おや、これはご無沙汰な人がまた」

声は期待していたものよりずいぶん若い。二代目の方だった。知らぬ間に口髭を蓄えていた。

「あれ。お父さんは」

「時々。さすがにもう、一日中店に出るのは大変らしくて」

「それでもご健在で」

「病気はないね」

「なによりです」

「たまには顔出してよ。父も喜ぶし、君が来ると知ったら、きっと女子が列を作る」

「そうですね。考えときます」

鷹揚《おうよう》に答え、ブレンドを注文する。駅馬車は長いカウンターが名物だが、奥にちょっとした部屋があった。長島はそこにいた。

「やっぱり部長も通いましたか」

「私らの頃までは特にな。苦学生という言葉がまだ当たり前の時代だった」

すぐにコーヒーが運ばれる。長島もブレンドだった。香りもまた懐かしい。

「直前指定とは念の入ったことだ。それだけ重要な話なんだろうな」

「はい」

「時間はあまりない」

「話すことはたっぷりありますが」

「要約しろ。それだけの能力はあるだろう」

「どれくらいに」

「そうだな」

長島はコーヒーカップを取り上げた。

「このコーヒーを飲み終わるまで」

「難しい言い方ですね。有限を示しつつ無限を与える時間の取り方だ。でも、まぁいいでしょう。ポイントをつなぎます」

天敬会とアース長内修三、〈カフェ〉とマダム木内夕佳、ＨＤ、出所ははぐらかしつつＣ４爆薬、そして北朝鮮と谷岡、姜成沢。

飛ばしに飛ばしたが、それでも二十分を要した。長島が質問を挟んでくるからだ。コーヒーは飲まれることなく、ただ香りを消した。

「なるほど、深いな。いや、深いというより、今までノーマークだったということが驚きだ。警察庁《サッチョウ》の警備局《ビキョク》も調査庁も知らんのだな」

「知りません。その確認はしてあります」

「ビキョクや調査庁にもエスか」

「さて」

「ふん」

長島はここで初めてコーヒーに口をつけた。

「捜査本部に情報を流したのもお前か」

「はい」

「そっちはどうなってる」

「まだ皆目。とはいえ、そのまま追って行けばいずれまた接点は出てくるでしょう」

「自らを的にしてか。銃、ああ、そのための携帯許可か」

「そうなりますか」

「やはり違うな。私には無理だ。発想もない」

「ははっ。育ちががさつなもので」

「がさつと言い切って笑えるのは強さか、危うさか。だが、まあいい。それで、私は何をすればいい」

「何も。強いて言うなら見て見ぬ振り、ですか」

「北が絡むと教えておいてか」

「Ｃ４と殺人に新興宗教が絡むとなれば、すでに外二や外三が動いてますかね。それを止めろとは言いません。ただ、何か言って来ても馬耳東風ですとありがたい」

「何かとは」

「庶務分室について、あることないこと。つまり僕のところのことをです」

「何を考えている」

「秘密ですが、いつまでもという訳ではありません。いずれはお渡しします。その頃には、若干全体像が変わっているかもしれませんが」

「ふん。その傲慢さも含めて認めろと。黙って見ていろと」

「そう、黙って飲んでいただきたい。あ、コーヒーも」

長島は促されてもうひと口コーヒーを飲んだ。純也も飲む。

「無理だな。聞いてしまった以上」

長島はカップをソーサに置いた。

「と言いたいところだが、飲ませる以上お前のことだ。何か味わいがあるのだろうな。冷めても美味い味わいが」

「ご明察」

純也はポケットから一枚のプリント画像を取り出した。

「HDの中の一枚です。ご覧ください」

一瞬で長島は目を見開いた。

「こ、これは」

画像はモデルのような若い女性と腕を組み、夜の街でやに下がった前公安部長の、木村義之兵庫県警察本部長の姿だった。

「木村さんも〈カフェ〉の客だというのか」

「はい」

「信じられん」

「男女のことですから。匪石の部長には理解不能な話かもしれませんね」

　長島は純也を睨み、そしてかすかに笑った。

「舐められたものだな」

「鉄の克己心《こっきしん》だと褒めているつもりですが」

「物は言い様だ。で、木村さんはどんな情報を流した。金ではあるまい」

「特に調べていません。後にその疑問ごとお渡しします。案外お金かもしれませんよ。前部長はいいとこのボンボンでしたから」

「そうだった。――そうであって欲しいがな」

「そのプリントは差し上げます。どうですか。味わいとしては」

「苦いな。だが、苦さも味わいか」

「さすがに大人ですね」

「苦いだけではつまらんがな」

「当然あります。酸いも甘いも。見て見ぬ振りをして頂けるなら、いずれお分けします」

「分ける？　ＨＤごと渡すではなくてか」

「部長、いいですか。これは爆弾です。Ｃ４なんかとは比べ物にならない」

　純也は、非日常を孕む言葉ごと巻き込んでゆったりと足を組んだ。

「公になれば日本のあちこちで爆発する。連動すれば大爆発だ。負えますか、その責任。

命の保証もありません。負ったら、その瞬間から安息も一時の安眠もありませんよ」

「それは――」

長島もさすがに言い澱んだ。

「それほどの人物が並んでいると言うのか」

「人物は知りませんが、肩書きから言えば目眩《めまい》がするほどです、表も裏も。いかがです？」

負えるという言葉は待っても出なかった。出る方が異常だ。長島は代わりに射込むような目で純也を見た。

「お前なら負えるというのか」

「ははっ。育ちがさつですから。負うも負わないもあまり大差がない」

純也は笑った。笑って長島を見返した。

「希望の絶望。絶望の希望。繰り返し、裏返し。僕はカタールでテロに巻き込まれてからずっと、無明の中に生きてきましたから」

そのときドアがノックされた。

「部長。三十分経ちましたが」

公用車を運転する警部補の声だった。つまらなければすぐ席を立つ有限。長くとも三十分の無限。

「わかった」

答えて長島は席を立った。

「認めてやるが、後のことを考えればそんなに長くは待てん。わかっているな」

「了解しました」

「……J、か。改めて思う。お前は異質だ、小日向。警視庁にも、日本にも」

長島は伝票を手に、部屋を出て行った。

「……異質ですかね。やっぱり」

独りになった部屋で、純也は冷めたコーヒーを飲み干した。


駅馬車を出た足で、純也は渋谷の宮益坂に向かった。だから電車にした。桜田門から東大前、そして渋谷。中途半端な距離はメトロが断然早かった。途中にコンビニを見つけ、ペットボトルのコーヒーを買う。

行確の拠点は宮益坂を百メートルほど行った辺りだった。青山通りから宮益坂上に向かい、通りを一本入った雑居ビルの五階だ。

「おはよう」

「えっ。おっと、分室長でしたか。おはようさんです」

拠点には夜番の猿丸がいた。窓際の、望遠レンズを備えたカメラの前だ。

「どうした。伝えてあったと思うけど」

「いや。シノさんかと思ったもんで」

「ああ。交代の時間かい」

「まあ、そんなもんです。交代もくそもあったもんじゃないっすけど」

拠点はコンクリート打ちっ放しのガランとした一室だった。結構広い。厨房を作ってもテーブル席で四十人は入るだろう。

「部長の反応はどうでした」

猿丸の言う反応とは北が絡んでいるということを指す。まだ谷岡こと姜成沢や朴秀満、申周永のことは話していない。今日ここで話すつもりだった。そのために来た。

「上々だよ。ただ、その内容も含めてセリさん達とも打ち合わせが必要だ。シノさんとは？　何時交代だい」

猿丸は腕時計を見た。

「何もなければ、あと五分ですね。交代っていうか、今、行確先で作業中です」

「そう。じゃあ、話はそれからにしよう。二度話すには少し長い」

「了解っす」

純也はカメラの窓際に寄った。猿丸が移動して場所を譲る。

「どこだい」

「向かいのビルの四階です。フロアは三テナントに分かれていて、一番手前がそうです。出入り口は真正面の路地を入った、ほら、あそこの雀荘の看板があるところです。非常階段はフロアの奥にありますが、雀荘が不要台を山積みしてるんで通れません」

説明を受けながら確認する。路地を入って三十メートルくらいのところに『マージャン天和』のスタンド看板があった。猿丸の示す通り向かいの、こちらからはワンフロア見下ろす形の窓ガラスには、一番右手に同様のグラフィックシートが貼られていた。真ん中が格安カイロプラクティックで、左側が連中のアジトだ。ガラス全面がオフホワイトのシートで覆われ、中は見えなかった。

「出入りは結構あるのかい」

「ありますね。なんたって雀荘もある雑居ですから。胡散臭いのが多すぎて。で、シノさんが昨日から――あ、出てきました」

視線を向けると出入り口からアルミの脚立を肩に引っ掛け、ヘルメットをかぶった工事業者風の犬塚が出てくるところだった。

「順調だったようですね」

「カメラかい」

「そうっす。直接四階にワイヤレスを。昨日、雀荘に仕込みはしときましたから」

「伝手でもあったのかい」

「強引に作りました。渋谷の組対に山上《やまがみ》ってぇちょい悪がいましてね。この辺の何軒かに、こっちで仕入れた防犯カメラを売り込ませました。バックを取るってのは店側も了承済みでしょう。そんな奴です。ま、その方がかえって安全てなもんで。本人は昨日、一日中あっちへこっちへと、本当に防犯カメラの営業マンみたいでしたから」

「それでちょい悪かい」

「かわいいもんっすよ。所轄の組対なんてのは捜査費も遊び金も公私は混同っすから。いつもピーピー言ってます。ちょい悪じゃないと真面目に仕事なんざできません」

「至言だね」

「で、あの雀荘以外は、シノさんのスジの本物の業者が行ってます。あそこだけカメラをつないだPCにちょっと細工を。なんで、あっち方に怪しまれることはないです。仕込みとしては万全っしょ。シノさんが来れば、もうPCでフロアが確認できます」

そんな話をしていると拠点のドアが開いた。作業着姿の犬塚が入ってくる。

「あ、おはようございます」

「なかなか似合ってるね」

「そうですか。借り物ですが」

ニコリともせず、犬塚は上着を脱いでヘルメットを置いた。

「シノさん。ばっちりっすか」

猿丸がパイプ椅子を並べながら聞く。

「ああ、問題ない。ついでに言えば雀荘でも収穫があった。〈カフェ〉の連中は分室長が睨んだ通りのようですね。雀荘の雇われマスターが、端の胡散臭ぇとこにいきなり大人数が入りやがったとぼやいてました」

「そう。やっぱり、マスコミが煩い印西は嫌ったんだね」

「そのようです。セリ。裏コードは××××だ」

犬塚は告げながらパイプ椅子を引いた。

「了解です」

猿丸はすぐにノートＰＣの起動スイッチを入れた。

「さて、じゃあ打ち合わせといこうか」

純也は手に提げたままのビニル袋から、コーヒーのペットボトルをそれぞれに渡した。

「新製品みたいだよ。こういうものも口開けは侮れないからね」

「いただきます」

椅子に腰を下ろし、まず犬塚がキャップをひねった。純也、猿丸の順に続く。

「ざっと話す。飲みながら聞いて欲しい」

純也はペットボトルに口をつけ、しげしげとボトルを眺めてから説明を始めた。内容は長島に語ったものより少し濃い。C4の精製がメディクス・ラボの絡みであることが増えるだけでも情報量は格段だろう。二人はコーヒーを飲みながら黙って聞いた。ときおり顎が強く上下に動く。納得であり驚きの所作だ。

「それで、この男」

純也は一枚のプリントを犬塚と猿丸に示した。軽井沢での、ハンチングをかぶった谷岡だ。

「千葉から追ってもらった車にいたかい」

「はい。こっちではサングラスもしてましたが、ハンチングは同じ物ですね」

答えたのは犬塚だ。

「昨日から今日に掛けての動向は」

「何度か出入りがありますが、昨日は午後十一時十六分に入りました。以降は出てません」

こちらは猿丸だった。

「ＯＫ」

純也はうなずいた。

「谷岡を名乗るこの男の本名は姜成沢。他にも朴秀満、申周永まではメイさんのお陰で判明した。シノさん、セリさん。聞き覚えは？」

一瞬、記憶を辿るような表情で犬塚は猿丸と目を合わせた。しかし、その目が見開かれるのにさして時間は掛からなかった。猿丸は飲みかけのコーヒーを吹き出した。

「姜成沢って、あのハイジャック事件のですか」

「パ、朴秀満、申周永ってのは、好き勝手にあっちとこっちを行き来してた奴らじゃないっすかっ。公安講習で叩き込まれました」

「いいね。そういう反応は実に楽しい」

純也はいつもの笑みを浮かべた。

「そう。かつては日本の公安を手玉に取った男達だ。かつてはね。姜成沢は現役で向かいのビルにいるけど、申周永は天敬会本部の外で守衛、朴秀満は中で畑仕事をしてたそうだ。他にも写真で見たようなのが結構いるらしい。あっちはまるで、一世を風靡《ふうび》した北朝鮮工作員の博物館だ」

「――どういうことっすか」

猿丸は口を手の甲で拭いた。

「それが組織としての天敬会の肝、かも知れない。天敬会は〈カフェ〉の隠れ蓑《みの》かとも思ったけど、横並び、あるいはやっぱり、天敬会あっての〈カフェ〉」

純也の携帯が短く震えた。メールだった。

〈今、大丈夫ですか〉

鳥居からだった。

「ちょうどいい」

純也は鳥居の携帯番号を探した。

「メイさんですか」

犬塚の問いに純也はうなずいた。

「ちょっと考えるところがあってね。根っこに手を突っ込んでみようと思って、青森に行ってもらった」

携帯はツーコールと待たなかった。

「やあ。お疲れ様。どうだい。こっちはシノさんとセリさんと拠点だ。そっちのペースで話してもらって構わない」

純也は電話口に耳を傾けた。相槌を数度。さほど長い話にはならなかった。要約すれば、

――分室長の推測通りでした。

ということになる。

「ありがとう。これから――ああ、わかるよ。電車のアナウンスが聞こえてる。回るんだね。気をつけて。じゃ」

純也は通話を終えた。

「話が進んだよ」

いつもの笑顔を見せれば、犬塚と猿丸が身構えた。

いつもであって、いつもと違う。

阿吽の呼吸。これがＪ分室の常だった。

五

「北とつながったよ。長内修三の父はオールドカマーだった。帰化したのが一九五二年。修三が生まれる前年だ。朝鮮名は柳哲秀というらしい。何と読むのかな。ユウ、いや、ユ・チョルスか」

猿丸の喉が音を立てた。犬塚が手を上げる。

「でも分室長。それなら官報でもわかるんじゃないですか。一九九五年以前なら、帰化前と帰化後の姓名が記載されているはずです」

「それが面白いところでね。宗教法人登記から修三の生年月日はわかった。その前後何年かの官報はチェックした。全部で千四百人余りいたよ。けど、何も引っ掛からなかった」

純也はペットボトルに口をつけた。

「帰化したときの父の名は正岡雄一《まさおかゆういち》。帰化した場所は弘前《ひろさき》だ。その一ヶ月後に八戸《はちのへ》に転籍する」

「転籍？　なるほど」

犬塚は納得顔でうなずいた。転籍するとそれ以前の戸籍は表に出ない。

「そうして、さらに一ヶ月後に長内雄一になる」

「え、一ヶ月ですか」

さすがにこっちはわからないようだ。怪訝な表情を隠さない。

「うん。結婚するんだ。長内家の娘と。正岡雄一は婿養子だった。転籍後だから、修三の戸籍も父母欄は、正規の父・母の順は崩れていない」

「へえ。全部が転々とじゃないっすか。五二年って言ゃぁ、まだ帰国運動の前ですね」

これは猿丸だ。公安外事にいれば、北朝鮮に関するこの辺はみな叩き込まれている。

「そう。サンフランシスコ条約発効の年だ。実はうちの爺さんが、青雲の志ってやつでトルコから渡ってきたのもこの頃でね」

「え、ああ。じゃあ、半島的にはＧＨＱの帰還事業の辺りっすね。帰還から帰国のどさくさの頃じゃないっすか」

ＧＨＱの方針による帰還事業でオールドカマーは次々と帰国の途に就き、一時は六十万人まで減ったとされる。だが半島の政情不安から逆に密航者が増え、この五二年から五五年頃には八十万人の在日朝鮮人が報告されている。それが転換するのが五八年からの帰国運動だ。朝鮮戦争後、北朝鮮は共産諸外国の支援を受けて発展しつつあった。いくらでも労働力を欲する北朝鮮は在日韓国・朝鮮人を無条件で受け入れると勧誘した。北朝鮮は在日韓国・朝鮮人にとって突如〈地上の楽園〉と化した。

この楽園キャンペーンが出鱈目《でたらめ》だったとわかるには、実に二十五年もの歳月を要する。

「そう。雄一の帰化転籍は、そんな強制送致と自由帰国の間の時期だ」

「なんか、どさくさに紛らせて隠そうとする気ありありっすね」

「そうだね。隠そうとしたんだろう」

「よくわかりましたね」

「セリさんも知ってるさ。除籍簿」

「除籍？　――おっ」

猿丸は手を打った。

転籍によって新たな戸籍に転記されない、除籍された部分を記載したものが除籍簿だ。転籍しても以前の戸籍が抹消されるわけではない。表に出なくなるだけだ。除籍分は除籍簿として役所に保管され続ける。

「そう。言われればわかるだろ」

「言われれば、です。言われるまでは思やしません。シノさんも言った通り、九五年以前の帰化は官報見りゃわかります。本人なら。でもその親父で、ここまでしてってなぁ」

猿丸は腕を組んだ。

「なんだい。恐い顔だね」

「何を隠したかったんすかね。出身をっすか。帰化だけじゃなく転籍までしてってのは、なんか納得いかないような。——シノさんはわかりますか」

「えっ。そりゃあ……」

いきなり振られて犬塚は口ごもった。

「迫害、かな。いや、それにしても戸籍をここまで綺麗にとなると、わからないな。この時期は北の工作員なんて頃じゃない。どちらかといえば北と日本の関係を崩そうと、南の工作員が暗躍してた頃だ」

「まあ、セリさんやシノさんにはわからないかな。いや、関係がないと言った方がいいか」

「おっと。分室長にはわかるんすか」

「さあ」

猿丸の問いに純也は肩をすくめた。

「ただ、——いや、予断はやめよう。それもこれからメイさんが調べるはずだ」

猿丸は素直にうなずいたが、犬塚は手を上げた。

「何度も問い質《ただ》すようで申し訳ないですが、参考までに」

「なんだい」

納得しないと気がすまない。これは犬塚の愛すべき性格だ。

「除籍簿は、今じゃ閲覧不可でしょう。親族・業務上、どちらにしても相応の事由が必要なはずです。正式な捜査依頼もなしで、どうやってそんなものを」

「向こうの県議会に、いずれ国政も間違いのない奴がいる」

「えっ。ああ、東大の」

「市区町村の戸籍係にとっては鶴の一声。それだけで相応の事由だろう。一番のね。そうだろ」

「そうだろって言われても」

「例えば、これは大手広告代理店の話だけど、三年位前かな。とあるターミナルの駅前に大きな屋外広告を掲出したんだ。どうしてもってクライアントがあったらしい。あえてKOBIXとは言わないけど」

「ほう」

「ただ規制があって、違法と最初からわかってた。広告代理店はどうしたと思う」

「さあ」

「区議会議員を動かしたんだ。議員は区の景観課に電話をした。景観課長は二つ返事で部下に検討なしの許可印を押させた。この部下はね、一週間後に定年だったそうだよ。その屋外広告は現に今も堂々と駅前にある」

「…………」

「鶴の一声、一分にも満たない電話は三百万だったかな。もちろん課長には一銭も渡っていない。ただ、議員の依頼を断ることなど彼らの辞書にはないんだ。行政なんてどこも似たり寄ったり。そんなものさ」

「どこもそんなものってことは、分室長も」

「交渉はこれからだけど」

「——なるほど」

犬塚はペットボトルを逆立てるようにして口をつけた。

「まぁそんなものなんだなと言うしかないことは納得です。でも、理解には苦しみます。やっぱり分室長絡みは、私らが聞いても参考にはならないと、それが一番納得ですかね」

犬塚は肩をすくめた。

「飛び道具は当てにせず、こっちは地道に働きましょう」

「そうだね。みんなが飛び道具の空中戦も困りものだ。収拾がつかない」

ふたたび純也の携帯が音を発した。先ほどとは音が違った。電話だ。分室の里美からだった。滅多に掛けてくることはない。緊急ということだ。

——あの、大丈夫ですか。

「いいよ」

――太陽新聞の片桐さんと仰る方からです。本当は鳥居主任らしいんですけど、掛けてもつながらないということで。

「ああ。メイさんなら今ちょうど電車かな。しばらくダメだと思う」

――それで分室長にって伝言なんですけど。

「なにかな」

――読み上げます。先方から電話あり。明日、明後日の夜九時に裏を開ける。可能かどうか。今から十五分後にまた電話する。以上です。

「わかった」

――詳細は知りませんけど、どうしますか。分室長も連絡がつくかわからなかったので、なんにしても私から一度片桐さんに連絡することにしてありますけど。

「じゃあ、明後日で伝えておいてもらおうかな。明日はちょっと野暮用があるからね」

――明後日ですね。了解です。

「よろしく」

純也は先に電話を切った。口元に知らず、笑みが寄る。

「動き始めれば、こういうものだ」

猿丸と犬塚が純也を注視していた。

「シノさん。こっちはどのくらいを考えてる？」

「十日くらいですか。〈カフェ〉はビジネスですからね。動きはおおむね一週間でひと回りします。人の動きも同様です。それに足す三日もあれば、不測分にも十分でしょう」

「わかった」

純也は立ち上がった。

「明後日、長内修三に会ってくる」

「おっと」

腰を浮かしかけたのは猿丸だ。

「ひとりじゃ危ないっしょ。なんなら俺も」

「いや。いい」

純也は静かに首を振った。

「メイさんも入ったよ。女性連れで。それに、僕は公安として行くつもりはない。形ばかりはね」

「それは……なんか、わかんないっすね」

「僕も彼女もクウォータだった。日本が濃く、でも全部じゃない。それも惹かれた理由のひとつかと最近思う。その残った片方が、思い出とともに片方の父に会いに行く。クウォータがハーフの父に。ふたつの国を身体の中に、まったく同じだけ抱えて生きてきた人に。少なくとも、会うまではそれでいいと思う」

猿丸は何か言いかけたが、犬塚がそれを手で制した。

「お気をつけて」

「わかっている。無茶はしない」

背を返して歩き出せばドアの近くになって、

「絶対に無茶はダメっすよ」

念を押す猿丸の真情がついてきた。

第九章　無情

一

　翌日の夕刻、純也は厩橋《うまやばし》近くの隅田川を望む一角にある、ＫＯＢＩＸミュージアムを訪れた。小日向重化学工業創業の地に、ミュージアムはＫＯＢＩＸのメセナとして一九九一年に建設された。美術館のほかにコンサートホールや多目的会議場まで持つ広大なミュージアムだ。業績の数々を展示した資料館も持ち、レストランも併設されて一般にも公開されている。

　純也が訪れたのはミュージアムの内、このレストランだった。

「ちょっと遅れたかしらね」

　Ｍ４の運転席から降り、悪びれもせず芦名春子が言った。涼しげな白いシルクのワンピース姿だ。純也もタキシードに蝶ネクタイをつけていた。この日はそういうドレスコードの野暮用だった。

「純也。どう？　どこか乱れてない？」

身体をひねれば、ワンピースの胸元で黄色い向日葵《ひまわり》のコサージュが揺れた。

「ない」

純也はにべもなく言い放った。

「ちゃんと見なさいよ。見てないでしょ」

「時間に余裕をなくしたのは婆ちゃんだよ」

「まぁね」

肩をすくめて舌を出す。

「まったく」

仕草といいワンピースといい、若作りし過ぎと言ってやりたいが、春子にそんな揶揄《やゆ》はできなかった。品の良さで釣り合いが見事に取れていたからだ。

前日、帰宅するとM４が車庫にあった。名義だけのつもりが、M４のことを話すと春子は大喜びした。孫からのプレゼントと解釈したようだ。それでこの日は自らステアリングを握った。

「あなたを隣に乗せてなんて、もう滅多にあることじゃないものね」

私の車だからと、これは至極真っ当な理由だった。アドバンテージは春子にあり、押し付けたリスクは当然純也が負うべきだろう。それにしても、春子の運転は危うかった。昔はダットサンで都内を走り回ったものよとは、言葉自体がすでに危うい。純也にとってコントロールしようのない春子の運転は、実に銃撃戦より恐ろしいものだった。

「ほら。婆ちゃん、行くよ。余計な嫌味を増やしたくないからね」

純也は春子を急かした。

小日向一族の主だった者達が集まる晩餐会、それがこの夜の目的だった。会は盆と暮れに年二回開催される。純也は小日向の一員というより、芦名春子のエスコート役というのが自他共に認めるところだ。いや、そうとしか出席を認めない連中との会食と言う方がまったく正しかった。

役目通り、純也は半歩前から春子を先導した。大理石の床に靴音が高く響いた。

ミュージアムに併設と言っても、ここのレストランは格調が高い。公開しているとは名ばかりで一般の来場者などほとんどいない。ＫＯＢＩＸが海外からの顧客の業務接待に使う、いわゆる迎賓館の役割を担っている。レストランのシェフも当然、系列のホテルの調理部から生え抜きが回される。この会は特に、総料理長が毎回腕を振るうことになっていた。ＫＯＢＩＸグループの会長や各ＣＥＯに現職の総理までが顔をそろえるのだ。味にも機密性にも細心の注意が払われた。

総理警護のＳＰももちろん配されてはいるが、員数は最低限だ。ＫＯＢＩＸ側の警備計画もあるが、この施設が非公開の核シェルタを地下に持つことが、SP側を黙らせる最大の要因だった。暗証コードその他はSPにも非公開だ。噂では有事の際の避難場所として民政党の閣僚経験者にのみ伝えられているという。

「お久し振りでございます。芦名様はご壮健でなによりです。純也様は、ずいぶんお焼けになりましたね」

貴賓室前で出迎えの総支配人が丁寧に腰を折った。父と母の結婚式も取り仕切った前田《まえだ》という老支配人だ。慈愛に満ちて、純也にとっては気の置けないひとりだった。

「皆様、お待ちかねでございます」

前田が扉を開いた。かすかに洩れ聞こえていた会話が止まり、低く流れるバロックの調べが外に洩れ出る。温かな前田の微笑から一転、感じる視線は全て夏らしからぬ凍《い》てつく冬の装いだった。

「あらあら。会長をはじめ、皆様。遅れまして申し訳もございません」

意に介さず、平然と中に進めるのは春子ならではだ。

迷うことなく春子は一番手前、長いテーブルの末席に座った。その隣が純也の定席だった。二十人からの末席は春子の立場からすればそうだが、純也にとっては本来の席ではない。本来なら同じ並びの一番奥から三番目。それが正式な純也の席次だった。

飾られた長いテーブルの最奥、俗に言う誕生席にひとり陣取るのが純也にとっては伯父に当たる、現ＫＯＢＩＸ会長の小日向良一だ。テーブル上のワイングラスが、すでに少し赤ら顔の理由を物語る。白髪をオールバックにした恰幅《かっぷく》のよい男だが、いつの間にか口髭も白くなっていた。

五年前、祖母小日向佳枝が逝去して一ヶ月あまりは、擦り寄ってくるこの伯父とよく話した。以降は株主総会前の、ルーティンになりつつある委任状の誘いとこの晩餐会以外声も聞かない。

祖母佳枝は純也にも遺産として、遺言で自身の持つＫＯＢＩＸの株を分けてくれた。この分が伯父と父の個人筆頭株主としての資格を分ける武器となった。代理人と本人の違いはあるが引き合いの結果、純也は持ち株を和臣の代理人に委任した。条件がＪ分室の設立だった。和臣に通せない無理ではなかったろう。代理人のレベルでも即答の快諾だった。以来、伯父の良一とは隔絶の感がある。感じるのは他人よりなお遥かな距離だった。

「始めるか」

良一の声で厨房に湧くような気配があった。

「ええ。そうしましょう。十五分を無駄にしましたわ」

良一から見て左手側のテーブルの始まりに収まる、良一の妻静子の皮肉たっぷりな声だった。その隣でうなずくのが長男、現ＫＯＢＩＸ社長の良隆で、ひとつ下った席から小さくこちらに手を振るのが長女の恵美子《えみこ》、現ＫＯＢＩＸエージェンシー企画部長だ。良隆は五年前に子が出来なかったことを理由に離婚していたから、恵美子は席次がひとつ繰り上がったことになる。こちらはバツもなくまだ独身だ。海外が長かったこともあり、純也には割合好意的な女性だった。

次いで和臣の次兄、現ＫＯＢＩＸ建設会長である憲次とその家族に続き、純也達の正面には外戚連中が陣取っている。四葉銀行顧問の山形文宏や、衆議院議員の三田聡らだ。山形は良一の妻静子の、三田は憲次の妻美登里の、それぞれ兄だった。この外戚連中も春子には一目置きはするが、純也が席についても目を合わせることはない。

良一の右手側には純也の父、現総理大臣の和臣がいて、兄であり父の公設秘書である和也とその妻と三歳になる女の子がいる。そして、和臣の次兄憲次の娘だが、ＫＯＢＩＸを離れてモデルとなり、四十歳になる今も現役で世界を飛び回る望《のぞみ》とその家族が続き、同様に一族を離れた和臣の姉栄子の家族が春子の向こうに座る。栄子の夫の加賀浩が二十代で立ち上げた㈱ファンベルは十七年前に東証二部上場を果たし、近々一部上場を狙っていた。

会食はすでにほろ酔いの良一が勝手にワイングラスを掲げ、乾杯を宣言して始まった。酒を呑まないのは女性の何人かと純也くらいだ。オードブル、ポタージュ、ポワソンと進むにつれ、各所では会話が花開いた。経済から政治、世界情勢、グループ各社の業績、時に子供の成績。どれも弾んでいるように聞こえて実は、上座になればなるほど鬩《せめ》ぎ合いの度合いが濃くなるのはいつものことだった。会長や各社ＣＥＯの本音とはすなわち、企業秘密にも近いものだ。純也は料理を堪能しながら、ただ聞いた。ときに純也の仕事柄にも通じ、記憶に留めておくべき話も出る。末席とは便利な席でもあった。かえって末席でなかったら、いくら春子の懇願とはいえ来ることはなかったかもしれない。年に二回だけのことと思えば、会食はそれなりに興味深いものでもあった。

狐と狸ばかりの会食は、およそ二時間半でお開きになった。良一が扉際の支配人に声を掛け、妻の静子を促して席を立つのが合図だった。皆が三々五々、席を立つ。ゆっくり食後のコーヒーを楽しむ春子は動かなかった。

やがて最奥に近い和臣と和也の家族、そして末席の春子と純也だけになったときだった。

「何もするなと言ってあるはずだが」

和臣の声が純也の正面の壁から跳ね返った。張るわけではないが、さすがに政治家の声だ。だが、テレビや街頭演説に聞く人を浮かすような熱気はない。弾むようなバロックにおよそ似つかわしくもない声だった。これもひとつの機密事項か。

「これはお耳が早い」

純也も壁に向けて答えた。

「情報通ですね。うちのカイシャのゼロですか。それとも調査庁辺りかな」

ゼロも調査庁も大体は把握しているつもりだが、帝都の爆破はマスコミにも知れ渡っている。純也の関与を春子でさえが感じ取ったくらいだ。湾岸線での銃撃も無人どころか目撃者は多い。純也がしたことは揉み消しと誤魔化しだ。人の口とＳＮＳに戸は立てられない。

「そんなことはどうでもいい。何もしないことが日本に居続ける、いや、お前の存在を許す条件だったはずだ。何度も念を押したぞ」

とても肉親の言葉とも思えないが、純也にとっては普遍にして、恒常だ。この距離が縮まることはおそらくない。

「押されましたが、承諾した覚えはありませんよ。ただの一回も」

和臣が無言で立ち上がった。春子の頭越しに顔が見えた。目に青白い光を感じた。沈めた怒りの色だろう。

純也は香織似だと自認もあるが、ふと鏡に和臣を感じることがある。多分誰も同意はすまい。純也にしかわからないことだ。瞳の黒の深さ、強膜の白の淡さ、そこから発する情念の青白さ。こんなとき、純也は和臣に血の繋がりを嫌でも見る。

ゆっくりとした靴音が近づき、純也の背後で止まった。

「ただのテロリストなら国外退去だ。警視庁は職場ではなく、お前の監獄だということを忘れるな」

「和臣さん」

春子の声が壁に跳ねた。縁遠い末席の者として小日向の面々を役職か敬称でしか呼ばない春子が、唯一名前で呼ぶのが和臣だ。ヒュリア香織を介し、春子はかつて和臣の義母だった。

「せっかくのコーヒーを苦くしないでくださいな」

春子は、一同の見送りから帰って来た老支配人にもう一杯を頼んだ。

「さすがに歳ですからね。お砂糖は控えるようにしてるんです。だから、お願いね」

和臣の口から呼気が洩れた。怒気が散る。

「お母さんには今度、アルゼンチンの大統領から送られたコーヒーをお届けします」

お母さんと、和臣のこのひと言だけが和臣と春子、純也のつながりかもしれない。

「毎年そいつが送ってくる豆にも負けない、際立つ香りの逸品ですよ」

これは盆暮れの中元と歳暮のことだ。送りたいわけではないが、礼節を自分から欠いてはいけないとは春子の教えだ。考えるのも面倒なので毎年分室と同じコーヒー豆を贈っていた。

「あら、純ちゃんのコーヒーは認めてるのね」

「当たり前です。コーヒー豆は勝手なことをしない。勝手に外気に触れない」

和臣は口元にかすかな笑みを浮かべた。

「どれほどいい豆でも、外気に触れ続ければすぐに屑《くず》になる。いい輸入豆ほど密封状態で熟成がきちんと管理されていますよ。どこかの誰かも同じことです。出来ればお母さんも、密閉管理を手伝ってくださるとありがたいのですがね。――それでは、後に予定がありますので」

ふたたびの靴音が扉に向かった。和也とその家族が後に続く。

「では」

「お祖母《ばあ》様、またいずれ」

これは一度立ち止まった和也夫婦から春子への挨拶だ。兄と弟の関係は十年以上なく、兄嫁と義弟の関係は最初からない。

春子と純也だけになったテーブルに前田支配人が新たなコーヒーを運んできた。先に配られた食後のコーヒーとは比べ物にならない、まろやかな香りが濃く辺りに広がる。

「グァテマラSHBのブルボンをこちらで焙煎《ばいせん》したものです。私の密かな自慢でして」

「前田さんの自慢なら相当ね。いいのかしら。私達二人だけで頂いて」

「構いません。これはわかる方と、わかっても鼻に掛けない方だけに味わって頂きたいので。勝手ながらそんな名前も付けてございます」

「あら。なんて？」

「小日向一族には出さないコーヒー」

前田は意味深に笑って腰を折った。純也も笑った。

「いいね。前田さん。変わらないや」

「私が変わったら、きっとここはファミリーレストランにされてしまいますから」

この前田の慇懃無礼も味わいだ。加えればもしかしたら、分室のコーヒーより滋味深いかもしれない。

純也はコーヒーに口をつけた。

やはり、格別だった。

二

翌日、午後九時少し前。純也は登庁と変わらないスーツ姿で、天敬会本部裏の森に分け入った。夕佳の父に会いに行く。そう考えれば春子が言うところの最低限の礼節に則ってスーツは妥当であったし、職務も混在では他に考えもしなかった。拳銃は携帯していない。銃はさすがに、最初から礼節と職務の天秤《てんびん》に載せるのもはばかられた。

この夜、印西の空に月星はなかった。日中に残暑はあったが、天気予報に拠れば夜半から南関東は広く雨だという。西からの風はすでにだいぶ強まっていた。

私道から森に十歩も入れば、あるのはただ漆黒の闇だった。ＬＥＤのペンライトを持たなければ、前後左右天地の別はひどく曖昧なものになったかもしれない。鳥居の資料で地形は把握していたが、途中で外の県道側に急な崖もあった。油断は禁物だ。自然は翻弄する。人の思惑の方が簡単だとは、砂漠や密林に生きて純也は嫌というほど体験していた。

急ぐことなく、周囲に意識の網を張り巡らしつつ進む。天敬会本部の裏口は、確認するまでもなく解錠されていることはわかった。潜り戸が風に震え、耳障りな軋みを発していた。

純也はペンライトを口にくわえ、ゆっくりと潜り戸を開けた。錆付いた蝶番《ちょうつがい》は重かった。

「時間通りですな。結構」

内側に、後ろ手を組んだ作務衣姿の男が立っていた。特に驚きはなかった。敢《あ》えて隠そうともしない気配でわかっていた。剣呑《けんのん》なものは感じなかった。案内、と純也は踏んだ。

「こんな場所でアポというのもなんですが」

ペンライトを消し、仕舞う。内部には最低限の明かりがあった。発電機の音が近く、風の中にまぎれて聞こえた。

「小日向です。お招きにより」

男がうなずき、仄《ほの》かな明かりに一瞬だけ表情が見えた。公安部のデータベースから引き出した資料の中に似た顔があった。年月を加えればなるほどと思える顔だ。鳥居が守衛として出会った男、中周永に間違いなかった。

「お名前を伺ってもよろしいですか」

「ただの案内役ですが、……藤田《ふじた》です」

藤田こと申周永が向かったのは、裏口から一番近い二階建てのログハウスだ。建屋はいくつかあるが、この時間明かりが灯っているのはログハウスだけだった。

「天の運行に従って生きる。それがこの会の基本です。ここでまだ起きているのは、アース以外では私くらいのものでしょうか」

藤田はそう説明した。聞きもしない説明は、釈明という判断も出来る。鵜呑みには出来ない。純也にはあるはずの、人の気配そのものがあまり感じられないような気がした。

「こちらです」

ログハウスの中は外同様、森閑としていた。特に障る視線や気配もない。はっきりと無人だった。一階の奥まった、ただ一室を除いては。

「アース。お連れしました」

内側からどうぞと声が掛かった。藤田はドアを開けながら一歩引き、純也に入室を促した。十畳ほどの部屋だった。

「やあ。無理を言いましたね」

ソファから純也を見上げる笑顔があった。男女の違いはあっても、儚げな微笑が夕佳によく似ていた。間違いなく長内修三だった。

部屋の奥に簡易なベッドと机が見えた。教祖の私室のようだ。敷地の畑仕事が確認できる方角に窓があった。

「いいえ。そちらこそ、先週は大挙して押し寄せた、マスコミや警察への対応でお疲れではありませんか」

「そんなことはない。――いや、そうだね。気疲れしなかったといえば嘘になる。私ももう、若くないとつくづく思った」

テーブルに花瓶があり、青紫の花が活けられていた。桔梗《ききょう》だった。

「山に咲いていてね。花が好きだと聞いていたので、ふと飾ってみようと思った。いいものだね。こんな部屋でも少しは華やかになる」

長内は花に顔を近づけた。六十は超えたはずだが、端麗な顔立ちは実年齢を排除して若く見せた。作務衣姿の長内に、桔梗はよく似合った。

「では、何か飲み物を」

純也が座ると、藤田は同室せずにドアを閉めた。長内は微笑みのまま、純也を見詰めた。強い目ではなかった。優しく柔らかい。もしかしたら純也ではなく純也を通して、在りし日の娘を見ているのかもしれない。

――私が選んだ人よ。

生きて隣にいたら、夕佳がそう紹介する場面だろう。恋人の父に会うとは、面映《おもはゆ》いものだった。長内は純也を見詰め、純也はその視線を甘んじて受けた。

「小日向、純也君」

「はい」

長内は満足げにうなずいた。呼んでみたかったのだろう。娘の彼氏の名を。

「なるほど。私でも知っている、あのヒュリア香織さんによく似ている。でも目は、いや、目の光だけはお父さん似だ。野心、野望。ははっ。それはないかな。自信、自尊心、反骨心。そんな辺りだろうか」

答えなかったが、純也は内心で感嘆した。さすがに良し悪しは抜きにして、信者を率いる教祖だ。

「なんにしてもいい顔だ」

「いや、あなたに言われても」

「そんなことはない。私などは浮草にただ生きてきただけだ。君とは違う。君は男として、実にいい顔だ」

「恐れ入ります」

ノックがあって藤田老人が入ってきた。水のコップと水差しを置く。

「アース。それでは、私もこれで」

藤田が去り際に一礼した。

「ああ。色々と、お疲れ様」

　会話に多少の違和感を感じはしたが、問い掛けるより早くドアが閉まり、純也に向けて長内が口を開いた。

「純也君。君と最後に会ったとき、娘はどんな様子でしたか」

「特には。ええ、いつもと変わりませんでした」

「いつもと変わらずとは」

「美しく優しい笑顔でした」

「他には」

「穏やかに、またねと手を振りました」

「――そうか。またね、と。そうか」

　繰り返しながら長内は目を伏せた。

「僕に会ったのは、最初はあなたに勧められたからとも、そのとき初めて告げられました」

　答えはなかった。

「会ってよかった、会えてよかったと、言ってもらいました」

　テーブルに落ちた長内の視線が静かに上がる。微笑が一段、深いような気がした。

「私もね、会えた今思う。君に会わせてよかったと。色々な意味で。願わくば、あれの最後が安らかであったならとも、合わせて思う」

「同感です」

「来てくれてありがとう。純也君。握手をしよう」

身を乗り出す長内の手を純也は握った。小さく痩せた手の、しかし堅い掌《てのひら》だった。

「だが、この話はここまでだ。もういい。満足だ。これ以上は夕佳がいない悲しみが勝る」

長内はコップを取り、半分ほどをひと息に飲んだ。

「君もそうじゃないかね。純也君」

ことさらにもう一度名を呼ばれた。区切りと受け取った。純也も水を飲んだ。思う以上に喉は渇いていた。暑さのせいばかりではない。

「では、よろしいですか」

長内はうなずいた。

「太陽新聞さんに乗せられたようだが、私のわがままを聞いてくれた礼として。あくまでも返礼のレベルでだがね。小日向警視」

ソファに背を預け、足を組む。父から教祖へ。見えないカーテンウォールで遮断された感じだった。

純也も足を組んだ。無理に穴を開けようとは思わなかった。そんなものはいくらでも補修、再生される。刑事警察なら力尽くでぶち割る手法もありだろうが、純也は公安であり、と同時に一孤の人だと思っている。同じ態勢、同じスタンス。同調できれば壁は霧散する。そうすれば真正面からでも、真裏を取ることも可能だ。

「では、夕佳さんが殺されたのはなぜですか。また、その犯人にお心当たりは」

無理は承知。だが初めから持って回った話は壁を厚くするだけだ。当たって砕ける潔さは好感になりこそすれ、忌避にもマイナスにもなりはしない。

長内は一瞬眉を上げたが、同時に口の端をかすかに歪めた。

「これはまた、いきなりど真ん中か」

「やっぱりど真ん中ですか」

「おっと。これは直球過ぎて口が滑った。まあ、先に話せない理由を言ったようなものかな。このことを踏まえて、他のことを聞いてくれるとありがたいが」

「では夕佳さんに僕と会うことを勧めたのはなぜでしょうか。先ほど色々な意味でとも仰いましたが」

「色々な意味でとは、文字通り色々な意味だよ。多くの意味を持って逆に何の意味もなさないかもしれない。最初はあの子の何気ないひと言だった。小日向純也って警察官を知ってるかと。あの子はたいていのことを私に話す。いや、信者との癖で、私がそう仕向けていたかもしれない。ちょうど〈カフェ〉にひと揉めあった後だった」

王浩と鈴木静香の件だ。あのあとほぼ一ヶ月余り、魏老五の配下が盛り場という盛り場を調べ歩いた。

「揉め事を私なりにも調べていたときだった。これでもいくつかのチャンネルはある。だが、まるで雲をつかむようだった。実に鮮やかだ。君の名を聞いたのはその直後だった。——どうなんだい。あれはやはり君かな」

純也ははにかんだように笑い、無言を以って答えを示した。

「やはりそうか。まぁそれもあり、あの子の口から男の名が出るという現実も気になってね。君という人間を調べてみた」

「それはまた——お手数をお掛けしました」

「なぁに。単なる私の興味、好奇心だ」

「自分のことながら、単なる好奇心で済む話じゃないと思いますが」

「そうだな。——そう。簡単ではなかった」

聞きつ聞かれつ。こうしているうちに心のメトロノームが振り幅と早さを合わせてゆく。そうして長内と自分の間に、長内に近い別人格を形成する。戦場の頃、ダニエル・ガロアに教わったことだ。

——傭兵ハ仲間デモ平気デ嘘ヲツク。イヤ、嘘デハナク、生キ残ルタメノ布石カナ。見抜クニハ自分ノ中ニ、媒介トシテ相手ニ近イ自分ヲ創ルコトダ。アルイハ逆ニ、一歩離レテ聞ク自分ヲ置クカ。簡単デハナイガ、生キ残リタケレバ身体デ覚エナサイ。タダ、環境トシテ戦場ハ特殊ダ。アマリ突キ詰メナイヨウニ。下手ヲスレバ解離性ノ二重人格ニナル。フィルタのようなものかと理解すればすぐに作れた。純也の場合は間に創る媒介だ。以来、純也には当たり前の作業だった。練度は当然上がっている。

「ふっふっ。ネットは便利だがまだまだ一方通行だと改めて知ったよ。君は調べても単純には出てこなかった。出るのは幼い頃の悲劇だけだ。今の君は隠されていると言ってもいい。だが、別のワードで辿れば影くらいは捕まえられた。それでも中に中にと百ワード以上は潜ったかな。戻ったりしたことを合わせれば三百ワードでは利かないだろう」

「出せる話が少ない男ですから」

「役職だけのこととも思えないが、所属は公安かな。杓子《しゃくし》定規な組織は、ピンポイントで探ると、隠している部分が逆に浮き彫りになることもある。気をつけた方がいい」

「なるほど。何かの折りには上に掛け合っておきましょう」

「サードウインドという会社では、株式保有報告書の公表に君の名前があったね。六・一七パーセントだったかな。大した額だ。それでいて警視庁に奉職している。しかも警視だ。気にするなという方が無理というものだろう。最初あの子に勧めたとき、私に紹介のつもりがあったかなかったかは今となってはもう定かではない。だがね、はっきりと覚えているることもある。君と初めて会った日の夜、電話をくれたあの子の声はとても楽しそうだった。その声のまま、あの子はどんどん君に惹かれていったようだ。少しばかり私が後悔するくらいに」

「それは」

「いや、他意はない。これはまったく男親というものの嫉妬の話だ。君の容姿は知らなかったが、私があの子の相手に君は似合いだと思ったのは間違いない。なぜだかわかるかね」

「わかるような気が、ついこの間からしてます」

「——そうか。辿り着いたのかな。辿り着けば、君ならわかると思っていた」

長内はコップの残りを飲み干し、

「なんだか喉が渇く」

と水差しに手を伸ばした。自分のコップを満たし、純也にも勧める。

「いただきます」

干してから純也はコップを差し出した。義父と義息、差しつ差されつ。酒であったならそんな感じだろう。それにしても、教祖と公安では水盃《みずさかずき》も同じだろうか。

「私が似合いだと思ったのは、君もあの子もクウォータだったからだ。しかもどちらも、七十五パーセントは日本人だ。残りの二十五パーセントで迷ったこともあるだろう。ときに、違うことを思い知らされることもあっただろう。そんなふたりを頭の中に思い浮かべたとき、ああいいなと思ってしまったんだな、私は」

何気ない口調の中で、長内は自ら告白した。

「私はどっちつかずだ。いや、誇らしく胸を張れる国と国ならかえってメリットにもなったろうか。私の場合は何も残らなかった。残らないところから沈む一方だった。ダメだね、北朝鮮は」

穏やかに淡々と話すが、両腿の上に置かれた拳は白むほどに握り込まれた。

「小日向警視。私のことも、私の父のことも知っているのだね」

「はい。全ての出発は青森、八戸と。ここのことも知っています。ＯＢ会のようだと」

「はっはっ。ＯＢ会か。上手いことを言う」

長内は膝を打って面白がった。

「それも知っているなら、なにを話そうか」

「全部、と言いたいところですが、それはないんですよね」

「ない。さっきも言ったがね、私にも義理や恩はある。返礼のレベルを超えることはない」

「青森はどうでした？　肌に感じる寒さは、色々な意味で厳しいところだったようですね」

長内はうなずき、長い息を吐いた。

「本当に雪深くて、今と比べ物にならないくらい寒くて。その分、近所付き合いと家族の交わりが濃いというか。全てが私には呪いのようなものだった。それも知っているのかな?」

「だいたいは」

「八戸のことなどだいたいで十分。浅かろうと深かろうと、以上も以下もない。絶望の一回目。まだ人並みだった頃の、それだけの話だ」

純也は軽くうなずいた。青森の鳥居から連絡が入ったのはこの日の朝だった。前夜は小日向家の晩餐会と知って遠慮したようだ。

——なんか、クソ面白くもねぇ話でした。急ぐ内容でもなかったもんで。

吐き捨てるような声の後ろで新幹線発車のメロディが鳴った。

鳥居の話は、電話にしては長いものになった。

三

八戸の奥、最寄の駅からバスで二十分を揺られ、停留所からさらに二十分ほど歩いた先が長内修三の生まれた場所だった。昔は村だったところだ。住所には大字《おおあざ》がつく。見渡す限り田んぼだらけだった。土地勘のない者が住所だけで辿り着けるわけもないが、幸いにして時期と時間はよかった。風に青々とそよぐ稲穂の、午前中の田に人はそれなりにいた。

「あんだ。長内？　ああ、ふぐろう婆んことけ。こりゃ魂消《たまげ》た。んだとこさ、まだ行ぐ人おったけ」

五十代の男は、道を訊ねる鳥居に汗を拭きながらそう答えた。

「何さしに行ぐだ？　あんなはぁ、じょっぱりんとこ」

余りいい印象を修三の母、登美《とみ》に持っていないのは明らかだった。盛り上がるような森の近くに、かつては堂々としたお屋敷だったのだろう瓦屋根の日本家屋があった。鎮守前の一軒家。ふくろう婆。それが修三の生家であり、老いた母の通称だった。

「分室長。見た瞬間わかりました。流れ流れて。長内は今んとこに、ふと誘われるようにって言ってましたがね。何気なくもねぇもんだ。あそこぁ、こっちの鎮守の森にそっくりですわ」

門扉のない門を潜り、玄関先で声を掛けるが答えはなかった。荒れ放題の庭に杣道《そまみち》程度の痕跡を見つけて回れば、縁側から内の薄暗い座敷にひとりの老婆が座っていた。

「誰だぁ。年金暮らしの婆ひとり。殺したってはぁ、なんもねぇべな」

くぐもってのたりと鳴くような声だった。ふくろう婆とは、誇張でもなんでもなかった。

「言っちゃ悪いですがね。分室長。気味が悪ぃくれぇ、声も顔もふくろうみてぇな婆さんでした。南部弁じゃ、めぐせって言うらしいです。目が腐るって書くようで。修三みてぇない男があの腹から生まれたたぁ、わかっててもちょっと信じられませんや」

長内登美は若い時分から近所でも評判の、醜女《しこめ》であったという。

鳥居は選んで一枚の名刺を登美に渡した。誘導すべき話の流れは瞬時に構築する。名刺は天敬会でも使った太陽新聞社の物だった。

修三が応募した懸賞川柳に賞金が出た。表彰しようにも応募時の住所におらず、引っ越し先もわからない。故郷を題材にした川柳で、添え書きを頼りに身寄りを探して八戸に来た。賞金だけでも支払いに回さなければ公取《こうとり》に引っ掛かって社としても困る。

これが、鳥居が登美に伝えた出まかせだった。手持ちぎりぎりの二十万と口にすると、登美の目がいきなり仄暗く光った。

「ほうかい。ほうかい。穀潰《ごくつぶ》しじゃったが、そんくれぃの役には立ったけ。もろうたる。わが婆じゃえ。さっさと出しや」

登美は骨皮ばかりの手を差し出すが、鳥居は金を出さなかった。家族関係にいくつかの確認が必要だと言えば、

「分室長。やっぱり年寄りってのは、昔のこたぁよく覚えてんですね。こっちが聞く前から勝手にしゃべり始めました。一時間は聞きましたよ。要る要らねぇごちゃ混ぜに」

登美の長内家は小作人を抱える中農だった。GHQ主導による農地改革は富農から一町

歩を超える小作地を奪うが、長内家はこの不運から逃れた。小作地は一町歩以下だった。自作地と足して一町歩と七反三畝《せ》、と登美は繰り返した。中農は俄然《がぜん》、近隣で一番の農地持ちになった。

しかし、土地は残ったが小作人は蜘蛛《くも》の子を散らすようにいなくなった。農地改革とは、富農から取り上げた農地をただ同然で小作人に下げ渡す施策だった。

登美には許婚《いいなずけ》がいた。小作人の一人だったが、他の小作人同様逃げるように消えた。

――おめなざ要らね。寄るでね。このめぐせがっ。

許婚にとって登美は自作農になるための、我慢しなければならない付属物に違いなかった。我慢しなくとも土地が手に入るのなら、登美はただの醜女にすぎなかった。

小作人はいなくとも米は作らなければならない。土地は触らなければ、痩せはしないが衰える。長内家は両親に登美の兄、登美の四人で身を粉にして働いた。それでも一町歩と七反三畝は無理だった。給金で人を雇った。収入としては大変な目減りだった。埋め合わせるために母と登美は、雪に閉ざされる冬は内職に精を出した。父と兄は関東に出稼ぎだ。代々の土地持ち、近隣で一番の誇りは恩讐のように一家を縛った。中でも一番頑張った兄は、嫁も取らないまま五年後に死んだ。今でいう過労だった。

正岡雄一こと柳哲秀は片倉工業の富岡製糸場にいたらしい。柳はそこで登美の父と知り合ったようだ。柳は驚くほど眉目秀麗にして、陰日向《かげひなた》なく真面目に働く二十歳の、朝鮮人だった。

偏見と国粋的な思想に溢れた時代だったが、登美の父は柳が朝鮮人であることに目を瞑った。目を瞑れば顔立ちなど関係なかった。登美にしてからがそうだった。

――ところどころさ、出るだでよ。あっちの嫌んとこが。気味悪ぃったらねぇ。

柳の役目は種馬にして馬車馬だった。柳もわかっていたようだ。土地持ち、地に根差した暮らしはオールドカマーにとっても夢だったろう。

登美の父は周到に手筈を整えた。日本人でない柳を入れることは寒村であればこそ、登美の父でなくとも抵抗があっただろう。扱いは日本古来より続く、稀人のようなものに違いない。一旦柳を八戸に住まわせ、徹底的に南部弁を習得させ、その後帰化と転籍を経る。祝言の日には老若男女を問わず、村中の者が集まった。溜息が出るほど男前な柳を見るためと、その柳と登美の対比を密かに笑うためだったようだ。村だけでなく近在で、柳こと正岡雄一が朝鮮人であることを見抜く者は誰ひとりとしていなかったという。

柳は長内雄一として村に居場所を得た。役目は種馬にして馬車馬であったとしても、住まいが母屋ではなく納屋であったとしても、この頃の柳はきっと満ち足りていた。日本人として、いずれ土地持ちになれるのだ。

翌年には子宝にも恵まれた。男子だった。それが修三だ。家族に喜びはそれなりにあったようだ。

ね。

――雄一みでな鶏がらはいげね。いっぺ食わして、何倍も働く頑丈な馬さはぁ育てへねば

登美いわく、登美の父はそう言い、登美の母もにこやかにうなずいたという。修三は母屋で大事に育てられた。登美と雄一にはその後、子は出来なかった。修三はますます大事に扱われたが、雄一の待遇は比例するように落ちていった。飯も十分には与えられなかったようだ。そして、ついに限界が訪れるのが一九六九年、修三が十六になる年だった。

折りしも北朝鮮が、金日成の提唱する千里馬運動によって急速な復興を遂げているとされた頃だった。労働力を希求していた北朝鮮は、自国を〈地上の楽園〉とも喧伝《けんでん》した。

登美に拠れば修三が義務教育を終える卒業式の日に、雄一は突然消えた。三月にして、珍しく吹雪《ふぶき》の日だった。雪の中、芯まで冷えて式から帰った修三に、

――おめははぁ、逃げんなよ。こっからぁ、元取らしてもらわねばな。

登美の父は当たり前のように言い、登美の母は口も開かなかったという。義務教育を終えた修三の立場は激変した。家族から住み込みにいきなりの格下げだ。登美の父は着替え一式を与えるだけで、修三を母屋から父の後釜に、納屋に追いやった。

――親父がはぁ駄目でもよ、半分血を分げてやった者は恩義で働くと思ったけんどよ。穀潰しの子ははぁ、穀潰しじゃな。二年じゃ元も取れねえべな。それが生ぎてだっても小面憎いもんじゃが、こうして金くれんだら、我慢すっか。

ホクホク顔で二十万を数えながら、鳥居との話の最後を登美は無感情にそう締めた。

「今でも覚えている。秋の刈り取りの後だった。納屋に父の夕飯を運ぶのは私の役目だった。修三、半島に渡らないか。共和国には夢も希望も抱えきれないほどある。ここにはないものだ。父はそう言った。私は答えなかった。母屋に暮らす私には、このときはまだ夢も希望もあったように思う。結果、私は父に見捨てられた」

「一度目の絶望ですね」

「そう、どこにでもある、まだ生きていける話、死のうとしても恐怖の方が勝る話だ」

「だから私も逃げ出した。着の身着のままでね。その勇気でさえ養うのに二年掛かった」

長内は薄く笑った。

「それから青森へ」

「片田舎の十七歳には青森市でも都会だった。昭和の四十五年か。仕事は大して選べたわけではない。家出同然の若造だ。飯付きの住み込みが手っ取り早かった」

「それで遊技場に」

「若い男も女も、年配の夫婦者もいた。ホールの二階はひと癖もふた癖もある人間ばかりだった。危なっかしいが、いつも賑やかでね。楽しかったといえば、そう、楽しかった。

納屋と田んぼの往復、年中監視・蔑視だけの生活に比べたら天国だった。六年で店長になったよ。オーナーにもずいぶん可愛がってもらった」

「そこから経営者の道ですか。裸一貫から。長内さんこそ大したものだ」

「そうでもない。戻れるならと聞かれれば、私は迷うことなくあの住み込みの頃と答える。──あの頃は何も持っていなかったが、手に持てないものの全てを持っていた」

長内は天を振り仰いだ。

「全遊協の、ああ、遊戯業の組合のことだ。その総会が東京であった。あとで思えばオーナーは出たくなかったようだ。行って来いと言われた。市ヶ谷だったかな。事務会館に行って初めてわかった。オーナーは青森の人だったが、組合員は半分以上が朝鮮人か在日でね、会場で聞こえるのは片言の日本語か朝鮮語ばかりだった」

「なるほど」

純也は相槌を打った。

「教えてくれたのはどこの社長だったか。いや、社長の奥さんだったたな。在日の人だ。若い私を珍しがって、何度も声を掛けてくれた。夜は銀座の寿司屋にも誘ってくれてね」

若さもあるだろうが、今も衰えない修三の容貌があってこそだろう。大いなる長所であり、どうしようもない欠点だ。我が身に置き換えれば自ずと純也にもわかる。

「東京にも酒にも間違いなく酔っていた。そこで話したんだな。私も在日の二世だということを。社長夫婦は声を揃えた。君には同胞の匂いがした、と。そこで教えてもらったのが朝鮮総連と朝銀だ。紹介もしてくれた」

「総連と朝銀。それはまた、お決まりのコースだ」

「コースか。そうだね。フルコースだ。一ヶ月後には青森で総連の幹部と会っていた。店のオーナーには正直に話した。罵声も激励もなかった。なんだ、あっちだったのかと、それだけだった。かえって見返してやろうともね、思った。三ヶ月後には朝銀の青森信用組合で融資の書類にサインしていた。当時の朝銀は総連のＯＫがあれば、パチンコ屋をやろうとする朝鮮人や在日にはいくらでも貸してくれた。無担保でね。ただし、利が出たら半分は同胞へと言われた。寄付せよと」

「利益の半分じゃあ、億ですね」

「そうだ。貸し倒れもたまにはあるだろうが、利が出れば確実に億。それが遊戯業だ」

緩やかな経済成長がバブル期まで続く、その嚆矢《こうし》の頃だ。北朝鮮には格好の的だったろう。業界は実際、十兆円産業へと成長する。

「郊外に小さなホールを作った。パチンコ屋はね、オープンから半年保てば十年保つと言われる業界だ。おそらく今も」

「資金力がものを言う、と」

「そう。私には朝銀も総連もついていた。三年目には、最初の融資を残り二年で返す目処も立った。結婚したのはこの頃だ。小さなホールを、一生懸命手伝ってくれた子だった。それが夕佳の母親だ」

「一九八〇年頃のことですね」

「正しくは八三年だ。朝銀から二号店の話が来てね。乗った。出来たばかりのバイパス沿いに大型店用の土地を買った。これが当たった。バブルが始まる直前で、スーパーも物販も郊外に出てくる時流にも乗った。翌年夕佳が生まれる頃には、押しも押されもせぬ地域ナンバーワン店だった。それが転変するのは三年後、夕佳が三歳になったばかりの頃だ」

「転変？　二度目の絶望」

修三は小さく顎を引いた。

「二度目の融資は一度目の十倍にもなる額だったが、その分利益も大きかった。こちらも三年で返済の目処が立った。すると三号店の話が持ち上がった。融資の額は倍だった。私はこれを断った」

「断った？　それはまた」

「私は本当の意味での企業家ではなかったんだね。利益の半分を渡しても十分に食べていけた。私はすでに満足していた。だが、長銀はこの返答に掌を返した。にこやかで穏やかだった理事長の顔は氷になった」

修三の声が幾分沈んだ。

「何日かして信組に呼ばれた。借りないでもいいが、ちゃんと返せるのかとね。出されたのは二度目の融資の書類だった。見事に書き換えられていた。残金は一括で、期日は三年も短縮された半年後だった」

「では、公文書偽造」

「そうだね」

「手元に副本はなかったんですか」

「あった。だが、事務所の副本もすり替えられていた。昼夜交代の、昼を任せた副店長が同じ在日でね。思えば信組の紹介だった」

周到なものだ。総連指導の下、ひとりの在日など釈迦《しゃか》の手の上の猿にも等しい。

「さらに何日か後だった。また信組に呼ばれた。いつもの応接室に入ると、久し振りに見る顔があった。父だった。――ずいぶん稼いでるじゃないか。同胞のために、とね。そう言った。父は満足げだった」

修三の声がさらに沈んだ。

「父は北の工作員になっていた。総連で私の名前を見つけ、朝銀の青森に口を添えたらしい。私の子だ。同胞のために役立ててもらって構わないとね。お前のお陰で工作員として自由裁量の地位になったとも、言っていた。絶望の響きを持って」

「それで、全てを清算した」

「言葉で融資は承諾したが、バブルの先駆けの頃だ。いい場所はみんな唾《つば》がついていた。逆手にとって私は準備をした。申し訳ないとも思ったがまず妻と離婚した。慰謝料や養育費には十分な金を作った。イベントや新台の入れ替えを抑えれば億を超える金を残せた。何も言わせなかった」

この辺だけは、薄くだが純也もすでに夕佳から聞いた話だった。

「同時進行で、営業権ごと店を売る手筈も整えた。恥を忍んで世話になったオーナーに持ちかけた。売ることが前提だ。代金は信組の残金だけ。ホールの価値から言えば百分の一以下の売値だった。最初は訝しがったが、代金のほかに、妻と夕佳の身をくれぐれもと頼めば、最後は信用してくれたよ。かえって、最初に言っといてやればよかったなぁ。在日でよぉ、朝銀に尻の毛まで毟られて青息吐息の経営者を、俺ぁ何人も知ってんだ。任せとけよ。奥さんと娘はよ、とも言ってくれた。二度目の絶望の最後に、これだけは嬉しかった。私はオーナーの顧問弁護士の前で包括委任状を書き、法人印や個人印も渡し、そのまま青森から出た。オーナーは翌日、都市銀の支店長、一流の弁護士、とある組の若頭まで連れて万全で朝銀に乗り込んだようだ。その後を詳しくは知らないが、今もホールがあると、それが万事を示しているだろう」

言葉の最後にコップを取り上げ、修三は水をひと息に飲んだ。純也も飲む。

気がつけば、組木の壁越しに雨音が聞こえた。

そのせいか、部屋内は最前よりもだいぶ蒸し暑くなっていた。

四

修三の話は続いた。

「南へ北へ。温泉地ではアルバイトの布団敷きもした。ホームレスで上野にいたこともある。一年半くらいかな。ここに落ち着くまでの話は山本さんとしたが、聞いているかな」

山本は鳥居の仮名だ。純也はうなずいた。

「いいご夫婦だった。私はここに根を張った」

「まず作ったのが天地の会ですね」

「ここでただひとり生き、そして」

修三は一度ゆっくりと部屋内を見回した。見ているのはこの敷地全てだろう。

「死んでゆくつもりだった。人の一生はわからないものだ。生かされている、いや、死なせてもらえない。そんな人生もあるのだな」

目が一瞬遠かった。が、すぐに戻った。現実の光が純也に向けられた。

「気がつけば中林《なかばやし》十和子《とわこ》という女性が傍にいた。実に自然な接近だった。三十になったばかりだったかな。特に美人というわけではなかったが、朗らかにして頭のいい女性だった。後に天地の会を宗教法人化したのは十和子だ。彼女が全てを取り仕切った。あの当時で、常時二十人から三十人はここに暮らす仲間がいた。生きることにまた多少の希望を感じ始めていた。そんなときだったよ。十和子のお腹が目立って大きくなり始めたのは。マザーの呼称はアースの対ではない。文字通り、マザーだったのだ」

驚きはあったが口にはしない。子が出来た話。夕佳の弟か妹の話。修三自身が希望を感じ始めた頃。にもかかわらず声に感じるのは暗さだった。これは絶望に繋がる話なのだ。

「子供は元気に生まれたよ。……おそらく」

「おそらく？」

「バブル真っ盛りの頃だった。私の生活は変わらなかったが、十和子は違った。大きなお腹で精力的に布教活動に励んだ。この頃からすでに宗教法人化を目論《もくろ》んでいたのだろう。子供が生まれたのは名古屋でのことだったらしい。まだ携帯電話は一般的でなかった。詳しいことは帰ってからということになった。――また胸に希望の光が灯った気がした。だが十和子が赤ん坊を抱えて帰って来る日、あの男が私の前に立った」

「あの男？」

呟きとともに胸が締め付けられる。修三の話を聞くうちに、いつの間にか修三に同調、共鳴している自分がいた。だからこそすぐに理解できた。

「柳哲秀、長内雄一」

純也の思考は一瞬だった。

「夕暮れ時だった。ここのね、今ほど堅固ではないゲートの前に父は立っていた。同胞の役に立っているようじゃないかと、昔聞いたのと同じようなことを言った。そこにちょうど十和子を乗せた車が帰り、ゲートの前で止まった。赤ん坊を抱きかかえた十和子は車を降り、私を一度も見ることなく、お包《くる》みの赤ん坊を父にゆだねた。だから私は、生まれた子供が男の子か女の子かさえ知らない。夕暮れの中で泣く、その声しか知らない」

調子はさらに暗く、苦渋を含み、純也には心が吐く血の臭いさえするかに感じられた。

「十和子は背乗《はいの》りだった。北の工作員だ。それだけではない。森で私の周りに集った者達も、みな背乗りだった」

背乗りとは他国人が身分や国籍を乗っ取ることだ。旧ソ連や北朝鮮のイリーガルな諜報活動では常套《じょうとう》手段といえる。

「父は言った。私の知らぬ子の顔を覗き込み、クウォータでも共和国の血が七十五パーセントなら愛土を踏む資格がある、と。父はそのまま赤ん坊と去った。残った十和子に朗らかさの仮面はもうなかった。雰囲気も表情も、朝銀の青森信組の理事長と同じだった。私はマリオネットでしかなかった。操り人形は操られたまま宗教法人を立ち上げた。私は三度目の絶望の中にいた。ここの土地がいつ、あのご夫婦から寄進されたのかも正確には知らない。いつの間にかご夫婦は姿を見せなくなり、私はせめて、法人名を天敬会に改めた。

日本人の教祖の下、北が自由に動く拠点を彼らは手に入れた。若い工作員はここで日本に馴染み、時に信者に背乗りし入れ替わるここは日本にあって日本ではない。ここは日本の大地から断ち切られているのだ」

「それから、中林十和子が〈カフェ〉を立ち上げる」

「あれも父だ。だがそう、天敬会と〈カフェ〉は表裏一体だ。マザーはマダムでもあった」

話を先に促す純也の言葉に、そう言って修三は首を振った。

「父はよくここを訪れるようになった。父には目的があった。工作員として順列を上げることではない。日本人への憎悪の裏返しは北への忠誠ではない。工作員など使い捨ての駒だ。結局どっちにいても駒だったのだ。父は日本で活動する工作員の処遇と生活に執着した。そう、その意味ではここは日本ではないが北でもない。半分半分の地。まさにお前のような土地だと言われたことがある。父は別天地にしたかったようだ。最初、ここは単なる活動の拠点だった。運営資金は朝銀の千葉信組から出ていた。それが、バブルがはじけて一変した。各地の朝銀が次々に破綻していった。ここに回す余裕などあるわけもない。諜報費は自分達で工面せよ。共和国の同胞のためだ。そんなことだったろう。情報収集のルートに乗せ、一石二鳥を目論んで父が作ったのが〈カフェ〉だった」

「メンバーの女性にクスリを使ったとか」

「それは後に来る谷岡達がし始めたことだ。ノウハウも何もないからそういう物に頼る。当初の〈カフェ〉は、バブルの崩壊で寄る辺《べ》を見失った在日の女性がほとんどだった」

「在日、ですか」

「誰もがバブルがはじけて苦しかった。〈カフェ〉は救済の組織でもあった」

「なるほど。一石は何鳥も狙ったと」

「狙った。結果としての運用は順調だった。だが父は、その大半を表にしなかった」

「表にするのはぎりぎりの活動費。そうしなければ吸い上げられる」

「際限なくね。女性だけでなく、工作員ですらある歳を過ぎると忠誠心だけでは生きていけない。国に帰っても生活の保証があるわけではないのだ。長年こっちにいれば、向こうに家族や親族もあったものではない。待つのは餓死と孤独死だ。ここは別天地。望めば余生を、それこそなんの不自由もなく、のんびり過ごさせてやる場でもあった。もちろん、共和国には病死とでも届け、本人の存在を消してね」

「考えたものですね。それが柳哲秀、長内雄一の望みだったと」

「父が守りたかったのは、この国で命を懸けて働く同年代、オールドカマー世代の同胞の老後だった。自分やお前は礎であり捨石、それでいいと言っていた。みんなの笑顔を見れば、いつしか私もそれでいいと思うようになったよ。私に絶望をくれた連中だったが、気がつけばみな、同じような境遇に成り果てていた。もともとそんな連中ばかりが送り込まれたようだ。父が掻き集めてね。まあ、夕佳が六本木で泥沼に嵌っていると知ったのもこの頃で、勝手だが娘に新たな希望を見てしまった。ここの仲間も羨ましがってくれたよ。手の届くところに家族がいる。父やここの連中と夕佳をつなげるかもしれないということに一抹の不安はあったが、まずは夕佳を泥沼から救わなければならなかった。そのことに後悔はない。だが――」

「四度目の絶望はやってくる、ということですね」

「まだ蠢動《しゅんどう》だがね。九年前になるか。新たな工作員が送り込まれた。その筆頭が谷岡こと、姜成沢だ。〈カフェ〉の実態がリークされたのだ」

「それは、――中林十和子ですか」

　修三はうなずいた。

「十和子は忠実な、北の女だった。その日から父はいなくなった。〈カフェ〉と教団の支配者は、十和子だ」

「野望の実現、ですか」

「十和子は権力の亡者《もうじゃ》だった。忠誠心と栄誉栄達をイコールで結んだ女だった。共和国がテロ支援国家と指定されて以降、半島の同胞は常に貧困に喘いでいた。中央に認められるチャンスと思ったようだ。十和子はリスクを覚悟で教団に信者を獲得し始めた。クスリまで使って〈カフェ〉も拡大した。ここもね、環境は劣悪だったよ。全てが十和子の私物に成り下がった」

「過酷だったんですね」

「ああ。過酷だった」

遠い目をして、修三はうなずいた。

「食事は一日一回で、朝から晩まで働かされた。信者も、かつて働いた同胞も同列だ。十和子の取り巻きのような部下が、いつも目を光らせていた。昔本で読んだ、アメリカ南部の綿花《めんか》畑のようだった」

「アンクル・トムの小屋、ですか」

「タイトルはもう忘れた。遠い昔の話だ」

「逃げようとは？」

修三は首を振った。

「そもそも信者は、粗食も労働も修行だと受け入れまた、そういう環境をこそ拠り所として縋《すが》ろうとする者達だった。仲間はみな、そう、諦めていた。みな、かつては追いかけた側の人間達だ。脱走の末路は、それは惨めなものだそうだ」

純也にもそれはわかった。ましてや全員、国にも日本にも寄る辺のない者達だ。

「やがて教団の方は訴訟も出始めてね。システムとしての崩壊すら目前だったが、十和子は構わなかったようだ。昇進できればね。最後の一年は〈カフェ〉の運営費として残すはずの分すら送金した。十和子と取り巻き以外、皆が食うや食わずだ。ここは地獄だった。

――だから、姜成沢だったと思う。聞いたことはないが」

「我慢できなくなった」

「というより、ここのシステムを狙ってたんだと思う。実権は全部十和子が握ってた。言葉巧みに、姜成沢と一緒に来た何人かを部下に取り込んでいてね。その中には、父がいなくなったことに直接関わる裏ごとの男もいた。だから姜成沢は、直接十和子に手出しできなかった。最初から自分のルートで共和国に働きかけたんじゃないかな。ふっふっ。でも五年前だった。待ちに待った工作員がやってきたのは」

「そして、中林十和子は姿を消す。と同時に、夕佳がマダムになる」

「好むと好まざるとにかかわらず、夕佳が必要だったのだ」

「結果、巻き込むことになるとわかっていたにもかかわらず」

「守ることに繋がるとも思っていた」

一瞬だが修三の顔が歪んだ。

「いなくなっても父は悩ませる。父は自分がしていることがいずれ露見すると覚悟していたようだ。一度壊した瓦礫《がれき》の中に手を突っ込む者もいまい。そうなることこそが望みだと消える前に言った。そして私に、鍵とカードの束を差し出した。実に巧妙だったよ。夕佳名義で都内各所に作った、貸金庫の物だった。本人確認が必要で、代理人が父だった。どうやって作ったものか。日本の銀行など、なんでも作るのは簡単だ。開けるのは面倒だがと父は笑っていた。皆が困窮していた。夕佳が必要だった。とはいえ、外においておくのは危険だと思った。それで〈カフェ〉を頼んだ。承諾してくれて初めて、私は鍵とカードを一行分だけ谷岡達に渡した。谷岡には、実は父の隠し金庫があると。開けるには夕佳が必要だと。仲間に引き入れようと。谷岡達はこれを飲んだ。開けた都市銀の貸金庫には同行の通帳と印鑑に、インゴットが三十枚入っていた」

この頃の金相場はキロ三千円台だと純也は記憶していた。三十枚なら一億前後だ。

「夕佳はお飾りだがマダムとして迎えられた。その後の〈カフェ〉は谷岡たちが牛耳っている。谷岡は自分達の活動費と蓄えだけを残し、後は全部共和国送りだ。私達の立場はなにも変わらなかった。食事は増えた。まあ、増えたといっても流し込むような物が一食から三食になっただけだがね。結局、頭が挿《す》げ替わっただけだった。ここに暮らす私達は全員青森の、長内の家にいた頃の父と同じだった。おめははぁ、逃げんなよとね。わずかな食に命をつないで畑を耕し、谷岡達のために身を粉にして働き、いずれ、ボロボロになって死んでゆく先までが見えた」

「他の貸金庫の分は」

「〈カフェ〉とともに夕佳に託した。今はもうない。父が救おうとした者達に、タイミングを見計らって夕佳が一行分ずつ分け与えたはずだ。現金かインゴットか、名義ごとかは私の与《あずか》り知らぬところだ。さっきの藤田さんには名義変更で渡したようだ。ここで父のことを悪く言うのは、谷岡以降送り込まれた十数人だけだろう。なんにしてもこのことが発覚することはなく、〈カフェ〉は堅調に金と情報を共和国に送り続けている」

修三は深く、長い息を吐いた。

「ここから先は夕佳の話になる。止めておこう。ただひとつ最後に言えることは、父が目指し、私も馴染み、夕佳まで巻き込んだここはもう別天地ではなく、結果として日本の中の北に成り下がった。――私の話は、これで終わりだ」

修三が目を伏せ、影のように椅子の中に沈んだ。

暫時部屋内を、そぼ降る雨音だけが埋め尽くした。

五

純也も目を閉じ雨音に耳を傾けた。壮絶には程遠いが、人の思惑に翻弄され続ける、あまりに無力な男の半生だった。目指すところもなく、大海に漕ぎ出した小船の話だ。天候は常に黒々とした悪意に満ちていた。ときおり差す光でさえ、悪意の創作した紛《まが》い物だったとは、夕佳の死も含めた四度の絶望もうなずける。

「おや、小日向警視」

修三の声に現実に引き戻され、目を開ける。修三の姿が一瞬ぼやけた。純也の目には涙があった。

「私のために、泣いてくれるのかな」

純也は曖昧に笑った。自覚はまったくなかった。媒介として創る人格が上々の証だが、滅多には起こらない。

「お話、大変興味深く拝聴しました」

軽く頭を下げつつ涙をぬぐう。それで純也は純也に戻った。フィルタと自分も統合される。

「私の作り話かも知れないとは思わないかね」

「はい」

媒介に棘のような引っ掛かり、つまり嘘は感じられなかった。ただ、

「嘘がないことイコール全ての真実とも思いません。これは仕事柄というやつでしょうか」

「ほう。いや、いいな。面白い」

教祖の顔に戻って修三はうなずいた。そう、引っ掛かりはないが亀裂、あるいは穴はある。修三の話は長さ・細かさによって梯子《はしご》や橋を懸けた感じだ。

「どの辺に違和感があるかね」

「聞いてよろしいですか」

「答えるかどうかは別だが」

「結構です。慣れてますから」

ここからは聴取になる。共感も共鳴もすでに遠かった。

「まず現在に近い方から言えば、中林十和子は一体どこへ」

「どこへなど私にわかるわけもない」

「消えたとあなたは言った」

「――そう。そう言った」

目が炯々《けいけい》とした光を放つ。敵愾心《てきがいしん》は感じられない。興味、好奇。修三は面白がっているようだった。

「では長内雄一、お父さんは？　あなたはいなくなったと」

「そうだな」

「ここを元所有していたご夫婦のことは」

「姿を見せなくなったと言った」

「関係の遠いところでは、かつて夕佳を翻弄した六本木の暴力団員。これはどう言うんでしょう。消えた、いなくなった、姿を見せなくなった。結局はどれも同じことだ」

「同じかな。私の中では同じではないが」

「そうでしょうね。多分暴力団員は、消えた、になるのかな」

「いい読みだね。他には。いや、もうずいぶん話した。ひとつひとつは疲れる。まとめて提起してもらおうか」

「了解しました」

純也は背筋を伸ばした。修三はソファに沈んだままだ。幾分下から純也を見上げる。

「私なりの優先順位でいきましょう。初めにもお聞きしましたが、なぜ、誰に、夕佳は殺されたのか。そのとき使用された爆薬、C4の所在。これは、出所はすでに特定しています。次に、中林十和子をはじめとする人々の行方。十和子に限っては後釜がいるようですが、今のマザーは。夕佳亡き後、〈カフェ〉のマダムは。先ほど交わされた藤田さん、中周永との会話の不自然。加えて、この本部におそらく人が少ないのはどうしてか」

「ほう。わかるのか」

「あまりに人の気配がありません。そして――」

身を乗り出す。視線の高さは修三と同じだ。

「四度の絶望の後も、あなたが生きている理由」

「ふふっ。ずいぶん並べたものだが、君の心を占めるものの順列がわかる。その意味では嬉しいね。ありがとう」

修三はわずかにうつむいた。いや、頭を下げた。

「夕佳のことがまず先なのは何よりも嬉しい。あの子の生きた証がそこに見える」

「大事でした。いえ、大事だったと、失ってわかりました」

「そういうものだ。人にとって大事なものはいつも見えない。失わないとわからない。わかっても遅い。これを繰り返す。君はまだ若い。私にはない強さも備えている。それでも、いや、だからこそ肝に銘じることだ」

「覚えておきます」

「弱い私が言うのもなんだがね。弱いから私は天を敬う。顎を上げて地上の事々を見ない。見ない振りをする。今生きていられるのは、私が弱いからだ。逆説的だが、絶望があったからこそ生きている。生かされている。これが色々あった質問の、ひとつの答えだ」

「天敬ですか、地を捨てて。地は不浄。地は呪い。地は血。とお聞きしましたが」

「それも答えのひとつだろう。いや、包括すれば全部になる。私の絶望も含めて」

　修三は静かに笑った。

「ついでにいくつか答えよう。ここまで来てくれた礼はもう話に代えたとして、夕佳の礼、私の話に涙してくれたことへの礼だ」

　純也は少しだけ身を離した。反応というか、スイッチだ。鵜呑みに出来ぬ話に光を当てるための。

「夕佳のことは先にも話した。答えられない。Ｃ４については、私は関与していない。十和子達が仕込んだことだ。それにしても明確な目的があったわけでもない。半分は貢物として海を渡り、残りは十和子の狂気としてここにあった。昔は」

「昔は、ですか。では、今はもう」

「ああ。もうここにはほとんどない、と答えておこう。嘘も隠しもない」

修三は一旦口を結んだ。C４についてはここまでなのだろう。純也も深くは追及しない。話を堂々巡りにするのは得策ではない。

「十和子の後釜だが、今のマザーは谷岡達と一緒に来た工作員だ。マダムも兼務している。もっとも、マザーは継ぐものではなく十和子そのものの呼称だった。だから仕事などない。藤田さんとの会話については、そう、鋭いね。人の気配が断言できるほど読めるとは驚きだ。北からの者達を見回してもそう多くはないだろう」

「畏れ入ります」

「君の感じた通りだ。もうここに残っているのは、純然たる天敬会の信者ばかりだ」

「それは、日本人だけということですか」

「父が守ろうとした者達は、みな旅に出た」

「旅……」

「そう。自分の来し道を辿る、巡礼の旅だ。さっきの藤田さんも、今頃はもうここを出ただろう。どこに向かうかは私も知らない。さて、そこでだ」

この会見で初めて修三が身を乗り出した。

「今日、君に来てもらったもうひとつの用件がある」

「もうひとつの用件、ですか」

「取引をしよう」

長内修三が一瞬、別人に見えた。想像でしかないが、もしかしたらそれが修三を翻弄し続けた父、長内雄一という男が息子に映す、我執という名の影なのかも知れない。


純也はログハウスから外に出た。夏の雨だ。音もなく煙る様子が申し訳程度の照明の中に見て取れた。

「参ったね。どうにも今のところ、掌の上か」

純也は秋野菜の収穫を待つ天敬会の敷地を見回し、修三との取引を思い返した。

「小日向警視。〈カフェ〉の実行部隊がどこにいるか、知っているかね」

修三はそう切り出した。

「いや、公安なら、君ならもう辿り着いたかと思ってね」

一瞬考え、純也は知っていると告げた。

「どこかな」

「さすがだ。そうでなくてはいけない。そうでなくては頼めない」

「渋谷」

満足げに修三はうなずいた。

「なら私も言おう。連中はまだ気付いていない。その上でだ」

〈カフェ〉の連中を渋谷に封じ込めて欲しいと、それが長内修三の狙いだった。

「一ヶ月とは言わない。二十日、いや二週間でいい。それだけあれば――」

満足だろうと修三は続けた。

「心残りはないと思う。それまでは、静かに回らせてやりたいのだ」

「それが答えですか」

「これは目的だ。答えかどうかは君が考えたまえ。ただ、この巡礼を望んでみな生き、耐えてきた。夕佳のことを思えば胸も痛むが、それは私個人の痛みだ。みなの望みを断ち切る非情さには至らない。だから止めたくはない。いや、私は止めない」

修三はどこまでも落ち着いていた。今更ながら天敬会の教祖、アースであることを再認識する。

と――。

教祖アースという言葉に、純也の中でこれまで知り得た事々が渦を巻いた。渦を巻いて拡散、収斂を繰り返し、やがてそれぞれが形を整える。抜けも多く仮説でしかないが、一連の物事は絵画のピースとして収まるべきところに収まり、全体像を浮かび上がらせた。

「最初から、僕も駒でしたか。北とあなた方を切り離すための」

「駒ではない。期待はしたが」

「お眼鏡には適《かな》ったようですね」

「私の個人的な感情も含めれば、期待以上だよ。願わくば、――いや、ここから先はもう、私の物語ではない。止めておこう」

修三は首を振りながらしかし、表情は満ち足りたように穏やかだった。

「小日向警視、話を戻そう。渋谷の連中のこと、ただでとは言わない。ここからが取引だ」

終始、修三のペースではあった。純也は逆らわなかった。逆らわず提案を飲んだ。それが最前にして、最後に交わした会話だった。

純也は霧雨の中、もう一度天敬会の敷地を見回した。ブロッコリー、人参、じゃが芋。茄子もある。雨に打たれ瑞々《みずみず》しさをいや増す命の下に、累々たる死が横たわっている。

「ここを元所有した老夫婦も、父も十和子も、六本木の暴力団員も。それだけではない。背乗りされたことに気付いた信者の何人かも、みなこの地に埋められている。天敬会ある限り、誰にも知られず眠り続ける宿命を背負って。二週間が過ぎたら、巡礼の旅さえ終えれば、この敷地、会の裏口座。全てを開放しよう。自由にしてくれていい」

取引における修三の手札はそれだった。

「いいのですか」

「構わない。大地も教団も、私を縛るものではない。もともとひとりで生き、ひとりで死んでゆくつもりで入った森だった」

「先ほど、C4はもうほとんどないと仰いましたね。海を渡った半分以外も」

自分の仮説に従って純也は口を開いた。

「言った。わかるよ」

修三は透き通るような笑みを以ってうなずいた。

「そう。分けた。ここに残るのはわずかに、ひとり分だけだ」

「やはり、そういうことですか」

「頼めるかな」

「お断りしたら」

「残念だがその瞬間に、その場で全員の巡礼の旅は終わる」

「C4で」

「そういうことだね」

「テロ、と考えていいんですか」

「そんな物騒な話ではない。心穏やかな巡礼の行き着く果てなのだ。だが、そうだね。彼らがどこを果てと考えるかを私は知らない。そうなると、残念なのは私と巡礼の者達だけに留まらない。これは君にとっても残念な結果だろうね」

「……脅しですか」

「はっはっ。そうではないと何度も言った。頼みたいのだよ。私は君に。より安全な方に」

純也は二週間の猶予と受け取った。だからこそ、承諾せざるを得なかった。

「了解しました。渋谷の件、間違いなく」

「そう言ってくれると思っていた」

修三の掌で踊るリズムを、まだ乱すタイミングではなかった。

「でも、このままでは全てが悲しい」

髪をかきあげ、雨を睨む。

「僕は僕のリズムで踊る。天《あま》の岩戸《いわと》は、必ず開く」

決意は小さな呟きだが、霧雨に混じることなく、真っ直ぐ闇に伸びた。

終章　往去来

一

　裏ゲートを開け、純也は深い闇の中に出た。考えなければならないことは多いが、猶予は二週間しかない。朴秀満、申周永、ほかに何人いるか。データから見る天敬会の関係者、〈カフェ〉や今も本部に残る信者を概数で多く見積もっても、巡礼の旅に出たという者達が十人を下回ることはないだろう。

　C４を持ち、思い思いの場所を巡って死ぬ。巡礼とはそういうことだと純也は推測した。

（さて、どうしたものかな）

　去来する思考の波に身を委ねた分、純也は闇に対してわずかに無防備だった。

　ペンライトを取り出しスイッチを入れる。その瞬間、開け放った潜り戸の裏、純也の右後ろから突如として尖った気が湧いた。殺気だとはすぐにわかったが、だから遅れた。闇とライトの隙間を断ち斬るように銀光が走る。ナイフだ。

「!」

純也は咄嗟《とっさ》に左手を襷掛《たすきが》けのように上げ、斜めに心臓と首筋を守った。

意表を突かれたのは気配がわからなかったからだ。見事な隠形《おんぎょう》だった。プロに違いない。ならば避けるべきは必殺の一撃だ。遅れた分、命以外は甘んじて差し出す覚悟を決める。それが襷掛けの左手だった。

しかし、

「痛っ!」

ペンライトを持った右手に火箸を当てられたような痛みがあった。光を発したままライトが純也の手を離れる。拾い上げる暇はなかった。一瞬闇に浮かぶ影がそれを踏みつけ、ナイフの二撃目が宙に閃いた。

かろうじて見通せる樹木の最奥に純也は身を躍らせた。すぐにライトの明かりが絶えた。

純也は樹木の陰に回り、左手で傷の具合を確かめた。右の二の腕が長さ十センチほどで斬り裂かれていた。深さはおそらく一センチに満たない。痺れはあったが、幸いにも骨には届いていないようだった。

血は溢れていたが血止めをしている時間もない。最初から心臓や首筋を狙ってこないのもプロの所業だ。確実に獲物を仕留めるためにまず邪魔な物を削ぐ。今の場合は明かりだった。襲撃者は暗視ゴーグルを装着していると純也は踏んだ。

（三度目の正直か）

思えば湧き上がった殺気は、二度の襲撃に感じたものと同じような針だった。三度目にして支度、仕掛けは万全のようだ。それにしても銃を使わなかったのはなぜか。持っていないわけはない。

（くそっ。いい性格してるようだ）

二度失敗の憂さを晴らすつもりか。万全にして絶対的有利の上で、嬲《なぶ》り殺しでも狙っているのだろう。

（だが）

蛇の性格は隙だ。アラブのアサシン、欧米の優秀なヒットマンなら一秒の猶予すら敵に与えない。拳銃を使わなかった瞬間に、絶対的優位はすでに崩れている。

純也は呼吸を整え、心気を凝らした。右腕の痛みを意思で遮断し、五感を闇に総動員する。聴覚に雨の音は煩わしかったが、濡れた森の匂いは逆に強烈だった。奪われたに等しい視覚に、在りし日の東南アジア各地が蘇る。すでに現実として生死の水際にいるが、イメージは時に現実であり、現実をも凌駕《りょうが》する。

純也の中に戦場は再現された。今いる森ははっきりと戦場だった。五感が活性化する。確度は常人を遥かに超えた。

純也は待った。姿なき姿を見通し、声なき声を聞き取り、匂いなき匂いを嗅ぎ分け、気配なき気配を感じるのだ。

五秒、十秒。――二十秒になると永劫《えいごう》に近い時間だった。左方からの何かを感じた。具体的ではない。五感のどれか、あるいは全てが訴えるわずかな変異だ。

純也は右手を内ポケットに入れ、左手に強く拳を握った。遮断が解け激痛が全身を駆け巡る。圧倒的な殺気が襲い来たのはその直後だった。膝をたわめ身を沈める。頭上ぎりぎりをかすかな唸りが通過した。ちょうどそれまでの首の高さだった。たわめたバネを戻すように伸び上がり、固めた拳を動きに乗せる。

「――っ」

手応えは十分だった。防弾チョッキらしき物を着ているようだが、拳が伝える感触はその下の肋骨《ろっこつ》だった。殺気が一瞬掻き消えた。襲撃者に拘泥することなく純也はポケットから右手を出した。

スマートフォンの電源を入れ左方の森にかざす。最低限の光だったが、樹木の配置は確認できた。把握している情報に拠ればそちらが県道側であり、危険を伴うが活路もある方向だった。純也はすぐに明かりを消した。迷うことなく飛び出す。アドバンテージはそう長くは続かない。入り組んだ樹間を走れば、左右の肩が一度ずつ木の幹に激突した。しかし足は止めなかった。消音の銃声と、樹皮を擦過《さっか》する音がした。純也が摺《す》り抜けたばかりの辺りだ。やはり敵は銃を持っていた。優位を失い使ってきた。

純也にアドバンテージはもうなかった。だが、活路を見出すには十分だった。純也は前方の暗がりに飛んだ。

あるはずの地面は、すぐにはなかった。地面がないことが活路だった。裏ゲートから県道側におよそ五十メートル。そこは一部が崩れ、熊笹が生い茂る急な斜面になっていた。崖に近い。高さにして十五メートル弱。純也はそこに身を投げたのだ。

身体を丸め、頭部を守る。着地、いや落下の衝撃はさほどでもなかった。熊笹に守られるだけでなく雨であることは天運だったろう。覚悟はしたが斜面の土は思うより柔らかく粘土質だった。腰は打ちつけたがそれだけだ。最後は樹木に背中からまともに突っ込んで止まった。そのほうが身体には痛撃だった。息が詰まった。それでも立ち上がり、もう一度スマートフォンの電源を入れる。今度は消さない。命の光だ。

崖下は一面、地面から突き出た岩と熊笹ばかりで樹木はなかった。空き地のような場所だった。県道際の樹林まで三十メートルはあった。途中の岩を飛び越えると背後で火花が散った。やはり襲撃者はまだ諦めなどしなかった。あえて立ち止まって身を沈めれば、二メートルほど前方にまた火花があった。渾身の力で駆けた。最後の火花が散ったのは、純也の上着を貫通した後だった。

「ふう」

樹林に飛び込み、純也はようやく息をついた。枝葉が密集した樹林は、最新の暗視ゴーグルを以ってしても見通せるものではないだろう。

襲撃はおそらく止んだ。背筋を撫でるような殺気も消え果てた。

純也は箇所箇所が痛む身体を県道に向けて運んだ。

やがて樹間から差し込む街灯の明かりは、地元では暗いと評判のようだが、純也の目には眩《まばゆ》かった。

二

「おや、分室長。変更の連絡なしなんて珍しいですね。こっちには午後だったんじゃないですか」

翌朝の九時だ。渋谷の拠点で純也を出迎えたのは犬塚の言葉と、低く掛かったラジオの音声だった。

「うん。まあ、ちょっと入れ替えた」

入れ替えた理由ははっきりしている。朝、登庁に間に合う時間までに起きられなかったからだ。

前夜、酒々井の駅前でＭ４に乗り込んだ純也は、真っ直ぐ国立の家に向かった。右腕の傷は血止めだけで騙《だま》し騙しだ。血だらけ泥だらけの姿では、さすがにPAに寄るのもはばかられた。自室に入った純也は、まず傷の手当てをした。たいがいの外傷は自分で処置する。春子に心配をかけないよう、救急セットは自室に常備していた。消毒と縫合をし、痛みと化膿止めの抗生剤を飲めばそれで事足りた。シャワーを浴びたかったが、それよりも疲労から来る眠気が勝った。分室の三人に一斉メールで〈帰着〉とだけ打ち、ベッドに倒れ込んだのが午前一時頃だった。

予感はしていたが、この日の朝は最悪だった。六時前には目覚めていたが、なんとも身体は動かなかった。熱もあるようで寒気もした。熱は傷を負ったのだから仕方ないとして、問題は身体の方だった。いかに軟着陸だろうとも、崖から飛んだ衝撃は全身にダメージだったようだ。節々は軋み、筋肉はコンクリートのように強張っていた。せめて動かせるようにするために、熱い風呂やらストレッチやらで一時間を要した。

「純ちゃん、またなにか危ないことしてきたでしょう。本当に、私より先に死んじゃうのだけはよしてよ。もうそんなのは香織だけでたくさん」

朝食の席に着きはしたがやはり感づかれていたようで、春子にそんな溜息をつかせる頃にはすでに七時半を回っていた。

道の込み具合を考えれば、渋谷を先にした方が無駄がないと判断し、M４を走らせた。案の定、上りはどこもかしこも渋滞していた。

「シノさん。セリさんは？」

　見渡す限り、菓子パンやカップ麺の屑が増える一方の拠点の中に猿丸の姿はなかった。寝袋の中にもいない。今日はふたり揃っているはずだった。

「ああ。ほとんど入れ違いですね。今さっき出ました」

「出た？　今日は一日いるんじゃなかったっけ」

「夕べ連絡が入ったようです。分室長が千葉に行っている時間だったので報告はしませんでした。午後には来るとわかってましたから」

「連絡って、どこから」

「チーム・カフェノワールからです」

「なんだって」

「市ヶ谷です」

「ああ」

　分室で市ヶ谷と言えば、陸自の矢崎のことと決まっている。

「チーム・カフェノワールって、なんかベタベタに昭和だね」

「まあ、平成ではないですね」

「どうせ命名は中部のおじさんだろうね」

　自分でパイプ椅子を引き、純也は腰を下ろした。

「当たりです」

犬塚はPCの脇から分厚い茶封筒を取り上げ、近寄ってきて差し出す。純也は右手で受け取り、左手で中身を取り出した。

「右手、どうかしましたか」

犬塚はさすがに目敏《めざと》く聞いてきたが、先に茶封筒の中身に目を通す。向かいの入り口付近の写真と、三階の廊下に取り付けた監視カメラの画像だった。百枚はあった。全てに人が写っている。姜成沢が写った物が七枚あった。

「整理すると十人です。今のところ。姜成沢以外、カイシャのデータベースにも引っ掛かる奴はいません。小者の集まりか、通常の工作員とはまったく別の流れ、ですね」

純也はプリントをしまい、犬塚に戻した。

「あと何人くらい居そうだい。勘でいい」

問い掛けに犬塚は怪訝な顔をした。

「印西でなにか、十日を待てない事態でも発生しましたか」

「かどうか、ちょっと考えどころでね。セリさんにはシノさんからあとで話しておいて欲しい」

そう前置きし、純也は前夜のあらましを話した。長内修三のこれまで、取引、そして闇夜の襲撃。

「それはまた、いや、なんとも」

犬塚は純也の右腕に視線を向けた。

「僕のことなら大丈夫。気にされると話が進まない」

純也は無理やり腕を振った。

「あ、すいません」

犬塚は大きく息を吸い、吐いた。その間にも話の要点を思考したようだ。

「――巡礼ですか」

「そう言っていた。メッカ、ベツレヘム、エルサレム、カイラス、ルンビニ。四国八十八ヶ所、西国三十三所なんてのもあるけど、ちょっと違う」

「その意味はもう考えてるんですね」

「なんたって、みんなC４を持っている。一番イメージに合うのは、普陀落渡海《ふだらくとかい》かな」

「えっ！　普陀落渡海って、まさか！」

声が尖る。

「自爆ってことですか」

犬塚も知っていた。南方へ小船で漕ぎ出す仏教の捨身行《しゃしんぎょう》、それが普陀落渡海だ。ただただ観世音浄土を目指して行き、帰りはない。

「それぞれが思い出の場所を巡り、思い思いに死んでゆく。勝手にしてくれと言いたいが、問題はC4だ。そんなつもりはないと長内は言ったが、往年の工作員が巡る思い出の場所ってどこだい。都内だけだって国会議事堂、各省庁、古くに活躍の場を考えるなら霞が関ビルだってある。日本全体でも、県庁、大企業の本社、防衛施設、原発。考えればきりがない。まさか物見遊山に観光名所ってことはないだろう。いや、観光名所だって人混みでC4が爆発すれば、爆死するつもりで人混みに飛び込めば。わかるだろ、シノさん」

犬塚は唸りながらうなずいた。

「確かに」

「だからまず、その場で断ることはできなかった。リミットは二週間だ。しかないと思うか、もあると思うか、ここが考えどころだけど、それにしてもあくまで最大で、だからね。その前にこっちの連中の動きが怪しくなれば、その瞬間にタイムリミットはやってくる。いきなりドカンだ。手はいくつもある。だが打とうにも、まずはこのいつ来るかわからないタイムリミットってやつが面倒だ」

「それが待てない理由ですね」

「理由のひとつだ」

犬塚は黙って腕を組んだ。

「――それでも丸一週間。つまり今週の金曜午前一杯は」

「あと四日半」

「やはりひと回りは。それでたいがいは拾えると思います。事態が事態なので残りは捨てましょう」

「わかった。それで考えようか」

「はい。で、分室長。待てない別の理由というのは」

「僕を襲ったヒットマンが気になる。読めていないのに読まれている。上回ることはできないだろうけど、せめてスピードでカバーしたい。いや、これは焦りかもしれないけどね」

「いえ。わかります」

「はっはっ。シノさんにわかってもらえるならまだ大丈夫だ。安心した」

純也はパイプ椅子から立ち上がった。

「これからカイシャですね」

「そうだよ。今日は久し振りにメイさんが朝から出ているはずだ。遅れるってだけメールしたから、今頃やきもきしてるかな」

「年寄りは気が短いですからね」

「それ、言っていいのかな」

「勘弁してください」

犬塚は苦笑いだった。

「じゃ、もう少しだ。頼んだよ」

純也は左手を上げて歩き出した。

「了解です。――ああ、そうだ。さっきラジオで言ってましたが」

「なんだい」

「桜田通りは事故で大渋滞らしいですよ」

聞いた途端に足が重くなる。

「頑張ること。三十分で着くかな」

「どうですかね。色々とお気をつけて」

「色々？」

「年寄りは本当に気が短いですから」

「……そうだね」

鳥居の苦虫を噛み潰したような顔を思い浮かべながら、純也は拠点をあとにした。

純也が警視庁に到着したのは、十時半に近かった。道は混んでいたが事故の処理はスムーズだったらしく、流れ始めたところのようだった。

純也はいつも通りA階段から玄関ホールに上がった。人の往来はあったが静かなものだ。

いつもの月曜日の朝だった。受付に近寄るが、大橋恵子の姿はなかった。もう一人の菅生奈々が、まだ離れていたが立ち上がって頭を下げた。それ以上近寄ることなく、軽く手を上げるにとどめる。奈々になにか言いたそうな様子はなかった。ただの世間話をするだけなら、十四階で待つ鳥居を優先するのが世渡り上手だろう。そのときだった。

「あら」

真後ろから声がした。大橋恵子だった。

「おはよう」

振り返るが、そこに恵子の姿は見えなかった。代わりにあったのは、視界を埋め尽くすほどの白いバラだ。

「早くないです。ごゆっくりでよろしいなら、これ運んで下さいません？　重いんです」

答える間もなく大振りの花瓶を手渡された。思わず受け取る。重量はさほどでもなかったが右腕には響いた。

「！　ってて」

顔をしかめれば、バラの向こうから現れた恵子が明らかに狼狽した。

「えっ。あ、ごめんなさい。どこか怪我でも？　申し訳ありません。私が――」

「いや、いい。大丈夫。運ぶよ」

慌てて花瓶に手を添えようとする恵子を制し、純也は並んで受付に向かった。

「腕、どうかされたんですか？」

「なんでもない。いきなりだったんでへんな受け方をしたみたいだ」

「――本当ですか」

「嘘言っても仕方ないだろ。ほら」

花瓶を上げ下げしながらも笑顔でいる。実際右腕は悲鳴を上げたがそこは処世術、我慢の一手だ。

「それにしてもずいぶん豪華だね。大丈夫かい。自腹なんだろ」

「まあ。ご存知だったんですか」

黒目勝ちの大きな目を一杯に開いて見詰められると、なにか後ろめたいことをしたような気になるから不思議だ。

「ん？　あ、まあね」

「それなら言いますけど、なんか投げ売りみたいに安かったんです。多分市価の十分の一くらいだったんじゃないかしら」

「へえ。あんまり大豊作だからってのも聞かないけどね。出荷調整もしないのかな」

改めて、見る。白いバラ。夕佳と最後に会った夜の花。純白と香り。腕の傷よりも心がうずく。

受付でまた菅生奈々が立ち上がった。

「何度も悪い。いい迷惑だよね」

「いえ、そんなこと」

奈々もそろそろ純也に慣れてきたようで、目を泳がせたりすることはなかった。

「ここでいいのかな」

花瓶を受付台越しに、奥のデスクの上に置く。

「はい。けっこうです。えっと」

恵子は受付の向こうに回り、自分の定位置で背を伸ばした。

「小日向分室長への伝言はございません」

「ありがとう。ひと言いいかな」

「なんでしょう」

「これ、買い過ぎ。こっち側から君達が見えない」

「えっ」

恵子がなにか言い出す前にその場を離れる。十歩も離れれば知らず軽い溜息が洩れた。

分室に向かう足も少々重い。鳥居の仏頂面以外に、いきなりもうひとつ気障りが出来た感じだ。

「受付がこうってことは」

十四階に上がり、分室に入る。

「あれ」

思いとは裏腹に分室で出迎えたのは、鳥居の厳つい顔だけだった。

「おはようございますってぇか、遅れるってのにもたいがい限度があると思いますがね」

「悪い悪い。先にシノさん達の方に寄っててね。あれ、新井さんは？」

「なんか下に荷物取りに行ってますよ」

「あ、そう」

奥に進み、キャスタチェアを軋ませると分室のドアが開いた。

「あ、お、おはようございます」

里美の声だった。見れば、大きなポリバケツを積んだ台車を後ろ手に引っ張りながら入ってくる。身体を左右に振りながら、そのせいで青いバレッタが頭から外れそうになっていた。

「やっぱりね」

台車に乗っているのは案の定、気障りの元だ。ポリバケツに無数に咲き誇る白いバラだった。

「おっとっと」

台車からこぼれる花びらに鳥居が忙しく立ち上がる。一枚二枚と拾ってから目は外に向いた。

「なんだい。里美ちゃん。廊下にもずいぶん落ちてるじゃねえか」

「えっ。あ、すいません」

落穂拾いよろしく腰を屈めて部屋を出てゆく鳥居に里美が声をかけた。エレベータ前まで続くならきっとすぐには帰ってこない。

「また買い込んだね」

コーヒーメーカの前に移動した純也は、カップを取り上げるのも忘れ呆気《あっけ》に取られた。分室の払いだとは言え、ポリバケツひとつはたいがいの量だ。

「多過ぎましたか？　とても持ち切れなかったんで、配達でお願いしちゃいました」

肩をすくめ、愛らしく舌を出す。

「でも、とっても安かったんですよ。びっくりするくらいに」

「知ってる」

「あ。ひょっとして大橋さんにお聞きになりました？」

「聞いたっていうか、見たし、手伝わされた」

「ふふっ。大橋さんらしいですね。でも私は、分室長にそんなことお願いしませんよ」

里美は用意してあった軍手をはめた。

「分室長はコーヒーを飲みながらゆっくりご観賞ください。お好きな花でしたものね」

いそいそと花瓶を用意して下葉を落とし、花鋏《はなばさみ》でひと束ごとに長さをそろえ、里美が

手際よく白バラを活けてゆく。やがて、戻った鳥居も、

「おう。俺もやるよ。それにしたってなんだい、この量は」

などと言いながら素手で触り、棘が、この野郎などと喚く。

純也はコーヒーで満たしたカップを手に、一連を眺めた。小分けにされたバラの香りがコーヒーの匂いを凌駕する。さながら花屋の店先だ。整えられてゆく花瓶のバラに、かの夜の夕佳が浮かんでは消える。

――あなたに会ってよかった。会えてよかった。

そう言って夕佳は笑った。笑って二度と戻らなかった。

純也は静かに窓辺に寄った。背後ではバラの棘と格闘する鳥居の文句と、いちいち受け答えする里美の掛け合いが続く。

「夕佳。君はなんのために死んだんだい」

吐息に混ぜたようなつぶやきは自分にさえ聞こえない。

純也は桜田通りの往来を眺めた。見下ろす通りは影が濃かった。日傘の花も咲き誇る。

ラジオで聞いた天気予報は、東京地方の今日はふたたび猛暑日だろうと言っていた。

純也がコーヒーを飲み終える頃、分室は無数の白いバラに飾られた。時刻は十一時を回っていた。

「終わったばかりで悪いけど、メイさん、早飯にしよう。今日はちょっと朝がバタバタで

ね。もう腹ペコなんだ。鰻《うなぎ》でもどうだい」

　ひと息つく鳥居に純也は声をかけた。

「おっ。いいですね。じゃ混む前に早速。里美ちゃんよ。後片付け任せちまっていいかい。ポリと台車ぁ、俺が下に持ってっとくからよ」

「はい。もちろん。私はお花、もうちょっと綺麗にしてから出ます」

「悪ぃな」

　鳥居が台車の後ろに回る。

「じゃあ、よろしくね」

　純也も里美に声をかけ、先に立ってドアを開けた。

「はい。ごゆっくり」

　朗らかな声に送られ、廊下に出る。

「で、昨日はどうだったかってぇ話になるわけですね」

　台車を押しながら鳥居が小声で言った。廊下にはガラガラとした台車の音だけが響く。

　純也はうなずくにとどめ、二人はエレベータに乗り込んだ。他に人はいない。

「シノさんには話してきたけど、だいぶ生臭くもキナ臭いんでね。それで思いついたイメージが」

「鰻ですか。食欲が失せなきゃいいですけど」

一階に降り、搬入口に台車とポリバケツを預けて二人は外に出た。

「かぁ。今日も暑っちぃや」

鳥居が陽射しに手をかざして嘆く。

「だからね。しっかり食べてお互い、ばてないようにしないとね」

「なんかありますか」

「うん。一連を説明した後で、行ってもらいたい所がある」

「どちらへ」

「新潟」

「新潟、ですか」

「そう。行って、帰ったらシノさん達と合流だ。連絡はいらない。僕もしばらく勝手に動く。必要なときはこちらから連絡する」

「了解です」

多くは言わない、聞かない。これが分室の呼吸であり、ルールだ。

「それにしても、確かに暑いね」

歩きながら純也も首元をくつろげた。

「メイさん。特上といこうか」

「どうせなら白焼きもつけてもらえると豪勢ですが。シノやセリには悪ぃけど」

「わかった。それでいこう。シノさんやセリさんには内緒でね」

「大いに了解です」

純也を追い越し、先へ先へと鳥居は急いだ。

三

猿丸が市ヶ谷の防衛省に到着したのは、純也が渋谷の拠点から出る頃だった。十時過ぎには連絡会議が終わると、矢崎陸将からは聞いていた。

案内の下官に従って応接室に通される。前回と違って、猿丸は別室を申し出ることはしなかった。この日は中部方面隊に割り当てられたフロアの応接室ではなく、一階のやけに奥まった別室に通されたからだ。上等な革張りのソファにマーブルの低いテーブル。おそらく大理石だ。

「まぁ、応接セットはえらく豪勢だが」

案内の下官が去ってまずすることは室内の点検だが、すぐに終わった。応接セットと内線電話以外なにもない部屋だった。窓もない。携帯を取り出してみれば圏外になっていた。おそらく部屋全体にジャミングが掛かっている。外部との最重要案件に対して接触する場所ということだろう。防衛省を何度も訪れる猿丸にして、初めて通された応接室だった。

ソファに座り、暫時待つ。通されてから十五分は過ぎた頃か。十時を回っていた。さらに五分も待つと、ノックとともに若い下士官が入ってきた。コーヒーカップを載せた銀盆を持っている。いい応接セットにはいいコーヒーが、などと期待もしたが漂う香りは大して広がるものではなかった。

テーブルの上に整えられたコーヒーカップは三脚だった。猿丸の前に一脚、対面側に二脚だ。矢崎のほかにも同席者があるとは易くうかがい知れた。

程もなく力強いノックの音がした。知らない人間が聞いたら扉を殴っているのかと勘違いするかもしれない。ノックひとつにも人柄が出る。猿丸は立ち上がって迎えた。

「待たせたかな。下らん会議ほどよく延びるものでな」

制服の矢崎が入ってくる。ひとりだった。矢崎が座るのを待って猿丸は腰を下ろした。

「こちらから呼んだということで、何事かはわかると思うが」

矢崎は座るなり切り出した。

「プリントの人物が特定出来ましたか」

猿丸の問いに矢崎はうなずいた。

「出来た。まあ、おおよそはもっと早い時期に和知の方で把握していたようだが」

「なるほど。遊んでましたか」

「遊んでいたというか、それがあれの趣味であり、実益も兼ねるからな」

「実益ねぇ」

「そう。大いに実益を兼ねる、のは間違いない、はずだ」

口では肯定しつつも、矢崎も少々渋い顔だ。猿丸の視線から逃れるように、左手でコーヒーカップを取り上げた。

猿丸は和知のやり方をよく知っている。監察だから猿丸達公安と似たような立場と言えるが、そのやり方は猿丸が見てもエグイ。ひとりを特定して調べることを和知はしない。やるときは根こそぎだ。

和知はこうと狙いを定めたら、まず一番下の陸士から始める。この狙いのことを本人はテーマと呼ぶ。ときに贈収賄だったり情報漏洩だったり、隠蔽工作だったりする。陸士から始めるのは当然、数が一番多いからだが、最終的なテーマに気付かせないためでもある。遠くからジワジワと攻めてゆく。この辺が和知の真骨頂だ。テーマに沿った聞き取り、監視を進めるのは和知の部下だが、集めた情報をひとりでもてあそび、場合によっては捻《ね》じ曲げ、嬉々として揺すりのネタのように扱う。扱って他人、特に上官の秘話を聞きだす。こうしてそろえていった情報の坩堝《るつぼ》をまた、揺すりのようなささやきで以ってよく掻き混ぜてゆく。出来上がった純度の高い上澄みを本人は黄金のスープなどと呼ぶが、くたくたに煮込まれた方は堪《たま》ったものではない。みな疑心暗鬼になり、しばらく連隊は人間関係が崩壊し、師団のレベルでもギクシャクする。それを方面隊を超え陸自さえ超え、全国の自衛隊で展開するのが矢崎も黙認する和知の凄《すご》さだ。

「腐らせた芋蔓方式でしたっけ」

「そうそう。本人は最近、呼称を変えたと言っていた」

「へ？　なんでまた」

「黄金のスープを作るのに芋は似合わないとか」

「なんのレシピの話ですか」

「知らんが、本人なりの理由がそれだそうだ。もともと芋も好きではないとか」

「で、今後はなんだと」

「なんだったか。――そう、虫をつけた朝顔の蔓方式、か」

「……ま、なんでもいいや。あいつ自体が朝鮮朝顔みてぇだし。で、師団長。何人出ました？」

「四人だ。除隊者を集めて暴力団紛いのぼったくりバーをやらせていた准陸尉がひとりと、大使館に出入りする中国人パブの女に入れ揚げていた士長がひとりと、その、なんだ」

矢崎は一瞬言い澱んだ。

「それと、なんですね」

「うむ。座間のな、上級曹長とその、割りない仲になっていた二等陸尉がひとりだ」

「へえ。座間ってことは米軍の」

「そうだ。本人は純愛だのと騒いだが、相手はどうも、中央情報局の息が掛かっている節があると和知がな」

「なんとも、世知辛《せちがら》いっすね」

想像しそうな頭を振り、猿丸はコーヒーカップを手に取った。

「その四人目がな。これだ」

矢崎は右手で、空いたまま不在の隣を示した。

「あれ」

矢崎の動きで初めて気付く。矢崎の制服の右袖口から、手首に巻かれた白い包帯が見えた。

「お怪我でもされましたか」

「ん？　ああ、これか」

矢崎は右手首を左手で触った。

「少し酷使してな。今日もそのつもりだが、さすがにひとりは気が引ける。処世術として君に来てもらったのだ。そうそう。なにかあってもいけない。これを」

矢崎が上着のポケットから取り出したのは、黒いセルロイドの眼鏡と、買ったままのビニル袋に入った付け髭だった。パーティグッズの類だ。どこで買ったのかは聞かなくてもわかった。

「師団長もこういうとこ行くんですね」

ビニル袋の端で、小さなペンギンが笑っていた。とにかく眼鏡をかけ、髭をつけると軽いノックが聞こえた。矢崎が立ち上がる。猿丸もそれに倣った。

「矢崎、遅くな――。ん？　お客さんじゃないか。おい。それで私を呼ぶとはどういうことかね」

「はっ。大迫《おおさこ》部長にご足労願ったのは、実はこの来客に関わることでして」

不機嫌な顔で入ってきたのは、あのプリン、の人物だった。矢崎より年上に見えるが、敬語は歳のせいだけではないだろう。

矢崎が敬語を使わなければならない部長といえば猿丸にもわかる。制服の肩章は矢崎と同じ桜星が三つ、陸将だが、通常部長職は陸将補が当てられる。矢崎と同じ陸将にして部長なら、この大迫は統合幕僚監部の部長ということだ。陸海空を統括する統合幕僚監部の部長職のみが、師団長同等の陸将を以って任じられることがある。

「なんだかわからんが、手短に。私は忙しい」

白髪頭の短軀は矢崎の傍らでふんぞり返った。

「そうですか」

大迫にはわからないようだが、矢崎のこのひと言で部屋の空気が張り詰めた。

「せめてコーヒー一杯くらいはと思ったんですが、総務部長がそう仰られるなら」

矢崎は立ったまま大迫に声をかけた。

「こちらもその方がありがたい。俗物との隣席など一秒でも短い方がいいですから」

「なんだと。……、なっ、俗物とは私のことかっ。矢崎っ。何をほざくかっ！」

大迫は睨み上げて喚いた。矢崎は気にすることなく、ゆっくり大迫に顔を近づけた。

「〈カフェ〉、ご存知ですね。といって」

大迫のカップを左手で取り上げる。

「これのことではありません。とある組織です」

「あちゃ」

思わず洩れたのは猿丸の声だ。矢崎のセリフは以前、猿丸が矢崎に告げた軽いつかみだった。どうやら気に入ったようだが、気に入られるほどひねったものではない。だが――。

「な！　なにをっ」

大迫はいきなり青ざめた。唇を戦慄《わなな》かせるだけで二の句が継げない。

「こちらは警視庁の知り合いでして。殺人事件の絡みで行き着いたようですが。守山の私の部下もすでに承知です。私の部下が、和知が承知ということは、おわかりですかな。すでに露見しているということです。金の流れも。ずいぶん使ってくれたものだ」

矢崎はコーヒーカップを置き、そのまま大迫の胸倉に腕を伸ばした。絞り上げて立ち上がらせる。心身ともに縮こまった大迫は、苦しげな表情を見せるだけで抗《あらが》うことすらしなかった。

「我々の予算は血税という、国民ひとりひとりの血の一滴で組まれている。あなたのごとき豚を肥え太らせるためでは、断じてない」

低く抑えているからこそ、より怒りのほどがうかがわれる。右手をゆっくり顔の高さに上げ、矢崎は拳が白むほどに握り締めた。捲《まく》れ上がる袖口から包帯が露《あら》わになった。手首の負傷はつまり、そういうことなのだ。

「大迫っ。日本国国民の、怒りを知れ！」

火の出るような鉄拳が大迫の顔面に炸裂する。声を発する暇もなく大迫は壁際に吹き飛んだ。空調の流れに乗って舞うひとひらの白は、矢崎の手首に巻かれていた包帯だった。

「血税は全額、何年かかっても返還していただく。その責務があるからこそこれで済ませた。償う術《すべ》のない情報の漏洩であったなら、こんなもので終わらせることは絶対に――」

「あのぅ。師団長」

猿丸は割って入った。

「なんだ」

怒りは余韻であれ、さすがにカタールのテロ、カンボジアのゲリラ等、実戦を経験した男の迫力だった。が、猿丸は流して壁際を指差した。

壁際の床では、曲がった鼻から血を流す大迫が、白目を剝《む》き泡を吹いていた。

「ふむ。まあ、なんだ。そういうことだ」

握った拳を咳払《せきばら》いの位置に動かそうとして矢崎は顔をしかめた。手首が悪化したのは間違いない。

大迫をそのままに、矢崎は先に立って応接室を出た。

「見苦しい場面を見せたな」

ロビーに向かわず厚生棟の方に向かう。

「煙草を吸うんだったたな。外の喫煙場所で待っていてくれ。ちょっと手当てをしてくる」

「えっ。待ってろって、いえ」

話を先回りして断ろうとする。

「そう言うな。下らん茶番に立ち会ってもらった。たまには付き合え。暑気払い、いや、瘴気《しょうき》払いだ」

「いや、私もまだしなければならないことがたっぷりとですね――」

「美味い鰻を出す店があるんだが。滅多に食えんぞ」

「頂きましょう」

一旦去る矢崎を見送り、猿丸は喫煙場所に出た。

「かぁ。鰻かぁ」

煙草を吸っていた何人かが驚いたように猿丸を見た。照れ笑いに誤魔化して一服つける。

「鰻か。最近ぁ、喰い物が寂しかったしな。シノさん、すまねぇが釣られる。ゆっくり釣られる」

蝉の鳴き声が猿丸を責めるように一瞬、数を集めて高くなったような気がした。

咽《むせ》るようにして吐き出す紫煙が、茹《ゆ》だるような晴天に立ち上って千々に乱れた。

四

純也と鳥居が入った鰻屋は、晴海通りに面した日比谷交差点の近くだった。たっぷり時間を取った。店を出たのは一時半近くだった。

「ごちそうさまでした」

特上の鰻重に白焼きまで平らげたにしては鳥居は浮かない顔だった。一度大通りから北西、警視庁の方角に顔を向ける。

「じゃ、私はこれから動きます」

「うん。頼んだよ。危険はないはずだけど注意するに越したことはない。気をつけて」

「了解です」

鳥居は照りつける陽射しの中で背を向けた。ＪＲの有楽町駅がすぐ近くだった。純也は丸まった背を見送り、携帯を取り出してメールを確認すると反対方向に歩き出した。交差点を渡れば左手は広大な日比谷公園で、通りに沿って歩けば警視庁がやがて見える。

純也は交差点を渡ることなく道を左に折れた。向かったのはあの、帝都ホテルだった。

M6の爆破からまだ一ヶ月足らずだが、メインエントランスの復旧はあらかた済んでいた。車寄せに張り出した軒天だけは仮囲いの中だったが、営業にまったく支障はなかった。八月中、つまりこの週の内には全て完了の予定だと、純也はKOBIX建設の山下常務から聞いていた。

チェックインカウンタの奥で、フロントマンの大澤が純也を見つけ腰を折った。現状まだ迷惑を掛け続けている格好だが軽く手を上げるだけで、純也はラウンジへと向かった。メールの相手、目的の男はすぐに見つかった。テーブルには飲みかけのオレンジジュースがあった。

「よう」

内堀通りに近い席から手を上げたのは鋭い目つきの、短髪の若い男だった。捜一の斉藤誠警部補だ。

「なんだ。店の近くで待ってるんじゃなかったのか」

コーヒーを注文して言った。捜査本部の斉藤を呼び出したのは純也だった。

「待ってたさ。匂いだけたっぷり嗅いでな。馬鹿らしくなったからメールしたんだ。結局俺はまだ飯も食ってない」

「それにしたってわざわざここを選ぶことはないだろう」

「ささやかな意趣返しだ。人間、腹が減ると意地が悪くなるってことを覚えといた方がいいな。お前はそういうことに無頓着すぎる」

「わかったわかった。悪かったよ。ここは軽食しかないけど、なにか食うかい」

「いや、いい。言っておくがこれで五杯目だ。一杯千二百円。六千円ってのはふざけた値段だし、ふざけた値段のを五杯も頼むから変な目でも見られてる。これだけで牛丼屋なら、二枚のせの鰻丼が六杯食える」

斉藤はストローをくわえ、ジュースの残りを飲み干した。

「ま、いいならいいけどね」

「飯なんざ後でいくらでも食える。そのために来たわけじゃない」

純也のコーヒーが運ばれてくる。ウエイトレスが離れてから、で、なんの話だと斉藤が低く切り出した。

「その前に。斉藤、お前に話した印西の方、どうなってる」

純也は言葉を選びながら聞き、コーヒーに口をつけた。

「どうなってるもなにも、まだ任意のにの字に唾つけたくらいだよ。だいたいこっちがあの会の資料に目を通そうかっていう翌朝に、いきなり新聞にデカデカと出てる。係長の血の気は朝からマックスだったぜ。上が千葉に話を通すのも待てなくてな。俺も首根っこ捕まれて車ん中だ。資料はあっちに着いてから読んだくらいだ。そんなだから行ったところで、まずうろついてんのがどこの誰だかまったくわからん。マスコミか千葉のお仲間か、あっちの会の人間かすらだ。お前」

斉藤は身を乗り出した。

「太陽新聞にも、俺と同時にリークしたろう」

「いいや」

「嘘つけ」

「嘘じゃない。ちょっと違うんだなあ」

「どこが」

「向こうの方が先」

「――なるほど、な。手口はそっちらしいって言えばそうだろうが」

斉藤は溜息とともにソファに戻った。

「どうなってるもなにも、そんなんだ。用件を言え」

「なら」

今度は純也が身を乗り出す番だった。渋谷の話をする。ただし、〈カフェ〉の話はしない。天敬会の出先機関としてだ。斉藤の目に警察官らしい光が灯る。言葉通りに受け取ったわけではないだろうが、言わないことを深く探ろうとはしない。その上で自分の仕事をしようとする。それが斉藤との付き合いにして、斉藤のいいところだ。

「で、俺にどうしろと」

「今週の金曜午後からそっちに任せる。十日、いや、一週間でいい。連中をそれとなく、けれど絶対、千葉方面に行かせないで欲しい。情報と拠点は渡す」

「もう行確中か」

「そうだ」

「……受けるとどうなる」

「おそらくお前の仕事は終わる」

「それは解決するということか」

「湾岸の方が解散になる、あるいは目的が変わるという意味でだ」

「ふうん」

斉藤は口元に手を当て、考え込んだ。

「通常の三週間はとっくに過ぎた。千葉の情報があったから引っ張ってはいるが、人手は余ってるくらいだ。だが絶対でそれとなくとなると、難しい注文だな」

「丸投げにはしない。奴らの嫌がるマスコミが、もう一度千葉に張り付くようにはする」

「どうやって」

「もちろんガセだが、近く強制的に捜査が入る、くらいでいいだろう。実際、印西の同業からは巡回か、周辺に何人かを出してもらおう」

「印西の同業って。――ああ、今の副署長は押畑警視か。初任幹部課程でお前と一緒だったっていう」

「そうだ。ＡＫＢの分くらいは貸しがある」

「なんだそれは」

「いや、お前にはどうでもいい話だ」

「それにしても、さぁてどうするか。お前達お得意のころびでも仕掛けるか」

「なんでもいい。とにかく都内から東に出さない。それだけでいい」

「それだけったって」

「それと、渋谷にも使えそうなのがいる。山上っていったか。うちの猿丸から話は通しておく」

「いいよ。山上さんなら何度か組んだことがある」

　斉藤はもう一度黙考した。長くはなかった。やがて膝を打った。

「ま、いいだろう。俺だってほかにいくつも抱えてる。これはお前が初めから絡んでた案件だ。お前が終わらせるってんなら、それが本道かもな」

「頼む」

「ただし、やっぱり山上さんには話を通してくれ。向こうに押し寄せたマスコミの件で、俺は一度係長に睨まれた。ひとつの案件で二度はごめんだ。こっちのことは山上さんから本部にあげて欲しい。もちろん、俺抜きで」

「わかった」

「高いぞ」

斉藤は左手の指を二本立てた。こういう付き合いを始めた頃の一本は十万だったが、今は堂々の百万だ。公僕である官憲として真っ当であろうとすればするほど、表に出せない金が掛かる。

「了解だ。二本だな。それと」

純也はテーブルの空いたグラスに目を落とした。

「六千円と消費税だな」

「そういうことだ」

斉藤は片手を上げて席を立った。純也は逆に、ソファに腰を落ち着けて足を組んだ。来たばかりの純也のコーヒーが、まだほのかな湯気を立ち昇らせていた。

純也がラウンジを出たのは、斉藤が去って十分ほど後だった。

「暑いな」

　太陽の直射は今や一日で最盛期だった。手庇で目を細め、純也は真っ直ぐ警視庁に戻った。そのまま公安部長室に向かう。直接、部長のアポは取ってあった。四時までは部屋にいるということだった。

「なにか動きがあったか」

「大ありです」

　純也は紫檀のデスクを挟んで長島の前に立ち、ひと通りを説明した。捜査本部を動かしたことも話すが、もちろん公安部長とはいえ明かさない部分もある。

「なんだと！」

「申し訳ありません。ここまでは向こうの計画通り。長内修三の掌の上で踊らされていたようです」

　北が絡むことは話してある。長島もある程度腹は括って純也の話を聞いただろう。しかしＣ４が各地にばら撒かれたと聞けば、さすがに反応は犬塚や鳥居と同じだった。

「巡礼だと。ふざけるな。破壊工作となにが違う！」

「慌てても男らとＣ４は戻りません。全国に緊急配備を掛けるのも論外。みな、歴戦の工作員達です。かえって昔を懐かしみ、喜ばせる結果にすらなりかねません」

「……懐かしんで喜んで、そして華々しく散る、か」

「はい。加えるなら、追い詰めても同じことです。花火の打ち上げを早めるだけで」

長島は唸った。唸って椅子ごと向きを変えた。窓の外に青い空を睨む。一分はそのままだったろうが、さすがに匪石だ。椅子をふたたび軋ませたときには、いつもの長島に戻っていた。

「余裕だな。小日向」

「ははっ。そんなものはありません」

「なら覚悟か。簡単に諦めるタマではあるまい。ここまでは、とも言った以上、考えなしで顔を出すとも思えん」

「ご明察。綱渡りではありますが」

「話す気はあるのか」

「いえ。これ以上をお聞きになれば、万が一のとき部長も責を問われることになります」

長島は純也を下から睨み上げた。強い目の光だった。純也は逸《そ》らすことなく真っ向から受け、そして最後に、はにかんだような笑みを見せた。長島の目から強い光が消えたのはその直後だ。

「勝算はあるのか」

「綱渡りと申し上げました。ただし、僕は綱渡りが苦手ではありません」

「曖昧だな」

「人の世の事象はすべからくそんなものでしょう。百パーセントなどありえません」

長島は椅子に深く背を預けた。

「それで。私の今度の役回りは？　また、なにもするなとでも言うつもりか」

「いえ。今回は違います」

「なら、なんだ」

「金曜から捜査本部が渋谷で動きます。その周辺に外二をどうぞ。印西に動きがあれば、以降は通常の作業をして頂いて結構です。刑事部から引き剝《は》がそうと泳がそうと、私も分室も関わりを持つことはありません」

「そこで終わりということか」

「最大でも四人しか動けない分室です。公安本来の作業にはまったく不向きでして」

「Ｃ４のこともある。外三の出番はないのか」

「Ｃ４のことは印西の動きに含みます。外三が出る事態は考えたくもありません。そうならないよう、私が綱を渡ります」

「ふむ。要するに渋谷は渡すが、印西には口も手も出すなと、そういうことか」

「荒っぽく言えば」

長島は瞑目した。さほど長いものではなかった。

「まるで西遊記だが」

「は？」

「お前が長内の掌で踊らされた孫悟空なら、さらにその掌の上の私はなんだろうな」

遠回しだが、諾《だく》ということだろう。純也は頭を下げた。

「で、見返りは誰だ。ここまで案件が深く掘られて、兵庫の木村程度ということはあるまい」

「資料は今手元にありませんので後ほどになりますが」

純也は声を落とした。勿体ぶったと言い換えてもいい。

「角田幸三」

長島の眉がわずかに動く。が、それだけだった。

「あれ。それだけですか。角田じゃ不足だと」

「不足であるわけもない。元国家公安委員長にして現役の衆議院議員じゃないか」

「そうですが」

「十分すぎるほどだ。手に余るかもしれない。お前が爆弾だと言った意味もわかる気がする」

「ではなぜ」

「兵庫の木村でさえ引っ掛かった組織だ。あの御仁ならとな、妙に腑《ふ》に落ちただけだ」

「ああ。なるほど」

純也は合点した。

「小日向。これ以上多くは聞かない。関わりも持たない。だが一点」

「なんでしょう」

「その爆弾の中に総理、お前のお父上はいらっしゃるのか」

「いいえ。お陰様で。最初は疑心もありましたが、結果に私も胸を撫で下ろしました」

「胸を撫で下ろすか。不思議だな。私には残念そうにしか見えないが」

「はっはっ。これはどうも。どうやら本心が顔に出る質《たち》でして」

「――華麗にして、ねじくれた親子だな。いや、一族か」

長島の口元がかすかに緩んだ。

「静かに深く地下に掘り下げることは俺達にもできる。俺達の仕事だ。だが、派手に音を立てて雲の上に橋を懸けられるのは、お前くらいのものかもしれんな」

「お褒めの言葉、と取っていいんですか」

「いや。部下に同情しただけだ」

もう行けというように長島が手で示した。苦笑と一礼を同時に残し、純也は部長室を後にした。

別室を通過し廊下に出る頃には、早くも表情には一点の緩みもなかった。

いみじくも長島に告げた、綱渡りが始まるのだ。

(夕佳。始めるよ)

声にならぬ声を胸に沈め、純也はエレベータへと向かった。

『ヤア。久シ振リダネ、Jボーイ。直接ナンテ珍シイ。エッ、頼ミガアルッテ。——ヘェ。ソレハマタ面白イ。遣リ甲斐ガアルネ。アマリニ時間ガナイノモ、正確ナ人数ガ把握デキテイナイノモ厄介ダガ、厄介サモマタ面白イ。日本モ結構、楽シソウナ所ダネ。イイヨ、引キ受ケタ。コッチハ今チョウド、エジプトノ政変ニ道筋ヲツケタトコロデネ。エーゲ海ヲ眺メナガラ、ギリシャノワインヲ呑ムノニモ飽キ始メテイタトコロダ。私ハ勤勉ナ男ダトツクヅク思ウヨ。神ガ世界ヲ創リ賜ウタ七日ト保タナカッタ。三日デモウ駄目ダ。天地創造ノ場ニイタラ、手ヲ出シタクナッタダロウネ。イヤ、キット出シタ。神ガ迷惑ガッテモネ。三日対四日ナラ、世界ヲ創ッタノハ私トイウコトデ歴史ニ刻マレルノカナ。ソウ、今私ガ世界中ニ関ワッテイルノハ、ソウシタイ願望ガアルカラカモシレナイ。フランス海軍ニ所属シ、我慢シテイタ神ノ三日ヲ終エ、私ハ自由自在ナ自分ノ四日目ニ入ッテイルノカモネ。――ネエ、Jボーイ。ソロソロドウダイ。世界ニ出テ来ナイカイ。私モ、モウ六十歳ガ見エテキタ。色々ナ面デ不安モナクハナイ。君ガイテクレルト心強インダケレド。――世界ハ今、私カラ見レバフリーダヨ。誰ニデモ開カレテイル。日本モ楽シソウダケレド、世界ハキット、モットモット君ヲ輝カセルダロウ。ドウダイ。アア、頼ミノコトハ任セテクレ。問題ナク手配スルヨ。ソウダ。滅多ニナイカラ聞イテオコウ。欲シイ物ガアッタラ言ッテクレ。今年ノクリスマスプレゼントハ、何ガイイ』

五

公安の作業は裏で進む。決して表立つことはない。縁の下の力持ちというやつで、高層ビルやタワーマンションの免震装置のようなものだ。平時は静かにひっそりとして、端《はた》からすれば無用の長物にも思えるだろう。金も掛かる。しかし、一度天地を響《どよ》もす有事が起これば、ときに打ち消し、打ち消せないまでも被害を最小限に抑えるべく全力を尽くす。それが免震装置の役割だ。なくてはならないが評価されることはなく、陽の下に姿を現すこともない。有事が収まればまた、静かにひっそりと、何をしているかわからない状態に戻るだけなのだ。

免震装置は知っていても、実際に目にした者は少ないだろうし、目にしたところで感動もないに違いない。子供に縁の下の力持ちなんだよと言っても目を輝かせはしない。子供はヒーローに憧れるものだ。

本来ならば、それで構わないと思う者だけが公安に所属できる。所属するべきなのだ。だから僕達は精鋭だねと、常々純也は鳥居達に言う。このことに愚痴を吐いたり異論を唱える部下はいない。さすがだね、やっぱり精鋭だと純也は言葉を重ねる。これも常だ。

公安部総務課庶務係、J分室とはそういう部署だった。

何事もなく九日が過ぎたが、本当に何もなかったわけではない。

鳥居達三人は、金曜の正午きっかりに拠点から撤収した。水曜の朝に渋谷署の山上が捜査本部を訪れたことを切っ掛けに、捜一の斉藤警部補は上手く真部らを誘導して捜査本部を動かした。鳥居達の撤収から二時間後には、空になった拠点に十人もの捜査員が配備される。渋谷署からも応援を得て、山上を筆頭に同数の十人が拠点に詰めた。

拠点が簡易にも第二捜査本部の体裁を整える頃、計ったようにテレビのワイドショーに印西の天敬会周辺が映し出された。近く大掛かりな捜査になる模様だと、カメラやクルーの賑わいから各局のリポータが前に出て言った。箇所箇所に立つ制服警官の姿も映し出された。これは純也の意を受けた押畑印西署副署長による配備だ。

第二捜査本部では捜査員達が、翌土曜日の朝から一斉に動き始めた。この土日は簡単な事情聴取から行確程度だが、月曜からは任意同行を開始し、不服を喚く者達はころびのごとき緊急逮捕から四十八時間の勾留まで持っていった。残念なのは、谷岡こと姜成沢が金曜のニュースの段階で渋谷から消えたことだ。細心の勘働きは、さすがに現役の工作員だった。第二捜査本部の反応が遅れたわけではない。本部の者達は相手が北朝鮮の工作員達であるとも、〈カフェ〉の運営員達であるとも知らない。

そのことを知る者達は実は拠点の、すぐ上のフロアに入った。長島公安部長から下った命令による、公安部外事二課の面々だった。六階に入ったのは五階の三時間後だ。だから外二も谷岡の失踪には追いつけなかったのだが失態ではない。フロアの契約自体が先方の都合で遅れたのだ。

この六階のフロアも、お膳立てしたのはJ分室だ。インド料理屋で現在も営業中だったものを改装中と偽り、二週間の営業補償で借り切った。契約したのは犬塚であり、補償費はサードウインドのカード、つまり純也のポケットマネーによる。外二の連中はJ分室からのより濃く深い資料を受け、階下の第二捜査本部とは違う視点で向かいのビルを見詰めることになる。

さまざまにして静かな、連携ともつかぬ連携によって、渋谷と印西は上手く隔絶された。拠点を引き払った鳥居達三人は、月曜から通常業務として定時に登庁した。何食わぬ顔で愚にもつかぬ世間話をし、鳥居や猿丸などは里美をからかったりもする。犬塚は領収書や請求書の整理だ。鳥居も猿丸も数字は犬塚に丸投げだった。

基本的にJ分室は警視庁のどの業務からも切り離されている。

J分室に限ってのみ、通常業務とはつまり、暇を持て余すことだった。

火曜日の、夜九時を回った頃だった。過ぎ行く夏の陽はすでに落ちていた。天敬会本部のゲートに明かりはなく、警備員の姿もない。代わりにマスコミ各社が勝手に灯すライトが、閉ざされた無人のゲート前を照らすだけだった。日中より人の数は減ったが、それでも二十人はいる。みな手持ち無沙汰に、何事もなく更けてゆく夜空を恨めしそうに眺めたりしていた。全体に漂う気配はのんびりとしたものだ。

彼らは知らない。外に陣取ったマスコミの方が、中に残る純然たる信者の数より多いことを。抜け駆けして忍び込んででも得るべきスクープが天敬会の敷地の中にあることを。

表ゲートの明るさとは裏腹に、裏の潜り戸側は漆黒の闇中だった。枝葉を縫って落ちる仄かな月明かりが、ところどころで漆黒をわずかに薄める。

今、風が呼ぶ狭霧《さぎり》のように潜り戸に近づく影があった。闇の中にもかかわらず、動きは驚くほどに敏捷《びんしょう》だった。暗視ゴーグルの類を使用しているに違いない。影は滑るように潜り戸に寄り付き、鍵が掛かっていることを確認すると、十メートルほどフェンスに沿って左に移動した。四メートルほどの頭上には、近くの松がフェンス内に伸ばす太い枝があった。影は携えてきたロープらしき物を松に回すと、器用に真っ直ぐな幹を登った。枝に渡り、フェンスの上に足を掛けて一気に飛べば、降り立ったのはログハウスの真裏だった。すぐ脇で小さな発電機が低く唸っていた。

影は一瞬たりと立ち止まることをせず、そのままログハウスの正面へと走った。

ログハウスの中は静まり返っていた。影は真っ暗な広間を横切り廊下に出、迷うことなくとある一室に向かった。ノックもせずドアを開けるが、あるのは廊下と同質の闇だった。ただ、無人ではない証拠に軽い寝息が聞こえた。

暗視ゴーグルを外し、影は近くのスイッチを入れた。発電機の唸りから電源は生きているとわかっていた。

裸電球の明かりの中に立つのは、いつもと変わらぬスーツ姿の純也だった。

長内修三がベッドの上に身を起こした。修三もいつもと変わらぬ、作務衣のままだった。

「――これは。小日向、警視か」

眩しげに二度ばかり目を擦り、身体に軽い伸びをくれた。

「落ち着いたものですね。びっくりさせる気はありませんでしたが、少しは期待したんですが」

「それは無理な相談だ。私の眠りは常に浅い。いつでも起きられるようにね」

「そういえば鍵もなかったんですよね。信者に対し、心身ともに二十四時間開かれているってわけですか」

「信者にではないよ。大体、天道に従う教えだ。信者はこの時間、誰もが寝ている」

「すると」

「〈カフェ〉の連中、というか谷岡だよ。彼はここのキングだった。私は教祖という役回りの隷属さ。昼夜に関係なく、谷岡が戻れば常に叩き起こされる宿命でね」

修三はもう一度、目を擦った。

「そうか。発電機を落としていなかったか。これは習慣だな。谷岡が帰って電気がつかないと、そんなことでもよく怒鳴られたものだ」

ベッドから降り、純也の前に立つ。

「どうやって入ったのかね。ゲート前はまだ人だかりだったろう。裏かい。鍵は掛かっていたはずだが」

「ええ。フェンスを越えました。前回、足場に目星はつけておいたので、苦労はなかったですね。それに」

純也は手の暗視ゴーグルを示し、そのまま腕に通して肩に掛けた。

「今回はこれを準備してきましたから」

「それにしても、その格好でか。器用なものだ」

「これは、そうですね。僕の仕事着ですから」

「仕事着か。――私もこれが」

修三は作務衣の襟元に手をやった。

「昔は仕事着だった。オンとオフに境がなくなると普段着と変わらない。君も同じようなものかな」

純也は苦笑交じりにうなずいた。

「コーヒーでも淹れよう。インスタントだが」

「へえ。そんな物もあったんですか」

「谷岡達が飲んでいた物だがね」

修三が先に立って廊下に出た。純也も続く。ドアを開けたままにすれば、漏れる明かりで足元に不安はなかった。奥に進み、修三は電気をつけた。前は大勢の分を煮炊きしたのだろう厨房だった。片隅に四人掛けのテーブルがあった。待つほどもなく湯気立つコーヒーが運ばれる。

「染みるね。寝惚《ねぼ》けた頭が覚醒する」

純也の向かいに座り、修三はひと口コーヒーを啜《すす》った。

「渋谷の件。ここまでは約束を守ってくれているようだ」

「万事万端、遺漏はありません。厳密に言えば谷岡は渋谷から姿を消しましたが、ご心配なく。所在はつかんでいます」

「それは。——つかんでいるのか。ならば、わかっているのだね」

「はい」

「そうか。迷惑を掛ける。いや、これは教祖としての言葉ではないよ」

「わかっています。でも、あなたの言葉を借りれば、それは僕の物語です。お気になさらず」

「さすがだね。やはり君に出会って、君に任せてよかった」

もうひと口啜り、修三はカップを置いた。

「今日はどうしたのかな、小日向警視。予告もなしに君が来るということは、明日からの渋谷になにか問題でも」

「いえ。渋谷のことではありません」

「――わからないね」

純也は足を組んで椅子にもたれた。軽い軋みが厨房に響く。

「救いに来たんですよ。僕は」

「救い？　さらにわからない」

修三は首をひねった。純也はコーヒーカップに手を伸ばした。

「それは振りでしょう。僕はあなた方を救いに来たんです。なんたって僕は、弱い人達の味方ですから」

修三がわずかに眉根を寄せた。見定めて純也はカップに口をつけた。

それでいい。失礼は承知の上だ。決めきっている心を大きく揺すり、仮面を剝ぐ。そうしなければおそらく、これから告げる純也の言葉は届かない。

「……君は我々のことを、弱いと」

純也は黙ってコーヒーを飲んだ。焦れる間も、この場合は大事だ。

「どうなのだ。君は我々を弱いと言っているのかな。死すら厭わぬ我々を」

案の定、修三は純也を待てずに口を開いた。上々だった。初めて修三は純也の掌に乗った。

「弱いじゃないですか。だって、死のうとしてるんですよ」

純也はゆっくりとカップをテーブルに戻した。

「死は逃げです」

「馬鹿な。話したはずだが。我々はこの薄汚れた地上を離れ――」

「言い訳だ。言葉を飾ってるだけです」

最後まで言わせなかった。

「あなたは四度の絶望でしたね。前回、あなたはご自分で弱いと言った。まあ、上辺《うわべ》だけでもそう口に出来るだけまだましです。でも他の人はなんでしょう。現状に対する諦念、残された生、転じて老いへの焦燥、あるいは畏怖。ああ、それで、中でも死に積極的なあなたが握っているのですね。起爆のスイッチを。それにしても、みんな呆れた人任せだ」

「それは。いや、私は進んで引き受け――」

「恐いんでしょ。あなただってひとりの死は。はっきり言ったらどうです、恐いと。だから、弱気に挫《くじ》けぬよう、引き受けたと」

「違う。我々は――」

「僕はね、長内さん。テロに遇《あ》って以降、あなたの何倍も死を見て、見送ってきました。勇猛果敢だった男も、最前まで楽しそうに笑っていた者も、死ぬ瞬間まで藻掻いて足掻いていましたよ。辛くて、苦しくて。もっとも、急所を撃ち抜かれたり肉片になった人達のことまでは知りません。ただ、誰もがやっぱり恐いんです。満足な死なんて絵空事だ。慚《ざん》愧《き》にも後悔にも塗《まみ》れる。それが死です」

　修三は言葉を飲み、純也を睨んだ。握った拳が震えていた。頑なな心が崩れ始める兆候だと純也は確信する。だから止めなかった。畳み掛ける。

「それでも死にたいと思う人は止めません。勝手にすればいい。その人の人生です。でもＣ４は駄目だ。死にたいなら薬を飲んでも海に入ってもいい。動脈を切っても簡単だ。ひとりで死ぬなら方法なんていくらでもある。ただ、Ｃ４を選んだのは間違いです。いや、Ｃ４があったことが間違いなのでしょう。だからみんな夢を見てしまった。思い出を辿って、満ち足りた気分になって、みんな一緒に天国に召される。だから恐くない」

「そうだ。それが我々の巡礼――」

「恐くないはずはないんです。僕だって怖い。長内さん、死に憧れてはいけません。断言しますよ。それは、生も死も冒瀆《ぼうとく》するものだ」

　純也は言い切った。戦場に生きた男の言葉だ。修三の顔に朱が上り、口を開くが言葉はなかった。死生混沌の戦場を生きたという現実を前に言い返す言葉は、たとえ千万の言を弄《ろう》しても詭弁にしかならない。

「だから長内さん。認めたらどうかと言ってるんです。恐いと。恐くて一人では死ねないと。思い出でも辿っていなければ恐くて恐くて仕方ないと。恐怖からの逃避行、それが巡礼だと。弱さだと。本当は死にたくないと」

「それは――」

「長内さん。絶望に対しても同じことです。死は、解放などではありません」

「そんな、ことは」

修三はうつむいた。

「……何も出来はしないのだ。彼らも、私も。この監獄のような地で。心身は衰える一方で、この先になんの夢も見られない」

修三の声には、絞る心が聞こえた。初めてのことだった。仮面の奥が垣間見える。

「いや、彼らは戦ったこともあった。私もだ。だが、勝利のなんと味気ないものだったことか。たとえ誰かが失脚したとしても、また新たな誰かが送り込まれるだけだった。そうして私達の自由を束縛した。また絶望を振り掛けた。さらに虚《むな》しいのは、そんな誰かも年経れば私達の側に回ったということだ。共和国はどれほど国のために働いても、大陸にいる者しか同胞と認めなかった。この国に土着した誰か達はみな、二世の私と同じだったのだ。共和国の純血を持っていても日本で暮らす者は、汚らわしき資本主義の風土によって犯された、心許すべからざる異人に成り下がった。これはもう、送り込まれた瞬間から決定事項なのだ、きっと。私のような二世も、道具なのだ、生ある限り」

絞る声は、次第に震えを帯びた。余すところのない、これは真情の吐露だろう。

「どうすればいいというのだ。私には暗闇しか見えない」

修三が顔を上げた。教祖の顔ではなかった。長内修三という端正だがしかし、確実に六十を過ぎたひとりの男の顔だった。

「簡単です。死は恐いと認め、生きようとするんです。光が欲しいと声にするんです」

「夢も希望もない、無明の中でか。無意味だ」

「そんなことはない。声にすれば、無明の中にも光は差します」

「なんの光が差すというのだ」

「夢も希望も」

「わからない」

「長内さん、言ったじゃないですか。僕はあなた方を救いに来たと」

純也は立ち上がり、修三に向けて手を差し伸べた。

「僕が、夢も希望も差し上げましょう」

「……君が、天上から差す光になるというのか。君は、われらの神か」

純也はうなずき、はにかんだような笑みを見せた。

「神ではありませんよ。でもそう、預言者ではあります」

「預言者？　神のか」

「違います。僕が告げるのは、弱さを仮面に押し隠したあなた方の心。本当は生きたいと啼《な》き叫ぶ、あなた方の心です」

「……我々の本心」

「それを聞いてどうするかに、僕はなんの手出しも出来ません。それでも死ぬと言われればもうお手上げです。でも生きたいと認めるなら、僕の手をつかむなら、これもさっき言いましたね。僕は弱い者の味方です。これでも、正義のヒーローのつもりなんです」

修三はかすかに頬を緩めた。

「ずいぶんと口の悪いヒーローだ」

手を伸ばしかけ、躊躇う。純也は強引にその手を握った。ここからが本当に純也の出番だ。救われたい心に、棹をさす。

「長内さん。生きるんです。みんなで」

それから純也は滔々《とうとう》と語った。この日この時間に修三のところに来たのは、ようやくダニエル・ガロアから段取りが整った旨の連絡が入ったからだ。

「カナダのケベックとドイツのザクセンに手筈を整えました。行った先ではまったくの別人になります。背乗りでも偽造でもありません。正式な別人です。人数によっては、別れることになるのが少々心苦しいですが」

その代わり五十人でもOKだと、それがダニエル・ガロアの返事だった。純也は綿密な逃亡の経路を説明した。長内は黙って聞いていた。

「その際、みなさんの資産はいったん向こうのエージェントに預けてください。必要経費は差し引くでしょうが、残りはカナダドルかユーロにしてくれます。クリーニングですね。インゴットのままお持ちでも同様です。無理して現金化することはありません。情報戦はシビアです。どこからどう辿られるかわかりませんから。望みに従ってエージェントが、まったく別のインゴットをくれるか、正当な対価を支払ってくれるでしょう。証券と通帳でお持ちでも同様です。そのまま渡すように。後はエージェントが勝手に現金化します」

話が詳しければ詳しいほど現実を聞くか、次第に修三の目に光が灯っていった。けっして強いものではなかったが、それでいいと純也は思った。それこそが人の心の無明に差す光だ。夢と希望の萌芽。光は、自分の中にこそある。

「悠々自適というのもいい。趣味に生きるのもいい。遣り甲斐が欲しいなら仕事をしてもいい。三ヶ月の間はその斡旋もエージェントの役割に組み込まれていますが、以降は二度と接触すら持ちません。ああ、それとこれは一番大事なことです。覚えておいてください」

純也は修三から離れ、椅子に座った。

「僕がこの一連を頼んだのは、北朝鮮の工作員程度には絶対に負けない人と、その仲間です」

コーヒーを飲む。間を取る。

「いかがですか。生きようという気が湧いてきませんか」

「その人達とは、例の〈カフェ〉の娘と中国マフィアの若者を逃がした」

「そうです」

修三は、ほうと息をついた。

「いいな。生きられたら。だが」

目の光はそれ以上強くはならなかったが、消えもしなかった。

「私の一存では決められない。もう、事態は動き出している」

「わかっています。でも、連絡の手段はあるのでしょう？」

「なぜそう思うかね」

「巡礼のために一ヶ月、いや、二週間でもとあなたは言った。それは期限の伸縮に柔軟だからでしょう。まったくの音信不通では、些細なアクシデントにも対応できない」

「私の迷いが告げていたか。正解だよ」

「ついでに言えば、一斉起爆も携帯の通信で雷管に送るシステムじゃないんですか」

「それも正解だ。凄いな」

「良くも悪くもここに隔絶されて、あなたとお仲間はもう一般人に近い。考えること、出来ることなど限られてますから」

「時代遅れということか。まあ、そうだね」

「その携帯を奪ってもよかった。あるいは携帯に狙いを定めて、この辺一体に局所的なジヤマーを配備する手もあった。でも、そうしたくはなかったし、今もその気はありません。わかりますか。それではあなた方が生きられないからです」

「考慮してくれたということかね。なぜだ。なぜそうまでして我々を助けようとしてくれる。この国にとって我々など、葉を食い荒らす害虫でしかないというのに」

「ヒーローだから、じゃダメそうですね。そうだな。そう、みんな僕と同じだからです」

「同じとは」

「絶望と諦念は、夢と希望の裏返しだ。みなさんは、それを胸に秘めていたということでしょう。それは、特にあなたに何度も見えた」

「私に？」

「四度の絶望。ご自分でも太陽新聞の山本さんや、僕に話したじゃないですか。あなたの絶望は、全て大地に根差している。大地は家族に繋がる道です。離れなければならなかった家族へ。天地の会から地を取るのはまさに希望の裏返し。そう思えば、他の皆さんの諦念も根は一緒だ。根差して生きる場への渇望。加えるなら望郷。諦念は求めて止まないものへの永遠の感情です。あなたも絶望を四度繰り返した。絶望しても小さな光を捨てられなかったからだ。――同じですよ。同じなんです、僕と」

「君と？　まさか」

「僕も安住の地を求めて、藻掻いて足掻いて。ただ、安住を得ると僕は壊れます。絶望の希望、希望の絶望。長内さん、ＰＴＧって知ってますか」

「……いや」

「知らなくて結構。普通の人は必要のないものです。藻掻いて足掻く僕と、あなた方は同じです。でも、僕は今も無明の中に生き、これからも生きてゆく。救われようとするあなた方は、幸いです。少なくとももう、光を見ている。光が見える人は救われねばならない。これがあなた方に手を差し伸べる理由であり、僕の正義です」

「そう、なのか。いや、よくわからない」

「わからなくていい。わかるようなら、長内さんが壊れちゃいますよ。さて」

純也は立ち上がった。

「いつまでもは待てません。エージェントが待機しているはずです」

「頑張ってみる。私もできることなら、仲間と生きたい」

「結論はどのくらいで」

「……二十四時間。遅くとも明日中には」

「結構です。連絡はこちらに。二十四時間繫がります」

純也は今使用していない別の携帯の番号を教えた。

「では」

「小日向警視。ひとつ、いいかな」

「なんでしょう」

「手配をしてくれた人とは。いや、仲間は違和感を持たないかもしれないが、私はこの国にいて、この森が永い。それがカナダだドイツだと、その、地球儀を回すような手軽さに戸惑いがなくはない。一体、どんな人達なのだろう」

「ははっ。プロフィールだけならネットでも、僕なんかより簡単にある程度のことがわかる人ですよ。でも詮索のお勧めはしません。ただ本人は、いずれ世界のハブになろうとしてるようです。ハブになって、いずれハブなしで全世界が繋がるようにと、そんなことを言ってましたね。いたって真面目に、それを二度目の天地創造だと言い切ってしまうところが、なんとも危ういですが」

「世界の、ハブ」

「ま、そんな人です。漠然としてますが、この辺で。知らない方がお互いのためですから。では、明日中のご連絡をお待ちしています」

純也は修三に背を向けた。外に出る。見上げれば月星が張り付いたような夜空だった。

おもむろに純也は掌を夜空に差し上げた。月も星も、全てを掌に載せ、握り込む。支度は整ったといってよかった。

「こぼさない。逃がさない」

呟くと足は潜り戸に向かった。フェンスを組み上げた単管に手を掛け、足を乗せようとしたところでいったん止める。

「待て待て。用心だよな」

肩に回した暗視ゴーグルを装着する。その上で改めて、単管をよじ登り純也はフェンスの向こうに消えた。

その後一晩中、発電機の唸りが絶えることはなく、ログハウスの一角から洩れるわずかな明かりが消えることもなかった。

六

音信不通状態の純也が鳥居達に一斉メールを入れたのは木曜の朝だった。十一時に分室に集合と、それがメールの内容だ。みんな定時に出てますと、犬塚からすぐ返信があった。三人に集合のメールを打ったのは、印西の長内から連絡があったからだ。

「圏外だった者が何人かいてね。君が言うようにアクシデントは付き物だった。われわれの計画は最初から破綻していたかもしれないな」

「そうかもしれません。で、どうでした」

「よろしく、頼む」

短くも、短いからこそ想いの全てが詰まった言葉だった。

「お任せください」

「だが、本当に落ち着くまでＣ４は捨てられないと、これが全員の条件だった。昔はみんな一流の工作員であり騙し屋だったが、臆病になったものだ」

　これが前日、水曜日の午後だった。ダニエルのエージェントであるマイクと連絡を取り、詳細を詰めれば水曜日が終わった。この日十一時と決めたことに他意はない。朝一番にようやく、Ｍ６の納車があったからだ。

「おはよう」

「あ、おはようございます」

　挨拶の声は里美だが、ドーナツテーブルの三人も一斉に純也に向き直った。猿丸はドアに近い辺り、犬塚は里美と背中合わせの位置、鳥居は窓際から回る一番奥にいた。決めて座るわけではないが、思えばそれが三人の指定席だった。

「分室長。なんかずいぶん久し振りな感じですね。どこに雲隠れしてたんすか」

　身体に伸びをくれながらの猿丸だ。いつも通り目が赤かった。相変わらず深酒で眠りも浅いのだろう。

「色々とね。ああ、新井さん。いいよ。自分で淹れる」

　席を立とうとする里美を手で制し、純也はコーヒーポットを手に取った。

「その代わり、これからここで話すことをまた適当な報告書にして欲しい。たいがいは今、部長室に寄って伝えてきたけどね。最終報告書として文書にしろって言われたんで、午後イチに持って行くから」

「あ、はい。わかりました」

里美が座り直し、ＰＣに向かう。

「するってぇと分室長。いよいよ大詰めってわけですかい」

奥から鳥居が身を乗り出した。分室内にもかかわらず、目はまるで拠点にいるかのように鋭い。気合が入っているようだった。犬塚も同様だ。

純也はカップを手に、窓際に寄って席に座った。香りを味わい、ひと口含む。

「うん。やっぱり自分で選んだやつはいいね。格別だ」

釣られるように三人もカップを手に取った。漂う雰囲気が少し緩む。純也はさらに一拍措《お》いた。それで不必要な緊迫感は除去できた。

「さて、本題に入ろうか。繰り返しにもなるが確認の意味も込めて。じゃ、まずメイさん。青森の件を」

「おっと。了解です」

鳥居は胸ポケットから手帳を取り出し、老眼鏡を掛けた。話す内容は鳥居以下全員に既知だろうが純也は簡略化を促さなかった。全員そろって耳を傾けることに意味があった。報告書を打つ里美に聞かせるためでもある。

「じゃあ、次は渋谷の件だ。シノさんでいいのかな」

「もちろんっすよ」

答えたのはなぜか猿丸だが、犬塚が手帳を開いた。

「ということだね」

犬塚の説明が終わり、純也は一同を見回した。

「全ては青森に始まり、東京と千葉に分散した。天敬会と〈カフェ〉に。ただ、天敬会と〈カフェ〉の根はひとつだ。役割分担で動いている」

三人が三様にうなずく。里美が小気味よくキーボードを打つ音だけがＢＧＭだ。

「そこでこれからの捜査方針だけど」

純也は椅子を軋ませテーブルに肘を載せた。

「公安捜査的には、みんなは渋谷でいいと思う。チラッと話しただけだけど、渋谷には北朝鮮が絡んでいる公算が高い」

「えっ」

小さな声を出したのは里美だった。ＰＣに向かう手が止まる。

「ん。里美ちゃん、どうかしたかい」

こういうとき一番初めに気がつくのが猿丸という男だ。

「あ、いいえ。いきなり北朝鮮なんて、テレビや小説でしか知らないような言葉が出てきたから」

「ああ。そりゃそうだ。公安の分室でも、ここでそんな話はなかなか出ないからな」

「そっ。猿丸さんや鳥居さんの馬鹿話ばっかり」

「おいおい、里美ちゃん。その馬鹿話が仕事なんだぜぇ。なんたってここぁ、暇にしてなきゃいけねぇ部署なんだからよ。本当は」

鳥居が口を添えてこの話は終わった。キーボードを打つ音が蘇る。純也は話を続けた。

「ここのところはそれで、カイシャのデータベースに当たったりね、なんやかやとやってたんだ。ほぼ間違いないと思う。だから三人には、明日から本腰を入れて渋谷を頼みたい。今は湾岸の捜査本部を動かしてるけど、あれはダミーだ。今週中には手を引くように仕向ける。その後の油断をどんどん突いてもらいたい」

「了解です。で、分室長は」

奥から鳥居が聞いた。

「うん。僕は天敬会の方をね。役割分担で動いていても、長内修三はアース、一方のトップだからね。いろいろなことを知っているはずだ。湾岸事件のことも、〈カフェ〉のことも」

三人はまた、三様の反応でうなずいた。

「実はもう約束を取り付けた。どうやら長内は会を辞めたがっているようだ。内部のいざこざは、どこにいってもあるようだね。そこで、公安的取引を持ち掛けたんだ」

「ていうと、なんすか」

「セリ、わかるだろう」

席が近い犬塚が純也の代わりに答えた。

「分室長、いつものスジですね」

「そういうこと。で、長内修三を抜く。その代わり、知っていることの洗いざらい、場合によっては証言の場に立つことが条件だ」

「それをやっこさん。飲んだってぇんですか」

「飲ませた」

「さすが分室長っすね。実行は」

「明々後日《しあさって》の日曜の夜を考えてる。すぐ近くの宗吾霊堂ってところで祭があるんだ」

「ああ、佐倉惣五郎の。日本三大義民のひとりですね」

答えたのは犬塚だ。

「御待夜《おたいや》って言ったかな。いつもは九月の第一土日だけど、今年は一日が日曜日なんで変則なんだ。結構人出もあって盛り上がるらしいよ。それに乗じて長内の痕跡を消す」

「ひとりで大丈夫っすか。もう三度も狙われてんですよ」

猿丸が難しい顔をする。

「大丈夫、と言いたいとこだけど、確かに三度だからね。もう言い切る自信はないなぁ」

「そうでしょ。それに、田舎の祭に分室長は絶対目立ち過ぎっすよ」

「そうかな。場所的に宗吾霊堂は成田だから、結構外人も多いよ」

「外人かどうかって話じゃなくて、いい男過ぎるって話っすよ。鄙《ひな》には稀なって言いましたっけ。あれ、違ったかな」

「けっ。セリ。手前ぇは分室長にくっついてって、祭でナンパでもしてぇだけだろうが。ここぁ俺がよ」

「おっと。なんでそこにメイさんが出てくるんすか」

「あたぼうよ。俺ぁ、由緒正しい江戸っ子だからな。祭と聞いちゃあ、黙ってられねぇ」

「不純だぜ」

「手前ぇの魂胆より真っ当だろうが」

「まあ、ふたりとも。でも、そうか。ふたりずつに分かれるのもいいかもしれない」

純也は時計に目をやった。

「そろそろ昼だ。久し振りに四人そろって出ようか。そこで決めよう」

鳥居と猿丸が勢いよく席を立った。犬塚は座ったままだ。

「分室長。よろしいですか」

純也と視線が合うと犬塚は手を上げた。

「ん？　なんだい」

「鰻」

「えっ」

「鰻がいいんじゃないかと」

鳥居は舌打ちし、うへぇと奇声を発したのは猿丸だ。

「鰻ってなぁ、たまに食うから有り難ぇんでよ」

「メイさん。なにか言いましたか」

「なんでもねえよ」

「とにかく、分室長」

ふたりをよそに犬塚は平然としたものだ。

「鰻がいいかと。なんたって私だけ頂いていませんので」

鳥居と猿丸の口がそろってあんぐりと開く。

「あれ、メイさんは確かに僕が連れてったけど。セリさんもかい」

「え、ええ。その、へへ。市ヶ谷行ったときに、陸将に。でもシノさん。なんでどっちも知ってんすか」

「両方とも俺の、遠いスジなもんでな」

「……ああ、なるほど。まあ、鰻屋も企業っちゃ企業っすけど」

「ちなみにその日、私はコンビニのサンドイッチだった。なので分室長。是非、鰻でお願いしたいですね」

「そうか。じゃあまず、道々その辺から相談しようか」

純也が立ち、犬塚も立って廊下に向かい、渋々と猿丸と鳥居が続く。

「いってらっしゃい」

どう聞いても含み笑いの里美の声が、森閑とした十四階の廊下に響いた。

七

土曜日、満天の星が降るような晩だ。時刻は、間もなく九時半になろうとする頃だった。宗吾区内を巡行する曳《ひ》き屋台も、あと三十分もすれば収蔵庫に戻る。祭は今頃が最高潮に達する頃合だ。賑やかな祭囃子《まつりばやし》が、離れた天敬会の森でも聞こえるかのようだった。

天敬会のゲート前には、この一週間あまり灯り続けたライトはなかった。前日の午後には誤報の連絡によって、マスコミも警邏《けいら》の警官も撤収していた。天敬会の森には、蟬の鳴き声が染み入るような静けさだけがあった。

その裏側、潜り戸に通じる森にまた、ひとつの影があった。草を踏む音も立てず、風が呼ぶ狭霧のように潜り戸に近づく。暗視ゴーグルを使用しているに違いない。影は滑るように潜り戸に寄り付き、鍵が掛かっていることを確認すると、十メートルほどフェンスに沿って左に移動した。松の木の根本だ。やはりこの松が敷地内に潜入する常道、確かなルートのようだった。

ログハウス脇の発電機は、この日は唸りを収めていた。従って敷地内の常夜灯にも明かりはない。月明かり星明かりだけが頼りだ。影は暗視ゴーグルのままログハウスの正面へ回った。確かめることもなく扉を開けるのは、勝手知ったる場所だからだろう。向かったのはアース、長内修三の私室だった。ドアを開け、廊下と同室の闇の中に身を滑り込ませる。

まるで四日前の夜の再現を見るようだったが、純也とこの日の影はここからが違った。影は上着の内側に手を入れた。取り出したものが、窓から差し入るわずかな月光にも光を返した。ナイフだった。刃渡り十センチ強、片刃のシースナイフだ。

影はゆっくりとベッドに近づいた。ナイフを振り上げる動作は実に自然だった。躊躇いの欠片《かけら》もなかった。しかし、影はナイフをベッドに振り下ろすことはしなかった。手を差し上げたまま身体をねじる。廊下にかすかだが物音があった。こちら側、教祖の私室に駆け寄ろうとする足音だ。影はベッドの掛け布団をめくった。盛り上げられた掛け布団がめくれるだけだった。長内修三の姿はどこにもなかった。この間に廊下の足音はもう、間違いないほど部屋のすぐ近くに迫っていた。影は迷うことなく窓に走った。飛び上がって丸めた身体ごとぶち当てれば、手作りの安普請はいとも簡単に曲がり、砕けた。影は空中で身体をひねり、足裏できれいに着地した。音もなく走り出す。

そのときだった。

正面ゲートに向かう坂上の方から低い唸りが上がると同時に、一瞬にして敷地全体に光が溢れた。何ヶ所かに設置されたＬＥＤ投光器の光だった。影は眩しげに暗視ゴーグルの前に手をかざすが、それはいきなりの明るさに対する反射的な動作でしかない。現在の暗視ゴーグルは光感知式でも一定値以上は遮断する。

影は姿勢を戻し、投光器の場所を確認した。ゲート前の坂上と信者棟の中ほどに二基ずつ、県道に面した側のフェンスに沿って四基。そして、中央の畑にと目を移して動きを止める。

畑の手前に、ふたりの男が立っていた。距離にして十メートルはあるだろう。ともにスーツ姿だった。

「やあ。初めて君を真正面から捕らえたよ」

声は純也だった。隣に立つのは鳥居だ。しかし、呼び掛けに影は反応しなかった。いや、もう影ではない。リーフパターンのジャケットとカーゴパンツ。顔は目出し帽で覆い、暗視ゴーグルを装着した小柄な姿がライトに浮かび上がっていた。

「もう暗くもないし、森の中でもないよ。ゴーグルもニットも取ったらどうだい。暑いだろうに。ねえ、新井さん。いや、長内さん。本当の名はなんというんだい」

呼ばれた方は肩をすくめ、ふふっと愛らしく笑った。

「なんだ。ばれちゃってたのか」

暗視ゴーグルを取り、目出し帽を取る。

光の中に現れたのは、確かに新井里美の顔だった。


「向こうの名前を言っても仕方ないわ。長内、下は里美でいいんじゃない。この国での名前はないもの」

生まれてすぐ祖父の手に抱かれて去った修三の次女、夕佳の妹。それが里美の正体だった。新井里美の名は背乗りで得たものだ。それは、新潟に向かった鳥居が越後湯沢で確かめていた。

「でも呼ばれてみて、あたしけっこう里美って気に入ってるのよ」

「朝音《あさね》。お父さんは、そう名付けたかったらしい」

「なにそれ。きゃはは。変な名前。朝音だって。きゃははは」

無邪気に笑う里美に純也は狂気を見た。昔戦場でも、それこそ無数に見た狂気。殺し殺される環境に身をおいて、次第にズレ出す人としての狂いだ。

「もう、やめてよ。見詰めないで。恥ずかしいじゃない。ホントにもう、いい男なんだからぁ」

里美は身をくねらせた。手のナイフがライトの光を撥《は》ねる。

「おっと。勝手に動くんじゃねぇよ」

鳥居が脇下のホルスターからシグ・ザウエルを抜き、里美に向けて構える。距離は保ったままだ。

若い娘だろうと、今まで仲間だった人間だろうと、里美は手練《てだ》れのヒットマンだ。プロと対するときの十メートルは、三人に純也が教え込んだ距離だった。それ以下は、よほどの自信か優位さがなければ近づいてはならない。

「イヤよ。だって、身体が熱いんだもの。分室長が見てるのよ」

純也は憂いを湛《たた》えた目で里美の狂気を見続けた。

しばらく身をくねらせると、気が済んだか里美はいきなり真顔に戻った。

「父さんはどこ」

同じ人間とは思えないほど、冷たく黒々とした声だった。これも狂気の一部だろう。

「一昨日の夜に移ってもらった。今頃はもう、他の人たちと合流しているだろうね」

その去り際の修三が言ったのだ。

――君達が狙うのは、谷岡達と一緒に共和国から来た私の娘だ。こんなことを言えた義理ではないが、頼む。解き放ってやって欲しい。忌《い》まわしいあの子の運命から。頼む。

犬塚に付き添われて去る修三は車に乗り込む直前まで、頼む頼むと何度も頭を下げた。

「ふん。昨日にしようかとも思ったけど、結局同じことだったのね。こんなことなら、もっと前に殺しておけばよかった」

前半は明るく、後半は仄暗い。波打つ狂気。いや、純粋な狂気とは、そんなものかもしれない。

「殺人を簡単に言うね。君は一体、何人殺してきたんだい」

「そうねぇ」

唇に指を当て、小首をかしげる。ショートボブの髪が首元で揺れた。

「十和子でしょ。夕佳でしょ。本物の新井里美でしょ。それからここの、使い物にならなくなった爺さん連中が三人だったかな。それと背乗りの信者がええっと、四、五人。……わかんない。それくらいね」

「G大の高橋教授も君だね」

「えっ。ああ。そんな人もいたわね」

「なぜ教授を」

「ロシア経済ったって、あの人の専門は中国、共和国まで含めた実体経済よ。言っとくけど、最初にこっち側に擦り寄ってきたのはあの人の方。四年前かな」

「教授がスパイだって」

「そんないいもんじゃないわ。あの人、大した話も持ってないし。でも、同志から聞いて乗ったのはあたし。東京に隠れる仕事も住まいも欲しかったし。秘書が交代の時期だって知ったから、学内を物色して見繕ったの。それから新井里美になって、あたしが共和国絡みの女とは教えたわ。橋渡しするって。それで秘書に選ばせたし。君みたいな娘が学内にいたなんてって喜んでたっけ。馬鹿みたい」

簡単に言うが、それは新井里美に背乗りしたということだ。殺したということだ。

「それから三年ね。J分室に入りたくって、あなたが懇意にしてる教授とか色々画策してたら、なんか自分が警察に売られるんじゃないかってビビリ始めて。小心者ね。だから画策に組み込んで殺しちゃった」

「その画策で、草加さんも脅したね」

「えっ。——さすがね。凄い凄い。そんなことまでわかってるんだ」

草加とは草加好子、J分室に勤務した前の女性だ。純也は月曜の夜、この草加好子を訪ねた。怯えて暮らしていた。本人だけでなく、両親や兄弟までを対象にして誰かに脅されたという。J分室を都合で辞めろと。

「わかっちゃうんだったら、先にしとけばよかったかなぁ。あなたと楽しく遊んだあとで殺してあげようと思ってたのに」

「けっ。殺す殺す殺すってよぉっ」

吐き捨てて鳥居が県道の森側に動けば、坂上から犬塚が、ログハウスから猿丸が、それぞれ里美を包囲するように駆け寄る。ふたりとも手には拳銃があった。純也もホルスターから銃を抜く。しかし、里美に動じる様子はなかった。

「あらあら。あたしも入れて外にJ分室が勢揃いなんて、初めてじゃない？」

「仲間じゃないよ。もう君は」

「えっ。どういうこと？」

純也の言葉に里美は怪訝な顔をした。

「君の退職願は出しておいた。昨日受理されたよ」

「……ふぅん。……へぇ。そんな前からわかってたんだ。父さんにも夕佳にも警視庁に入ってるなんて言ってないし。おかしいなぁ。絶対にばれないと思ってたのに。なんで？」

「白いバラだよ」

「白い、バラ？」

「そう。君が先週月曜に分室を、いや、警視庁を満たしてくれた白いバラさ。花屋には口止めしたようだけど。金曜の夕方、全部発注したのは君だね」

「そうよ。ここの裏で待ち伏せたら確実に殺せると思ったから。でも逃げちゃうから要らなくなったけど。二度とあなたの帰らない分室を献花で一杯にしてあげようと思ったのに。

あなたの好きな白いバラで。考えただけでゾクゾクしたんだけどなぁ」

「それだよ。だから僕もわかった。わかったからお返しに、僕も今週は君を徹底的に行確させてもらったよ。一度、渋谷から消えた谷岡と別のアジトで合流したね。今頃は外二が張り付いてるだろう。あれはラッキーだった。花のことがなかったら、いまだに君のことも、谷岡の行方もわからなかったかもしれない」

「それって？　花って？　わかんない」

「君が知っているはずはないんだ。白いバラは夕佳にだけ告げた、夕佳の花だ」

里美は一瞬あっけに取られた顔になり、徐々に徐々に、狂気が揺れ動く。

「夕佳夕佳って、ウザいっ。ねぇ、分室長。あたしがどんなに憎らしかったかわかる？」

里美は足元の土を蹴った。

「それが、夕佳を手に掛けた理由かい」

「そうね。その通り。でも、あいつもあたしを殺そうとしたのよ。どっちもどっちでしょ。言うなれば正当防衛ね」

「殺そうと？」

「そうよ。ふふっ。意外って顔してるわね。そんな顔も素敵。ふふっ。嘘じゃないわよ。だって自分の車を爆破したのはあいつだもの。あたしを殺そうとして」

「……そうか、夕佳がＣ４を」

「そうよ。爺い連中がなんかこそこそやってたから、面倒になる前に殺しちゃおっかなって思ったら感づいたみたい。もう人殺しは止めて。話をしましょう、だって。話がしたいって。別に殺したくて殺してるわけじゃないのにさ。殺すのだって、たいがい面倒なのよ」

「あいつってのは、夕佳さんかい？」

猿丸が十メートルより近づくことなく、銃口を向けたまま口を開いた。犬塚も同じような距離だった。

「そうよ。呼び出してきたのはあいつ。インゴットがあるなんて飴と、〈カフェ〉のデータ持ってるなんて鞭《むち》の両方くれちゃって。あたしはもともと〈カフェ〉もお金にも興味なんてなかったのにさ。谷岡じゃないんだから。馬鹿みたい。甘いのよね。むかついたから鞭だけ返してやったわ。あなたの全部と爺いの命を引き換えってね。潮風公園は、そういう話」

里美はナイフを上着の中にしまい、かえって楽しげに言いながら鳥居達を見回した。

――車にあるわ。持って行きなさい。

夕佳は暗い海を見詰めながら、そう言ったらしい。

純也は聞くともなく話を聞き、ただ立っていた。

（そういうことか）

　脳裏に浮かぶのは、夕佳と別れた西新宿のホテルだ。

――約束よ。絶対にすっぽかしちゃダメよ。何かあったら特に。いえ、何もなければドタキャンしていいってわけじゃないけど、でもね。

　彼の日、夕佳はそこまで言った。遮ったのは純也だ。何もないとは、殺すこと。何かあったらとは、死ぬこと。どちらも悲しい。

――でもね。

　そのあとを遮らなければ、夕佳はなんと言ったのだろう。

――でもね。来なくても仕方ないかな。これから、そんなことをしに行くんだもの。

　純也の奥歯が音を発した。

　猿丸が草を踏んだ。

「姉妹の殺し合いか。惨《むご》いもんだ」

「あら。どっちがよ。あたしは苦しまないように殺してあげたわ。でもあの子が選んだのは、よりによって爆殺よ。駐車場って約束だったのに浜に出ててさ。なのに車に入ってるなんていうから、変だと思ったのよ。銃かナイフか、後ろから襲う気かなぁ、って注意はしたけど、さすがにＣ４とは思わなかったなあ。ちょっと逃げ遅れちゃった。おかげでポニーテールは火がついて切らなきゃなんなかったし、背中は大火傷だし。殺せたと思ったみたいで、浜に戻ったらあいつ、すっごいびっくりしてた。とっても痛かったから斬り刻む暇なんてなかった。いきなり刺しちゃった」

　里美は肩を竦《すく》め、舌を出した。

「ふふっ。あの日の登庁はもう脂汗ものよ。背中がベロベロだったんですもの。でも可笑しかった。髪を切って暗い顔してたら、鳥居さんや猿丸さんは失恋でもしたのかだって。気ぃ使ってくれちゃってさ」

「うっせぇや。この殺人狂がっ」

　猿丸が吼《ほ》え、ひとりで間を詰めようとする。

「待った。セリさんっ」

　動きを制したのは純也だった。

「なんですね、分室長っ。これ以上は聞いてらんねぇや」

　答えず、純也が猿丸の代わりに一歩進んだ。

「こっちは聞きたいことだったからいいけど、わざわざ、しかも長々と話すのはどうしてだい。それに、いやに余裕だ」

　純也の問いに、里美は無邪気に笑った。

「わぁ。やっぱり分室長ってば、わかってるぅ。でも、甘い甘い」

　そして無邪気が、邪悪に移る。

「これ、わかる」

里美は手の内の物をひけらかした。

「銃って、構えてるだけじゃだめなのよ。構えたらすぐ引き金を引かなくちゃ。お陰で信号を送れたわ」

先ほどナイフとともに上着の内側に入れた手は、黒い小さな、ＵＳＢくらいの物をつまんでいた。先端に赤いランプが灯っていた。

「Ｃ４が使えるのは、夕佳だけじゃないの」

里美の手が赤いランプを包むように握った。

突然、天地が鳴動した。


「うおっ」

いきなり純也の背中に強い衝撃があった。轟音《ごうおん》はあとからだった。

「くっ」

爆風に飛ばされながらも身体を丸め、純也は大地に転がった。全身が軋んで悲鳴を上げるが構わず立った。火のついた木片と熱を帯びた土砂が時間差で降ってくる。

辺りは目を覆うばかりの惨状だった。収穫を待つばかりだった畑の大半とログハウス、それに信者棟が無残な姿を晒して燃えていた。中でも信者棟はすでに全壊に近かった。何人が住んでいたかは知らないが、何人かは必ずいた。いて、何も知らずに眠りについていた。それが間違いなく、全滅だ。いや、殲滅《せんめつ》だった。

　せめて苦しまなかったことを、祈る。

「くそっ！　ほんとに、甘かったっ！」

　C４爆薬は考えなかった。もうないと思っていたことが迂闊だった。迂闊が惨事を呼んだ。

「てぇ。なろぉっ！」

　ログハウスの方で猿丸が立ち上がった。埃まみれだがひとまず無事のようだ。信者棟側に犬塚も状況は同じようなものだったが、こちらは額《ひたい》から流れる血があった。LEDランプの光は失われたが、熱風と火の粉が見る間に森を焦がして走り、炎で全てが赤々と見渡せた。

　鳥居へと目を移そうとし、その姿を確認する前に純也は叫んだ。

「メイさんっ。気をつけろっ！」

　県道側の森、いや鳥居に向かって里美が走っていた。鳥居は頭を振りながらよろよろと立ち上がるところだった。純也の声が届いたか、走り寄る里美に気付いた鳥居は拳銃を構えようとした。が――。

　狙いを定めるより一瞬早く里美に腕ごと蹴り上げられ、拳銃は鳥居の手を離れてほぼ真上に飛んだ。宙に舞い上がり、つかんだのは里美の手だった。

「動かないでっ！」

里美の方が全てに早かった。巻きつくように鳥居の背後に回り左腕で首を極《き》める。

「ふふっ。みぃんな、動かないでね。いい子だからねぇ」

里美はゆっくり、右手の拳銃を鳥居のこめかみに突きつけた。

「三人とも拳銃を投げて。あたしと分室長の真ん中くらいに」

里美は鳥居の後ろに半顔だけ残して全身を入れた。投げ出された拳銃の暴発を慮《おもんばか》ってのことだろう。片目でじっと見る。炎によく光る目だった。

まず純也が、続けて犬塚と猿丸がほぼ同時に銃を大きく投げた。暴発はなかった。里美は鳥居を盾にしながら前に出てきた。銃を捨てさせた場所は純也からほぼ十メートルの辺り。里美もやはり一流のヒットマンだった。

「形勢、大逆転ね」

拳銃の近くまで来ると、里美は鳥居を足で突き飛ばした。たたらを踏んで鳥居は地べたを転がった。

「メイさん。大丈夫かい」

「へ、私ぁ。分室長、面目ねえ」

純也は進み出て鳥居に手を貸した。撃たれることはなかった。里美は純也達を全体で見ながら屈み、三丁の拳銃を背後に投げ捨てた。炎が回りこみ始めた県道側の森近くに、三丁はかたまって転がった。

「さぁ、どうしようかしら。とりあえず手を上げて、一列に並んでもらえる？」

三人は言に従った。ひとり猿丸だけは従わなかった。上ではなく横に手を広げ、純也の前で盾になろうとする。

「ふん。邪魔よ。せっかくの分室長が見えないじゃない」

顔色ひとつ変えず里美は拳銃の引き金を引いた。

「ぐあっ」

乾いた銃声がした。猿丸の身体が震える。左肩が嫌な音を立てて血の花を咲かせた。反動で純也にもたれかかる。

「セリさんっ」

崩れる身体を支えようとしたが、猿丸は純也の手を振り払った。片膝をつき、猿丸は全身を戦慄かせながら里美を睨みつけた。左腕はもう上がらなかったが、右腕はまだ純也を庇《かば》い続けていた。

「あらあら。まだあたしから分室長を隠そうとするの？　右肩も撃っちゃうわよ」

「へっ。ぶ、分室長、分、分室長ってよ。そん、なに恋焦がれんなら、もっと可愛くしろ、ってんだ。殺してぇなんて、どうかして、るぜ。男と女ぁ、抱いて抱かれてで、なんぼじゃねぇか」

とたん、里美の目が反転したような気が純也にはした。

「あんたに何がわかるってのよ」

声には黒々とした何かがあった。狂気の底を突き破った底の底。光など届きようもない、真の闇。いや、黒い光。

「あたしはね、物心付いたときにはもう共和国の育成機関にいたわ。工作員のね。誕生日には必ず顔を見せる爺ちゃんのプレゼントだけが楽しみだった。大した物じゃなかったけど。それが十歳のときよ。あたしが初潮を迎えて初めての誕生日。爺ちゃんは来たわ。とっても冷たい目をして。日本が四分の一のクウォータだって初めて教えられた。だから別に孫ではないって、あのクソ爺。周りの目もいきなり変わった。笑顔が急に冷笑になるの。面白いわね。あたし自身も笑いたかった。あたしは機関から出された。どこに出されたかわかる？」

「あ。なんだって？」

猿丸は喘鳴《ぜんめい》にも似た息を吐いた。

「ふっふっ。苦しい。でも、ちゃんと聞いてよ。あたしを侮辱したのは猿丸さんでしょ」

「侮辱、てな、なんだ」

「最後まで聞けばわかるわ。聞き終わったら安心して。楽にしてあげるから」

里美の話はまだ続くようだった。純也の隣で、犬塚が動こうとする気配があった。

「まだだ」

口の動きに注意して小声で制す。囁き程度なら里美には届かない。今や炎は森全体に届くほどになり、木々の爆《は》ぜる音が喧《やかま》しかった。

「今ならセリに気をとられてるんじゃ」

犬塚も囁く。

「話しながら誘ってるのかもしれない。気付かれたら、今度はなんの躊躇いもなく殺しにくる」

「しかし」

「その一瞬は僕が必ず作る。もう少しの辛抱だ。セリさんもね」

わずかに顔を落とす。肩で息をする猿丸が、なんとか早めにと小声で言った。


「ねぇ。どこだと思う」

「し、知るかよ」

「シベリアよ。ロシアの非合法諜報員養成所だったわ。どこにも逃げ場のないツンドラの中よ。署長から何からロシア人ばっかり。預かり物なんかじゃなく、向こうにすればあたしなんておもちゃよね、きっと。手を広げ、ようこそって笑う所長の腕の中で、あたしはそのまま、その場で女にされたわ。それからは来る日も来る日も、大勢との訓練と相手よ。脱落も拒否も、待っているのは死だったわ。そんなだから、泣いても叫んでもみんなお構いなしよね。擦り切れるって感じ、わかる。あたしは毎日、文字通り全身から血を流したの。中絶もしょっちゅう。病気もうつされたわ。それであいつら初めてゴムつけたわね。ふふっ。でも笑っちゃうのよ。所長が申請して、そんなゴムまで支給品。自分で金出せっつうの。――あたしはそんな中で生きたの。生き延びたの。六年掛かったわ」

「ろ、六年、かよ」

喘鳴《ぜんめい》の中に猿丸は混ぜた。駆け引きではないだろう。激痛に耐えつつも思わず口に出してしまうほど、それは少女にとって悲しい話だった。

「六年って結構長いのよ。そこまでいた人も耐えた人もいなかったわね。あたしは全てのカリキュラムをマスターした。その頃にはもう、恐れをなしてあたしに近寄ってくる男なんていなくなってた。ふふっ。でもね、気がつけばその一年くらい前からもう、甘い囁きで圧《の》し掛かってくる男はいなかった。ふふふっ。あたしはね、十五にしてもう女として使い物にならなくなっていたの。あそこなんて、ただおしっこするだけの穴よ。そういえば、最後の方は手と口を強要されてたかな。だからあたし、今でも手と口は上手いわよ。使えるし」

里美はおどけるように、口元に上げたゆるい拳を舌で舐めた。猿丸だけでなく、鳥居も犬塚も唸った。

「こっちに来たのは、共和国に呼び戻されて一年ね。そうそう、さっき猿丸さんあたしのこと殺人狂って叫んでくれちゃったけど、ぜぇんぜんそんなことないわよ。共和国にいた一年でずいぶん粛清したわ。こっちに来てからの何倍もね。ああ、でもこっちに来るってなったときは嬉しかったな。あのクソ憎らしい爺はもう粛清されてたけど、なんたって次に憎らしい十和子を殺すのが目的だったからね。産みっ放しで捨てとくなら産むなってのよね。あの女の取り巻きにひとり油断できないのがいたけど、結局はここに十和子と一緒に埋まってるわ。そうそう、あいつも確かに埋めたっけ。忘れてた。プラス一ね」

里美は左手の人差し指を立て、片目を瞑って見せた。

「でも、十和子を殺しても気は晴れなかったなあ。父さんはちっとも喜んでくれないし、すぐに夕佳と出会っちゃうし。特に夕佳ね。あの女、あたしにないものをだいたい持ってた。娘としても、女としても。けど、そこまでならあたしには口うるさい女ってだけで我慢できた。肉親とかあたしには関係ないし、夕佳は〈カフェ〉のマダムやってたし。マザーは月イチでここ来ればいいだけだったからいいけど。マダムってあれ、あたしにやれって言われても嫌だったのよね。面倒臭いし。偉そうな客に会わなきゃいけないなんてホント嫌だった。今はしょうがなくやってるけど。でも放っといたらあの女、あろうことかあなたまで手に入れた。羨ましかったなあ。羨ましくて憎らしくて、殺しちゃおうって思うくらいに羨ましかった」

里美の目が猿丸からわずかに上がった。純也を見詰める。黒い光は鳴りを潜めた。代わって、冷たい炎のような揺らめきがあった。

「分室長、うちの大学にたまに来てたでしょ。女子学生の間でもそのたびに話題になってたのよ。でも一番気になってたのはあ・た・し。あたしは、あたしを道具にした東アジア人もロシア人も大ッキライ。分室長ってとってもいい男なのに、そのどっちにも見えなかった。だから、夕佳が分室長の写メ見せてくれたときにはびっくりしちゃった。声も出なかった。それなのにあいつ、楽しそうに分室長のこと話すのよ。あたし達と同じクウォータだって聞いたときにはもう駄目。目眩までして、ここがなんだか」

里美は胸を押さえた。

「苦しくって苦しくって。初めての経験だった。苦しくってどうしようもないから行動に移したの。夕佳は警察の人ってしか知らなかったけど、うちの高橋から片山に聞かせたら簡単にわかったわ。公安のことでも、この国の普通の人には危機感なんてないから、名刺まで見せてくれたのよ。これはもう傍に行くしかないなって。そうすれば苦しくなくなるかもって。でもぜぇんぜん駄目だった。余計苦しくなったわ。息が詰まるくらい。どうしていいかもわからなかった。それがね、あるときやっとわかったの。殺しちゃえばいいんだって」

「こ、なんだよ。こ、殺すってよ」

猿丸が問い掛けに答えはするが、里美の目はもう純也からほかに移ることはなかった。

「男の人って、したいんでしょ。言ったじゃない。あたしはできないの。したくもないし。だから、あたしからあげられるものはそれくらい。死はあたしからの、永遠のプレゼント」

「ふ、ふざけろっ」

「ふざけてなんかないわ。だって、わかっちゃったんですもの。分室長が帝都ホテルで、小包を受け取ったときにピンときちゃった。あれ、HDかなにかでしょ。でもそれ自体はすぐに諦めた。今はコピーも拡散も早いし。でも万が一も考えて、分室長と会えなくなっちゃうのは寂しかったけど、車ごと吹き飛ばしちゃおうかなって思ったの。そうしたら、すっごくワクワクしたの。人を殺そうと思って、そんな気持ちになったのも分室長が初めて。でも、分室長ったら上手く避けるんですもの。失敗して、じゃあって思ったら凄いのよ。またワクワクしたの。だから、わかっちゃった。ああ、これがあたしの分室長への、愛なんだって。きゃっ、言っちゃった」

里美は口調も仕草も、恋に恋する乙女そのものだ。だが火の粉が舞い飛ぶ中、炎の揺れに合わせてできる明滅の赤と黒に染まる姿を見れば、夜叉《やしゃ》と言わざるをえない。乙女の成れの果てが夜叉なら、乙女のまま夜叉となった里美はなお悲しい。純也の耳に修三の言葉が蘇る。

——頼む。解き放ってやって欲しい。忌まわしいあの子の運命から。頼む。

長女夕佳は父を思い、父修三は日本名なき次女を思う。どう生きようがどうあろうが、そこには家族があった。

(そうか。うん。家族だ)

ならば応え、解き放たなければならない。わがままの代わりに悲しみ一杯に育てられた箱入り娘の次女を、家族の中へ。

「長内さん」

猿丸の脇から純也は前に出た。

「ぶ、分室長っ」

「いいんだ。大丈夫」

顔を振り向け笑顔を見せ、純也はゆっくり二メートルほど距離を詰めた。里美の構えるシグ・ザウエルの銃口が火を噴くことはなかった。

「うぅん。近くで見れば見るほど、やっぱりいい男よねぇ。でも、さすがにそれ以上は駄目よ」

純也は広げた両手を上に掲げて見せた。二メートルでもいい。接近を許したという事実が大事だ。絶対の優位を感じている証だからだ。裏を返せば、付け入る隙がそこにある。

「狙うなら僕だけでいいだろう」

「ふふっ。今まではならね」

「君のことは教えた。外二も知っている。口封じにあまり意味はないよ。この三人まで殺す必要があるのかい」

「そうねぇ。どうしようかしら」

純也は里美にとってのアクシデントを探った。

「殺したくて殺してるわけじゃないと言ってたね。殺すのもたいがい面倒だと」

「わぁ。時間稼ぎのつもりだったのに、ちゃんと聞いててくれたんだ。感激ぃ」

風向きからいって、背後のログハウスが瓦解すれば大量の火の粉が里美に流れる。

「ふふっ。でもダァメ。たとえ愛《いと》しい分室長の今際《いまわ》の頼みでも聞けないわ」

「どうしてだい」

潜り戸側の梢にまで炎が昇った巨木が、倒れるとしたら純也と里美の中間か。

「まずひとつめ。分室が動くって、今まで見ていてあたしもわかってるつもりだもの。外二が知ってるなんてブラフでしょ。谷岡のことは本当でしょうけど、あたしのことは分室で処理するつもりで来たんでしょうから、教えてなんかいない。どう?」

「さて、どうだろう」

「はぐらかしても無駄。でもいいわ。どっちでもいいもの。もっと大事なのはふたつめ。三人とも、あたしに銃口を向けた。そんな人間を生かして帰すなんて、訓練場でもベッドの上でも教えられてないわ。銃口を向けたら生きるか死ぬかよ。私は勝ったから生きる。じゃあ、負けたのは？　死ぬのはそっちよね」

入り口の方で細い木が三、四本、火の粉を舞い上げながら将棋倒しになる。それが里美の真後ろ辺りで、十五メートル以上の樹木に起これば。

「ねえ。分室長」

ほかには。ほかにイレギュラーはないか。

「ねえ分室長ったらっ。キョロキョロしてないで、見てっ。あたしを見てよっ！」

里美が子供のように地団太《じだんだ》を踏む。

そのときだった。潜り戸側で突如として激しい爆裂音が上がった。ログハウスの裏に設置されたプロパンガスが爆発したようだ。火は火事の炎よりなお強い。地に映る影が里美に向けて長く伸びた。火柱が上がったようだった。

「えっ。なに」

イレギュラーに人は勝てない。鍛えようもない。純也にしてからが同じことだ。まともに視界に入ってしまった里美の目はどうしようもなく虚動した。待っていた純也は逃さなかった。

上着の裾を撥ね、背腰《せごし》に手を回す。

「みんな、離れろっ！」

鳥居も犬塚も猿丸でさえ、渾身の力で飛び離れて地面に伏した。目の端にそれらを捕え、里美の目が戻るまでに要した時間は一秒もなかった。だが戻した里美の目は、有り得ぬことへの驚愕に見開かれることになる。

里美の一連よりなお速く、ヒップホルスターから小型の拳銃を純也は構えた。

「ちょ、ちょっと」

純也に停滞はなかった。セマーリンＬＭ４。護身用九ミリのシグ・ザウエルとは明らかに違う四十五口径の銃口が火を噴く。

轟っ！

銃弾は里美の右肩口をぶち抜いた。

衝撃で振り上げられる手から離れ、シグ・ザウエルが燃え盛る畑の際に飛ぶ。堪らず里美自身横転するが、さすがに鍛えられているようだ。苦悶の表情ながら肩口を押さえて立ち上がり、燃えるような目を光らせて純也を睨む。

「な、何よ。そ、それっ」

「メイさん。セリさんと下がって。シノさん。信者棟、まだ人がいるかもしれない」

銃口を里美に向けたまま、純也は声だけで指示を出した。

「了解」

犬塚が走り出す。

「おうさ。ほれ、セリ」

鳥居も猿丸を抱えて動く。足音を確認してから、硝煙が消え残る銃口を純也は下げた。

「形勢、再逆転だね」

「な、何、よっ。そ、その銃は何よっ！」

里美は髪を振り乱して首を振った。

「き、聞いてないわよっ。日本の警察が、な、なんでバックアップガンっ。それ、セマーリンって何よっ。なんでそんな銃持ってんのよ。絶対、装備品じゃないでしょっ！」

「これはね」

純也ははにかんだような笑みを見せた。

「ちょっとした、クリスマスプレゼントさ」

「ふ、ふざけないでよっ。わかんないっ」

「君は知らなくていいことだ。——さて、どうする？」

純也は表情を引き締めた。

「君には選ぶ権利がある」

突如として純也の気が、里美を狼狽させるほどに重く冷たく凝《こご》ってゆく。

「う、撃つ気？　警察が」

　純也はゆっくりと首を振った。

「警察だから、君に権利を与えるんだ。法の下に裁かれて死ぬか。それとも。——けどね」

「けど、な、何よ」

　里美は見えないものに押されるように後退った。

「君も自分で言ったじゃないか。銃口を向けたら生きるか死ぬか。僕の生きてきた場所もそんなところだった。訓練で君が夜叉になれるように、育ちで僕も修羅になれる。いや、僕は今でも、いつでも修羅だ」

　凝ってゆく気はまさしく修羅の気、いや、鬼気だった。

「じょ、冗談じゃないっ。まだよっ！」

　いきなり斜め後方に里美は飛んだ。地を転がってさらに飛ぶ。まだとは死の恐怖からではなく、ＬＭ４の特性を隙と判断してのものだったろう。狙いは後ろに放り捨てた三丁のシグだ。だが——。

　恭順か抵抗か。それは純也が与えるべく与えた、一瞬のアドバンテージだった。

——背中ヲ見セタ者ヲ撃ツノガ卑怯カドウカハ分カレル所ダケド、勇者デハナイネ。ミンナ最初ハ勇者ニ憧レル。デモ憧レ続ケタ者ハタイテイ、イナクナルケドネ。

ダニエル・ガロアの言葉だ。守っているつもりはないが、日本の警察では勇者であり続けることが求められる。

里美の動きを目でも足でも追いながら、純也は拳銃の銃身を下から支えて前にスライドさせた。薬莢《やっきょう》が勢いよく排出され、次弾がチャンバーに装塡《そうてん》される。手動にして、前スライドのタイムラグ。それが里美が捉えた隙であり、世界最小の四十五口径と言われるセマーリンLM４の特徴だった。

里美の動きは素早く、恐ろしく不規則だった。背中から撃たない、いや撃てない以上、死生の分かれ目は曖昧だ。

天を焦がすような炎に導かれ、純也の中に戦場が蘇る。背後に鳥居と猿丸の視線を強く感じた。自身に気負いも衒《てら》いも恐怖もない証だ。戦いにあってはまず上々だった。研ぎ澄まされてゆく五感を以って、標的の刹那の未来を見極める。

県道側の炎の近くで、一連の動きの中にシグを巻き込んだ里美が、左半身になった低い位置からそれを振り上げた。狙いの気配を純也は鋭い針として感得した。

感ずれば自ずと対す。純也は沈み込みながら投げ出すようにした右足の踵《かかと》を地面に潜らせ、全身に掛かる運動モーメントを押さえ込んだ。照星と照門にブレは微塵もなかった。

轟っ！

互いの銃声にはおそらく、コンマ一秒の差もなかった。

純也は大気を切り裂く唸りを右耳に聞いた。死生の行方は、その一瞬の唸りに結実した。

純也は生を得、そして――。

左胸を撃ち抜かれた里美は髪を振り乱しながら、くるくるとまるで踊るように回りながら燃え盛る樹林に消えていった。

断末魔の叫びを聞いても、ＬＭ４の銃口を里美が消えた辺りに据えながら純也は動かなかった。武道に言う残心の位取りだ。最後の最後まで油断することなく、と同時に、

（夕佳、君の妹を送るよ。それがお父さんの願いだった）

軽んじることなく魂を送る。

それが戦士の、礼儀だった。


十秒、二十秒、三十秒して純也はようやく立ち上がった。

「分室長」

犬塚が寄って来た。残念ながらと声を落とす。

「そうか」

純也はＬＭ４をホルスターに収めた。

「あそこ辺りと、あっちの畑の方。よろしく」

犬塚に4丁のシグの回収を指示し、猿丸らの下に走る。鳥居が有り合わせの端切れで、猿丸の傷口を縛るところだった。

「大丈夫かい」

「問題ありませんや。急所じゃねぇですから」

鳥居が縛り上げれば、当然のように猿丸は悲鳴を上げた。

「メ、メイさんっ。いってぇよっ」

「我慢しやがれ。この根性なしが」

全てが終われば、微笑ましくなくもない。

「ぶ、分室長。笑ってないで、頼んますよ」

「頼むって、何を」

「だぁっ。救急車に決まってんでしょうに。こっそり来るやつ」

「ああ。やっぱり呼ぶんだね」

「当ったり前っす！」

純也は携帯を取り出した。いつの間にか、消防車のサイレンが四方から聞こえた。

「ここまで派手にとは。参ったな。借りだな」

頭を掻きながらコールに触れる。相手はすぐに出た。出るような事態、ではあった。

「おう。押畑か。悪いけど、そういう事態になった」

電話の相手は、印西の押畑副署長だった。

「どこにいるんだって。ははっ。まさに燃え盛るその中でね。どこを見回しても、ピザなら本場並みにいい感じに焼けるだろうね。——そう、急を要するのは消防だけだ。あとは全て終わっている。騒がせるだけ騒がせて悪いが、そう、僕が関わるくらいだからね。これはうちの、外二が仕切る案件になる。署長にも上手く言っておいてくれ。必要ならいずれ部長から連絡させる。えっ。——ああ、わかってるわかってる。借りだ借り。えっ。どこのキャバクラ？　うん。けど今はとてもそんな話をする状況じゃない。で、借りついでに救急車を一台頼む。鳴らさないやつ。ここからそっちよりの坂上にコンビニがあったね。そこでいい。——いや、僕じゃない。うちの部下が撃たれてね。大したことは、えっ。——キャバクラじゃなくてクラブ？　面倒臭いな。とにかく救急車一台。ピザの出前より早くな」

純也は携帯を切った。

「ええとね。すぐ来るよ」

言っては見たが、信憑性《しんぴょうせい》には欠けるか。

「なんかまぁ。キャリアさんにも色々いるようですな」

鳥居が目を泳がせた。犬塚も回収を終えたようで、近くでにやついている。猿丸は憮然としていた。

「じゃ、帰ろう。セリさんは入院だろうけど」

「えっ。入院っすか。そりゃあちょっと」

「大丈夫。夜な夜などうなってもいいように、ＶＩＰの個室に入れてあげるよ。酒は当然なしだけどね。じゃシノさん。セリさんを頼んでいいかい」

「了解。ほら、セリ」

シグをそれぞれに返し、犬塚が肩を貸し、猿丸を立ち上がらせる。純也は一団の先に立った。

「あそこから抜けるよ」

具合がいいことにプロパンの爆発でフェンスの一部が吹き飛び、潜り戸の近くには道のようなものが出来ていた。炎もほかに比べれば下火だった。燃える物がもう少ないのだろう。

向かおうとすると、そこからオレンジの消防服が飛び込んできた。レスキューだ。そういえば百メートルばかり行った狭い生活道路の辺りに、地域の消防分団があったことを思い出す。古くからの民家が十軒ばかり固まっていたはずだ。消火の際、拠点になるひとつなのだろう。

「ご苦労様」

レスキュー隊員はスーツ姿の純也達に一瞬戸惑いを見せ、警視庁の証票を見てなお戸惑った。

「えっ。警視庁？　——警視っ！」

「簡単に言えばもうレスキューさんの出番はない。消火に全力を挙げるよう隊長に伝えてください。では」

「えっ。はぁ。いや、そうではなくて」

「手伝いたいところだけど、ちょっと急ぐんで。悪いね」

「あの、ちょ、ちょっと」

「あ、詳細はいずれ、印西警察署の押畑副署長に説明させます。説明がなかったらそっちからせっつくように。以上っ」

問答無用に言い切って純也は先に進んだ。森には、レスキューが通ってきた辺りに人の通れるスペースが出来ていた。天敬会寄りは地面も熱かったが、少し我慢すればすぐに消防分団の放水が迎えてくれた。レスキュー隊員同様戸惑ったようだが、ご苦労様です、頑張ってくださいと純也が敬礼すれば、敬礼を返すだけに留まった。みな一般の、地元の有志なのだ。

「なんか、あんな説明とこんな挨拶じゃ、少し心苦しいですね。こりゃぁ、すぐには消えねぇ山火事になりそうですわ」

分団員の前を過ぎ、敬礼のまま鳥居が言った。

「い、いいに決まってんじゃないっすか。公安の案件っすよ」

猿丸は暑さと怪我で青息吐息だ。

「そんなこと言ったって、セリよぉ。山火事だぜぇ」

「だぁ。そんなこと言うならって、いてて。メイさん。こ、こっちぁ怪我人っすよ」

「怪我人って、お前ぇか」

「他にいないでしょうに。あ、それともメイさんもさっき後ろに飛んで、ひ、久し振りに痔《じ》が切れましたか。そりゃあ、怪我人だ」

「なんだとぉ」

「はっはっ。まあ、いいじゃないか」

純也は声に出して笑い、会話を引き取った。あと二十メートルもすれば県道に出る。天敬会側の道路は赤色灯で眩しいほどだった。消防車だけでなくパトカーやら、まだまだ各所から集まってくるだろう。

「どっちが怪我人でも、それだけ元気があれば大丈夫だね。なに、三百メートルくらいだ」

「いや。私は怪我人じゃありませんが。はて？」

「俺は怪我人っすけど。あれ、分室長、なんすか」

「愚図愚図してたら面倒そうだ。県道に出たら坂の上まで走るよ」

「えっ。ちょっと待ってください。私はセリに肩貸したままでですか」

犬塚が手を上げた。

「そうだよ。決まってるじゃないか」

「いや。決まってるって言うか、決まってるんですか？」

話しているうちにも県道に出る。

「じゃ、行くよ」

純也は先頭を切って走り出した。

鬼ぃっと、猿丸だか鳥居だか、犬塚だかわからない声が、純也の背中にすがり付いて聞こえた。


翌日の日曜から月曜にかけて新聞・テレビ等を賑わせたこの一件は、あまり長く後を引かなかった。

八月三十一日午後十時頃、宗教法人天敬会幹部棟のキッチン周りから失火。同棟裏のプロパンボンベに引火、爆発。結果として全焼。九月一日午前六時二十三分鎮火。天敬会十ヘクタールに加え、付近およそ四ヘクタールの山野が延焼。この火災による死者は天敬会教祖、長内修三をはじめとして信者数人、現在調査中。なお、一部田畑の作物以外、近隣の住民、住居に影響を及ぼす顕著な被害は確認されていない。

　これがマスコミ各社に送られた内容の全てだ。報道が二日間にわたったのは、十四ヘクタールもの山野を焼く派手な山火事だったためで、月曜は住民の目撃譚に終始し、それだけで終わった。

　迅速な報道規制を、かつ徹底した結果だった。これは長島警視庁公安部長の手腕によるところが大きい。実際には報道偽造・捏造《ねつぞう》の類だが、公安が出張る案件となれば一部でそんなことは些事とされる。

　純也の提案による教祖死亡の報は、潮風公園殺人事件との関わりで注目を浴びていただけに、火事の報道は一連の事件を打ち消す逆注目としての機能を果たした。日本人は総じて判官贔屓《ほうがんびいき》だ。

――もしかしたら娘さんの後追いかねぇ。

――あんな不幸があったのに、不幸って重なるものねぇ。可哀想に。

　地元住民と称してニュースにサクラを潜り込ませれば、一週間もしないうちに人口に膾炙《かいしゃ》しなくなるだろう。気骨と疑問を持って一連の事件を追い続ける記者やライターがいるかもしれないが、全貌に辿り着くことは不可能だ。公安案件として、全ては地下に潜ったのだ。おそらく誰も名乗り出る後継のないまま、いずれ天敬会の所有地は国によって接収される。

半壊したフェンスはすでに印西警察によって補修され立入禁止となり、忙しく出入りするのは警察関係者だけだった。奇《く》しくも炎によって荼毘《だび》に付された者達の遺骨を回収するためだ。開墾された敷地中央部辺りはさほどでもなかったが、全体として作業は難航した。ログハウス裏の、倒木に倒木が重なる森であった辺りからも炭素化した人骨が発見されたからだ。里美が消えた県道側からも、古いものから新しいものまで四体が回収された。

フェンスの内と外で時間の流れが違うような、作業班による不眠不休の一週間が経過し、結果として報告された遺体は、総計で三十三体に上った。

火事から十日が過ぎた。純也は報告書を携えて公安部長室に向かった。渡して退散のつもりだったが、長島は純也に応接セットを示し、その場で報告書に目を通した。待つのは十分くらいだった。途中の経過報告はしていた。最終報告書に記載したのは、火事に到る一週間の捜査と顛末《てんまつ》だけだった。

「まったくな」

長島は読み終えた報告書をテーブルに放った。

「身元が判明している遺体は少ない。不明者が大半だ。背乗りだからな。いずれ外二から報告が上がってくるだろうが、長く掛かるな。その都度各県警にどう伝えるか、頭の痛いことだ」

「ご愁傷様です、とは言いません。それが公安部長の職務と考えますので」

「それはそうだが。お前はこれでもう上がりか。私と外二に丸投げで。気楽なものだな」

「そういう問題ではないでしょう。雀の涙ほどの予算しか与えられない、しかも四人の部署に、これ以上できることがないだけです」

「ふん。その辺の県警なら一年丸抱えできる資産を動かして、よく言うものだ」

「それでも言葉として身銭、自腹、とこのふたつをお忘れなきよう。それに丸抱えなどと、本当に運用したらまるで私設警察じゃないですか。そんなことしたら今度こそ」

純也は手で上を指した。

「本気で潰しにかかられますから。じゃれつかせてもらっているうちが花です」

「ほう。珍しく弱気だな。どう絡み、どう縺《もつ》れているのかは知らんし知るつもりもないが、初めから負けを認めるのか、お前が」

「ははっ。部長。私なんていう個人と話してるから問題が小さく見えてしまっていますよ。私が勝つなんてことが起こったら、なんていうかわかってますか」

「……なんだ」

「よく言えば政変。悪く言えば革命ですよ。現状では」

「……ふっふっ。そうか。そうだな」

「だから勝てません。いえ、勝ちません。重要なのは負け方ですね」

「負け方か。だが」

長島の目が光った。駄話の間にも何かを探ろうとする。なかなか食えないものは、煮ても焼いてもすぐに食えるようにはならない。

（ま、人はそういうものか。ましてやこの人は）

長島は硬く動かぬ、匪石だ。

「お前は国家公務員I種トップだ。これは紛れもない。いずれ順当なら警察庁に留まらず各省庁や企業で、お前の同期やスジの連中が中枢に出てくるだろう。そのときはどうする」

「簡単です。その頃にはもう、上の人は上にいませんよ。単純な親子喧嘩になるだけです。どこの家とも一緒です」

「一緒か。ふっふっ。それでもたいがい、物騒なものになる気もするが」

「そうですかね。そうなっても勝ちませんよ。やはり重要なのは負け方、引き際でしょうか。ああ、そうそう。それで思い出しました。負け方は大事ですからね。下手に負けると死につながる」

純也はおもむろに携帯を取り出した。なにやらのアプリを立ち上げ、指を動かす。

「これでよし」

すぐに操作を終え、携帯をしまうと純也は長島に向き直り、はにかんだような笑みを見せた。

「なんだ」

長島は怪訝な顔をした。

「いえ。例のＨＤの件ですが」

「ああ。あの爆弾か」

「この一週間は報告書の作成というより、そっちの処理に費やしました。天敬会の破綻は〈カフェ〉の破綻と同義ですから。戦々恐々、虎視眈々《たんたん》。そんな連中に先手必勝ということで」

「どういうことだ」

「差出人警視庁の封書を出しました。なかなかお熱い写真と私の分室の名刺入りで。ご自戒あれ。くれぐれも愚考などされませんようにと」

「挑発か」

「いえいえ。すでに知っている者がいるということは、大半には抑止たりうるでしょう。挑発というより恐喝ですね。言葉は悪いですが。いずれ何かの折りにはという挨拶も込めて。まあ中には何人か、暴発する輩が出ないとも限りませんが」

「望むところだと」

「望みはしませんが、仕掛けてくるなら受けて立とうかと。なんたって暇な部署ですから
――あれ、遅いな。変なプロキシ経由したかな」

長島がふと胸ポケットを押さえた。一瞬下向いた長島の目が、鷹の眼差しになって戻る。

「何を送った」

「ちょっとした保険を。この間お渡しした角田もそうですが、揉み消す、あるいはなかったことにするためなら高低とんでもないところから仕掛けてきそうな人が何人かいまして。考えるのも面倒なので、各人に部長とＣＣで送らせてもらいました」

「なっ」

胸ポケットを押さえたまま長島の尻が浮く。

「なんだと」

「ちなみにタイトルは、警視庁公安部長、各位です。もちろんプロキシを嚙ませようが何をしようが、どの方もその気になれば簡単に私に辿り着くでしょう。なので、別に部長に丸投げというわけではありません。これはいわゆる、リスクヘッジです」

「お前は巻き込もうというのか、私を」

「いいえ」

凜とした声を張り、純也はゆっくりと立ち上がった。それまでとは打って変わった、神妙にして毅然とした面持ちだった。

「そんなつもりは毛頭ありません。前の木村部長だったら送りません。その前に、本件全体に対して端から報告するつもりもまたなかったでしょう。あくまで匪石、長島部長だからお預けするんです。公安部長が知っているという事実が大事かと。当然お預けする以上、私に先駆けて何かの道具にされようと構いません。放っておくのもいいでしょう。ＣＣの相手と組んで、私を消去しようとするのも、もちろん最悪ですが、鬼手《きしゅ》です」

長島は唸った。

「……Ｊ、か」

そのまま純也を睨み上げ、しかし十秒としないうちに目をそらした。

「いいだろう。預かってやる」

純也はふたたびはにかんだような笑みを見せ、一礼をした後に背を返した。

「小日向」

長島が呼び止めた。

「はい？」

「もうすぐ昼だ。飯くらい奢ってもらわねば割が合わんな」

「ほう」

純也は心から感嘆した。長島という男の度量に。

「申し訳ありませんが、またの機会に飛び切りのを。今日はこれから印西へ部下を迎えに行く約束でして。他の二人も待ってます」

「印西？　そうか、退院か。——ああ、小日向。負傷した部下に伝えてやってくれ。内々に報奨を出すとな。蚊の涙にも満たないものだが」

「ありがとうございます」

それで長島との話、この一連に関する話は終わりだった。前室を抜け、廊下に出る。エレベータ前を過ぎると今度は純也の携帯が振動した。液晶に表示された氏名は別所幸平《べっしょこうへい》、サードウインドのCEOだった。歩きながら通話にする。

「小日向か」

別所の、聞きようによっては取っ付き辛い平坦な声が聞こえた。それがこの男の特徴だった。

「なにかあったかい」

「いや、どうということはない。ただ、先月のカードの明細が届いた」

限度を決めているわけではないが会社の経理を通す以上、別所は必ず明細に目を通す。

「それが？　誰かが変な物でも買ったかい」

「花だ。日比谷の花屋。生花とあるが、一回で百五十万分はうちでも買わない。何を買った」

「うわ」

金額だけでわかった。里美が発注した白いバラだが、さすがに百五十万は別所だけでなく純也も驚く。

「何をって言われれば、白バラだけど」

「白バラ？　だけでか」

「そう、だな」

「さすがに豪儀だな。祥月命日とか、そういうやつか？」

「命日？　えっ」

「墓参りだろ。大学のときは一本だけだったはずだが、月日は人を太っ腹にするんだな。お母さんも、墓が埋まるほどの誕生花は大喜びだろう」

思わず純也は足を止めた。胸に強い動悸《どうき》を感じた。

そういえば、そう、そんなことがあった。白いバラ。四月二十五日の、母の誕生花。

「別所お前、よくそんなこと覚えてたな」

「誕生花なんてものにはトンと縁がない人生だからな。後にも先にも、聞いたのはあの飲み会のときだけだ。だが白いバラか。それでわかった。納得だ。じゃあな」

一方的に通話が切れた携帯の液晶を、純也はしばらく眺めた。

飲み会。それで全部思い出した。大学二年のときだった。強引に誘われた飲み会で、別所と間に挟んだ女の子が誕生花に凝っていたらしく、教えてくれた。

「わぁ。ヒュリア香織さん、白バラなんですね。イメージ通りだわぁ」

誕生花など贈りようもない母に、なら命日に一本くらい墓に供えてあげようかと、飲んだ勢いで確かに言った。

「そうか。そうだったな」

知らず、喉元からせり上がる笑いがあった。

「はっはっは。そうだった。はっはっ。忘れてた」

夕佳の花は、母の花だった。

「とんだマザコンだ。言えないなぁ」

白い花の女がふたり死んだ。笑わずにはいられなかった。悲しくも可笑しい。可笑しくも、悲しい。

十四階の廊下に響く純也の大笑に、聞きつけて分室から鳥居と犬塚が飛び出してくる。

「なんですね」

「どうかしましたか」

「いや。なんでもない。さ、行こうか。セリさんが待ってる」

泣き笑いを極めるとそうなるのか。

純也はふたりに、いつものはにかんだような笑みを見せた。

この作品は徳間文庫のために書下されました。
なお本作品はフィクションであり実在の個人・団体などとは一切関係がありません。

徳間文庫

警《けい》視《し》庁《ちょう》公《こう》安《あん》J《じぇい》

2015年12月15日 初刷
2016年7月20日 6刷

著者 鈴《すず》峯《みね》紅《こう》也《や》
発行者 平野健一
発行所 株式会社徳間書店
東京都港区芝大門二―二―二 〒105―8055
電話 編集〇三(五四〇三)四三四九
販売〇四八(四五一)五九六〇
振替 〇〇一四〇―〇―四四三九二
印刷 本郷印刷株式会社
製本 ナショナル製本協同組合

ISBN978-4-19-894051-5 (乱丁、落丁本はお取りかえいたします)

ブラッドバス
深見 真
BLOOD BATH / MAKOTO FUKAMI
徳間文庫